Die Nacht des Halligfeuers

Wolfgang Brammen

Die Nacht des Halligfeuers
Kriminal-Roman

Bibliographische Information der Deutschen National-bibliothek:
Die Deutsche Nationalbibliothek verzeichnet diese Publikation in der Deutschen Nationalbibliographie; detaillierte bibliographische Daten sind im Internet über http://dnb.d-nb.de abrufbar.
Die automatisierte Analyse des Werkes, um daraus Informationen, insbesondere über Muster, Trends und Korrelationen gemäß §44b UrhG („Text und Data Mining") zu gewinnen, ist untersagt.

*Für Inge
mein Leben*

Vorwort

Sehr geehrte Leserin, sehr geehrter Leser,

des besseren Verständnisses wegen sei gleich zu Beginn angemerkt, daß die erzählte Geschichte Anfang der achtziger Jahre des vergangenen Jahrhunderts spielt und Sie sich zweckmäßigerweise sogleich mit den Gedanken vertraut machen sollten, daß das handelnde Personal weder über internetfähige Mobiltelefone und PCs noch über GPS-gestützte Navigationsgeräte oder andere technische Errungenschaften der Neuzeit verfügte. Hauptwachtmeister Jasper Holthaus, inzwischen zum Kommissar befördert, vermochte gleichwohl bereits seinen ersten Fall auf Hallig Uthoog, ungeachtet der erwähnten Erschwernisse, erfolgreich aufzuklären („Das Grab auf der Hallig", Verlag: BoD, ISBN 978-3-7460-2225-3).

Nach dieser nicht unwichtigen Einführung erscheinen Umfeld und Vorgehensweise des ermittelnden Beamten samt seines stets ungeduldigen Vorgesetzten gewiß in einem anderen, weitaus verständnisvolleren Lichte. Die Frage indes, ob sich die geschilderte Begebenheit – trotz gegenteiliger Beteuerungen des Autors – vielleicht nicht doch tatsächlich ereignet haben könnte, irgendwo, zu einer anderen Zeit, müssen Sie sich am Ende gleichwohl selbst beantworten.

Wolfgang Brammen

Die Nacht des Halligfeuers

Schon etliche Tage vorher wußten wetterkundige Halligleute, und deren gab's nicht wenige, daß es beim Biikefeuer wohl diesmal ziemlich naß hergehen würde. Selbst manche Gäste fühlten sich ungefragt berufen, ihre Prognosen zu verkünden. Doch da hörte kaum einer hin. Was hingegen der Bürgermeister von der Sache hielt, war da schon von anderer Qualität. Bendix Kruse, darauf angesprochen, kniff die Augen zusammen, verzog den Mund, schaute zum Himmel und brummte in seinen weißstoppeligen Bart, daß das ganz darauf ankäme. Und spätestens da wurde allen klar, daß es mit dem Wetter am Biiketag vielleicht wirklich nicht gut bestellt sein könnte. Seit einer Woche schon hatten die Wolken keinen blauen Flecken mehr durchgelassen, von Sonne war überhaupt nicht zu reden. Überhaupt wich die Feuchtigkeit nirgends mehr richtig, schon seit Anfang Januar war's trübe, Regenschauer trieben, vermischt mit grauen Nebelschwaden, über die Fennen, so dicht, daß oft nicht mal mehr die Nachbarwarft zu sehen war.

Am Biikeplatz hatte sich schon eine Menge Holz angesammelt, das die Leute so nach und nach dorthin gefahren hatten; es ragte schwarz und unansehnlich in den Himmel, glänzte vor Feuchtigkeit, und man konnte sich kaum vorstellen, wie das alles in ein paar Tagen zum Brennen gebracht werden sollte, ohne daß nachgeholfen werden mußte.

Klar, die Halligfeuerwehr, die von Amts wegen beim Biikefeuer dabei war, verstand es natürlich auch bestens, ein Feuer in Gang zu bringen, also den Feuerteufel zu spielen. Brennspiritus, Petroleum und andere hilfreiche Substanzen führten die Männer immer mit.

Und da es auf der Hallig nur ganz selten mal was gab, das sich zu löschen lohnte, betrachteten sie das Zündeln am Holzstoß des Biikefeuers als willkommene Abwechslung im Einerlei des Feuerwehrlebens. Zuletzt war das vor drei Jahren so gewesen, als die Reisigbündel und Äste einfach nicht zu brennen anfangen wollten. Auch die Holzkisten und Pappkartons nicht, die bei jeder Biike auf geheimnisvolle Weise den Weg zum Feuerplatz fanden, von anderen Gegenständen und Gerätschaften ganz zu schweigen. Kruse hatte noch bei der letzten Gemeindeversammlung erneut energisch darauf hingewiesen, daß vor allem Äste und Zweige, dünne Bretter und seinetwegen auch ausrangierte Holzpfähle in Frage kämen, von alledem hätte doch wohl jeder was auf seiner Warft herumliegen, auf keinen Fall aber sollten aussortierter Hausrat und andere Sachen bei Nacht und Nebel herangekarrt werden. Er sei es leid, anschließend immer das nicht oder kaum verbrannte Zeug mühsam zusammensuchen und wegfahren lassen zu müssen.

Eigentlich war überhaupt keine Feuerwehr notwendig für das Biikefeuer, denn der Feuerplatz lag am äußersten Ende der Hallig, wenige Meter vom Strand weg. Zur nächstgelegenen Warft waren es gute zwei Kilometer, ringsherum nichts als Fennen, kein Baum, kein Strauch, nichts, was irgendwie Gefahr lief, durch Funkenflug in Brand zu geraten. Obacht zu geben hatten allenfalls die Leute, die das Feuer umstanden, damit sie nichts von dem heißen Segen abkriegten.

Doch was sollte da sonst schon groß passieren. Gut, wer nicht sauber auf der Luvseite blieb, konnte mal mit ein paar Brandstellen in der Jacke heimkehren und besonders diejenigen mußten sich vorsehen, die ziemlich zum Schluß ein paar noch nicht ganz verbrannte

Äste herauszerrten. Damit schwärzten sie sich die Hände, mit denen sie dann über Bekannte und auch Gäste herfielen, um ihnen die Gesichter damit einzureiben. Es gab was zu trinken, dabei nichts ohne Alkohol. Frauen regelten das, kassierten bei den Halligleuten wie bei den Gästen. Das Geld floß in die Gemeindekasse, Wechselgeld gab's keins. Erfahrene Gäste kannten das und hatten vorsorglich schon genügend Kleingeld eingesteckt. Meistens war nach zwei Stunden die Sache vorbei, bei gutem Wetter dauerte es auch mal etwas länger, aber nach höchstens drei Stunden war wirklich Schluß. Die Leute liefen heim oder fuhren nach ihren Warften, kehrten zurück in ihre Pensionszimmer und in das kleine Hotel, das es seit einigen Jahren gab. Kruse und ein paar Leute von der Feuerwehr umrundeten zum Schluß als Letzte noch ein paarmal den allmählich in sich zusammensinkenden Scheiterhaufen, der niemals ganz heruntergebrannte und noch die ganze Nacht lang vor sich hinglühte und sogar bei Regen am nächsten Tag, wenn die übriggebliebenen Reste des Feuers auseinandergerissen und weggefahren wurden, noch große Hitze ausatmete. Selbst glühende Holzstücke fanden sich oft noch darunter. War der Himmel bedeckt, sah man kaum die Hand vor den Augen, so daß die anbrechende Nacht vom Schein zahlloser Handlampen erhellt wurde, geradeso als ob ein Schwarm Glühwürmchen unterwegs sei. Aufzupassen galt es auf jeden Fall, denn der schmale Weg wurde rechts und links von Wassergräben gesäumt, in die hineinzugeraten bei der zumeist herrschenden Kälte nicht ratsam war.

Auch heute fuhr der Bürgermeister am späten Nachmittag raus zum Biikeplatz. Es waren nur noch zwei Tage bis zum Feuer und er wollte ein weiteres

Mal nachschauen, wie es inzwischen um die Holzmenge bestellt war. Lieber zuviel Holz als zu wenig. Mit einem kleinen Hügelchen war wenig herzumachen, das wirkte ärmlich, entfachte keine Begeisterung bei den Gästen. Dann schon lieber ein Gebirge, dessen wirres Geäst und Gesträuch schließlich ein ordentliches Feuer hergab, dessen Ende jedoch niemand abwarten wollte, weil es einfach zu lange dauerte, bis es halbwegs heruntergebrannt war.

Sobald die Figur, eine in Ansätzen menschenähnliche Attrappe, unter Klatschen und Singen und Hurrageschrei in den Flammen versank, galt der Zweck des Biikefeuers als erledigt. Jeder machte sich seinen eigenen Reim darauf. Vertreibung des Winters, Verabschiedung der Walfänger, so war's jedenfalls vor langer Zeit mal; Opfergabe für dann hoffentlich wohlgesonnene Götter, was Pastor Ole Wittensen wirklich nicht gerne hörte und vielleicht noch ein paar Deutungen mehr zu den merkwürdigen Feuern, die an immer denselben Stellen am selben Tag an der Nordseeküste und ihren vorgelagerten Inseln und Halligen in den Himmel loderten.

Eigentlich lag da schon genug Holz bereit, stellte Kruse befriedigt fest, als er am Biikeplatz ankam, viel mehr war nicht mehr nötig, das würde ausreichen, das konnte sich schon sehen lassen. Er stieg aus und brachte ein bißchen Ordnung in den Stapel, warf noch ein paar Äste und Zweige nach oben, die auf dem Platz herumlagen. Dabei paßte er auf, daß die Figur, die er gestern selbst an eine Holzstange gebunden und in die Höhe bugsiert hatte, nichts abkriegte und an der vorgesehenen Stelle auch verblieb. Ein unangenehmer Wind blies von See her, aus West-Südwest, nicht heftig, nicht richtig kalt, doch Kruse zog dennoch den

Kopf ein, zumal er ohne Pullover unterwegs war, nur das Hemd in die Hose gesteckt hatte. Tagsüber hatte es einigemal geregnet, und auch jetzt kriegte er wieder ein paar Tropfen ins Gesicht geblasen. Es ging auf den Abend zu, die Dämmerung war angebrochen und bald würde es dunkel werden.

Gerade als Kruse sich anschickte wegzufahren, schon auf den Weg aufgebogen war, gewahrte er beim letzten Blick auf den Holzhaufen einen schwarzen Umriß, nein, es waren zwei Gestalten, wie er bei genauerem Hinsehen feststellte, zwei menschliche Gestalten, die sich seitwärts vom Strand her näherten und sich nun nicht mehr bewegten, auf der Stelle verharrten, vielleicht fünfzig Meter von ihm entfernt, was schwer zu schätzen war im schwächer werdenden Licht.

Kruse stoppte, kurbelte das Fenster herunter und rief mit seiner lauten Stimme ein fragendes „Hallo" in die Richtung und lauschte. Der Wind war stärker geworden und verursachte störenden Lärm am Wagenfenster. Er machte den Motor aus, langte auf der Rückbank nach seiner Zigarettenschachtel, richtete sich wieder auf und rief erneut „Hallo", diesmal noch lauter. Doch er sah niemanden mehr, die Stelle, wo er die zwei Gestalten erblickt hatte, und es waren Menschen, da war sich Kruse ganz sicher, war leer, nichts mehr von ihnen zu sehen. In diesem Augenblick setzte stärkerer Regen ein, und er verzichtete darauf auszusteigen und sich weiter nach ihnen umzusehen.

Gäste kamen schon mal auf merkwürdige Ideen, da wunderte er sich schon lange nicht mehr. Wer auf die Hallig kam, noch dazu in dieser Jahreszeit, sich bei hereinbrechender Dunkelheit am Halligrand zu schaffen machte und sogar weite Wanderungen unternahm, kannte sich aus, wußte, wie er zu gehen hatte, mußte das Wetter kennen und wissen, daß heute kein Landunter zu erwarten war. Merkwürdig nur, daß die beiden noch kein Licht mit sich führten. In spätestens einer Stunde würden sie es brauchen, wenn die Wolkendecke nicht aufriß. Aber richtig verlaufen konnte man sich auf der Hallig eigentlich nicht, selbst wenn man sich noch nicht so gut auskannte. Es gab nur wenige Straßen und Wege und nichts davon führte unmittelbar ins Meer hinein oder in einen der Priele. Bis auf die Straße zum Hafen, doch da brannten immer ein paar Lampen, meistens jedenfalls, wenn der Strom nicht gerade ausfiel. Bei Nebel, der in Minuten hereinziehen konnte, gestaltete sich die Sache da schon ein bißchen schwieriger, doch so dicht, daß man den Weg oder die Straße komplett aus den Augen verlor, war dieser dann auch wiederum nicht, bisher hatten alle Gäste immer noch ihr Quartier wieder gefunden.

Weitere Gäste trafen am Vortag und auch noch am Tag des Biikefeuers mit der Fähre ein; sie fuhr bis auf sonntags und mittwochs jeden Tag, legte vormittags um halb zehn in Schlüttsiel ab, war dann, je nach Wasserstand und Wind, meist so gegen halb elf am Anleger. Um elf ging's dann wieder zurück, am Samstag fuhr sie zweimal, da legte sie nachmittags um halb drei noch mal vom Festlandshafen ab, war so gegen halb vier im Hallighafen und warf um vier die Leinen los zur Rückfahrt. Außergewöhnliches Niedrigwasser oder starker Sturm konnte den Fahrplan allerdings völlig auf den Kopf stellen. Doch das wußten alle und machten sich beizeiten schlau, wie es bei den nächsten Tagen um die Wasserstände bestellt sein würde.

Die ersten Biikebesucher streunten schon seit ein paar Tagen auf der Hallig herum, manch einer zog die

Sache mit dem Feuer in die Länge, machte einen regelrechten Urlaub daraus. Am Biiketag selbst war dann meistens nur mit Mühe noch ein freies Bett zu ergattern und es gab die Situation, daß unangemeldete Leute, die aufs Geratewohl den Halligboden betraten, sich im Versammlungssaal des Gemeindehauses auf provisorischen Liegen ausstrecken mußten, weil wirklich nichts mehr frei war und das Schiff längst wieder zurück zum Festland abgelegt hatte.

Da in diesem Jahr die Biike auf einen Freitag fiel, mußte, wer dabei sein wollte, spätestens um halb zehn an diesem Tag in Schlüttsiel seinen Fuß aufs Deck der Fähre gesetzt haben, denn dann legte sie ab und fuhr erst wieder am nächsten Tag zur Hallig raus. So richtig organisiert sah das alles nicht immer aus, obwohl es funktionierte. Am Ende waren meistens alle da, die herkommen wollten. Viele Gäste kamen schon seit Jahren zur Biike, wohnten immer auf denselben Warften, und jedes Jahr tauchten auch wieder mal neue Gesichter auf, reihten sich oft danach ein in die Schar der Dauergäste oder erschienen anschließend nie wieder.

Vorher deckte sich der Halligkaufmann mit den gebräuchlichen Waren ein, die für die Woche um die Biike von den Leuten nachgefragt wurden, denn bis auf ein paar Ausnahmen gab's in den Häusern nur die Betten. Sonst nichts dazu, kein Frühstück, nichts zum Mittag, nichts zum Abend. Man verpflegte sich selbst und kaufte im Halligladen, der auf der Hansenswarft betrieben wurde, die Sachen ein, mit denen man über die Zeit auszukommen gedachte.

Manchmal überkam es den Bürgermeister, noch mal die Warften abzufahren, einfach so, um mal nachzusehen, ob alles im Lot war. Mit den Leuten und mit dem Vieh. Mit den wie kleine Inseln anmutenden Hügeln, auf denen die Häuser thronten, die Mensch und Tier vor den mitunter geradezu feindseligen Angriffen des Meeres schützen sollten, das nie zur Ruhe kam, das nie zu schlafen schien. Doch alles in allem ging es ruhig auf der Hallig zu, da passierte kaum mal etwas, worüber es sich aufzuregen lohnte. Noch immer gab's keinen Polizisten hier, wozu denn auch? Spontan kam Kruse nichts in den Sinn, was irgendwie mal die Polizei in letzter Zeit auf den Plan gerufen hatte. Nicht mal eine Rauferei fiel ihm ein, jedenfalls keine richtige, die es zu schlichten galt, abgesehen von dem bißchen Hin- und Hergeschubse, das sich ein paarmal um Strandgut ereignete, wenn sich zwei nicht einig geworden waren, wer es denn als erster gefunden und das Anrecht darauf hatte. Doch das regelte sich alles wie von selbst zwischen den Kontrahenten, Kruse mußte da gar nicht ernsthaft dazwischengehen und den Friedensrichter spielen. Und mit ihm anlegen mochte sich auch keiner unbedingt. Alle wußten, daß der Bürgermeister eine Weile geduldig zuhören konnte, aber dann, wenn's ihm zu bunt wurde, klare Ansprachen bevorzugte, auch schon mal jemanden, der partout keine Ruhe geben wollte, am Wams mit den Füßen von der Erde gelupft hatte.

Die letzte größere Sache, fiel Kruse ein, war das Ding mit Hinnerk Rensing, doch da war eigentlich auch nichts zu regeln gewesen, im Grunde war das alles ordentlich gelaufen damals, vor ein paar Jahren, als Hinnerk Rensing vom Friedhof davongeschwommen war, kaum daß sie ihn unter die Erde gebracht hatten, weil ihn die Sturmflut wieder aus dem Grab hervorholte, seinen Sarg zerschlug und ihn ins offene Meer spülte. Nichts von ihm wurde je wieder gefunden, auf und davon hatte er sich gemacht, wollte vielleicht früher beim Herrgott ankommen als alle anderen. Zum Leidwesen von Merle Jonasson, der er wirklich mächtig abging, nachdem sie sich erst mal an ihn gewöhnt und gerne weiter um sich gehabt hätte. Doch lange überlebte sie ihn nicht, ein Jahr später schon bezog sie ihr eigenes Grab auf der Kirchwarft. Hinnerk Rensings Grab blieb leer, wurde nicht neu belegt. Pastor Wittensen bestand darauf, denn schließlich hatte der Mann das Grab ordnungsgemäß bezahlt; die Kirche brauchte das Geld damals dringend, und Pastor Wittensen fand es immer noch richtig, bei Rensing eine Ausnahme gemacht und ihm, obwohl er nicht von der Hallig stammte, ausnahmsweise das Recht auf ein Grab auf dem Halligfriedhof eingeräumt zu haben.

Während Kruse weiterfuhr, ging ihm die Geschichte mit dem Pastor durch den Kopf. Ja, dem armen Kerl war dabei ziemlich übel mitgespielt worden. Nicht von den Uthoogern, nein, Gott bewahre, denn die waren mit ihm sehr zufrieden, sondern von der Natur, vom Blanken Hans, von der See. Wittensen wollte damals gesehen haben, daß in Rensings Sarg, als dieser aus dem Grab herausgerissen wurde und zersplittert über die Kirchwarft trieb, überhaupt keiner dringelegen hatte. Sogar einer von der Polizei kam vom Festland herüber, um sich mit der Sache zu befassen. Noch ziemlich jung, ein Hauptwachtmeister, glaubte sich Kruse zu erinnern, hielt sich zwei oder drei Tage auf der Hallig auf, wohnte damals auf der Kirchwarft bei den Wittensens. Und der fand auch nichts anderes heraus als das, was er, Kruse, und alle übrigen Uthooger schon gleich gewußt hatten, daß nämlich Hinnerk Rensing tatsächlich von der Sturmflut geholt worden war. Das hatte es früher ja alles auch schon mal gegeben, stand in den alten Kirchenbüchern nachzulesen. Niemand glaubte dem Pastor die Sache mit dem leeren Sarg, der darüber verzweifelte und am Ende selbst nicht mehr so recht wußte, was er denn wirklich damals, als sich die Flut über den Friedhof hermachte, gesehen hatte. Nur der Polizist blickte immer noch ein bißchen skeptisch drein, als er Kruse informierte, daß der Fall für ihn nun erledigt sei, er kein strafbewehrtes Delikt herausgefunden hätte und der Tote wohl wirklich in die See hinausgespült worden sei. Hartnäckig hielt sich danach noch eine Weile das Gerücht, der Pastor sei nicht mehr der alte, er habe das nicht einfach so weggesteckt. Und auch mehr Falten habe er im Gesicht davongetragen, die Haare wären an einigen Stellen grau oder fast weiß geworden, das könnte doch jeder deutlich erkennen, der Augen im Kopf hätte.

So um fünf Jahre mußte das inzwischen wohl her sein. Kruse kratzte sich am Bart. Vielleicht auch ein paar Jahre mehr, er war sich da nicht sicher. Was wohl aus dem Polizisten geworden sein mochte. Vor einiger Zeit war er noch mal beim Pastor gewesen, hatte Kruse gehört, doch er selbst hatte ihn nicht zu Gesicht bekommen.

Am nächsten zum Biikeplatz lag die Olsenswarft, so um zwei Kilometer zog sich der Weg dorthin. Nur zur Biike belebte es sich dort, gab es eine gewisse Unruhe um die Warft, die sich nach dem Biikefeuer jedoch ebenso rasch verflüchtigte und wieder der alten Ruhe wich. Der Weg endete an der Halligkante, da war sonst nichts anzutreffen bis auf die Reste eines inzwischen verfallenen Bootssteges. Auf der Olsenswarft wohnte der Halligkaufmann. Das war Fiete, Fiete Magnussen. Der kam vom Festland, betrieb dort mal einen kleinen Lebensmittelladen, bis man ihn überredete, das verwaiste Geschäft auf der Hansenswarft zu übernehmen. Reich wurde er damit nicht, das gelang auch keinem seiner Vorgänger. Aber er kam über die Runden, hielt sich noch ein paar Hühner und Kaninchen, über die er sich selbst hermachte oder an interessierte Leute von den anderen Warften verkaufte. Viele Eier nahm ihm das Hotel von der Laurenzwarft ab, zumindest über die Sommermonate, wenn die meisten Gäste die Hallig bevölkerten.

Bis zur Hansenswarft waren es dann noch mal gut und gerne zwei Kilometer von der Olsenswarft aus, und die lief Magnussen an den Tagen, an denen er den Halligladen öffnete, entweder zu Fuß oder schnappte sich das Rad, das allerdings nur dann, wenn kein Sturm herrschte und er das Rad kaum auf dem Weg halten konnte. Auch die Feuerwehr war samt Spritzenwagen und Aufenthaltsraum auf der Hansenswarft untergekommen, dazu gab's noch ein paar Häuser mit Gästezimmern. Kruses Gemeindebüro mit Versammlungsraum und noch ein paar weiteren gemeindeeigenen Räumen grenzten gleich an den „Seelöwen“, eines der Gasthäuser auf der Hallig, in denen es was zu essen gab, das jedoch nicht an allen Tagen, jedenfalls nicht im Winter, wenn sich der „Seelöwe“ und der „Grüne Pesel“ auf der Barkenswarft ablösten. Auf der Laurenzwarft gab's dazu auch noch das wie versteckt unter einer Menge Baumkronen liegende kleine Hotel „Buernkroog“ von Frerich Rasmussen. Dort machte man die Gaststube auf, wie man gerade Lust und Laune dazu hatte, meist bekochte man sowieso nur die Leute, die auch dort nächtigten.

Obwohl Bendix Kruse nie für längere Zeit jemals was anderes gesehen hatte als die Hallig, schließlich war er hier vor mehr als vierzig Jahren zur Welt gekommen, kannte jeden Fußbreit dieses winzigen Fleckchens Erde mitten im Meer, erfaßte ihn doch hin und wieder eine seltsame Empfindung für all das Geschehen um ihn herum, für die Menschen und ihre Warften, auf denen sie hausten und mit ihm hier aushielten und der See trotzten, die oft genug schon nach ihnen gegriffen hatte. Einfach so. Weil sie hier sein wollten, so wie er, der für nichts und niemand mit dem Festland getauscht hätte. Natürlich waren auch welche darunter, die nicht lange blieben. Nicht die Gäste, die sowieso nicht, nein, auch manch anderer vom Festland glaubte, sein Glück auf der Hallig finden zu können, klappte dann aber doch nicht und irgendwann verschwand er dann wieder und kehrte meist nie mehr zurück.

Bei der Prehnswarft verlangsamte Kruse oft die Fahrt oder schritt weniger forsch aus. Viel war von ihr nicht mehr zu sehen und unkundige Blicke wußten und erkannten nichts von der Katastrophe, die sich dort vor mehr als einem Jahrhundert zugetragen hatte. Über Nacht kam einst die See und riß alles mit von der von allen Warften am wenigsten geschützten, nahm alles Leben, ließ keinen Stein auf dem anderen. Ein Dutzend Menschen ertrank, kein Stück Vieh überstand das Inferno. Zwei oder drei der Unglückseligen gab die See ein paar Wochen später frei, die übrigen behielt sie für sich. Bis auf ein paar Scherben und zersplitterte Holzreste fand sich bei Niedrigwasser im Watt nichts mehr an, was an die Bewohner erinnerte, auch weiter draußen nicht und ob die dürftigen Funde überhaupt von der Prehnswarft stammten, war nicht sicher. Genauso gut konnten es Überbleibsel der furchtbaren „Mandränken" sein, die vor einigen hundert Jahren die Küsten, die Inseln und Halligen heimsuchten und deren Spuren die See noch bis heute hin und wieder preisgab.

Von der Kirchwarft leuchtete eine einsame Lampe herüber, außer der Pastorenfamilie wohnte dort niemand. Versetzt dahinter waren – in der aufkommenden Dunkelheit mit ein paar Lichtern versehen – die schwarzen Umrisse der Barkenswarft zu sehen, dem Hafen am nächsten gelegen und bei der Biike, so auch dieses Mal, bestens mit Besuchern versorgt.

Bendix Kruse ließ es gut sein damit an diesem Abend, tat auf dem Weg zur Wetterwarft, auf der er selbst seit Kindertagen zuhause war, im Vorüberfahren noch einen Blick auf die restlichen Warften. Nichts, was ihn besonders aufmerksam hätte machen müssen, alles sah ruhig und friedlich aus, eigentlich wie üblich auf Uthoog. Er fuhr langsam, einige Leute, fast nur Gäste, soweit er erkennen konnte, gingen am Rand des Weges entlang, leuchteten mit ihren Lampen neugierig in sein Auto hinein. Ein böiger Wind schüttelte kurz seinen Wagen, ein kurzer Regenschauer ging nieder. Das Wetter, so machte Kruse noch rasch seine eigene Vorhersage, würde übermorgen vielleicht wenig einladend sein, die Feuerwehr, als deren Chef er fungierte, würde dann wieder den Flammen etwas auf die Sprünge helfen müssen.

*

Es blieb ruhig bis zur Biike, was sollte sich auch an Außergewöhnlichem auf den wenigen Quadratkilometern flachen Landes zutragen, nur weil sich wieder mal für wenige Tage ein paar Leute mehr darauf herumtrieben. Es kam sowieso in der Regel nur ein besonderer Menschenschlag herüber, nicht die üblichen Festlandsbewohner und erst recht keine überspannten, von allerlei Neurosen geplagte Stadtmenschen; sie alle konnten mit der Hallig nichts anfangen, langweilten sich beinahe zu Tode, wenn es sie mal aus Versehen hierher verschlug, weil jemand sie mal mitnahm oder ihnen der Aufenthalt von freundlicher Verwandtschaft aus einer Laune heraus spendiert wurde. Auf der anderen Seite waren es aber beileibe auch nicht nur Sonderlinge und Verdrehte, die über die paar Wege unterwegs waren. Die Leute zuckten nicht zusammen, wenn man sie unverhofft ansprach oder, anstatt ihnen auszuweichen, schnurstracks auf sie zuhielt. Gleichwohl wirkten manche von ihnen wie gejagt, wenn sie sich geduckt gegen den Wind stemmten, der immer von einer Seite einfiel und sie fast immer dieselben Wege einschlugen oder am Halligrand entlang durchs meist feuchte Gras strichen.

Anders als im Sommer gab's bei der Biike schon rein äußerlich wenig von den Gästen zu sehen. Das Wetter zeigte sich im Februar meist von seiner unangenehmen Seite, weniger für die Halligleute, die das gewohnt waren, dafür umso mehr für die Besucher. Die packten sich bei ihren Ausflügen ordentlich ein, unter düsteren, mächtigen Jacken und Mänteln verschwanden sie bis zur Unkenntlichkeit, kaum jemand war ohne Mütze unterwegs, meist versteckten sie die Köpfe noch zusätzlich unter Kapuzen, die bis unters Kinn hochgeschnürt wurden, aus denen am deutlichsten oft die Nasenspitzen hervorlugten. Da waren häufig dunkle Prozessionen unterwegs, einer sah wie der andere aus, man konnte die Menschen kaum auseinanderhalten, wenn sie sich draußen aufhielten, selbst die Vermieter wußten manchmal erst dann, wer

20

zu ihnen gehörte, wenn die Leute an ihren Häusern auftauchten und sich aus ihrer Vermummung herausschälten.

Während der letzten Tage vor dem Biikefeuer blieb der große Regen zwar aus, doch immer wieder mal peitschten kurze, kalte Schauer über die Hallig. Die Sonne zeigte sich so gut wie gar nicht, tiefhängende dunkle Wolken trieben unablässig von Nordwest heran und zogen wie in großer Eile über die Warften, über die Fennen und Priele. Das Holz des Biikefeuers war feucht, doch es troff nicht vor Nässe und im Innern des aufgeschichteten schwarzen, schier undurchdringlichen wirren Geästs mochte es sogar noch ein paar größere Partien trockenen Holzes geben, bis zu denen es der Regen nicht geschafft hatte. Einen Totalausfall würde es wohl auch in diesem Jahr nicht geben mit dem Feuer, stellte Bendix Kruse bei seiner letzten Inaugenscheinnahme des großen, immer wüst und ungeordnet wirkenden Holzhaufens befriedigt fest. Wenn es nur schon so weit wäre. Irgendwann hatte er die Vorbereitungen satt und wünschte, daß es endlich losginge, solange das Wetter halbwegs paßte.

*

Am Morgen des Biiketages war keinerlei besondere Geschäftigkeit auf der Hallig festzustellen. Alles ging seinen gewohnten Gang, Gäste wie Halligleute wußten, was der Tag bringen würde. So erledigte jeder erst mal das, was er sowieso für gewöhnlich so machte um diese Zeit. Am Wetter, das mit prüfendem, himmelwärts gerichtetem Blick auf seine Beschaffenheit für die Abendstunden abgefragt wurde, konnte ohnehin keiner was ändern. Und ganz so übel, wie der

Bürgermeister es vor ein paar Tagen noch hatte kommen sehen, würde es nun wohl doch nicht werden, obgleich es natürlich nicht besonders angenehm zu werden versprach. Es regnete immer mal ein Weilchen, der Wind blies mal mehr, mal weniger, warf keine Leute um, geschweige denn den Holzstoß am Biikeplatz, doch gemütlich würde es dort draußen wohl auch in diesem Jahr nicht werden.

Also beizeiten hinfahren, überlegte Kruse, die Reden halten, zuerst er als Bürgermeister, dann der Pastor, dann der Lehrer. Anschließend den Holzstoß in Brand setzen, wobei ein stärkerer Wind natürlich hierbei durchaus hilfreich war und es sah ganz danach aus, als ob der Wind sich vorgenommen hatte, die gewünschte Unterstützung zu leisten. Bei feuchtem oder gar nassem Holz ging's nämlich mit dem Feuer sehr viel besser voran, wenn die äußeren Reisigbündel und Äste mit Hilfe von Kruses Leuten erst mal von den Flammen erfaßt waren und dann vom Wind in den inneren, meist noch etwas trockeneren Bereich des aufgeschichteten Holzes getrieben wurden. Dann fraß sich das Feuer durch den Stapel hindurch, ließ Feuchtigkeit und Nässe in großen Qualmwolken aufsteigen, die sich, vermischt mit dem einsetzenden prasselnden Funkenflug, in den nachtdunklen Himmel davonmachten. Am Ende brannte der ganze Holzhaufen lichterloh, und selbst stärkerer Regen vermochte dann gegen die einmal entfachte Urgewalt des Feuers kaum noch etwas auszurichten. Es gab dann eine wirkliche Höllenhitze und näher als zwei oder drei Meter wagte sich zu dieser Zeit dann niemand mehr an die hochlodernden Flammen heran.

Nur einmal, erinnerte sich Kruse, fiel das Biikefeuer ganz aus, obwohl es eigentlich in jedem Jahr theore-

22

tisch ausfallen konnte. Mindestens vier- oder fünfmal gab's Landunter im Jahr, verteilt über die Wintermonate. Im Februar hatten sie natürlich auch schon Landunter gehabt, aber eben nicht in den letzten Tagen vor der Biike und nicht am Biiketag. Kurz danach schon, auch schon mal so eine knappe Woche davor. Das Wasser holte sich das Holz, das schon dalag. Sie kratzten dann alles Brennbare auf der Hallig zusammen, so daß am Abend immerhin noch ein leidliches Feuerchen brannte. Doch am Biiketag selbst hatte es nur dieses eine Landunter gegeben, an das sich Kruse erinnerte, schon ewig lange her. Als die Meldung über den aufziehenden Nordwest in Orkanstärke und die bevorstehende Sturmflut einlief, war das Holz nicht mehr in Sicherheit zu bringen. Die Leute hatten genug damit zu tun, das Vieh reinzuholen und alles auf der Warft niet- und nagelfest zu machen. Die Biike fiel aus, nachholen ging nicht, das verbot der überlieferte Brauch und hätte Unglück bedeutet. Die wenigen Gäste damals murrten nicht, und die Halligleute nahmen's gottergeben hin.

*

Es lief dann auch alles so ab wie bei den unzähligen Biikefeuern zuvor. Vielleicht standen ein paar Leute weniger um den Holzstapel herum als sonst, doch Kruse war sich nicht sicher, das war schwer abzuschätzen. Außerdem kam's darauf auch gar nicht an. In der zunehmenden Dunkelheit, die bei der tiefhängenden Wolkendecke ohne Mond und Sterne auskommen mußte, erkannte er im spärlichen Licht der wenigen aufgestellten Petroleumlampen ohnehin nur die eigenen Leute. In seinem Haus auf der Wetterwarft beherbergte er keine Gäste, so daß – bis auf die ihm vertrauten Uthooger Gesichter – alle übrigen Leute für ihn Fremde waren. Klar, eine Menge davon sah er nicht zum ersten Mal, nicht wenige kamen ihm durchaus vertraut vor, weil sie seit Jahren immer dabei waren, zum Teil kannte er auch ihre Namen, meistens die Vornamen, doch im Grunde waren es für ihn Fremde.

Irgendwie kam ihm der Holzhaufen zerzauster, wirrer, ja, wilder gestapelt vor als bei seiner letzten Hinfahrt am Mittwoch, bei der er noch ein paar weitere Holzscheite dazulegte. Selbst die diesmal von seinen Männern eher lieblos zusammengeschusterte Figur hing erkennbar verschoben und schräg an ihrem hölzernen Stiel. Der Wind war wohl an einer Seite noch mal ziemlich heftig hineingefahren und hatte das Holz dort kräftig durcheinandergebracht, was aber weiter nicht von Belang war, wie er mit raschem Blick feststellte. Es ging nun auf sieben Uhr zu, die Zeit, zu der das Feuer angezündet wurde, schon seit Jahren war das so. Die Düsternis verstärkte sich zunehmend, und der Strom der Menschen, der aus dem Dunkel der Straße und des Deiches herankam, wurde spärlicher und versiegte schließlich. Wie Glühwürmchen irrlichterten ihre mitgeführten Lampen heran.

„Alle Mann an Deck?“ befragte Kruse Arne Dobertsen, seinen besten Mann, der ihn auch vertrat. War wichtig, jemanden zu haben, auf den er sich unbedingt verlassen konnte. Nun war es nicht so, daß die anderen Männer für ihn nicht so vertrauenswürdig waren wie Arne Dobertsen, aber einer mußte ausgesucht werden, der ihn, Kruse, vertrat und Anweisungen geben konnte, wenn er mal nicht da war. Sie alle waren keine richtigen Feuerwehrmänner, jedenfalls nicht von Berufs wegen, hatten zwar eine entsprechende Ausbildung erfahren, doch das ging mehr im Schnelldurchlauf, den Feinschliff verpaßte ihnen Kruse selbst, der schon viele Jahre die Sache betrieb. Geld gab's für die regelmäßigen Übungen und gelegentlichen Einsätze keines. Die gesamte Ausrüstung stellte das Land, der Löschwagen war erst vor zwei Jahren neu angeschafft worden. Ein Essen sprang manchmal dabei raus, ein paar Bier für die Männer, das war's aber auch schon.

Kruse entdeckte im Halbdunkel den Pastor, auch der Lehrer trieb sich in der Nähe herum. Rasch war eine Holzkiste herbeigeschafft, von der herab er die Leute zu sich rief. Der Bürgermeister verfügte über eine laute Stimme, die sich auch schon gegen Wellen- und Sturmgetöse durchgesetzt hatte. Im Nu war er von einer dunklen Menschentraube umringt. Er hielt sich kurz, jedes Jahr waren es fast dieselben Sätze, seine Leute kannten das alles schon, auch manche der Gäste, die ihn öfter dabei erlebt hatten. Nicht anders war's beim Lehrer. Thies Henningsen sprang nach Kruse auf die Kiste, suchte als erstes in den umstehenden Gesichtern nach seinen wenigen Schützlingen, die bei ihm die Schulbank drückten, um sie als erstes zum vorsichtigen Umgang mit dem Feuer und den Ästen anzuhalten, die sie am Ende aus der Glut zerrten, um mit den daran geschwärzten Händen über die Gesichter von Freunden und Bekannten zu fahren. So war es Brauch auf der Hallig. Kaum jemand blieb von den schwarzen Klecksen auf den Wangen verschont, auch Kruse und der Lehrer nicht. Und auch Pastor Ole Wittensen ließ die Prozedur mit Langmut über sich ergehen, wobei sich die Schüler nicht an ihn und Kruse und den Lehrer heranwagten. Das besorgten

ihnen die eigenen Leute und auch schon mal vorwitzi-
ge, mit dem Brauch vertraute Gäste. Am Biikeplatz
galten eigene, besondere Regeln, man duzte jeden, der
einem über den Weg lief und verfuhr auch sonst ziemlich locker miteinander. Am nächsten Tag ging dann
alles wieder seinen gewohnten Gang. Der Pastor stand
schließlich mit umgehängter Gitarre auf der Kiste,
blickte gütig in die Runde, beließ es wie gewohnt
mehr oder weniger bei einer allgemeinen Begrüßung,
bemühte erst recht nicht die Historie des Biikefeuers,
von dem ihm die Deutung als Götterbesänftigung oder
deren Vertreibung sowieso nicht gefallen wollte,
spitzte die Lippen und stimmte das erste Lied an.

Der Himmel hielt die Schleusen geschlossen, schon
seit geraumer Zeit fuhren keine Tropfen mehr in die
Gesichter, Kapuzen wurden hinterrücks herabgezo-
gen, gleichwohl pfiff noch immer ein kräftiger Wind
von Nordwest heran und ließ keine Gemütlichkeit
aufkommen. Ein Dutzend Leute umringte den Pastor,
der inzwischen von der Kiste herabgestiegen war und
diese als Sitzplatz nutzte, neben sich den Lehrer. Blätter mit den Liedtexten machten die Runde, von Henningsen verteilt.

Kruse hörte die Singstimme des Pastors aus den
anderen Stimmen heraus und gab seinen Leuten das
Zeichen, den Holzstoß anzustecken. Eigentlich lief
alles nach Plan, bisher jedenfalls, stellte Kruse schon
mal befriedigt fest. Der Nordwest kam immer gelegen, auch wenn es normalerweise die Windrichtung
für übles Wetter war, obwohl davon im Augenblick
noch keine Rede sein konnte. Denn die halbwegs be-
festigte Fläche, auf der man, wenn's feucht wurde,
nicht im Schlamm versank, lag nordwestlich der Feuerstelle, dem Wind entgegen, so daß Rauch und Fun-

26

kenflug zur anderen Seite davontrieben. Klar, man hätte bei anderer Windrichtung das Holz noch umschichten können, doch das war so gut wie nie vorgekommen, war auch eine elende Schufterei. Lieber baute man sich dann samt Löschwagen und dem Getränkewagen seitlich daneben auf, nahm Schlamm und Dreck in Kauf. Ohne Stiefel oder anderes geeignetes Schuhwerk war ohnehin meist niemand am Biikefeuer unterwegs.

Alles heute in bester Ordnung, sagte Kruse im Stillen vor sich hin, der starke Wind blies in das erwachende Feuer und fachte es bald kräftig an. Als erstes hatten seine Leute seitlich mit dem Anzünden begonnen, sich dann nach vorne durchgearbeitet, wo die Zuschauer standen, von einem Absperrband zurückgehalten. Schon nach kurzer Zeit war nämlich eine seitliche Annäherung an das Feuer nicht mehr möglich, erst recht nicht von der Rückseite. Rauch und Funkenflug nahmen dort rasch bedrohliche Ausmaße an, von der zunehmenden, bald unerträglichen Hitze gar nicht zu reden. Immer dichter wallte dunkler Rauch auf, nur selten von grauweißen Schlieren durchzogen, vom Wind in das Gewirr der Äste und Stämme und Pfähle gepreßt, um oben und an der Rückseite hervorzuquellen und im Dunkel der sich ankündigenden Nacht zu verschwinden. Noch vom Feuer unversehrt thronte über allem die Biikefigur, was auch immer sie darstellen sollte, nunmehr dem unaufhaltsamen Verderben anheimgegeben. Unaufhörliches Knacken und Knistern des feuchten Holzes vermischten sich mit dem Fauchen der schon emporlodernden Flammen und den Geräuschen des Windes. Kruse umkreiste noch mal den ihn nun bedrohlich und gefährlich anmutenden Holzstoß, der ihm jedes Jahr, so auch jetzt, sobald er brannte, viel größer und riesiger erschien im Vergleich zu dem Anblick, den er bot, als er noch düster, starr und unansehnlich dalag. Die zuunterst liegenden Äste, so auch die an einer Stelle, weiter herausragenden, hatte das Feuer bereits in rotglühende Gerippe verwandelt.

Bis auf ein paar kleine Schauer, die kaum der Rede wert waren, blieb es trocken. Es gab wenig zu tun für die Feuerwehrmänner, die sich mit ihren gelbgestreiften Anzügen unter die Leute mischten und nur hin und wieder zum Feuer gingen und mit Stangen und langen, eisernen Forken den allmählich in sich niedersinkenden Holzstapel halbwegs ordneten und nicht verbrannte Teile, die herausgefallen waren, wieder in die Mitte des nun eine wahre Höllenhitze ausstrahlenden Feuers zu bugsieren. Alles verbrannte sowieso nicht, das wußten Kruse und seine Leute. Selbst bei trockenem Holz blieben fast immer ein paar nicht vollständig verbrannte Stücke zurück, die sie am nächsten Tag vorfanden, wenn sie den Biikeplatz wieder säuberten und herrichteten.

Kruse lief bereits mit geschwärztem Gesicht umher, ein Mann, den er vorher noch nie gesehen hatte, baute sich plötzlich vor ihm auf und langte ihm ins Gesicht und war ebenso rasch wieder verschwunden, wie er gekommen war. Einer der Schuljungen verbrannte sich bei der Prozedur des Schwärzens an den aus dem Feuer herausgerissenen Ästen die Hände, weinte still vor sich hin, währenddessen ihn der Vater, der bei der Feuerwehr mitmachte, notdürftig verband.

Gegen zehn Uhr schaute Kruse seine Leute und den ziemlich heruntergebrannten Holzhaufen an, aus dem immer noch kleine Flammen schlugen und der weiterhin eine solche Hitze ausstrahlte, daß sich niemand ihm groß nähern konnte. Die Schar der Zuschauer war bis auf vielleicht ein Dutzend zusammengeschmolzen, der Getränkewagen und die ihn versorgenden Frauen, darunter seine eigene, hatten sich auch bei ihm schon abgemeldet. Richtung Olsenswarft und weiter noch zur Hansenswarft flimmerten rote Rücklichter, und Scheinwerfer zogen weiße Linien voraus in die Dunkelheit, dazwischen winzige Lichtpünktchen von Handlampen.

„Schluß jetzt“, rief Kruse nach allen Seiten, „Leute, Schluß jetzt, geht heim jetzt, für heute ist es genug. Und fallt mir nicht in den Graben.“

Im Nu leerte sich der Platz, die letzten Leute trollten sich ohne Murren, die Sache war nun mal zu Ende.

Hinter Dobertsen umrundete Kruse als Letzter noch mal das Feuer, das inzwischen wohl zu einem Viertel seiner ursprünglichen Höhe zusammengefallen war. Nur noch kleine Flämmchen züngelten in die Höhe, ein eigenartig dumpfer Laut, wie ein unterdrücktes Fauchen, drang gegen die Windgeräusche aus dem Innern der rotgelben Glut.

„Können wir so lassen“, raunte der Bürgermeister seinem Begleiter zu, „da können wir uns das Wasser sparen. Wozu auch, was soll hier denn passieren?“ Kruse gab sich selbst die Antwort: „Nichts, ist doch immer so gewesen. Nichts.“

Arne Dobertsen nickte zustimmend.

„Wann morgen, wann reißen wir das Feuer auseinander?“

Kruse warf noch einen abschätzenden Blick auf die vor sich hinschwelende, knisternde und knackende Glut, wußte, daß Dobertsen heute nicht mit in den „Seelöwen“ kam, in dem sich die Feuerwehrleute und zahlreiche Gäste trafen, um sich mit ein paar Schnäpsen über den Grünkohl herzumachen, den es traditionell am Biikeabend gab. Nicht nur im „Seelöwen" auf der Hansenswarft, auch noch in anderen Häusern gab's davon reichlich zu essen, so im „Buernkroog" auf der Laurenzwarft und im „Grünen Pesel" auf der Barkenswarft. Es hieß, daß nur geschwärzte Gesichter mit Grünkohl versorgt würden, doch so genau wurde es dann wohl doch nicht immer genommen.

„Dauert wohl noch 'n bißchen, bis das vorbei ist. Und sieht ganz so aus, als ob es nicht groß regnen wird", erwiderte Kruse, „nach dem Mittagessen? So um ein Uhr rum?"

Wieder nickte Dobertsen.

„Um eins."

„Und ich bring' noch ein paar Leute mit", rief ihm Kruse zu, bevor er ins Auto stieg.

Erneut nickte Arne Dobertsen stumm, bevor er sich auf sein Rad schwang.

*

Als Kruse sich dem Feuerplatz näherte, sah er schon von weitem, daß etwas nicht stimmte. Er hatte sich verspätet, war irgendwie nicht in Gang gekommen, obwohl es nicht mal besonders spät geworden war im „Buernkroog", wo er seit Jahren nach dem Feuer zum Grünkohlessen einkehrte. Bot sich für ihn geradezu an, lag die Laurenzwarft doch für ihn auf dem Weg zu seinem Haus auf der Wetterwarft. Vier oder fünf Männer standen am Rand der Überreste des Feuers und blickten unverwandt in den noch aufsteigenden Rauch hinein, einer stocherte mit einer ziemlich langen Stange darin herum. Nun löste sich ein Mann aus der Gruppe. Kruse erkannte Dobertsen, der wild ges-

30

tikulierend auf ihn zugelaufen kam und schon zu rufen anfing, kaum daß der Bürgermeister aus dem Auto heraus war.

Dobertsen baute sich vor ihm auf, holte tief Luft, schluckte.

Kruse kam ihm zuvor. „Was ist los, Arne, was gibt's denn?“ herrschte er den Mann an, „mach's nicht so spannend, was ist los?“

Wieder holte Dobertsen hörbar Luft, schaute kurz zum schwelenden, noch immer qualmenden Feuer hinüber. „Da liegt einer drin“, preßte er dann heraus, „das heißt, was von dem noch übriggeblieben ist.“ Erneut rang er nach Luft, sah sich nach den Männern um, die stumm an ihrem Platz verharrten, mal in die Reste des Feuers blickend, mal demjenigen zusehend, der scheinbar planlos die lange Stange wieder und wieder in die verkohlten Holzstücke stieß.

Mit wenigen Schritten war Kruse am Rand der Feuerstelle, fiel dem Mann mit der Stange in den Arm. Was er zu sehen bekam, ließ ihn für Sekunden den Atem anhalten. Da lag tatsächlich ein verbrannter menschlicher Körper. Kruse wußte, daß nur in Krematorien fast alles verbrannte, selbst die meisten Knochen, von denen das Feuer eine Art grobgekörnten Sand übrigließ. Metallisches blieb zurück, Zahnkronen, Goldfüllungen, künstliche Gelenke aus Metall und so etwas. Und das war's dann auch schon, ein menschlicher Körper gab da nicht viel her, da machten die Flammen wenig Federlesens mit. Doch ein normales Feuer schaffte das nicht, das kannte er von einigen Feuerwehreinsätzen auf dem Festland, bei denen er vor langer Zeit mal mitgeholfen hatte. Im Krematorium ging's mit tausend Grad und mehr zur Sache, ein normales Feuer brachte es wohl nur auf ein paar hundert Grad, hielt meistens auch nicht so lange an, und da blieb immer mehr oder weniger noch einiges von den Toten übrig, das an den Knochen haftete. Da hatte er schaurige Anblicke ertragen müssen. Halbverbrannte Schädel, Körperfetzen, an denen noch Kleidungsstücke klebten, Arme oder Beine, die fast vollständig bis auf die Knochen freigelegt waren, während der Körper zwar verbrannt und zusammengesunken wirkte, aber fast noch als Ganzes zu erkennen war. Gott sei Dank kriegten die Unglücklichen das eigentliche Verbrennen wohl nicht mehr mit, weil sie der Rauch schon vorher bewußtlos machte und gleich danach umbrachte. Auch bei den mittelalterlichen Verbrennungen auf den Scheiterhaufen, hatte Kruse erfahren, waren die Körper nicht vollständig verbrannt, erst recht nicht, wenn das Holz feucht war oder es bei der Hinrichtung zu regnen begann.

Kruse scheuchte die Männer, die sich nun an ihn herandrängten, mit heftigen Armbewegungen zurück und beugte sich so weit wie möglich nach vorne, hatte sich inzwischen selbst mit einem Stock bewaffnet, atmete unwillkürlich weniger tief ein, um dem möglichen Geruch des verbrannten Körpers zu entgehen. Kruse tippte auf einen Mann, irgendwie kamen ihm die freigelegten Knochen grobschlächtiger, größer und ungelenker vor als bei einem weiblichen Körper, soweit er das zu erkennen vermochte. Der Tote lag wohl so um einen Meter vom Rand des Feuers weg zur Mitte hin und war nicht vollständig skelettiert. An einigen Stellen hingen erkennbar noch Reste schwarzen Körpergewebes an den Knochen. Nur der Kopf, so schien ihm, war fast vollständig verbrannt, er sah einen regelrechten Totenschädel, die typischen großen Augenhöhlen und die grimassenhaft verzerrte Mundpartie mit den aufgeklappten Kiefern, in denen blekkende Zähne steckten. Im hinteren Bereich des Unterkiefers fehlte ein Zahn, im Oberkiefer waren ziemlich vorne zwei bis zur Hälfte abgebrochen.

Kruse wandte sich seinen Leuten zu, die hinter ihm standen und schwieg sie eine Weile an. Niemand sagte ein Wort. Minutenlang. Bis Kruse die Stille brach.

„Hat irgendwer eine Idee, was das hier zu bedeuten hat?" Er suchte die Gesichter der Männer ab, die sich gegenseitig anschauten, dann die Köpfe schüttelten. Nein, niemand konnte sich das Ungeheuerliche erklären, das da vor ihren Füßen in den Resten des verlöschenden Feuers lag.

Kruse begann laut zu denken. „Keiner von uns hat gestern Abend und in der Nacht, bis zum Ende, als wir alle weggingen und wir waren die Letzten, was gesehen, was gemerkt. War doch so, oder?" Er wartete keine Antwort ab, doch die Männer nickten mechanisch. „Wie kann es sein, daß keiner von uns mitgekriegt hat, daß da einer drin liegt, unter dem Holz, in dem Holz?" Kruse sprach wie zu sich selbst. „Der muß ziemlich versteckt, ziemlich tief unten gelegen haben. Wie ist er dahingekommen?" Ratlos sah der Bürgermeister in die Runde, drehte sich dann wieder zur Feuerstelle. „Und wir haben nichts gemerkt", fuhr er fort, „und wir haben nichts gemerkt!" Er wurde lauter. „Das gibt's doch gar nicht, kann doch nicht wahr sein!"

Kruse schnaufte. „Sag' doch was, Arne", ging er in rauhem Ton Arne Dobertsen an, „sag' doch was! Und Du, Fiete, Du, Laurie, sagt doch was!" Er stieß den Angesprochenen mit dem Zeigefinger gegen die Brust. „Sagt doch was!" Niemand antwortete ihm und er drehte sich wieder zur Feuerstelle, versuchte mit einer Metallstange, derer er sich inzwischen bemächtigt hatte, die Holzreste auseinanderzuzerren, nahm die Schaufel, die ihm einer reichte, um näher an den Toten heranzukommen, gab das Vorhaben jedoch nach kurzer Zeit wieder auf, weil der Boden immer noch so heiß war, daß er mit normalem Schuhwerk nicht zu betreten war. Für einen Moment hielt Kruse inne, schien zu überlegen, drehte sich dann abrupt wieder zu seinen Leuten.

„Der muß doch schon tot gewesen, als wir das Feuer anzündeten. Geht ja nicht anders. Doch wer legt uns einen Toten ins Holz, daß wir ihn verbrennen?" Kruse schüttelte über seine eigenen Gedanken den Kopf, hielt dann wieder inne, dieses Mal länger, stierte zu dem Toten hinüber. „Oder …?" Kruse zögerte weiterzusprechen. „Oder ist der lebend verbrannt, hat der noch gelebt, als wir das Feuer in Gang setzten?" Erschrocken sah Kruse sich um, traute wohl den eigenen Worten nicht. „Hätten wir doch hören müssen, da schreit doch einer, wenn er lebendig verbrennt. Oder etwa nicht?" fuhr der Bürgermeister die Männer an, die noch immer schwiegen oder unverständlich vor sich hinmurmelten, was Kruse noch mehr zu eigenen Spekulationen antrieb. Wenn der Mann noch gelebt hatte, mußte er wehrlos gemacht worden sein, betäubt, gefesselt, geknebelt oder auf andere Weise zum Verstummen gebracht. Wieso sprach er immer von einem Mann, schoß es Kruse da durch den Kopf, konnte doch auch eine Frau sein, so genau kannte er sich mit Skeletten nicht aus.

„Vielleicht ist's ja eine Frau, wer sagt denn, daß das ein Mann sein muß", ließ er die Männer wissen, „kann genauso eine Frau sein."

Kruse straffte sich, blickte entschlossen die Männer an. „Malte und Uwe, Ihr bleibt hier, rührt Euch nicht von der Stelle, laßt niemand, hört Ihr, niemand an das Feuer heran. Ich fahr' ins Gemeindehaus und ruf' die Polizei an, die müssen her, das ist ein Fall für die Polizei, so oder so!" Kruse begann sich allmählich wieder zu beruhigen. „Ich komm' dann sofort zurück, bring' Absperrband und 'ne Plane zum Abdecken mit, damit wirklich keiner an die Sache rankann. Alle anderen fahren heim, kein Wort zu den Kindern, kein Wort zur Frau, wenn's irgendwie geht." Erneut hielt er in der Bewegung inne, sah auf den Boden, dann zu den Männern hin. „Wie kam der Mann überhaupt auf die Hallig? Wo wohnte der? Der muß doch vermißt werden, da, wo er wohnte." Kruse kratzte sich am Kopf. „Oder erst gestern angekommen, ohne ein Zimmer zu haben? Gibt's doch gar nicht." Das waren Kruses letzte Worte, bevor er zum Auto hastete und davonbrauste.

Frau Lürssen staunte nicht schlecht, als der Bürgermeister mit einem kurzer Raunzer als Begrüßung an ihr vorbeistürmte und in seinem Zimmer verschwand, dabei entgegen seiner sonstigen Gewohnheit die Tür hinter sich ins Schloß zog, doch sogleich noch mal energisch den Kopf herausstreckte.

„Erzähl' ich Ihnen später, Frau Lürssen, muß telefonieren. Kein Wort zu irgendwem jetzt. Brauch' die Nummer von der Polizei, die auf dem Festland."

Kruse hielt kurz inne, überlegte. „Da war doch mal einer hier. Schon 'ne Weile her. Die Sache mit dem Pastor, mit dem leeren Sarg. So'n junger Mann, Wachtmeister oder Kommissar. Sie erinnern sich doch auch bestimmt daran. Vielleicht gibt's den da noch, war doch ganz in Ordnung, der Kerl."

Frau Lürssen nickte, natürlich fiel ihr sogleich die

Begegenheit ein, von der Bürgermeister Kruse sprach. Wer hätte das je vergessen können.

„Was ist denn passiert?" wagte die Angestellte einen Versuch, aber Kruse machte eine wilde Armbewegung durch die Luft.

„Kein Wort jetzt, brauch' sofort die Polizei! Hören Sie? Sofort die Polizei!"

Doch so rasch ließ sich Annemarie Lürssen nicht zum Verstummen bringen und erhob sich.

„Wenn's pressiert, geht es am besten mit der 110, daran hat sich nichts geändert, Herr Bürgermeister."

Kruse stutzte kurz. „Da landet man doch bei irgendeiner Polizeiwache, wo sie gerade Wache schieben oder so. Dauert ewig, ehe sich da was tut. Nein, ich will mit der Polizei vom Kreis reden, die beim Pastor und dem leeren Sarg von Rensing hier war."

Während er noch vernehmlich vor sich hinmurmelte, rief Frau Lürssen durch die offene Tür ihres Zimmers „Moment, Moment" und Kruse hörte, wie sie in einem Schrank herumkramte und wenige Augenblicke später mit einem Ordner in der Hand in der Türöffnung auftauchte.

„Hier", sie schwenkte den Ordner in der Hand wie eine Trophäe, warf einen Blick auf den Ordnerrücken, „hier, da ist alles drin, war vor fünf Jahren, im Februar."

Kruse machte noch immer keine Anstalten, etwas zu erzählen, brach dann aber doch sein Schweigen, als er die fragenden, weitgeöffneten Augen der Gemeindeangestellten gewahrte, die einen schrillen Schreckensruf ausstieß, als sie erfuhr, was sich am Biikeplatz ereignet hatte.

„Nein", stieß sie hervor, „nein, nein!" Und abermals „Nein!"

Kruse bemühte sich um Sachlichkeit, blätterte in dem Ordner herum, während er sie zum Stillschweigen beschwor und ihr streng beschied, er sei für die nächste Zeit für keinen zu sprechen. Nur eigene Leute, sie wisse schon, dürften zu ihm durch, sonst niemand.

Jasper Holthaus hieß der Polizist, damals Hauptwachtmeister, erinnerte sich Kruse, inzwischen sicher befördert, wahrscheinlich Kommissar oder so was in dieser Richtung, der damals auf der Hallig erschien, nachdem Hinnerk Rensing sich bei einem fürchterlichen Landunter aus seinem Grab davongemacht hatte, obwohl der Pastor das anders gesehen haben wollte. Und sein Chef, wie hieß der noch? Kruse suchte weiter im Ordner herum, stieß bald auch auf dessen Namen. Jochimsen, Peter Jochimsen, Hauptkommissar. Ob's die beiden noch gab? Holthaus war wohl zwischendurch mal auf Uthoog aufgetaucht, um den Pastor zu besuchen, hatte man ihm berichtet, vielleicht vor zwei oder drei Jahren. Er, Kruse, hatte ihn jedoch nach der Rensing-Sache nicht mehr zu Gesicht bekommen.

Und wie sich rasch herausstellte, gab's Holthaus wirklich noch. Nach einem ersten Versuch über die 110 landete Kruse nach weiteren drei oder vier vergeblichen Telefonaten tatsächlich bei der Polizeidienststelle im Kreishaus, exakt Kriminalpolizeidienststelle, die auch für die Inseln und Halligen zuständig war, und dort kannte man Holthaus nur zu gut. Jasper Holthaus, inzwischen mit Dienstrang Kriminalkommissar unterwegs, verrichtete dort noch immer seine Arbeit und sein Vorgesetzter war, auch daran hatte sich nichts geändert, nach wie vor Hauptkommissar Peter Jochimsen. Keiner von beiden war in dem Augenblick zu erreichen, was Kruse zu einem nur mühsam im Zaum gehaltenen Wutausbruch trieb. Er habe einen Toten, einen Verbrannten anzubieten, rief er ungehalten in den Hörer und damit ins Ohr einer Frau, deren Namen er nicht verstanden hatte, und der Ärmste sei dem Anschein nach im gestrigen Biikefeuer verbrannt worden, wahrscheinlich war er schon tot, als das Feuer angezündet wurde, vielleicht aber auch nicht, das müsse noch untersucht werden, nicht auszuschließen, daß derjenige noch lebte, dann wohl betäubt oder auch gefesselt und geknebelt, vielleicht sei es eine Frau, müßte ebenfalls noch festgestellt werden, doch nach seinem ersten Eindruck sei es wohl ein Mann, der da in den Resten des Biikefeuers liege. Da solle sich, bitteschön, sofort mal die Festlandspolizei drum kümmern, herkommen auf die Hallig, denn die verfüge ja bekanntlich nicht über eine Polizeistation. Und am besten käme wieder der Holthaus rüber, der kenne sich ja schon aus mit der Hallig und den Leuten, habe schon mal was ermittelt bei ihnen. Ob sie das alles nun verstanden habe. Und der Holthaus sollte ihn so schnell wie möglich anrufen oder am besten gleich herkommen auf die Hallig. Da gäb's schon mal Landunter, besonders im Februar. Und wenn das jetzt bald wieder passierte, dann brauchte die Polizei überhaupt nicht mehr zu kommen, denn dann gäb's nichts mehr zu untersuchen, dann hätte sich die See gleich alles geholt."

Der Rückruf vom Festland erfolgte schon nach weniger als zehn Minuten. Jochimsen war in der Leitung, rief aus einem Streifenwagen an, mit dem er sich gerade von einer Zusammenkunft der Leiter der Kriminalpolizeidienststellen Nordfrieslands zurück in seine Dienststelle chauffieren ließ. Jochimsen und Kruse kannten sich nicht. Außer den Namen, die mal gefallen waren, vielleicht in der Rensing-Sache, wußten sie so gut wie nichts voneinander.

Jochimsen versuchte, gegen den Redeschwall des Bürgermeisters anzukommen, doch Kruse ließ sich nicht unterbrechen, erzählte alles noch mal, was er der Frau auf der Dienststelle schon in atemberaubendem Tempo berichtet hatte. Als er zum Schluß kam, hörte Jochimsen ihn heftig atmen, hörte noch ein paar hinterhergeschobene Halbsätze und Wortfragmente, die wie das Bellen eines Hundes klangen, der sich nicht beruhigen kann. Dann folgte noch ein ganzer Satz: „Holthaus soll sofort rüberkommen." Dann war es still auf der anderen Seite.

„Ein Toter im Biikefeuer?" fragte Jochimsen. Sein Erstaunen, gemischt mit einer Portion Skepsis, war unüberhörbar. „Verbrannt im Biikefeuer, sagen Sie?"

„Sag' ich doch", gab Kruse zurück. „Ist so, ist 'ne ganz schlimme Sache." Und wiederholte: „Holthaus soll herkommen, sofort, der kennt sich aus hier, noch von der Rensing-Sache, der kann doch einen Hubschrauber kriegen. Kann er doch bestimmt, oder?"

„Haben Sie den Ort, ich meine, den Biikeplatz abgesperrt? Daß dort niemand herankann?"

„Klar doch." Kruse log. „Da ist alles abgesperrt, kommt keiner ran." Gleich würde er wieder rausfahren zum Biikeplatz, Malte und Uwe warteten auf ihn.

„Was ist mit den Leuten, mit den Fremden, mit den Gästen, die beim Biikefeuer dabei waren? Haben Sie die registriert? Da kann doch, wenn das stimmt, was Sie mir erzählen, der Täter darunter sein, nein, der muß ja eigentlich darunter gewesen sein."

Jochimsen hielt einen Moment inne, ein neuer Gedanke fuhr ihm durch den Kopf.

„Von der Hallig kommt doch keiner ohne Schiff

weg, ohne Fähre kommt doch keiner runter, oder? Oder sind die alle schon wieder abgereist? Wann fährt die Fähre denn bei Ihnen, wann fährt sie heute?"

Am anderen Ende der Leitung blieb es still, denn Kruse überlegte. An die Fähre hatte er überhaupt noch nicht gedacht. War das wichtig?

Jochimsen setzte nach: „Was ist mit der Fähre? Hat sie heute schon Leute zum Festland zurückgebracht? Wie oft fährt sie, wie ist der Fahrplan, wann fährt sie planmäßig? So sagen Sie doch endlich was." Jochimsens Stimme wurde lauter. „Sind die Leute, die bei der Biike dabei waren, noch auf der Hallig?"

„Sicher nicht mehr alle, die erste Fähre fuhr um 11 Uhr, da sind sicher schon ein paar Leute mit losgefahren", beschied Kruse kurz.

„Wann geht denn die nächste Fähre? Wieviele Fähren fahren denn heute überhaupt zum Festland rüber?"

„Die nächste Fähre geht um vier."

„Das ist in einer knappen Stunde. Bis dahin bleibt nicht mehr viel Zeit. Fährt heute noch ein weiteres Schiff Richtung Festland? Zu einer späteren Zeit?" fragte Jochimsen gereizt, der sich über die plötzliche Wortkargheit des Bürgermeisters zu ärgern begann.

„Nee", klang es aus dem Hörer, „danach geht heute kein Schiff mehr. Und morgen geht überhaupt keins. Ist ja Sonntag."

Jochimsen schnaufte durch.

„Sie lassen eine Fähre ablegen, lassen Leute an Bord gehen, ohne daß sie registriert wurden, ohne daß ihre persönlichen Daten aufgeschrieben wurden, Namen, Anschriften und so weiter?" Jochimsen holte tief Luft. „Und das nach diesem Vorfall, nach einem offensichtlichen Kapitalverbrechen, jedenfalls hört es sich so an, wie Sie mir das schildern?"

Kruse holte nun seinerseits vernehmbar Luft.

„Wie denn auch, warum denn auch? Wer konnte das denn wissen um die Zeit, als das erste Schiff ablegte? Wir waren erst gegen eins am Feuer, ein Uhr mittags. Und erst da haben wir's entdeckt, erst mittags. Wer konnte denn ahnen, daß da einer mit dem Biikefeuer verbrannt worden ist?"

Kruse hielt eine Sekunde inne, dann legte er weiter los, bevor Jochimsen wieder was sagen konnte. Seine Stimme wurde dabei lauter und heller.

„Das konnte doch wohl keiner wissen, das müssen Sie doch auch so sehen, oder nicht? Wir sind keine Hellseher, die gibt's nicht bei uns, vielleicht gibt's die auf dem Festland, aber nicht bei uns!"

Jochimsen beherrschte sich mühsam, der Ton des Bürgermeisters gefiel ihm überhaupt nicht. Obwohl der Mann natürlich recht hatte, wenn sich das so zugetragen hatte. Gleichwohl stießen ihm Art und Weise, wie sich Kruse aufführte, ziemlich übel auf, Bürgermeister hin, Bürgermeister her. Die Halligleute waren oft sonderliche Leute, das war ihm auch schon zu Ohren gekommen, und zwar so gut wie alle, wenn sie nur lange genug auf dem bißchen Erde mitten im Meer aushielten, einerlei, ob sie da geboren wurden oder irgendwann dorthin zogen.

„Die Vermieter auf der Hallig lassen sich doch sicher von allen Gästen Meldezettel ausfüllen", nahm Jochimsen das Gespräch wieder auf.

„Klar, das machen alle", sagte Kruse, „ist vorgeschrieben."

„Das heißt, auch die schon abgereisten Gäste sind namentlich erfaßt?"

„Klar, das sind sie. Warum also so einen Aufstand wegen der Elf-Uhr-Fähre. Alle, die um elf von der

Hallig wegfuhren, sind bekannt. Klar, nur dann, wenn das stimmt, was sie eingetragen haben. Kontrolliert ja keiner."

„Könnten auch Leute darunter sein, die sich überhaupt nicht angemeldet haben, für die überhaupt kein Meldezettel existiert?"

„Zelten ist nicht erlaubt, ist auch viel zu kalt im Februar, alle brauchen ein Bett in einem der Häuser, also müßte es für alle einen Meldezettel geben."

„Müßte?" Jochimsen hob fragend die Stimme. „Ist das nicht sicher?"

„Ich steh' nicht hinter den Leuten, ob und wie die Meldezettel ausgefüllt werden."

„Und die Vermieter lassen sich in jedem Fall einen Meldezettel ausfüllen?"

„Geh' ich mal von aus. Alle wissen, daß das Vorschrift ist. Könnte ja auch mal kontrolliert werden."

„Das heißt, auf der Fähre, die um vier Uhr ablegt, sind nur Leute, die mit ihren persönlichen Daten erfaßt sind. Also Gäste, die zum Biikefeuer anreisten und vielleicht Leute von der Hallig, die dort wohnen oder arbeiten und Ihnen sowieso bekannt sind."

„Genau so ist es", ließ sich der Bürgermeister vernehmen und seine Stimme klang unüberhörbar erleichtert, um sogleich aber wieder in einen härteren Ton zu verfallen: „Und den Holthaus schicken Sie uns mit dem Hubschrauber rüber? Da muß doch die Polizei ran. Und zwar schnell."

„Das mit dem Hubschrauber wird nichts werden, dauert zu lange, bis wir einen zur Verfügung haben; die nächsten sind in Hamburg stationiert, gehören dem Bund und ob da gerade einer frei ist, ist auch so eine Sache."

„Aber den Holthaus kriegen wir schon?" Kruse

klang wieder ungehalten.

„Ja, Kriminalkommissar Holthaus werde ich mit der Sache beauftragen. Da haben Sie Glück, daß ich ihn vorübergehend von anderen Sache abziehen kann. Doch nicht, weil sie ihn haben wollen, sondern weil Holthaus für Kapitalverbrechen, und ganz danach sieht es ja in Ihrem Fall aus, bei uns inzwischen der zuständige Mann ist."

„Beim letzten Mal war's aber nur die See, die sich einen vom Friedhof geholt hatte, der war schon tot, kein Mord und Totschlag." Kruse konnte sich die Bemerkungen nicht verkneifen und machte gleich weiter: „Wie und wann kommt denn dann Ihr Holthaus rüber? Es eilt. Wir haben Februar. Nach dem nächsten Landunter und das kann in den nächsten paar Wochen jeden Tag passieren, braucht Holthaus nicht mehr zu kommen, dann hat sich das alles von selbst erledigt, dann ist alles weg, was vom Biikefeuer noch übrig blieb samt dem, was darin lag. So wie damals bei Hinnerk Rensing. Den hat auch das Wasser weggespült, hat ihn aus seinem Grab rausgeholt und mitgenommen. Von dem wurde nie mehr was gefunden."

„Kann die Vier-Uhr-Fähre anschließend nicht noch eine Fahrt zur Hallig raus machen, Holthaus abholen und rüberbringen? Sie müßte doch noch so zeitig am Festland ankommen, daß sie noch mal auslaufen könnte."

Kruse hielt von dieser Idee überhaupt nichts, hielt sie für nicht durchführbar. Es sei um diese Zeit schon reichlich dunkel, einige der beleuchteten Fahrwassertonnen hätten kein Licht, seien defekt, unabhängig davon, daß die Reederei das bestimmt ablehnen würde, von den Kosten mal ganz abgesehen. Das Schiff würde nur für einen einzigen Mann fahren, müßte auch noch zurückfahren, denn es könnte am Hallig-Anleger die Nacht über nicht festmachen, weil es dort bei Sturm nicht sicher sei und der durch ein Sieltor geschützte Hafen keinen Platz für das Schiff habe.

„Daß Sie keinen Hubschrauber organisieren können, ist ja 'n Ding", schimpfte Kruse laut. „Wir zählen wohl hier in Nordfriesland für die Potzoberen nichts, die denken, hier fahren die Schutzleute wohl noch mit dem Fahrrad und Pickelhaube zum Dienst."

Jochimsen schwieg und überlegte.

„Das heißt, Holthaus könnte dann frühestens mit der Montagsfähre rüberkommen, wäre erst Montagmittag bei Ihnen, könnte sich erst mittags oder nachmittags den Biikeplatz ansehen, der nach Ihren Angaben auch der Tatort ist."

Kruse schwieg.

„Ist das so, Herr Kruse?" fragte Jochimsen.

„Ja, genau so", antwortete Kruse.

„Nein, das geht nicht, Herr Kruse, das dauert zu lange. Sie sagten doch selbst, daß die Gefahr bestünde, daß eines der nächsten Hochwasser den Biikeplatz erreichen und alle Spuren beseitigen könnte."

„Ja, könnte passieren. Im Februar kann das ganz fix gehen."

„Nein, das darf unter gar keinen Umständen geschehen. Holthaus muß so schnell wie möglich bei Ihnen sein. Überlegen Sie mal, welche anderen Möglichkeiten gibt's denn noch, daß Holthaus so schnell wie möglich auf die Hallig gelangt, am besten noch heute."

„Mit einem Hubschrauber wär's kein Problem, mit einem Hubschrauber wär's am einfachsten", wiederholte der Bürgermeister stoisch, wobei er am Ende etwas zögerlicher sprach und die Worte in die Länge

44

zog.

Jochimsen entging das nicht. „Was ist, Herr Kruse, was haben Sie, woran denken Sie, haben Sie eine Idee?“

„Mhm“, klang es aus dem Hörer und gleich noch mal „mhm“, dann ein Räuspern. Kruse begann ausgiebig zu husten, um nach dessen Verklingen die Sprache wiederzufinden:

„Vielleicht geht’s mit dem Rettungsschiff von der Insel. Ja, das wär’ vielleicht noch ’ne Möglichkeit. Da geht vielleicht noch was.“

Eine längere Pause setzte ein. Kruse schwieg. Jochimsen wartete darauf, daß Kruse weitersprach.

„Und?“ sprach Jochimsen in die Stille, nachdem sich nichts tat. „Was für ein Rettungsschiff?“

Dann erfuhr er, daß auf Marum ein Rettungskreuzer stationiert war, schon seit ewigen Zeiten, auf der Insel fest stationiert, gar nicht so weit weg von der Hallig, näher dran als die Entfernung bis zur Küste. Den Vormann kenne er ganz gut, ließ Kruse noch wissen, und der kenne sich aus mit dem Watt und den Wasserständen, fahre an Stellen mit seinem Schiff, wo sich sonst keiner hintraue, auch außerhalb des ausgetonnten Fahrwassers, das müsse er ja wohl auch können, wenn er Leute und Schiffe bergen soll, die in einen der Sände geraten oder sonstwie vom Kurs abgekommen seien. Ob er den Vormann mal anrufen soll, Tjark Sörensen, ob er das mal klären solle, fragte Kruse zuletzt.

„Der würde dann Holthaus vom Festland rüberholen zur Hallig?“ fragte Jochimsen. „Und würde auch bald losfahren können?“

„Muß ich klären mit Tjark Sörensen, werd’ ihn gleich mal anmorsen, wie’s bei ihm aussieht.“

„Ja, Kruse", Jochimsen verbesserte sich im selben Atemzug, „Herr Kruse, tun Sie das, tun Sie das, so schnell Sie's können. Das wäre ja ganz phantastisch, dann käme Herr Holthaus ja doch noch ziemlich schnell auf die Hallig, heute noch. Wann wäre denn Herr Sörensen ....."

Jochimsen hörte auf zu sprechen, weil er im Hörer das Besetztzeichen vernahm. Kruse war nicht mehr in der Leitung, entweder war das Gespräch zusammengebrochen oder Kruse hatte aufgelegt. Beides war möglich, dachte Jochimsen. Und bei Nordfriesen konnte man sich nicht immer sicher sein, wie sie reagierten, außerdem kannte er den Bürgermeister nicht gut genug, um ihn einzuschätzen. Holthaus hatte ihm damals, daran erinnerte er sich schwach, berichtet, daß der Bürgermeister durchaus zu gebrauchen sei, was auch immer er damit ausdrücken wollte.

Jochimsen unternahm erst gar keinen Versuch, Kruse zurückzurufen, obwohl der Fahrer des Streifenwagens oder der Beamte, der neben ihm saß, die Telefonnummer ohne Mühe hätte feststellen können. Außerdem war Jochimsen leicht übel, die Straßen waren ziemlich kurvig und der Fahrer schlug ein flottes Tempo an, so daß er mit dem Telefon am Ohr auf der Rückbank nur mühsam die Balance halten konnte und froh war, als er endlich über andere Dächer hinweg das spitzgiebelige Kreishaus ausmachte, einen in die Jahre gekommenen Jugendstil-Bau, der vier Etagen aufwies und über viel mehr Zimmer verfügte, als man ihm von außen zutraute.

Noch bevor seine Sekretärin einen Anrufversuch zur Hallig starten konnte, klingelte Kruse durch und klang ziemlich aufgedreht.

„Die Sache mit dem Rettungskreuzer geht in Ordnung", drang es überlaut an Jochimsens Ohr, weil Kruse offenbar in den Hörer mehr rief als sprach, „Tjark Sörensen will wissen, wann er den Polizisten in Husum an Bord nehmen soll."

„Das ist ja hervorragend, Herr Kruse ....", begann Jochimsen, doch der Bürgermeister ließ sich nicht unterbrechen: „Am besten ziemlich schnell, sagt Tjark, in drei Stunden haben wir Abendhochwasser, und da kann er schon 'ne ordentliche Zeit vorher reichlich Abkürzungen fahren, muß nur 'n paar von den Fahrwassertonnen mitnehmen. Also", Kruses Stimme klang ungeduldig, „wann kann Holthaus am Hafen stehen?"

„Zuerst muß ich Holthaus informieren, er muß wohl auch noch ein paar Sachen einpacken, ich weiß nicht mal, wo er jetzt steckt", warf Jochimsen ein, „außerdem muß ich von ihm noch wissen, was mit den Fällen ist, die er gerade bearbeitet."

„Tun Sie das, aber machen Sie schnell."

„Ja, ja, werde ihn gleich anzurufen versuchen."

„Ja, tun Sie das."

„Vielleicht muß er ja länger auf der Hallig bleiben", sagte Jochimsen.

„Klar doch, kein Problem."

„Wo kann er denn unterkommen?"

„Im Gemeindehaus. Da gibt's drei Betten."

„Kriminalkommissar Holthaus braucht ein eigenes Zimmer", sah Jochimsen sich nun genötigt, förmlich anzumerken. Sammelunterkunft oder so etwas Ähnliches kämen überhaupt nicht in Betracht, schon wegen der Vertraulichkeit der Ermittlungsarbeiten. „Und ein Telefon, ein Telefon braucht er auch", schob Jochimsen nach, „unbedingt ein Telefon!"

„Kriegt er alles, kein Problem. Jedes Bett hat ein

Zimmer, eins hat ein Telefon, das kriegt er", antwortete Kruse, „und beeilen Sie sich, Tjark Sörensen will
wissen, wann der Polizist an der Hafenkante steht.
Rufen Sie mich an. Und das schnell, Tjark wartet darauf. Alles klar?"

Bürgermeister Kruse war selbst in angespannten
Momenten hin und wieder nach Späßen, mitunter
auch derben, aufgelegt. „Alles klar, Herr Kriminaldi-
rektor?" schob er denn noch rasch hinterher, bevor
Jochimsen antworten konnte. Stimmte der Titel, kam
es gut an, lag er zu hoch oder zu niedrig damit, wobei
er ersteres vermutete, war es ein eher harmloser Sei-
tenhieb gegen den Polizisten, den er nicht mal persönlich kannte.

„Hauptkommissar", verbesserte ihn Jochimsen sofort, „Hauptkommissar", um dann nachzulegen: „Guter Mann, ich bin selbst daran interessiert, daß Holthaus …", weiter kam er indes mit seiner Antwort
nicht, schon leicht ungehalten wegen Kruses bestim-
mendem Tonfall, denn da brach die Verbindung ab
und er hörte wieder nur das Besetztzeichen. Kruse
hatte aufgelegt. Zwei seiner Männer warteten auf ihn
am Feuerplatz. Er stürmte an Frau Lürssen vorbei.
„Bin gleich zurück, bringe was zum Absperren und
Abdecken zum Feuerplatz, da warten Malte und Uwe
auf mich."

Jochimsen hatte Glück. Er erwischte Holthaus, der
auf dem Weg in die Dienststelle war, per Funk im
Auto.

„Das trifft sich gut", rief er in den Hörer, „hab' was
für Sie. Ganz wichtig. Lassen Sie alles andere liegen.
Kommen Sie gleich zu mir, bevor Sie was anderes
anpacken." Nachdem es in seinem Hörer still blieb,
fragte er nach: „Noch da, Herr Holthaus?" Doch da

48

sah er schon dessen Wagen in der Einfahrt zum unbefestigten Parkplatz des Kreishauses, der hinter dem Gebäude lag und von uralten Eichen und Kastanien eingerahmt war. Immer gab es knirschende Geräusche auf dem sandigen Boden, vor allem, wenn es lange nicht geregnet hatte. Wie in den meisten Krimis, dachte Jochimsen häufig, da gibt's neben den obligatorischen Käuzchen-Rufen auch fast immer die knirschenden Räder. Doch sonst hatten diese Filme zumeist mit dem polizeilichen Alltag herzlich wenig gemein. Was da jetzt auf der Hallig passiert war, hätte vielleicht das Zeug zu einem halbwegs tauglichen Streifen. Jochimsen hatte bislang noch nichts gehört von einem vergleichbaren Fall, wenn denn tatsächlich das geschehen war, was der aufgeregte Bürgermeister ihm geschildert hatte.

Nach wenigen Minuten stand Holthaus in Jochimsens Zimmer, die Ärmel des Hemdes hochgekrempelt. Er hatte sich nicht mal die Zeit gelassen, das Pistolenholster abzulegen, hatte nur den Gurt gelockert, so daß es ihm nun lose um den Oberkörper baumelte.

Jochimsen schätzte den Beamten sehr, hatte ihn vor vielen Jahren mit anfänglichen Bedenken vom Betrugs-Dezernat übernommen. Doch selten hatte er eine derartige Entwicklung bei einem jungen Polizeibeamten wahrgenommen. Aus dem eher etwas weichlichen Gesicht hatten sich herbere, manchmal fast hart wirkende Züge herausgebildet, die mittelgroße, ursprünglich etwas zur Fülle neigende Gestalt war straffer geworden, drahtiger. Man sah ihm an, daß er aus der vermeintlichen Ruhe heraus, die er ausstrahlte, sofort quicklebendig zu werden vermochte. So eine Art unterdrückter Spannung, die sich ohne Umschweife entladen konnte, wenn die Umstände danach waren.

Manch einer, der ihn nicht richtig kannte, erschrak schon mal über die Rauheit und Kompromißlosigkeit, die er dann an den Tag legte.

Irgendwann trat Holthaus dem Polizeisportverein bei und wechselte – Jochimsen staunte nicht schlecht – nach Versuchen bei den Fußballern und Bogenschützen hinüber in die Boxabteilung, wo er nach Anfangsschwierigkeiten in einer der leichteren Gewichtsklassen durchaus erfolgreich war und es schließlich bis zur Bezirksmeisterschaft brachte. Da war er immerhin schon um die dreißig Jahre alt. Die Wettkämpfe ließ er dann bald sein, schon des Alters wegen, doch er blieb der Boxerei treu, trainierte immer noch regelmäßig samt verbissener Sparringskämpfe, von denen sich hin und wieder Blessuren in seinem Gesicht abzeichneten. Er war jetzt wohl um Mitte Dreißig – Jochimsen hatte kein gutes Gedächtnis für Geburtsdaten – und war nicht verheiratet. Seit einiger Zeit lebte er mit einer Frau zusammen, erzählte man, nur wenig jünger. Von Kindern wurde nicht berichtet. Er gab selten etwas von sich preis. Ein unauffälliger Mann, der nicht zum Plaudern neigte, gebürtiger Nordfriese, mit sachlicher, unspektakulärer Arbeitsweise. Er, Jochimsen, mußte nicht unbedingt um ihn fürchten, wenn er alleine unterwegs war, auch in kritischeren Fällen. Von der Waffe hatte er einige Male Gebrauch machen müssen. Einen Schuß in den Oberschenkel, um eine Flucht zu verhindern, einen in den Oberarm, um einen Angriff auf einen anderen Beamten abzuwehren, der Rest waren Warnschüsse, glaubte Jochimsen sich zu erinnern. Und einen Fall von Körperverletzung gab's, als Holthaus einen üblen Schläger mit einem Fausthieb niederstreckte, der, als er schlichtend eingreifen wollte, auf ihn losging. Die

Staatsanwaltschaft schlug die Anzeige gegen ihn alsbald wegen Haltlosigkeit nieder.

„Sie müssen auf die Hallig, Herr Holthaus", empfing Jochimsen seinen Mitarbeiter ohne große Vorrede, „und zwar noch heute."

Holthaus sagte nichts, schaute seinen Vorgesetzten schweigend an.

„Ja, noch heute. Auf nach Uthoog. Dort ist was Schlimmes passiert."

Holthaus setzte sein Schweigen fort.

„Mit Uthoog kennen Sie sich doch aus, dort haben Sie doch schon mal ermittelt. Vor ein paar Jahren, Sie erinnern sich doch sicher daran."

Nun erst rührte sich Holthaus, der noch immer mitten im Raum stand, während Jochimsen an seinem Schreibtisch saß und fahrig ein paar Akten von der einen Seite auf die andere Seite verschob.

„Was ist passiert? Was hat's denn dort Dramatisches gegeben, daß ich alles stehen und liegen lassen soll, um Hals über Kopf hinzufahren?"

Jochimsen informierte nun Kommissar Holthaus, wobei er ständig auf die Uhr an der gegenüberliegenden Wand blickte, im Telegrammstil über das Geschehen auf der Hallig, wie es ihm der Bürgermeister geschildert hatte.

„Und Bürgermeister Kruse kann sich an Sie erinnern, sprach von der Angelegenheit, die Sie vor Jahren mal bei ihm regelten. Er verlangte geradezu von mir, daß ich Sie mit der Sache betraue."

Stumm hatte Holthaus zugehört, mehrfach Jochimsens Geste, sich zu setzen, ignoriert.

Jochimsen schnaufte durch.

„Kruse scheint eine Menge von Ihnen zu halten, hat wohl eine gute Meinung von Ihnen."

„Wann und wie komme ich rüber zur Hallig?" fragte
Holthaus, „muß ja wirklich ziemlich schnell gehen,
wenn das nächste Landunter nicht alle Spuren weg-
nehmen soll. Wann geht die nächste Fähre?"

„Der Rettungskreuzer von Marum holt Sie ab und
bringt Sie rüber."

„Wann?"

„Sobald Sie zur verabredeten Zeit an der Hafenkante
stehen."

„Um wieviel Uhr soll das sein?"

„Wie rasch können Sie Ihre Sachen packen? Ich
denke, daß Sie mindestens zwei, vielleicht auch drei
Tage drüben bleiben müssen", erwiderte Jochimsen.

„Wo komme ich unter? Wo schlafe ich?"

„Im Gemeindehaus gibt es ein Zimmer für Sie, sagte
mir der Bürgermeister. Mit Telefon."

„Wenn's den Pastor von damals noch gibt, schlafe
ich im Pastorat, war nicht schlecht bei ihm, interessan-
ter Mann", sagte Holthaus und sah nun ebenfalls auf
die Uhr an der Wand, die in einem hölzernen Gestell
steckte, das dem Steuerrad eines Schiffes nachgebildet
war.

„Wer kümmert sich um meine Sachen, wenn ich
nicht da bin, wenn ich länger ausfalle durch das Ding
auf der Hallig? Olafson, Godbersen, der Tötungsver-
such an der B 5?"

„Alles in Ihr Fach legen", sagte Jochimsen, „abschließen. Den Schlüssel geben Sie mir oder werfen
ihn in mein Fach, falls ich nicht in meinem Zimmer
sein sollte. Werde sehen, wer übernehmen kann. Magnusson hat Luft, Edvarssen vielleicht auch, doch alles
nur dann, wenn Sie länger als zwei Tage wegbleiben."

Holthaus ging zum Fenster und schaute kurze Zeit
hinaus in die einsetzende Dämmerung. Dann kehrte er

zurück, blieb vor Jochimsens Schreibtisch stehen.

„Ich fahr' dann nach Hause, ein paar Sachen brauche ich fürs Übernachten, dauert nicht lange, kann in anderthalb Stunden am Hafen sein."

Fast gleichzeitig sahen beide Männer auf die Uhr an der Wand, verglichen sie mit ihren Armbanduhren.

„Zehn vor vier", stellte Jochimsen fest, „um sechs am Hafen? Das sind zwei Stunden. Schaffen Sie das, Herr Holthaus?"

Holthaus nickte, murmelte ein „klar doch" und verschwand.

Es dauerte nur fünf Minuten, während derer Jochimsen aus dem Holthaus-Zimmer, das dem seinen auf dem Gang schräg gegenüberlag, ein paar Geräusche vernahm, dann ein paar hastige Schritte durch sein verwaistes Vorzimmer und schon erschien Holthaus in der nur angelehnten Tür, wirrhaarig und etwas außer Atem, ein Aktenbündel in der einen, einen Schlüsselbund in der anderen Hand, beförderte alles mit Schwung auf Jochimsens Schreibtisch.

„Also um sechs am Hafen", sagte er dann, schon in der Rückwärtsbewegung, seinen Vorgesetzten mit einem Blick streifend, „Sie machen das mit dem Rettungskreuzer?"

Jochimsen nickte.

„Und auch das mit dem Zimmer beim Pastor?"

Jochimsen nickte abermals.

„Werde gleich den Bürgermeister anrufen, der regelt das mit dem Vormann des Schiffes. Und hoffentlich auch das mit dem Pastor."

In der Tür hielt Holthaus kurz an, drehte sich noch einmal um.

„Ist ja ein dolles Ding. Mit dem Biikefeuer jemanden zu verbrennen. Darauf muß man erst mal kommen.“

„Rufen Sie durch, wenn Sie drüben sind, melden Sie sich“, rief Jochimsen Holthaus noch nach, „und geben Sie acht auf sich.“ Doch er war sich nicht sicher, ob sein Kommissar ihn noch gehört hatte.

Als Holthaus um die letzte Straßenecke bog und vor ihm der Hafen in der stetig zunehmenden Dunkelheit im schwachen Licht der Laternen auftauchte, die in gleichmäßigen Abständen die kleine Wasserfläche umstanden, entdeckte er den Rettungskreuzer mit seinem auffälligen weiß-roten Anstrich schon nach wenigen Sekunden. Das Schiff hatte offensichtlich schon festgemacht, lag mit Bug- und Achterleinen vertäut an der Kaimauer. Die Maschine lief, denn dumpfes Brummen und Grummeln drang in der Stille des aufkommenden Abends zu ihm herüber.

Kaum kurvte Holthaus über das Hafenvorfeld, als ihn auch schon vom Schiff her ein Suchscheinwerfer erfaßte, der ihn blendete, nach wenigen Augenblikken von ihm abließ und über die dunkle Parkfläche wanderte, an einer Stelle verharrte und dann zu blinken begann. Als Holthaus nicht reagierte, sondern den Wagen stoppte, wo er sich gerade befand, schallte ein Typhon-Ton in seine Richtung und ein zweiter, kürzerer gleich hinterher. Dann begriff Holthaus, daß ihm ein Platz angezeigt wurde, wo er den Wagen hinstellen sollte. Die Stelle war für „Bedienstete“ ausgeschildert, das Pflaster mit einem weißen Diagonalbalken gekennzeichnet. Als Holthaus noch zögerte, sein Auto dorthin zu stellen, begann der Scheinwerfer erneut zu blinken, erlosch erst, als er sich ersichtlich anschickte, den angeleuchteten Platz einzunehmen. Der Scheinwerfer war ihm zeitweise in die Augen gefahren, und so brauchte er eine Weile, sich wieder an die Dunkelheit zu gewöhnen. Als er das Autolicht ausmachte und den Schlüssel abzog, gab es noch einen kurzen Typhon-Laut, der Holthaus wie eine Art Quittungs- oder Bestätigungston vorkam.

„Holthaus?" fragte eine Stimme über ihm, als der Polizeibeamte das Schiff erreichte und nach einer Möglichkeit suchte, an Bord zu gelangen. „Nis Randers" stand am Bug geschrieben, und sogleich fiel ihm die Ballade ein, die der Deutschlehrer auf dem Gymnasium der Klasse zum Auswendiglernen aufgab. Eine schaurigschöne Geschichte übers wilde Meer und harte Männer, die einen Schiffbrüchigen heldenmütig retteten.

Nun beugte sich eine dunkle Gestalt über die Reling zuoberst des turmartigen Aufbaus ziemlich in der Mitte des gedrungen wirkenden Schiffs.

„Sind Sie Holthaus?" fragte die Stimme ein weiteres Mal.

„Ja", rief Holthaus hinauf, „Jasper Holthaus. Und Sie sind Tjark Sörensen? Der Vormann des Schiffes?"

Die dunkle Gestalt verschwand wortlos, tauchte wenige Augenblicke später Holthaus gegenüber wieder auf, nun jedoch auf dem gut einen halben Meter tieferliegenden Deck, und lotste ihn zu einer kleinen Öffnung in der Reling.

„Rüberwerfen", wies ihn der Mann an und deutete auf die Reisetasche des Kommissars und streckte beide Arme aus. Holthaus zögerte kurz, tat dann wie geheißen. Die Tasche flog und wurde mühelos aufgefangen. Eine Gangway oder etwas Ähnliches war nicht vorhanden. Um an Bord zu gelangen, wurde ein kleiner Sprung nach unten notwendig, für dessen Bewältigung ihm eine Hand von der nun nicht mehr ganz so dunklen Gestalt heraufgereicht wurde, an der Holt-

haus eine orangefarbene Uniform erkannte, eine Art
Arbeits- oder Schutzanzug. Sogleich spürte er einen
harten, fast schmerzhaften Griff, der sich noch verstärkte, als er sprang.

„Moin", sagte der Mann, als der Kommissar neben
ihm landete und einigermaßen Stand gefunden hatte
und reichte ihm die Hand, „ich bin Tjark."

„Und ich Jasper Holthaus", gab Holthaus zurück.

Aus dem Innern des Schiffs waren drei Männer zu
ihnen herangetreten, gleichfalls in den organgefarbe-
nen Anzügen steckend. Einer wischte sich die Hände
an seinen Hosenbeinen ab, streckte dem Beamten die
Hand hin.

„Das ist Leif, meine Ölpfütze", erklärte der Vormann fast liebevoll, „kennt jede Schraube auf dem
Dampfer, ohne ihn fährt das Ding nicht."

Die beiden anderen Männer blieben auf Distanz,
betrachteten Holthaus abschätzend.

„Das ist Ansgar, darf auch das Schiff fahren. Und
das ist Magnus, kann alles, macht alles an Bord", klärte Sörensen weiter auf.

Damit schienen für die Männer des Schiffs alle not-
wendigen Förmlichkeiten erledigt zu sein. Mit geübten Handgriffen und kurzen Verständigungsrufen legte der Rettungskreuzer unverzüglich ab. Sörensen rief
vom Steuerstand noch ein „Festhalten" hinunter, bevor er das Schiff mit einer beachtlichen Schräglage in
eine enge Kurve zwang und dann mit zügiger Fahrt
aus dem Hafenbecken, an einer Art Schleusentor vorbei, hinaus in die offene See steuerte und die Geschwindigkeit erhöhte. Der Schiffskörper vibrierte,
Holthaus hörte, wie die Maschine schneller drehte und
wie die Wellen heftiger gegen den Bug schlugen. Nun
wurde es richtig dunkel um sie herum, die Lichter der

kleinen Stadt verschwanden, übrig blieben vereinzelte helle Punkte nach allen Seiten, die Holthaus nicht zuordnen konnte, manchmal sich als Bojen herausstellten, an denen sie vorbeirauschten.

Nach kurzer Zeit erschien der Vormann unter Deck, wohin man Holthaus inzwischen gewiesen hatte und setzte sich zu ihm.

„Und Du bist Kriminaler?“ eröffnete Sörensen das Gespräch nach einigem Schweigen, dabei an einem Kaffeebecher nippend, den auch Holthaus halbvoll hingestellt erhielt und der in eine besondere Vorrichtung abgestellt wurde, um ein Überschwappen bei den Bewegungen des Schiffs möglichst zu vermeiden.

„Kommissar“, stellte Jasper Holthaus richtig, amüsiert schmunzelnd, „ja, ich bin ein Kriminaler.“

Der Vormann sah Holthaus an, als versuche er, in seinem Gesicht zu lesen.

„Im Biikefeuer auf Uthoog ist einer verbrannt worden?“ fragte er dann.

„Ja, so hat’s der Bürgermeister durchgerufen.“

„Und Du sollst das aufklären, wie das passiert ist, wer das gemacht hat?“

„Ja, ich werde versuchen herauszufinden, was da gelaufen ist.“

„Bendix sagte, daß da einer vielleicht gefesselt ins Feuer gelegt worden ist, unter’s Holz geschoben wurde.“

„Das ist nicht ausgeschlossen, daß es so abgelaufen ist.“

Sörensen schwieg, schaute sinnend in seinen Kaffeebecher, dann auf Holthaus.

„Wer macht denn so was? Wer kommt denn auf so ’ne Idee? Wie krank ist denn so was?“

„Du glaubst nicht, Tjark“, antwortete Holthaus, das

wie selbstverständlich daherkommende Duzen des Vormanns erwidernd, „was Menschen in der Lage sind zu tun. Du glaubst es nicht."

Sörensen nickte stumm, rührte in seinem Kaffeebecher herum.

Holthaus wechselte das Thema.

„Weißt Du, ob das mit dem Pastor geregelt ist, ob ich dort wieder unterkommen kann? Im Pastorat?"

„Bendix holt Dich ab am Anleger. Klang so, als ob das in Ordnung geht mit Deinem Zimmer."

„Den Pastor gibt es also noch, bei dem ich vor einigen Jahren schon mal unterkam? Kennst Du den?" fragte Holthaus, dem der Name des Pastors nicht einfiel.

„Klar doch, den kennt hier jeder, auch auf den Inseln. Ole Wittensen, der ist schwer in Ordnung."

Sörensen runzelte die Stirn, schien nachzudenken.

„Warst Du der Polizist, der vor 'n paar Jahren auf Uthoog die Sache mit dem leeren Sarg untersuchte?"

Holthaus nickte stumm.

„Der Sarg war aber gar nicht leer, da lag einer drin, doch der wurde rausgeholt aus der Kiste, bei Landunter, ist auf große Fahrt gegangen damals, bei der Sturmflut, war ja wohl 'n ehemaliger Seemann, das paßte schon."

Sörensen lachte verhalten über seine eigene Erzählung, sah den Kommissar dabei fragend an.

„War's nicht so?"

„Genau so", antwortete Holthaus, der allerdings wußte, daß sich das Ganze seinerzeit völlig anders abgespielt hatte. Dieses Wissen besaßen nur er und der Großneffe einer alten Frau, die kurze Zeit später starb und auf dem Halligfriedhof begraben lag. Doch der Großneffe wußte nicht, daß er, Holthaus, wußte, was sich damals wirklich zugetragen hatte.

„Hat den Pastor ziemlich mitgenommen, das Ganze", fuhr Sörensen mit ernsterer Stimme fort, „er behauptete, daß keiner drin gelegen hätte, als der Sarg vor seinen Augen von den Wellen auf 'm Friedhof an den Bäumen zerlegt wurde. War er nicht von abzubringen, doch keiner hat ihm geglaubt."

Sörensen wartete auf eine Reaktion des Kommissars, die jedoch ausblieb.

„Du hast ihm doch sicher auch nicht geglaubt, oder?"

„Der Sachverhalt seinerzeit sprach dafür, daß der Tote von der See ins offene Meer gespült wurde", sagte Holthaus ausweichend und dachte dabei an den armen Wittensen, der so sehr darunter gelitten hatte und vermutlich noch immer litt, daß ihm niemand Glauben schenkte. Dabei hatte der gute Mann so recht, so sehr. Der Sarg war tatsächlich leer gewesen. Bis auf den Großneffen wußte das keiner besser als Holthaus, der die Sache für sich behielt, sie nicht offiziell hatte werden lassen, weil es niemandem geholfen hätte und kein vertretbarer Grund für eine Strafverfolgung gegeben war.

Immer öfter änderte das Schiff inzwischen unvermittelt fast ruckartig den Kurs, ohne die Fahrt merklich zu verlangsamen, so daß Holthaus den zweiten Kaffeebecher, den Sörensen herangebracht hatte, mit der Hand ausbalancieren mußte, damit nichts herausspritzte. Hin und wieder verschwand der Vormann nun nach oben, und als Holthaus mal aufs Deck hinaufstieg, sah er ihn neben einem der Männer am erhöhten Steuerstand stehen. Die Fahrt wurde nun auch unregelmäßiger, was die Geschwindigkeit betraf, mal drehte die Maschine langsamer, mal wurde sie wieder hochgefahren. Holthaus glaubte sogar, einmal ein schürfendes Geräusch vernommen zu haben, verbunden mit einer geringfügigen, aber spürbaren Verlangsamung der Fahrt.

Sörensen lachte, wandte sich um zum Polizisten. „Ja, das ist das Watt", rief er, „der Wattboden. Hat weiter nichts zu bedeuten. Sehr tief ist das hier nicht überall. Keine Angst, wir bleiben nicht stecken, da ruckeln wir uns frei, haben genug PS unter der Haube."

Durch die Bullaugen fiel tiefes Schwarz ins Schiffsinnere, nur ganz selten noch zeigte sich ein Licht über dem Wasser. Der Himmel war mit Wolken zugezogen, kein einziger Stern zeigte sich, vom Mond nichts zu sehen.

„Wie navigierst Du das Schiff, nichts ist zu sehen, fast nichts?" Holthaus war die wenigen Stufen in den Steuerstand hochgestiegen, dessen Armaturen und Anzeigen matt leuchteten, stellte sich neben Sörensen, der seinerseits seinem Mann zusah, der das Schiff fuhr.

Doch, es gab Lichter, wie Sörensen mit ausladenden Armbewegungen nach vorne auf die schwarze See wies, kleine leuchtende Punkte, weiße, farbige, mal blinkend, mal mit Dauerlicht. Wieder passierten sie eine der leuchtenden Tonnen im Wasser, die aber weder grünes Steuerbordlicht noch rotes Backbordlicht ausstrahlte, sondern weißes.

„Außerdem haben wir noch 'n Kompaß dabei und 'ne Seekarte", merkte der Vormann an, „und untergehen können wir auch nicht so richtig."

Er lachte wieder los, zeigte auf ein Instrument.

„Im Augenblick haben wir knapp zwei Meter Wasser unterm Kiel. Zum Absaufen langt das nicht."

Damit ließ Sörensen es bewenden und stieg Holthaus voran wieder hinab ins Schiffsinnere.

„Du kennst Dich doch sicher gut aus hier mit Wassertiefen, Strömungen, Ebbe und Flut", begann Holthaus das Gespräch, nachdem sie wieder an ihren Platz unter Deck zurückgekehrt waren. Sörensen hatte neuen Kaffee besorgt und wartete ab, was der Polizeibeamte von ihm wollte.

„Könnte man von einer der anderen Halligen oder von einer der Inseln zu Fuß nach Uthoog laufen und auch wieder zu Fuß wegkommen von Uthoog, ohne daß das jemand mitkriegt?"

„Im Ernst? Zu Fuß nach Uthoog und zurück?" fragte Sörensen mit ungläubigem Gesichtsausdruck.

„Ja, zu Fuß auf die Hallig und wieder weg."

Sörensen lehnte sich zurück, holte tief Luft.

„Nee, völlig ausgeschlossen. Ging ja nur bei Niedrigwasser, bei Ebbe, klappt aber trotzdem nicht, weil das Watt dazwischen nie ganz trockenfällt. Die Priele haben immer Wasser, sind oft auch noch tief, Du weißt nie, wo genau, ändert sich dauernd. Kein Wattführer geht da mit Dir, die gehen sowieso nicht nach Uthoog, weil es eben nicht geht, nicht mal im Sommer, wo man noch schwimmen könnte."

Sörensen wurde noch lebhafter, sein Gesicht rötete sich.

„Und da ist die Strömung, die Priele stehen nie still, entweder geht's in die eine Richtung oder die andere. Die ziehen Dir die Beine weg. Und Treibsand ist da, da versinkst Du bis über die Knie, wenn Du hineingerätst. Alleine oder auch zu zweit oder zu dritt siehst Du da ganz alt aus, wenn nicht einer wie 'n Bär dabei ist, der dich rauszieht. Wenn er nicht selbst drinsteckt. Nee, Uthoog zu Fuß durchs Watt, das kannst Du streichen. Mußt den Tidenkalender auf die Minute kennen.

Und wenn dann noch Sturm kommt, wo das Niedrigwasser gar nicht richtig niedrig ist oder Nebel, wenn Du die Hand nicht vor den Augen siehst, kann in Minuten passieren. Auch mit Kompaß ganz übel, muß man mit umgehen können, Mißweisung und der ganze Kram."

Sörensen besann sich kurz, holte zu neuen Überlegungen aus:

„Und Du meinst jetzt? Im Februar? Jetzt? Bei der Wasserkälte? Völlig unmöglich, ich halt's für völlig unmöglich. Wenn einer sich umbringen will, kann er das ja versuchen."

„Auch nicht mit einem Boot?" wandte Holthaus ein. „Kleines Motorboot? Kajak oder so etwas?"

„Auch viel zu gefährlich. Wir haben Februar. Da geht die See schnell mal höher, zu hoch für solche Nußschalen. Wir haben gerade genug damit zu tun, die verhinderten Hochseekapitäne im Sommer aus dem Wasser zu ziehen. Im Winter fährt damit niemand raus, wenn er noch alle Tassen im Schrank hat."

Das Schiff vollzog wieder eine abrupte Richtungsänderung, so daß die beiden Männer sich am Tisch festhalten mußten.

„Von den Seiten kommt erst recht keiner übers Wasser auf die Hallig", führte Sörensen weiter aus, kam damit der Frage des Kommissars zuvor.

„Warum nicht?"

„Weil das nur, wenn überhaupt, bei auflaufendem Wasser klappen würde, und da geht es um diese Jahreszeit meistens ziemlich ruppig zu, zu ruppig für kleine Boote. Und wie willst Du da überhaupt anlegen? Da knallst Du gegen den Deich, und den haben sie mal aus ziemlich großen Steinen und Felsbrocken gemacht. Das wird nichts. Bei Ebbe, nee, schon bei ablaufendem Wasser fährst Du dich schon kilometerweit vorher fest, weil um Uthoog alles ziemlich flach ist. Selbst mit 'nem Paddelboot liegst Du da bald auf dem Trockenen. Den Tidenkalender kannst Du vergessen, der hilft Dir hier nicht."

Der Vormann hielt inne, studierte das Gesicht des Polizisten, ob dieser noch weitere Ausführungen erwartete.

„Du denkst, daß da einer vielleicht bei Nacht und Nebel rangekommen ist, um die Sache mit dem Biikefeuer zu machen? Und daß derjenige nicht geradeaus an den Anleger gefahren wäre, weil er dann gesehen worden wäre. Was für ihn nicht so gut gewesen wäre?"

„Ja, daran dachte ich gerade", sagte Holthaus nachdenklich und warf einen Blick durch das Bullauge an seiner Bordseite in die Dunkelheit, in der immer häufiger Schaumkronen das Licht des Schiffes reflektierten und sekundenlang weiß aufleuchteten. Holthaus wußte nicht, ob er seefest war, horchte in sich hinein, doch bislang machte ihm das zunehmende Stampfen und Rollen des Rettungskreuzers noch keine Probleme.

„Der hätte ja nur in der Nacht kommen können", setzte Sörensen seine Überlegungen fort, „ganz gleich von welcher Seite, wenn er es denn auf die Hallig geschafft hätte, was ich für komplett unmöglich halte. Tagsüber wär' der wie auf dem Präsentierteller gewesen. Und zurück genauso. Also alles im Dunkeln, in der Nacht."

Schweigend hatte der Kommissar zugehört, machte noch keine Anstalten, auf Sörensens Äußerungen zu reagieren.

„Nee, nee, Herr Kommissar, derjenige ist mit der

Fähre gekommen", bekräftigte der Vormann seine Überlegungen, „und der fährt auch wieder mit der Fähre zurück, hat er wahrscheinlich längst getan, der ist längst über alle Berge."

„Und was ist, wenn es kein Fremder war, sondern einer von der Hallig?"

Sörensen riß die Augen auf, sah den Beamten entgeistert an.

„Wie, was?" entfuhr es ihm.

„Ja, wer sagt denn, daß es ein Fremder, ein Gast war, der die Sache mit dem Feuer veranstaltete?"

Diese Variante hatte der Vormann offensichtlich nicht in seine Überlegungen miteinbezogen, denn es dauerte eine Weile, bis er wieder Worte fand.

„Klar, kann auch einer der Halligleute gewesen sein", sagte er und wiegte abwägend den Kopf hin und her, „kann auch einer von denen gewesen sein."

„Kennst Du Leute von Uthoog?" fragte Holthaus.

„Ja, ein paar schon, Bendix Kruse kenn' ich, der ist Bürgermeister, und noch ein paar andere, aber nicht alle. Da sind fast hundert Leute, die da wohnen. Und Leute, die da arbeiten, jetzt, im Februar sind das aber nicht so viele."

„Und?" fragte Holthaus. „Kommt von denen, die Du kennst, einer in Frage für den Scheiterhaufen? Das war doch wohl ein Scheiterhaufen, kann man doch wohl so nennen."

Der Kommissar hatte die Frage nicht ernsthaft stellen wollen, doch Sörensen empfand das keineswegs so.

„Nee, nee, von denen war's bestimmt keiner, völlig ausgeschlossen", entfuhr es ihm mit hörbarer Empörung in der Stimme, „da lege ich die Hand für ins Feuer, von denen war's keiner."

Holthaus lachte: „Das mit der Hand im Feuer paßt ja ganz gut hierher."

Eine Dreiviertelstunde waren sie jetzt unterwegs, stellte Holthaus fest, sehr lange konnte es nicht mehr dauern bis Uthoog. Sörensen hatte eine gute Stunde Fahrtzeit angedeutet.

Über das Biikefeuer und dem Toten darin sprachen die Männer nicht mehr, es schien alles gesagt, was zu sagen war. Sörensen besorgte noch Kaffee, stellte Holthaus den Becher hin und verschwand wortlos mit dem seinen nach oben zum Steuerstand, überließ den Polizisten sich selbst.

Das Stampfen des Schiffes wurde heftiger, und Holthaus mußte sich ordentlich festhalten, als er die Treppe zum Deck und gleich noch weiter zum Steuerstand hinaufstieg. Über den Bug hinweg zeigten sich nun in der Schwärze der anbrechenden Nacht größere, unübersehbare weiße Lichter, zwar noch ziemlich entfernt, aber doch schon die eisernen Konstruktionen des Anlegers aus der Dunkelheit heraus deutlich abbildend.

Der Vormann stand jetzt selbst am Steuer, zeigte dem Polizisten den Rücken, neben ihm einer seiner Männer, die beiden anderen waren nicht zu sehen.

„Bleib' unter Deck", sagte Sörensen über die Schulter, „geh' ganz nach unten und bleib' unten! Und halt' dich gut fest. Hörst Du? Gut festhalten! Wir werden etwas härter anschlagen." Der Tonfall der Stimme ließ keine Zweifel darüber aufkommen, wer hier das Kommando führte.

Mehrfach stieß das Schiff hart gegen die ersten der mächtigen Holzpfähle, die längs der Hafeneinfahrt aufgereiht in den Meeresboden gerammt worden waren und bei höherem Wellengang die unvermeidlichen heftigen Schlingerbewegungen der Schiffskörper durch ihre gewollte Nachgiebigkeit auffingen und abfederten.

Bürgermeister Bendix Kruse war zur Stelle, was Holthaus nicht anders erwartet hatte, stand alleine an seinem Auto und vertrat sich die Beine. Sonst keine Menschenseele weit und breit. Als erster sprang der Vormann, als das Schiff für einen Moment ruhiger und fast auf gleicher Höhe zu liegen kam, hinüber auf die Hafenfläche, dann folgte Holthaus, der dabei dankbar dessen ausgestreckte Hand zu Hilfe nahm. Der Rest der Mannschaft blieb an Bord. Die Festmacherleinen waren nicht ausgebracht worden, einer der Männer im Steuerstand hielt das Schiff mit der Schraube an der Kaimauer.

Kruse sagte zunächst kein Wort, als Sörensen und Holthaus bei ihm ankamen, schaute den Vormann an, dann den Polizisten, kam beiden mit dem Ausstrekken der Hand zuvor.

„Moin", begann er sogleich das an der Küste und auf den Halligen und Inseln übliche Begrüßungsritual. „Moin", schallte es zweifach zurück. Dann fixierte er Holthaus:

„Gut, daß Sie da sind."
Er schien wirklich durch die Anwesenheit des Polizeibeamten erleichtert zu sein.

„Gut, daß Sie da sind", wiederholte er. „Und das mit Wittensen klappt auch, Sie können wieder bei ihm wohnen. So wie damals."

Sörensen und Kruse sahen sich offenbar öfter, denn ihr Gespräch dauerte nicht lange. Sie drehten sich etwas zur Seite weg, redeten nur wenige Sätze miteinander und schon sprang Sörensen zurück aufs Schiff. Seine Verabschiedung bestand aus mehrfachem Blinken mit einem der Bordscheinwerfer und einem abschließenden Typhon-Ton. Dann rauschte die „Nis Randers" in die Dunkelheit zurück und war im Nu verschwunden.

„Halb acht", stellte Kruse mit einem Blick auf seine Uhr fest, „wir sollten noch zum Feuerplatz fahren, damit Sie sich das noch ansehen, auch wenn's dunkel ist. Ich habe einen Scheinwerfer dabei. Und der Pastor weiß Bescheid, daß Sie 'n bißchen später kommen, Herr Kommissar." Die letzte Silbe der Dienstrangbezeichnung hob er dabei ein bißchen an wie bei einer Frage und Holthaus erinnerte sich sofort, worauf Kruse anspielte.

„Kommissar", sagte er, „ganz recht, Herr Bürgermeister, Kommissar ist korrekt."

Bei der Sache mit dem leeren Sarg damals war Holthaus noch Hauptwachtmeister gewesen, und Kruse hatte ihn scherzhaft gleichwohl des öfteren mit Kommissar angesprochen, auch wenn er es anders wußte.

Obwohl seit seinem letzten Besuch der Hallig, dem einzigen nach den seinerzeitigen Ermittlungen, denn Holthaus zog so gut wie nichts zu diesen gottverlassenen Eilanden hin, wohl geschätzt drei oder vier Jahre vergangen waren, kam ihm alles, was im Scheinwerferlicht von Kruses Auto kurz aus dem Dunkel aufleuchtete, merkwürdig vertraut vor.

„Haben Sie eine Vorstellung, wer das getan haben könnte und wer da in den Resten des Feuers liegt?" unterbrach Holthaus schließlich das Schweigen, das sich zunächst breitgemacht hatte und das beide Männer nutzten, um sich durch rasche Blicke zur Seite gegenseitig zu mustern. Wenn das Auto über unebene Stellen fuhr, stießen sie mit den Schultern zusammen.

Kruse hatte breite Schultern, erinnerte sich Holthaus, breiter, als sie zu seiner Körpergröße paßten. Dabei war er keineswegs klein, war ungefähr so groß wie Holthaus selber.

„Nee, hab' ich nicht, keinen Schimmer."

Beide Männer schwiegen wieder. Kruse betätigte sich als Fremdenführer, als sie die erste Warft erreichten.

„Barkenswarft." Er wies mit der Hand beim Vorbeifahren schräg nach oben zum Warftrand und auf ein großes, beleuchtetes Haus. „ ,Grüner Pesel'. Da kann man meist auch was essen."

„Zwei Fähren fuhren heute zurück. Vermutlich sind damit wohl fast alle Gäste nicht mehr auf der Hallig", stellte Holthaus fest.

„Bis auf ein paar, die noch 'n bißchen länger bleiben, joo, sonst sind wohl alle wieder weg."

„Und keiner wurde an den Fähren erfaßt, keiner wurde vor der Abreise aufgeschrieben mit seinen Personalien", stellte Holthaus weiter fest, wobei er sich um einen sachlichen Ton bemühte. Jochimsen hatte ihm vom Telefonat mit dem Bürgermeister erzählt, wußte also Bescheid, wollte jedoch sehen, welche Lesart Kruse für ihn jetzt parat hatte.

„Hab' ich Ihrem Chef alles schon gesagt, dem Jochims oder so ähnlich, am Telefon hab' ich's ihm gesagt", beschied Kruse mit mühsam unterdrückter Verärgerung, „hat er Ihnen das nicht erzählt?"

„Jochimsen, Hauptkommissar Jochimsen", stellte Holthaus richtig.

Eine Brücke tauchte im Scheinwerferlicht auf. Der Wagen machte plötzlich eine ruckhafte Bewegung vom Rand der schmalen Straße weg zur Mitte hin, weil Kruse offenbar durch das Gespräch abgelenkt

68

war. Neben der Straße lag einer der Priele, dessen Wasser noch schwärzer wirkte als seine Umgebung. Kruse fing sich schnell, fuhr weiter, als sei nichts geschehen.

„Hansenswarft", klärte er den Kommissar auf, als die nächste Warft in Sicht kam, „die Hauptwarft. Da haben wir getagt damals, wegen Hinnerk Rensing, Sie wissen schon. Sie waren dabei. Im ‚Seelöwen'. Müßten Sie eigentlich noch drauf haben, oder?"

„Alle Gäste werden also auf der Hallig von den Vermietern registriert, Namen, Anschrift und so weiter, berichteten Sie Herrn Jochimsen", stellte Holthaus weiter fest, ohne auf Kruses Einlassungen zu antworten, „demnach sind alle Anwesenden auf der Hallig erfaßt, dazu dann noch die Halligbewohner selbst, die Einheimischen, die Ihnen sämtlich ja bekannt sein dürften."

„Klar, kenne ich alle", sagte Kruse und wirkte überrascht, „doch von denen war's bestimmt keiner, wenn Sie das meinen."

„Woher wollen Sie wissen, daß keiner der Halligbewohner mit der Sache zu tun hat?"

„Weil ich alle kenne, jeden, schon lange."

Kruse schnaubte aus, sah herüber zu Holthaus, verlangsamte die Fahrt.

„Von denen war's keiner, wenn ich's Ihnen sage!" Die Stimme des Bürgermeisters wurde lauter. „Von uns war da keiner dabei, glauben Sie's mir. Nee, von uns war's bestimmt keiner!"

„Der Tote oder die Tote – kann ja auch eine Frau sein, wie Sie beim Anruf auf der Dienststelle andeuteten – kann doch nur einer der Gäste sein, die zum Biikefeuer anreisten", erwiderter Holthaus. „Jemand von der Hallig kann es ja nicht sein, das wäre doch sofort festgestellt worden. Haben Sie schon herausgefunden, wer von den Gästen überfällig ist, wer nicht in seine Pension zurückkehrte, wer sich nicht abmeldete bei seinem Vermieter?"

„Wann denn?" gab Kruse gereizt zurück. „Wann sollte ich das denn gemacht haben?" Er sah auf seine Armbanduhr. „Wir haben jetzt acht Uhr, um eins erst haben wir die Bescherung am Feuer gesehen. Seitdem rotier' ich hier, ruf' auf 'm Festland an, frag' mich durch zu Ihrer Dienststelle, zweimal alles erklären, Sie sind der Dritte, dem ich's erzähle, nein, der Vierte. Erst 'ner Frau auf Ihrem Amt, dann Ihrem Chef, dem Jochims – oder wie der heißt – dasselbe noch mal, dann Tjark Sörensen überredet, daß er Sie überhaupt rausfährt. Dann am Anleger auf Sie warten und abholen. Und dann fragen Sie mich, ob ich schon festgestellt habe, wer von den Gästen überfällig ist."

Kruse hatte sich in Rage geredet.

„Wie soll das denn gehen, Herr Kommissar", fragte er aufbrausend und wurde förmlich, „wie soll das denn funktionieren?"

„Also wissen wir nicht, noch nicht, welcher der Gäste, welcher der Fremden im Biikefeuer verbrannt wurde", stellte Holthaus nüchtern fest.

„Ja, ist wohl so", sagte Kruse bissig.

Vor ihnen tauchten erneut die Lichter einer Warft auf, darunter drei Laternen längsseits der einen Bogen vollziehenden Straße, die übrigen stammten von einer Handvoll Häusern, aus deren Mitte ein Mast im nachtdunklen Himmel verschwand.

„Olsenswarft", tat Kruse kund und wirkte wieder ziemlich ruhig, „die Olsenswarft, die letzte Warft bis zum Biikeplatz."

„Was macht das Wetter?" wollte Holthaus wissen,

70

„ganz wichtig. Verschont es uns? Kein Landunter in den nächsten Tagen in Sicht? Wie sehen Sie die Entwicklung? Ein überraschendes Landunter wäre fatal, würde doch alle Spuren vernichten. Mitsamt den Überresten des Toten und dem Rest des Feuers. Nicht auszudenken, wie dann der Fall aufgeklärt werden soll."

„Im Augenblick ist da nichts in Sicht, scheint nichts ranzukommen morgen oder übermorgen, vielleicht hält's auch noch eine Woche. Doch genau weiß das keiner, nicht mal die Wetterfritzen da in Hamburg beim Seewetteramt. Also besser nicht trödeln. Von Westen her geht das manchmal ganz fix, gerade jetzt im Februar."

„Das heißt, zumindest morgen und übermorgen haben wir kein Landunter zu befürchten?" fragte Holthaus.

„Sieht eigentlich so aus", antwortete Kruse.

„Wie sicher ist das denn", bohrte Holthaus weiter, „wie wahrscheinlich ist es, daß morgen das Wasser nicht kommt, wir kein Landunter haben?"

Kruse zog einen abgegriffenen, fleckigen Notizblock aus der Tasche, blätterte darin herum, steckte ihn dann wieder weg.

„In der Nacht sicher nicht, morgen sieht es auch nicht danach aus. Wir müssen die Wetterfritzen abhören und abfragen. Für die nächsten zwei, drei Tage liegen sie meistens nicht so ganz daneben."

„Das heißt", resümierte Holthaus, „am besten sollte ich mit den Ermittlungen hier am Feuerplatz morgen fertig werden."

Kruse nickte. „Joo, wär' klar am besten. Wenn die Wetterleute sich morgen aber aus dem Fenster hängen und für übermorgen auch noch von Landunter nichts wissen wollen, dann haben wir noch 'n weiteren Tag, dann können Sie noch 'n weiteren Tag im Feuer rumstochern."

„Herr Kruse", äußerte sich Holthaus mißbilligend, „da liegt ein Toter drin. Bitte nicht in diesem Ton. Wir haben es hier mit einem kapitalen Verbrechen zu tun."

Der Bürgermeister grummelte in sich hinein und konzentrierte sich wieder aufs Fahren.

Vor ihnen teilte sich die Schwärze der angebrochenen Nacht in verschiedenen Abstufungen auf. Am schwärzesten waren das Band der Straße, die ohne Übergang aufhörte und das Wasser der See, das beunruhigend nahe hörbar gegen den niedrigen Deich anbrandete. Dann folgten die umgebenden Wiesen, von den Halligleuten Fennen genannt, wie Holthaus inzwischen gelernt hatte, und der platte sandige Platz, auf dem die Leute den aufgeschichteten Holzstoß umstanden hatten, dann der von dichten Wolken überzogene Himmel, der eine gerade noch wahrnehmbare Andeutung von Helligkeit aufwies.

Kruse stellte den Wagen so ab, daß seine Scheinwerfer die Reste des zusammengesunkenen Biikefeuers erfaßten. Rotweißrotes Flatterband sperrte den gesamten Bereich ab, die eigentliche Feuerstelle lag unter grauen Planen verborgen, die mit großen eisernen Pfosten, wie sie auch für Weidezäune genutzt wurden, am Boden fixiert waren.

„Da sind wir", sagte Kruse und beide Männer stiegen aus und gingen im Autolicht an die Absperrung heran, wobei ihnen ihre Schatten gespenstisch vorauseilten. Kruse fluchte und kehrte zum Wagen zurück, um seine Handleuchte zu holen. Der Wind aus nordwestlicher Richtung hatte aufgefrischt und blies ihnen auf der Leeseite, wohin sich Kruse gewandt hatte, den

72

Geruch des erloschenen Feuers in die Nase. Nichts deutete auf den Toten hin, bis Kruse zwei der Pfosten aus der Erde zog und die verbrannte Leiche freilegte. Die Handleuchte stellte er so auf den Boden, daß sie seitlich an ihnen vorbei alles in helles Licht tauchte, was dort an Resten eines Menschen vor ihnen lag.

„Niemand hat hier etwas angerührt, nachdem Sie abgesperrt hatten?" fragte der Kommissar, ohne den Blick von dem verkohlten, nicht vollständig verbrannten Körper abzuwenden.

„Nee, da war keiner dran. Bis vor 'ner knappen Stunde haben hier meine Leute abwechselnd Wache gestanden, für die verbürg' ich mich, hab' den letzten vorhin heimgefahren. Hier war keiner dran."

„Hat es während des Tages mal geregnet, mehr als ein paar Tropfen?"

„Nee", schüttelte der Bürgermeister den Kopf, „außerdem haben wir ja die Plane bald drübergezogen."

Holthaus kroch unter der seitlichen Absperrung hindurch, blieb in der Hocke und betastete mit der Hand ein paar in Reichweite liegende verkohlte Holzstücke und umherliegende Asche. Beides strahlte an manchen Stellen noch eine ganz leichte Wärme aus. Außer dem Geruch verbrannten Holzes war nichts wahrzunehmen. Der Polizeibeamte sog bewußt die Luft durch die Nase ein, doch typischen Leichengeruch konnte er nicht ausmachen. Er richtete sich wieder auf, ließ sich von Kruse, der sich neben ihn gestellt hatte, die Lampe geben und leuchtete nun den verbrannten Körper sorgfältig ab.

„Haben Sie so was schon mal gesehen", entfuhr es dem Bürgermeister, „daß einer so verbrannt wurde? In einen Holzhaufen gesteckt wurde, damit er da drin verbrennt?"

„Nein. In dieser Weise noch nicht. Bei der freiwilligen Feuerwehr wurden zwar schon mal Tote aus Wohnungen geborgen, doch das war etwas anderes, das machten die erfahrenen Leute, meistens die von den Berufsfeuerwehren. Da mußte ich nie mit ran.“

Der Kriminalbeamte heftete den Strahl der Lampe auf die Mitte des Körpers, über den einige verkohlte Äste ragten, ließ ihn dort Kreise beschreiben.

„Sehen Sie, Herr Kruse, das sind wohl Beckenknochen eines Mannes; die einer Frau sind ausladender, breiter. Hier liegen die Überreste eines Mannes, da bin ich mir ziemlich sicher.“

Holthaus suchte nun von der Stelle aus, wo er stand, den Feuerplatz und dessen Rand genauer ab, fuhr mit der Lampe hin und her. Das nicht ganz, nur teilweise verbrannte Holz lag wirr durcheinander, hob sich an manchen Stellen noch fast einen halben Meter vom Boden ab. Der Körper des Toten schien ziemlich zuunterst des Holzhaufens gelegen zu haben, war vermutlich auf einer eher schmalen Schicht aus Ästen und Zweigen über dem Erdboden plaziert worden.

„Ist Ihren Männern heute bei Tageslicht, als sie den Platz bewachten, irgend etwas aufgefallen? Lag etwas Auffälliges im Holz? Lag etwas am Rand der Feuerstelle, was da nicht hingehörte, was nicht von Ihnen und Ihren Leuten stammte? Sei es auch noch so unbedeutend?“

„Nein, nichts. Wenn sie was gesehen hätten, was gefunden hätten, dann hätten sie es mir erzählt, es mir gezeigt. Hätten nie was weggenommen oder weggeworfen. Hatte ich ihnen eingebläut, klare Kante.“

„Morgen früh machen wir weiter, Herr Kruse“, sagte Holthaus und gab ihm die Handleuchte zurück, „ein Landunter gibt es ja für die nächsten zwei Tage nicht, wie Sie sagen.“

„Nee“, antwortete Kruse, „so hab’ ich das nicht gesagt, kann sein, kann nicht sein, so hab’ ich das gemeint. Morgen wahrscheinlich kein Sturm, übermorgen wahrscheinlich auch keiner. Auf jeden Fall die Wetterfritzen fragen morgen, was übermorgen ist. Kann gutgehen, wird’s wahrscheinlich auch, muß aber nicht.“

Der Polizist warf noch mal einen Blick auf die Leiche.

„Liegt auf der Leeseite, nicht viel weiter als einen Meter weg vom Rand des Feuers.“

Kruse sah beiläufig zu der Stelle hin, zog dann vorsichtig die Abdeckplanen wieder zurecht und drückte die Pfosten mit bloßen Händen in den Boden zurück, um sie dann mit heftigen Hammerschlägen tiefer hineinzutreiben.

Mit einem Griff am Arm hinderte Holthaus den Bürgermeister daran, gleich loszufahren, als sie im Auto saßen.

„Da muß auf jeden Fall die Rechtsmedizin ran, Herr Kruse. Vielleicht läßt sich da noch was herausfinden. Auch über die Identität des Toten. Ob Gewalt angewendet wurde. Vielleicht finden die heraus, ob er vorher verletzt wurde oder schon getötet, bevor man ihn unters Holz steckte, Schläge mit einem Gegenstand gegen den Kopf oder Hals, die man am Schädel oder den Halswirbeln feststellen kann.“

„Joo, ist wohl besser, daß die Weißkittel sich den mal näher ansehen, um rauszufinden, was mit dem passiert ist.“

„Am besten, wir fahren sofort auf Ihr Amt, damit ich das regeln kann mit der Rechtsmedizin, muß telefonieren. Da muß gleich morgen so schnell wie möglich ein Wagen rauskommen, mit der ersten Fähre. Wann geht die noch, Herr Kruse?"

„Morgen geht keine Fähre, morgen ist Sonntag."

„Wann geht denn die nächste Fähre?" fragte Holthaus und konnte die aufsteigende Verärgerung nur mühsam verbergen, „wann legt denn wieder eine am Festland ab?"

„Montag um halb zehn, es fährt nur eine, die fährt um elf wieder zurück. Nur samstags gibt's zwei Fähren."

Als Holthaus sich soeben mit den Gedanken zu beschäftigen begann, was nun zu tun sei und wie er reagieren sollte auf diese üble Situation und gleichzeitig der Bürgermeister sich anschickte, den Motor zu starten, lief ein Mann aus der Dunkelheit heraus in das Scheinwerferlicht des Wagens, blieb erst vor der Motorhaube stehen, baute sich dann heftig atmend vor der Fahrertür auf.

Kruse kurbelte das Fenster herunter.

„Was ist los, Torge? Warum bist Du hier, was willst Du?"

„Hab' gehört, was passiert ist", stieß der Mann hervor, „einer von meinen Gästen ist verschwunden, kam vom Biikefeuer nicht zurück." Er atmete mit weit aufgerissenem Mund, schnappte nach Luft. „War schon öfter bei uns, kommt aus Düsseldorf." Vom heftigen Atemholen unterbrochen, stieß der Mann bruchstückhafte Sätze aus: „War 'ne ganze Woche da, wollt' erst am Montag fahren. Bezahlt hat er schon. Machte er immer im voraus."

Erneut rang der Mann nach Luft.

„Ist bis jetzt nicht zurück", fuhr er fort, „alles liegt noch in seinem Zimmer rum. Sieht so aus, daß er nicht im Bett war. Schon am Donnerstag blieb er weg, kam

76

nicht zum Frühstück. Kam schon mal vor bei ihm. Doch jetzt stimmt da was nicht. Doch so lange war der noch nie weg. Bis jetzt nicht zurück. Und alle Sachen sind noch auf 'm Zimmer. Vielleicht ist er ja der im Feuer", stieß er dann mit leiserer Stimme hervor und schwieg abrupt, als erschreckte er vor den eigenen Gedanken.

Der Kommissar riß die Autotür auf und war im Nu um den Wagen herum bei dem Mann, hielt ihm seinen Dienstausweis vors Gesicht.

„Nicht zurückgekommen? Einer Ihrer Gäste? Ein Zimmergast?"

Kruse stieg nicht aus, blieb auf seinem Sitz hocken. „Und warum erzählst Du mir das alles erst jetzt?" fragte er hinauf zu dem Mann, der hilflos die Achseln zuckte, und dachte über die Schweigsamkeit seiner Leute nach.

„Wer ist das?" fragte der Mann, nachdem er sich wieder gefaßt hatte, starrte auf den Dienstausweis, sah dann durch das geöffnete Autofenster zu Kruse runter, dann wieder auf den neben ihm stehenden Kommissar, hatte in der Aufregung dessen Legitimation nicht richtig erkannt.

„Kripo", klärte Kruse auf, „Kommissar Holthaus. War schon mal hier, Torge, als Hinnerk Rensing sich vom Friedhof davonmachte, Du weißt doch noch."

„Wie heißen Sie, wo wohnen Sie hier auf der Hallig, wo ist Ihre Pension", fuhr Holthaus dazwischen, „ich brauche alle Daten von den Leuten, alles. Von allen Gästen brauche ich eine komplette Liste ihrer Daten. Die haben Sie doch hoffentlich."

„Das ist Torge Bahnsen von der Obelitzwarft. Haus ‚Japsand' gehört ihm", übernahm der Bürgermeister die Antwort, „ist doch richtig so, Torge, oder?"

Der Mann nickte zu Kruse hin, dann Richtung Holthaus.

„Wie heißt der Mann, der nicht in Ihre Pension zurückkehrte nach dem Biikefeuer? Der gleich zwei Nächte bei Ihnen wegblieb?" wollte Holthaus weiter wissen.

„Eduard Helzen heißt der, hat immer im voraus bezahlt."

„Woher kommt er, wo wohnt er?"

„Düsseldorf, kommt aus Düsseldorf."

„War er schon öfter bei Ihnen zu Gast? Oder war er zum ersten Mal bei Ihnen?"

„Nee, war schon paarmal hier, sagte ich doch, drei- oder viermal bestimmt, vielleicht auch fünfmal. Kam meistens für 'ne Woche."

„Und immer zur Biike oder auch zu anderen Jahreszeiten?"

„Nee, nur zur Biike."

„Und? Sonst noch was?" fragte Holthaus, der bemerkte, daß im Kopf des Mannes noch etwas vorzugehen schien.

„Ja, auch komisch", begann Bahnsen, „da fällt mir noch was ein. Ein Paar ist schon heut' morgen abgereist. Mit der Elf-Uhr-Fähre. Sang- und klanglos, haben nicht mal Tschüss gesagt. Zu Fuß zum Hafen, hatten wenig Gepäck. Ist selten, nach der Biike so früh zu fahren. Die meisten fahren mit der Nachmittagsfähre. Manche auch erst am Montag."

„Zwei Männer oder Mann und Frau? Zwei Frauen?"
Bahnsen stutzte kurz.

„Mann und Frau. Die wohnten vielleicht zum dritten oder vierten Mal bei uns, waren vorher noch nicht hier bei uns gewesen."

„Und wo kommen die beiden her? Hatten die ein

Doppelzimmer? Oder wohnten sie in Einzelzimmern?"

„Doppelzimmer. Die hatten ein Doppelzimmer. Bezahlten auch im voraus. Taten sie eigentlich immer."

„Wann reisten sie an? Wie lange waren sie bei Ihnen?"

Bahnsen überlegte.

„Auch 'ne knappe Woche. Kamen ungefähr an wie der Düsseldorfer."

„Und woher reisten sie an? Was gaben sie als Heimatadresse an?"

Der Mann druckste, sah hilfesuchend zu Kruse, der nach wie vor im Auto saß.

„Die haben den Meldezettel nicht ausgefüllt. Sagten immer, daß sie das auf jeden Fall noch machen wollen. Hasteten immer durch die Gegend. Ich hab' mich darauf verlassen, daß sie's tun werden. Sind aber einfach weg."

Der Kommissar blickte zum Bürgermeister, sagte dann zu Bahnsen, dessen Atmung sich wieder beruhigt hatte:

„Wir machen morgen weiter, Herr Bahnsen. Ich komme morgen im Laufe des späten Vormittags zu Ihnen in Ihre Pension, kann auch Mittag werden. Sie halten sich dort bereit, Sie sind ein wichtiger Zeuge. Und die Gästeliste legen Sie heraus, ich brauche sie komplett und auf dem aktuellen Stand."

Bahnsen schwieg, wandte sich abrupt um und war durch nichts zu bewegen, in Kruses Auto zu steigen, das dieser ihm als Mitfahrgelegenheit anbot, sondern verschwand ebenso plötzlich in der Dunkelheit wie er aufgetaucht war.

„Sind immerhin so um vier Kilometer", bemerkte

Kruse, als sie schon eine Weile fuhren, „und auf der Straße geht er nicht, da hätten wir ihn sofort überholen müssen. Läuft über den Deich. Ist noch weiter. Sicherlich mit Lampe, der weiß Bescheid auf der Hallig.“

„Kennen Sie den seit dem Biikefeuer nun überfälligen Mann, diesen Helzen, von dem Herr Bahnsen sprach?“ fragte Holthaus nach längerem Schweigen.

„Nicht richtig, nee. Wie alle Gäste, die man jedes Jahr sieht, aber nicht kennenlernt, nicht richtig kennenlernt. Könnt’ nicht mal sagen, wie der aussieht.“ Kruse räusperte sich. „Wie der aussah, muß man jetzt wohl besser sagen. Von seinem Gesicht ist nicht mehr viel übriggeblieben.“

„Und die beiden Unbekannten, das Paar? Kannten Sie die näher, haben Sie die schon mal gesehen, mit ihnen schon mal geredet?“

„Nee, nicht gekannt. Wohl mal gesehen, ja, vielleicht auch mal ’n Wort damit geredet, mehr nicht. Die Hallig ist groß, da verläuft man sich, sieht selbst die Leute von den Nachbarwarften oft wochenlang nicht.“

„Und wo die herkommen, wissen Sie dann wohl auch nicht.“

„Nee, muß aber Bahnsen wissen“, beschied Kruse kurz und kurvte mit Schwung vor das Gemeindehaus, in dem noch aus einigen Fenstern Licht fiel. Die Uhr im Eingangsbereich des zweistöckigen Gebäudes zeigte kurz nach neun Uhr an, als sie die unverschlossene Eingangstür passierten. In Kruses Zimmer brannte Licht, noch in zwei anderen Räumen ebenfalls, in denen sich jedoch niemand aufhielt.

Außer dem Freizeichen bekam Holthaus nichts aus dem alten Wählscheibentelefon zu hören, das ihm der Bürgermeister herüberschob, bald abgelöst durch das

80

Besetztzeichen. Jochimsen war nicht mehr im Büro. Holthaus versuchte es mit der privaten Nummer, die nur wenige kannten, und da war Jochimsen ziemlich schnell am Apparat.

„Herr Holthaus! Endlich. Wo sind Sie jetzt, wo stecken Sie?“

Wie immer war Jochimsen kein geduldiger Zuhörer, obwohl Kommissar Holthaus sich gewohnt kurz faßte, als er die Situation und die Umstände berichtete, die er vorgefunden hatte.

„Was sagen Sie da? Das nächste Schiff erst am Montag? Der Gerichtsmediziner sollte sich so rasch wie möglich mit der Leiche befassen“, legte er gleich los, kaum daß Holthaus seinen letzten Satz gesprochen hatte, „kann denn das Seenotrettungsschiff nicht morgen noch mal fahren? So eine Art Übung für die Besatzung? Reden Sie mit dem Bürgermeister. Der kennt doch den Vormann gut, die kennen sich doch. Stellen Sie den Fall höchst dringlich dar, Herr Holthaus, das ist er schließlich auch.“

Der Art und Weise, wie Jochimsen sprach, entnahm Holthaus, daß er beim Abendbrot saß. Teller klapperten, eine Frauenstimme war zu hören, wohl seine Frau, die Holthaus hin und wieder zu Gesicht bekam, eine etwas zur Fülle neigende umgänglich Person, die wenig von der Tätigkeit ihres Mannes wußte.

Sofort wolle er sich um die Rechtsmedizin bemühen, so Jochimsen weiter, auch wenn es schon ziemlich spät sei. Und falls er heute abend nicht noch jemand erwische, werde er gleich morgen in der Frühe alle Hebel in Bewegung setzen, um jemanden über einen der Bereitschaftsdienste zu erreichen, der sich darum zu kümmern hätte, Sonntag hin oder her. Das sei ein äußerst dringlicher Fall. Dann ließ er sich noch die Telefonnummer des Pastorats geben, als er erfuhr, daß Holthaus dort wieder unterkommen würde. So wie beim letzten Fall mit dem fortgespülten Seemann. Jochimsen lachte verhalten, als er das sagte.

„Der Bürgermeister soll den Vormann gleich anrufen, die haben doch bestimmt Bereitschaftsdienst an Bord, und ihm sagen, daß wir ihn und seine Leute ganz dringend brauchen, um den Rechtsmediziner auf die Hallig zu bringen, das hätte keine Zeit bis Montag, wenn die Fähre wieder fährt.“

„Wäre da nicht nun wirklich ein Hubschrauber hilfreicher“, wandte Holthaus ein, „da muß doch ein geeigneter Sarg her, man kann den Toten doch wohl nicht in einem Sack abtransportieren, selbst wenn der Medizinmann ihn sich schon vorgenommen hat. Wo sollte er das denn auch überhaupt machen? Im Gemeindehaus? Das geht doch nicht. Er muß den Toten mitnehmen, möglichst unverändert und so erhalten, wie man ihn vorfand.“

Am anderen Ende blieb es still, Jochimsen schien zu verarbeiten, was ihm sein Kommissar sagte.

„Sie haben ja recht, Herr Holthaus“, ließ er sich dann vernehmen, „doch das mit dem Hubschrauber können Sie vergessen, das dauert länger als alles andere, den Behördenweg kenne ich, das wird nichts auf die Schnelle. Da heißt es dann, der ist doch tot, warum die Eile. Und der eine Hubschrauber ist in der Werkstatt, der andere in der Kontrolle und den dritten braucht dringend der Minister So-und-So. So läuft das doch. Nein, den Hubschrauber können Sie abhaken. Der Seenotrettungsdampfer soll den Medizinmann hin- und herfahren, gleich morgen, so früh wie möglich. Und wieder zurück mit dem Toten. Im Kreiskrankenhaus gibt es Räumlichkeiten, die auch als

Anatomie genutzt werden, da müßte alles vorhanden sein, was man für die Obduktion der Leiche braucht. Nach Kiel muß der Tote nicht gebracht werden, da bin ich mir ziemlich sicher, das kann man auch hier bei uns machen."

Jochimsen fuhr fort, nachdem von Holthaus nichts zu hören war:

„Ich rufe Sie an, sobald ich hinsichtlich der Rechtsmedizin etwas Konkretes erfahren habe. Und der Bürgermeister soll den Vormann bearbeiten, daß der mit seinem Schiff mal zwischen Husum und Hallig hin- und herpendelt. Das ist doch nicht die Welt. Und ob er in Marum in Bereitschaft liegt oder mal zwischendurch die paar Kilometer mit seinem Schiff fährt, ist doch fast egal. Er bezahlt das Schiff doch sowieso nicht, das wird nur von Spenden und Spendern getragen und über Wasser gehalten, das weiß doch jeder."

„Gut", antwortete Holthaus, „ich rede mit Herrn Kruse. Und der mit dem Vormann." Der Kommissar blickte zum Bürgermeister herüber, der auf einem der Besucherstühle saß und die ganze Zeit scheinbar wahllos in irgendwelchen Akten blätterte, während Holthaus den Sessel vor dem Schreibtisch besetzt hielt. „Vielleicht klappt das ja, wie Sie es vorhaben. Spätestens morgen früh sollte sich die Sache dann aber geklärt haben", beschied er Jochimsen und legte auf.

„Also Tjark Sörensen soll fahren", zog der Bürgermeister Bilanz, der genug mitgehört hatte, um zu ahnen, welchen Plan Holthaus' Chef auf dem Festland sich ausgedacht hatte und griff nach dem Telefon. Er brauchte nicht lange, da war die Sache geregelt. Ein gar nicht langes Gespräch mit „Moin" am Anfang und „Tschüss" am Ende und schon drehte sich Kruse auf dem Besucherstuhl zu Holthaus hin.

„Die Sache mit Tjark Sörensen steht. Der wartet nur noch darauf, wann der Weißkittel an der Hafenkante steht."

Holthaus hielt die Hand auf, um den Telefonhörer zu übernehmen.

„Und 'ne Blechkiste soll der auch mitbringen, wenn er den Verbrannten mitnehmen will. Sörensen will nichts davon sehen, was da im Feuer gelegen hat", sagte Kruse noch, bevor er den Hörer abgab.

Jochimsen wirkte nahezu befeuert von der raschen Organisation. Er wolle sich sogleich auf die Spur der Rechtsmedizin machen. Sobald wie möglich werde er ihn informieren, wenn er etwas erreicht habe, ihn im Pastorat anrufen und wenn das nicht funktioniere, über den Bürgermeister. Wie denn dessen private Telefonnummer sei. Kruse wollte die Nummer zuerst nicht herausgeben, ließ sich schließlich doch erweichen. Dann stand er auf, streckte sich, daß es hörbar knackte, hielt plötzlich in den Bewegungen inne und verlangte erneut nach dem Telefon. Seine Stimme klang ungewohnt förmlich, und Holthaus war neugierig, was Jochimsen nun wohl zu hören bekommen würde.

Nordfriesland könne überhaupt keine Meldungen und Nachrichten gebrauchen über Mord und Totschlag, erst recht nicht die Hallig, wegen der Gäste und Tourismus überhaupt, legte Kruse los, die Sache sollte überhaupt noch nirgendwo hin gemeldet werden. Außerdem sei ja überhaupt auch noch nicht klar, was da eigentlich genau passiert sei. Dann schwieg Kruse eine Weile und lauschte in den Hörer hinein, nickte wie zustimmend mit dem Kopf und gab den Hörer an Holthaus mit der Bemerkung zurück, sein

Chef sehe das auch so. Und er, Holthaus, doch hoffentlich auch. Sie seien doch alle Nordfriesen, keine Plappermäuler, und schlechte Nachrichten sollte man erst rausgeben, wenn es nicht anders ginge.

„Sie haben mitgehört“, sagte Jochimsen. „Kann man vertreten. Zunächst mal nur eine kurze Information an die Zeitungen, doch nur bei Nachfrage. Mache ich, landet sowieso bei mir. Später kann vielleicht nachgelegt werden, wenn keine Ruhe gegeben wird. Vielleicht was von der Art: ‚Beim Biikefeuer auf Uthoog gab es einen Todesfall. Nähere Umstände sind noch nicht bekannt‘ oder so ähnlich. Kann ja wirklich hilfreich sein aus ermittlungstaktischen Gründen. Der oder die Täter werden zusätzlich verunsichert, wenn sie nichts in den Zeitungen darüber finden.“

„Ja, sehe ich auch so“, gab Holthaus zurück, „ich gebe sowieso keinerlei Auskünfte, verschanze mich hinter den ungeklärten Umständen.“ Zu einem weiteren Satz hätte es nicht mehr gereicht, denn Jochimsen hängte seinen Kommissar kommentarlos ab.

„Na denn, dann man los, auf zum Pastor, bevor der im Bett ist“, rief Kruse unternehmungslustig.

Als sich die Umrisse der Kirchwarft aus der Düsternis abzuzeichnen begannen und die Autoscheinwerfer die weißgestrichene Umzäumung schwach aufleuchten ließ, empfand Holthaus, als sie näherkamen, beim Anblick des mächtigen Pastoratsgebäudes wie damals das Gefühl der Ausgesetztheit und Verlorenheit. Aus einigen Fenstern zum Friedhof hin fiel Licht.

Holthaus reichte Kruse die Hand.

„Sobald ich weiß, wann einer von den Rechtsmedizinern am Hafen abzuholen ist, rufe ich Sie an. Hoffentlich noch heute Abend. Doch wie ich Jochimsen kenne, wird das was, der ist da wie ein Terrier, läßt nicht locker, bis die Sache eingestielt ist.“

Kruse sagte nichts.

Holthaus fuhr fort: „Ziemlich egal, wann genau jemand von der Rechtsmedizin kommt, ich will so bald wie möglich bei Tageslicht am Biikeplatz sein. Fahren Sie mich um neun Uhr hin? Wäre gut, wenn Sie dabei sind, wenn ich mit der Besichtigung und Untersuchung des Tatortes und des Toten anfange.“

„Bleibt mir wohl nichts anderes übrig. Um halb acht hol’ ich Sie ab?“

Holthaus nickte und war kaum ausgestiegen, als Kruse mit einem kurzen Hupen schon davonfuhr, noch bevor Pastor Wittensen die Warft herabgekommen war, mit einer Lampe den schmalen Plattenweg ausleuchtend. Nur kurz hob er die Lampe an, senkte sie sogleich wieder, als Holthaus geblendet eine Hand vor die Augen hielt. Bis auf das Rauschen der Bäume oben auf der Warft, die Holthaus nur in Umrissen wahrnehmen konnte, war kein Laut zu hören.

„Fein, daß ich wieder bei Ihnen unterkommen kann, Herr Wittensen“, begann Holthaus die Unterhaltung und streckte die Hand aus, „guten Abend, Herr Pastor.“

„Guten Abend, Herr Holthaus, ich freue mich sehr, daß wir uns nach so langer Zeit doch noch einmal wiedersehen, wenn auch wieder aus einem ganz schlimmen Anlaß.“

Der Pastor war nahe an Holthaus herangetreten, seine Lampe leuchtete planlos ins Weite und auf ihre Füße. Er kam Holthaus schmaler vor, obwohl er nicht viel von ihm erkennen konnte, schmaler und mit unverändert leiser Stimme.

Bevor sie den Eingang des Gebäudes erreichten, sah Holthaus, der hinter dem Pastor ging, zum Friedhof hinüber, doch viel zu sehen gab es in der Dunkelheit nicht, nur einige Kreuze und Grabsteine ganz in der Nähe wurden vom Licht aus den Fenstern schwach erhellt. Natürlich mußte Holthaus an Hinnerk Rensing denken, der angeblich aus seinem Grab gespült worden war und erst recht an Merle Jonasson, deren Grab kaum ein Jahr später am Rand des Friedhofs mit Blick auf die Ivertsenswarft ausgehoben worden war. Das Grab mußte es noch geben. Nur ihr Großneffe und er wußten, was damals wirklich geschehen war. Doch die ganze Wahrheit kannte nur der Polizeibeamte.

Wittensens Frau lief geschäftig umher, hatte noch Essen auf den Tisch gestellt. Kalte Küche, ein paar Bratheringe, Matjesheringe, unter reichlich Zwiebelringen begraben. Fisch eben. Was sonst so spät am Abend, wenn es rasch gehen sollte? Holthaus erkannte sie kaum wieder, doch sie lächelte ihn schmallippig aus einem ernsten Gesicht an, ließ keinen Zweifel daran, daß sie ihn wiedererkannte. Von den Kindern war nichts zu sehen. Waren auf dem Festland, wie sich später herausstellte, in einem Internats-Gymnasium, kamen nur alle paar Wochen zu Besuch auf die Hallig.

Inzwischen war die Uhr auf halb elf vorgerückt, hinter den Fensterscheiben war stockdunkle Nacht aufgezogen. Bevor die Pastorenfrau verschwand und die Männer alleine ließ, wie damals auch, erinnerte sich Holthaus, stellte sie noch eine Flasche Wein auf den Tisch, braunes Glas und ohne Etikett. Ein Zeichen dafür, daß der Pastor, obwohl er mitunter ein Gähnen unterdrücken mußte, noch nicht ins Bett zu gehen trachtete. Er war ein bißchen runder im Gesicht geworden, um die Mundwinkel hatten sich ein paar Falten schärfer eingegraben. Am Kopf war er weißer geworden, doch kahle Stellen zeigten sich nicht. Nach wie vor ging von seinem Gesicht ein Ausdruck von Güte und Verletzlichkeit aus. Genau das war es, warum es Holthaus seinerzeit so schwerfiel und ihm noch lange nachhing, daß er ihm widersprochen hatte, obgleich er wußte, daß der Pastor mit seiner Beobachtung richtig lag. Nur der Umstand, daß der Vorgang strafrechtlich völlig ohne Belang war und Merle Jonasson ohnehin nur ein Jahr später zum Friedhof getragen wurde, ließ ihn mit der Sache leichter umgehen.

„Was ist da Schreckliches beim Biikefeuer geschehen?" fragte Wittensen nach dem ersten Schluck Wein und sah den Kriminalbeamten aus weitgeöffneten Augen an, „ist es wahr, was man mir darüber erzählt hat? Ist das wirklich wahr? Ein Mensch ist in diesem Feuer verbrannt?"

Holthaus nickte, nahm einen Schluck Wein, setzte das Glas wieder ab.

„Ja, das ist wahr, Herr Wittensen, ich war bereits mit dem Bürgermeister an der Feuerstelle. Dort liegt ein Toter in den Überresten des Feuers."

„Wie schrecklich. Wie ist das möglich? Wie konnte das geschehen, Herr Holthaus?"

„Um das herauszufinden, bin ich hier. Gleich morgen früh werde ich mich darum kümmern."

„Es soll sich um einen Mann handeln, hörte ich", sagte der Pastor. Ihm war anzusehen, wie sehr ihn die Geschichte mitnahm.

„Ja", bestätigte Holthaus, „es sieht ganz danach aus. Ein Gast kehrte wohl nach dem Biikefeuer nicht in seine Pension zurück, wird seitdem vermißt."

Wittensen schwieg, blickte in sein Weinglas. Holthaus hörte ihn in der Stille des Raumes atmen.

„Wichtig ist herauszufinden, ob der Mann noch

lebte, als das Feuer entzündet wurde. Oder ob er tot in das aufgeschichtete Holz hineingelegt wurde“, erklärte der Kommissar weiter, „das wäre natürlich ein fundamentaler Unterschied in der strafrechtlichen Bewertung des Vorgangs.“

„Sie halten es für möglich, daß der Mann bei lebendigem Leib verbrannt wurde?“ fragte der Pastor mit fassungslosem Gesichtsausdruck. „Bei lebendigem Leib?“ Er schien diese Ungeheuerlichkeit nicht glauben zu wollen, sah den Kommissar fragend an. „Lebendig verbrannt?“

„Es ist jedenfalls nicht von vorneherein auszuschließen.“

„Wir haben doch alle um das Feuer herumgestanden. Niemand hat doch etwas gehört. Ich war auch am Feuer, ziemlich nahe sogar, wenn ich noch an die Hitze denke, die von ihm ausging. Der Mann müßte doch in seiner Not geschrien haben, das müßte doch zu hören gewesen sein“, warf der Pastor nahezu verzweifelt ein, als ob er damit etwas ungeschehen machen, etwas richtigstellen könnte.

„Nicht, wenn der Mann zum Beispiel gefesselt und geknebelt worden wäre. Wenn er vorher bewußtlos gemacht worden wäre.“

Vor Entsetzen hielt der Pastor den Atem an, starrte den Polizeibeamten entgeistert an.

„Reine Spekulationen, Herr Wittensen, das sind reine Spekulationen. Lassen Sie uns abwarten, was der Rechtsmediziner herausfindet, was meine Untersuchungen der Feuerstelle und der weiteren Umstände, die den Mann betreffen, der aus Düsseldorf kommen soll, ergeben.“

Die Stille des Raumes griff wieder um sich. Beide Männer langten fast gleichzeitig zu ihren Gläsern.

„Halten Sie es für möglich, daß jemand von der Hallig mit der Sache zu tun haben könnte?“ fragte Holthaus unvermittelt.

„Nein, niemals“, antwortete Pastor Wittensen ohne Zögern.

„Was macht Sie da so sicher?“

„Ich kenne sie alle ziemlich gut, auch die, die noch nicht so lange auf der Hallig leben. Auch die, die selten oder gar nicht in die Kirche kommen.“

Der Pastor sinnierte einen Augenblick vor sich hin.

„Nein, von denen wäre keiner zu solch einer Tat fähig. Nein, ich kann mir das nicht vorstellen, nein.“

Durch die geschlossene Zimmertür läutete das Telefon. Dasselbe Klingeln, derselbe Ton wie damals, stellte Holthaus fest. Und immer noch in dem länglichen, hallenden und schwach beleuchteten Flur auf einem an der Wand angebrachten kleinen Regal stehend.

Jochimsen rief von zuhause aus an. Der Pastor, der hinausgeeilt war, rief es Holthaus von der Türe her zu, die er, nachdem der Kommissar an ihm vorbei war, zuzog, jedoch nicht ins Schloß fallen ließ.

„Jemand von der Rechtsmedizin kommt, ist bereit, kann morgen früh um zehn Uhr an der Husumer Hafenkante stehen“, verkündete Jochimsen, „sehen Sie zu, daß der Seenotretter ihn dort pünktlich abholt.“ Das sei ein Dr. Tewes, ihm bislang nicht bekannt, brächte auch so etwas wie einen Blechsarg mit, der dann auf das Schiff verladen werden müßte. Alleine könne das keiner machen, da müsse jemand mit anfassen.

„Rufen Sie mich sofort zurück, wenn feststeht, daß das mit dem Rettungskreuzer morgen um zehn Uhr an der Hafenkante in Ordnung geht, ich warte auf Ihren

Rückruf. Ganz gleich, wie spät es wird, es ist dringlich", schloß Jochimsen und legte auf.

Holthaus rief Kruse an, reichte die Dringlichkeit gleich an diesen weiter und blieb wartend im Flur stehen. Wittensen schaute mal hinaus zu ihm, kehrte dann an den Tisch zurück, schob das Weinglas hin und her und versuchte durch die nicht ganz geschlossene Tür etwas davon mitzukriegen, was im Flur besprochen wurde.

Nach wenigen Minuten rief Kruse zurück. Sörensen würde morgen um zehn am Hafen sein, bereit, den Mediziner samt Ausrüstung an Bord zu nehmen, beschied er kurz. Und nun ginge er zu Bett. Und dann bis morgen um neun. Weg war er.

Nun dauerte es etwas länger, bis Jochimsen den Hörer abnahm. Als Holthaus ihm verkündete, daß alles wie geplant geregelt sei, Tjark Sörensen den Mediziner um zehn Uhr am Husumer Hafen abholen werde, blieb es ein paar Sekunden still am anderen Ende der Leitung.

„Auf die Nordfriesen ist Verlaß, das sage ich doch immer", ließ Jochimsen dann von sich hören. Nach einer kleinen Pause folgte noch „Danke". Und noch immer gab Jochimsen keine Ruhe: „Sie halten mich auf dem Laufenden, Herr Holthaus. Rufen Sie mich an, sobald und wann immer Sie Dinge erfahren, die von Bedeutung sind."

Holthaus brummte noch etwas von Zustimmung in den Hörer, doch da hatte Kriminalhauptkommissar Jochimsen bereits aufgelegt.

Noch machte der Pastor nicht den Eindruck, gleich ins Bett gehen zu wollen, obwohl die Uhr bereits eine halbe Stunde die Mitternacht überschritten hatte. Er wolle gerne mit zum Platz des Biikefeuers fahren, um den Toten zu segnen und ein Gebet für ihn zu sprechen. Ob das möglich sei, bevor er mit seinen Untersuchungen beginne und bevor der Rechtsmediziner sich mit dem Toten befasse, fragte Wittensen, dessen Gesicht eine leichte Rötung angenommen hatte. Wohl vom Wein, nahm Holthaus an. Ja, natürlich könne er das, er könne doch gleich mit ins Auto vom Bürgermeister steigen, wenn der ihn morgen früh abhole. Wann das denn sei, erkundigte sich Wittensen und wirkte erleichtert, als er die frühe Zeit erfuhr. Dann könne er rechtzeitig zurück sein und um zehn Uhr den sonntäglichen Gottesdienst abhalten.

„Wo wird der Mann denn am Ende beigesetzt werden, wenn die Untersuchungen abgeschlossen sind? Hier bei uns auf dem Halligfriedhof geht das nicht. Hier dürfen nur Halligleute begraben werden, nur Menschen, die auf der Hallig geboren wurden.“

„Das wird sich zeigen“, erklärte Holthaus, „wenn erst seine Identität zweifelsfrei festgestellt ist, wenn klar ist, wo er herkommt, wer seine nächsten Angehörigen sind, wird sich die Sache klären. Das kann aber eine ganze Weile dauern. Der Rechtsmediziner wird die Überreste des Toten mitnehmen und wahrscheinlich im Kreiskrankenhaus sorgfältig obduzieren. Auf Ihrem Friedhof wird er am Ende sicher nicht landen.“

Erleichterung machte sich auf dem Gesicht des Pastors breit, als er mit einem Blick auf die Uhr und zustimmendem Nicken seines Gastes die Weinflasche, die noch halbvoll war, und die Gläser vom Tisch räumte. Er schien zufrieden mit dem, was er erfahren hatte.

Holthaus bezog dasselbe Zimmer wie bei seinem letzten Aufenthalt im Pastorat, zwei Stockwerke über der Pastorenwohnung, eines der Gästezimmer, die hin und wieder an Feriengäste vermietet wurden. Die Pastorenfrau hatte es bereits hergerichtet, das Bett schon aufgeschlagen. Es roch im Zimmer, als ob es längere Zeit nicht mehr belegt worden war. Holthaus löschte das Licht, das schon eingeschaltet war, als er hinaufstieg und ans Fenster trat, um noch einen Blick in die Tiefe zu werfen, dorthin, wo der Friedhof lag und bis auf wenige Meter ans Pastoratsgebäude heranreichte. In diesem Augenblick erlosch die Lampe im Wohnzimmer der Pastorenwohnung und Holthaus blickte hinaus in beinahe undurchdringliches Dunkel, konnte nur noch die nächsten Kreuze und Grabsteine schwach ausmachen. Der Himmel war bezogen, nur in der Ferne zitterten und blinkten ein paar helle Punkte, vielleicht von umliegenden Warften herrührend, von Seezeichen oder von anderen Halligen, den Inseln und Sandbänken, die nicht so weit weg lagen. Das kannte Holthaus noch von seinen vergangenen Nächten im Pastorat. Erneut wunderte er sich, daß es Menschen gab, die an diesem Ort, in diesem Haus ihre Urlaube verbrachten und selbst mit schulpflichtigen Kindern in den Ferienzeiten anreisten.

*

Der Bürgermeister war pünktlich zur Stelle, und Holthaus und Wittensen beschleunigten die Schritte die Warft hinunter zu Kruses Auto, der den Motor nicht abgestellt hatte. Ein böiger Wind, der von überall herzukommen schien, verstärkte das Kältegefühl der auf Wittensens Wetterstation angezeigten zwölf Grad.

„Sieht das nach Regen aus, Herr Kruse?" fragte Holthaus und sah prüfend zum Himmel, den eine geschlossene, grauschwarze Wolkenschicht bedeckte. „Oder ist noch Schlimmeres zu erwarten? Vielleicht Sturm, vielleicht Wasser auf der Hallig, vielleicht Landunter? Sie hatten das für die nächsten zwei Tage für ziemlich ausgeschlossen gehalten. Bleibt's dabei?"

„Bleibt wahrscheinlich dabei", antwortete Kruse nach einem leicht zögerlichen Blick zu den Wolken, „bis Dienstag wahrscheinlich kein Landunter. Doch sicher ist man da nie. Im Februar sowieso nicht." Nach einem kurzen Schulterzucken, mit dem er seine Zweifel wohl bekräftigen wollte, stieg er ins Auto und trieb zur Eile an.

Am Feuerplatz hatte sich nichts getan seit dem letzten Besuch, stellte Kruse sogleich fest. Das rotweißrote Absperrband umrundete die Feuerstelle immer noch straff gespannt, und die Planen verbargen weiterhin festverzurrt die Reste des Feuers und die Leiche des verbrannten menschlichen Körpers.

Bedachtsam schlug der Bürgermeister die Plane zurück, die den Toten verdeckte. Dann trat er zur Seite, um den Kriminalbeamten vorzulassen, der dicht hinter ihm stand und ihn fortwährend zur Vorsicht mahnte, denn es dürfe nichts verändert werden, er müsse den Tatort möglichst unversehrt inspizieren. Kruse sagte nichts dazu, dachte an sein vorausgegangenes Herumstochern und auch das seiner Leute im halbverbrannten Feuerholz und in den fürchterlich anzusehenden Überresten des Verbrannten.

Holthaus hatte sich Handschuhe übergezogen, rührte aber noch nichts an. Er bückte sich tief hinab, trat behutsam näher an den Leichnam heran, wobei kleine graue, fast weiße Aschewölkchen aufstiegen. Nicht oder nicht ganz verbrannte Äste, die von der Asche verdeckt waren, knackten und knirschten unter seinen

94

Sohlen.

Bislang hatte sich Wittensen im Hintergrund gehalten, trat jetzt ebenfalls näher an das erloschene Feuer heran, blieb hinter dem Kommissar stehen, schien zu befürchten, daß von dem Verstorbenen bald noch weniger zu erkennen sein würde, das an einen Menschen erinnerte.

„Darf ich ein kurzes Gebet für den Toten sprechen, ihn segnen?"

Holthaus ließ den Pastor mit einer einladenden Geste an sich vorbei. „Natürlich, kommen Sie nach vorne, Herr Wittensen."

Der Pastor sprach mehr zu sich selbst, so hatte es den Anschein. Er murmelte leise vor sich hin, breitete am Ende die Arme aus und schlug das Kreuzzeichen, das aussah, als ob er darin die ganze Welt mit einbezog. Dann trat er wieder zurück und machte sich auf den Heimweg. Das Angebot Kruses, ihn mitzunehmen, wenn er den Rechtsmediziner vom Anleger abhole, was in einer guten Stunde wohl spätestens der Fall sei, lehnte er freundlich ab. Es sei gut so, wie es sei, er käme gut zurecht und den Gottesdienst könne er jetzt noch gut vorbereiten und mit Regen sei auch nicht zu rechnen.

Holthaus umkreiste stumm die Feuerstätte, die Kruse inzwischen vollständig von den Planen befreit hatte, machte zahlreiche Fotos, kehrte zurück an die Stelle, wo er zuvor gestanden hatte, dicht an den Füßen des Toten, betrachtete ihn minutenlang. Die Hitze hatte das Skelett samt der ihm noch anhaftenden Gewebeteile grotesk verformt und verbogen. Holthaus schnüffelte hörbar. Der Geruch von Asche, von erloschener Glut lag in der Luft, doch er nahm keinen Verwesungsgeruch wahr. Ein weiteres Mal umrundete er die Feuerstelle, den Blick unverwandt auf das Gewirr des in sich zusammengesunkenen, verkohlten oder auch nur teilweise verbrannten Geästs, das aus dem weißlichgrauen Aschehaufen herausragte. Beharrlich schwieg der Kommissar weiter, schaute über die Feuerstelle hinweg in die Weite, dann wieder auf das, was sich zu seinen Füßen befand, so als ob er nach dem Weg suchte, den der oder die Täter genommen haben könnten. Erneut kam sein Fotoapparat zum Einsatz.

Kruse stand abseits, sah sich Holthaus' Tun eine Weile schweigsam an, tat dann einen Schritt nach vorne, bis an die ersten verkohlten Äste am Rand des Feuers heran.

„Was ist? Haben Sie herausgefunden, wie das hier abgelaufen ist?"

Der Kommissar ließ sich Zeit, bevor er antwortete, inspizierte weiter einige Stellen um den Toten herum, ohne etwas zu berühren.

„Er lag auf einer Holzschicht, als das Feuer entzündet wurde, nicht auf dem nackten Erdboden", sagte Holthaus schließlich. Er hatte noch immer nichts mit den Händen berührt, holte jetzt einen metallenen schwarzen Teleskopstab aus einer der vielen Taschen seines voluminösen Parkas hervor, den er in die Länge zog und damit vorsichtig die Holzreste um die Leiche teilte und auseinanderschob.

„Hier", sagte er und zeigte mit dem Stab auf einige Stellen unterhalb des Verbrannten, „sehen Sie, da liegt noch Holz unter ihm, vermutlich weniger verbrannt als das übrige Holz."

Kruse schaute genauer hin, vermochte der Feststellung des Polizeibeamten jedoch keine besondere Bedeutung beizumessen. Holthaus begann nun intensiver, die Holz- und Aschenreste neben dem Toten wegzuräumen, was mit dem schmalen Stab jedoch ein mühsames Unterfangen war.

„Können Sie eine Schaufel, besser eine Forke oder einen Rechen besorgen, wie man sie im Garten benutzt?"

Kruse bejahte, im Gemeindehaus hätte er so etwas, das könnte er natürlich zur Verfügung stellen. Und auch gleich mitbringen, denn er würde ja ohnehin bald zum Anleger fahren müssen, um den Rechtsmediziner abzuholen. Dabei käme er doch an der Hanswarft vorbei und könnte rasch ins Gemeindehaus reinspringen.

„Außerdem noch was", Kruse trat näher an Holthaus heran, „das Zimmer beim Pastor übernimmt die Gemeinde, was die Kosten angeht. Der Pastor weiß das schon."

Bevor Holthaus etwas erwidern konnte, war der Bürgermeister schon zum Auto unterwegs und brauste wenige Augenblicke später davon.

Der Polizist unterbrach seine bislang oberflächlichen Untersuchungen der Brandstätte und des Toten und nahm die nähere Umgebung in Augenschein. Nacktes, zertretenes Erdreich bildete einen mehrere Meter breiten Ring um die Feuerstelle. Dessen äußerer Rand ging in verwildertes Gras- und Buschland über, doch nur für eine kurze Strecke. Dahinter schlossen sich die typischen Salzwiesen an, auf denen braunweiße Kühe weideten und neugierig herüberäugten. Irgendwie kam Holthaus das Gras auf der Hallig weniger grün vor als auf dem Festland, selbst wenn er bedachte, daß man sich erst im Februar befand, einem Wintermonat. Vielleicht hinterließ das Meer mit seinen regelmäßigen Überflutungen hier seine Spuren, vielleicht zog das Salz das Grün aus den Halmen, ließ sie graugrün und stumpf aussehen. Außer Zigarettenkippen, zwei zerknüllten und verdreckten Papiertaschentüchern und einem verbogenen Klappstuhl, dessen Bespannung eingerissen war, fand sich nichts an. Die Halligleute samt ihren Gästen waren wohl ordentliche Leute, ging es Holthaus durch den Kopf. Kruse hatte ja beteuert, daß er und seine Mannschaft seit der Biikenacht hier nichts mehr angerührt hatten.

Auf der Hallig war eine unbemerkte Annäherung nicht möglich. Nach einiger Zeit, als Holthaus schon unruhig wurde, zeigte sich endlich ein Auto, das die Olsenswarft passierte und auf der fast schnurgerade verlaufenden Straße auf den Biikeplatz zuhielt. Das war nicht Kruses Auto, kein PKW, sondern ein grauer VW-Bulli, der bald flott in den Biikeplatz einkurvte. Es war Kruse, der mit der Fahrerseite zu Holthaus hin zum Stehen kam und auch gleich die Tür aufriß und sich aus dem Sitz hangelte. Fast gleichzeitig hatte sich die Wagentür auf der anderen Seite geöffnet. Und dann staunte der Kommisssar nicht schlecht. Eine Frau stieg aus, bewegte sich um den Wagen herum, bis sie neben Kruse stand. Der Rechtsmediziner war eine Frau.

Kruse lächelte vielsagend.

„Da haben Sie Ihren Rechtsmediziner", rief er herüber, „ich mußte das Auto tauschen, denn Frau Doktor hat da ein paar Gerätschaften dabei, die nicht in mein Auto hineinpassen. Dauerte deshalb ein bißchen länger."

Holthaus und die Frau fixierten sich stumm sekundenlang, kannten sich nicht, wußten noch nichts voneinander. Der Kommissar ergriff die Initiative und ging auf die Frau zu, über deren Gesicht ein kurzes

98

Lächeln huschte.

„Kommissar Holthaus von der Kriminalpolizeidienststelle Husum, stellte er sich förmlich vor und streckte die Hand zur Begrüßung aus, „mit den Ermittlungen dieses Falles betraut."

Die Frau, die Holthaus für eine Tätigkeit in der Rechtsmedizin überraschend jung erschien, von ihm auf Mitte Dreißig geschätzt, erwiderte Holthaus' Händedruck mit einem überraschend harten Griff, setzte wieder ihr freundliches Lächeln auf.

„Tewes", antwortete sie mit festem Blick auf den Kommissar und einer dunklen, sonoren Stimme, die nicht ganz zu ihrer schmalen Gestalt passen wollte. „Dr. Merrit Tewes, Institut für Rechtsmedizin Kiel."

Der Bürgermeister hatte sich in der Zwischenzeit an seinem Transporter, der an den Seiten das Wappen der Hallig aufwies, zu schaffen gemacht und erzeugte großen Lärm, als er einen offenbar metallenen Sarg aus der hinteren Tür von der Ladefläche zog, der geräuschvoll auf dem Boden aufschlug. Eine Maurerschaufel und einen Rechen, an dem einige Zinken fehlten, warf er gleich daneben.

„Sie wollen den Toten mit nach Kiel nehmen?" fragte Holthaus, während er Kruse bei dessen Tun zuschaute, „ist das wirklich notwendig?"

„Ein Er, keine Sie? Sie sind sich sicher, daß es sich um einen Mann handelt?" Dr. Tewes wirkte belustigt, drehte den Kopf Richtung Feuerstelle. „Mal sehen, was ich hier am Ort feststellen kann. Vielleicht genügt eine Obduktion im Kreiskrankenhaus, wenn der Fall einfach liegt. Dort gibt es auch die Möglichkeit hierfür. Mal sehen." Noch machte sie keine Anstalten, an die Leiche heranzugehen, sah Holthaus erwartungsvoll an.

„Erzählen Sie mir von dem Fall. Ich weiß so gut wie nichts darüber, eigentlich nur das, was mir Bürgermeister Kruse auf der Fahrt berichtete. Ich mußte mich ja Hals über Kopf auf den Weg hierher machen. Inklusive Sonderfahrt mit den Seenotrettern. Erlebe ich auch nicht alle Tage."

Aufmerksam hörte sie dem Kommissar zu, als dieser ihr in knapper Form schilderte, was sich hier an diesem Ort beim Abbrennen des Biikefeuers ereignete und was er bislang darüber in Erfahrung bringen konnte.

„Das meiste erfuhr auch ich vom Bürgermeister", endete Holthaus und wies auf Kruse, der sich ihnen genähert hatte.

„Sie sind der Kriminaler, Herr Holthaus", stellte Dr. Tewes in geschäftsmäßigem Ton fest, „ich bin nur für die Beschaffenheit der Leiche zuständig, für die Art und Weise, wie jemand zu Tode kam. Alles andere ist Ihre Arbeit." Sie wandte sich Kruses Transporter zu, aus dem sie ein großes kofferähnliches Behältnis hervorzog.

„Hatten Sie schon einmal einen derartigen Fall? Verbrannt worden im Biikefeuer?" fragte sie Holthaus im Vorbeigehen.

„Nein, bislang noch nicht. Ich betrete Neuland. Und wie ist es bei Ihnen? Sie kennen sich aus mit Biikefeuern?"

„Halbwegs ja, habe noch keines mitgemacht, weiß aber, um was es dabei geht. Aber mit einer Leiche darin hatte ich noch nicht zu tun. Also auch für mich Neuland."

„Wichtig ist, ob derjenige, Mann oder Frau, lebend verbrannte oder bereits tot war, als das Feuer angezündet wurde. Können Sie das bei dem stark ver-

100

brannten Körper noch feststellen?"

Dr. Tewes schaute Holthaus verwundert an.

„Wer legt denn einen Toten ins Feuer? Sie meinen ‚post mortem'?" Die Ärztin schüttelte den Kopf, so daß ihre langen, bräunlichen Haare hin- und herschwangen. „Das kann ich mir nicht vorstellen. Warum sollte jemand einen Toten ins Feuer legen? Das gibt doch keinen Sinn. Höchstens im Krematorium geschieht das."

„Ja, natürlich, so sehe ich das ebenfalls", betonte Holthaus, „doch ausschließen dürfen wir das von vorneherein nicht. Sie glauben nicht, was sich in den Köpfen von manchen Menschen abspielt, Sie können sich das kaum vorstellen, wozu Menschen in der Lage sind."

„Und ob ich das kann, Herr Holthaus", erwiderte Dr. Tewes und hob ihre Stimme ein wenig, „ich bin Rechtsmedizinerin und das schon seit ein paar Jahren. Da schaut man oft in die Abgründe menschlichen Verhaltens." Sie musterte Holthaus intensiv, bevor sie fortfuhr: „Sie denken jetzt, daß ich für diese Arbeit vielleicht ein bißchen zu jung bin, mir vielleicht auch die Erfahrung dazu fehlt. Oder anders gefragt: Warum wird eine Frau wie ich Rechtsmedizinerin?"

Wieder legte sie eine kleine Pause ein, während sie zum ersten Mal den Blick über die Feuerstelle und die verbrannte Leiche streichen ließ.

„Nach dem Medizinstudium arbeitete ich als frisch Approbierte zunächst in einer Hausarztpraxis, promovierte während dieser Zeit, erhielt anschließend den Ruf an die Medizinische Fakultät der Christian-Albrechts-Universität, um dort in den Wissenschafts- und Forschungsbereich einzusteigen, doch das nur für kurze Zeit, denn dann kam der Ruf in das Institut für

Rechtsmedizin, das der Kieler Uni angegliedert ist."

Dr. Tewes schwieg, als warte sie auf eine Reaktion des Polizeibeamten. Doch diese blieb aus.

„Tja", sprach sie dann weiter, „und dort bin ich nun immer noch. Und außerdem", sie blickte Holthaus in die Augen, „so jung bin ich nun auch nicht mehr. Lassen Sie sich da nicht täuschen." Sie lachte kurz. „Jeder wird eben auf seine eigene Art älter."

Holthaus verkniff sich die Frage nach ihrem Alter, versuchte es hingegen erneut zu schätzen, blieb dann bei seiner Mitte-Dreißig-Zahl. Er verzichtete darauf, seinen eigenen Werdegang, quasi als Gegenleistung, auszubreiten. Und Dr. Tewes fragte ihn auch nicht danach, sondern schickte sich an, mit ihrer Arbeit zu beginnen, indem sie die aus Kruses Wagen gewuchtete Tasche öffnete und ein paar grüne Gummihandschuhe, eine gleichfarbige Atemschutzmaske und einen armlangen dünnen Stab hervorholte, an dessen Spitze eine Art Greifvorrichtung angebracht war. Sie schien zu wissen, was zu tun war, fragte Holthaus kurz, ob sie an die Leiche herantreten könnte, sie wolle natürlich nicht die kriminalistische Spurensuche beeinträchtigen, gar mögliche Spuren zerstören. Holthaus nickte, hob aber die Hand und sah sich nach Kruse um, der das Gespräch zwischen dem Polizisten und der Rechtsmedizinerin wortlos aus der Nähe verfolgt hatte.

Er wolle, tat Holthaus kund, zuvor um den Toten herum die Holzreste etwas zur Seite schieben, um sie später samt der Asche genauer inspizieren zu können. Ehe er sich versah, hatte Kruse den Rechen und die Schaufel herbeigeholt, und der Kommissar bahnte vorsichtig um den Toten herum eine Art schmalen Pfad. Mitunter stiegen dabei kleine Aschewölkchen auf, verstärkt noch durch den Wind, der inzwischen spürbar aufgefrischt war. Dr. Tewes trat in den freigeräumten Bereich, nachdem er ihr ein Zeichen gegeben hatte, blieb selbst auf der anderen Seite des verbrannten Körpers stehen.

Nach wenigen Sekunden richtete sich die Ärztin auf, sah über ihre Atemschutzmaske hinweg, die Nase und Mund bedeckte, zu Holthaus hinüber.

„Sie haben natürlich recht, das ist ein Mann, keine Frau." Sie wies mit ihrem Greifstab auf die teilweise bloßliegenden Knochen hin.

Hübsch sieht sie aus mit der grünen Maske, schweifte Holthaus in Gedanken ab, steht ihr gut.

„Sehen Sie hier", fuhr Dr. Tewes fort, „weibliche Beckenknochen sind völlig anders geartet, unter anderem viel ausgeprägter, ausladender." Sie veranschaulichte ihre Worte durch entsprechende Handbewegungen. „Hier haben wir es mit einem Mann zu tun, eindeutig." Sie beugte sich tiefer, griff mit den grünbehandschuhten Händen nach einzelnen Fragmenten des Leichnams, hob hier etwas an, zupfte dort an Resten von Kleidungsstücken und Körpergewebe, glättete Stellen, die das Feuer in wirrer Form zurückgelassen hatte. Dabei murmelte sie kopfnickend vor sich hin, und Holthaus hatte den Eindruck, daß sie damit ihre Feststellung, es handele sich um einen Mann, nur noch unterstrich, erst recht, als sie sich dem Unterleib widmete und mit spitzen Fingern hineingriff, um das eine oder andere Fragment des verbrannten Körpergewebes freizulegen oder beiseite zu schieben, um tiefer zu gelangen. Nach und nach ging sie etwas robuster vor, inspizierte den Brustbereich und beschäftigte sich am Ende mit dem Schädel, den sie sorgfältig befühlte, dann leicht anhob und minutenlang betrachtete und untersuchte. Anschließend trat sie aus der Feuerstelle wieder heraus und schien ihre Arbeit am Feuerplatz beenden zu wollen. „Alles Weitere dann in der Rechtsmedizin", beschied sie kurz. „Große Gewalt, grobe körperliche Gewalt ist dem ersten Anschein nach nicht angewendet worden", führte sie dann weiter aus, wandte sich nach einem kurzen Seitenblick zum Bürgermeister dem Kriminalbeamten zu, „die Knochen im relevanten Brust- und Rückenbereich sind unversehrt, ebenso weist der Schädel bei dieser ersten Untersuchung keine erkennbaren Spuren von Gewalt auf. Vielleicht bis auf die Zähne", sie trat erneut an den Toten heran, wies mit der Hand auf den Kieferbereich, „das wird noch zu klären sein. Sehen Sie hier, vorne im Oberkiefer zwei abgebrochene Zähne, im hinteren Unterkiefer fehlt ein Zahn, Letzteres wohl weniger von Bedeutung."

„Betäubungsmittel oder andere lähmende Substanzen waren doch vermutlich mit im Spiel", sagte Holthaus.

„Zumindest liegt die Vermutung nahe. Dazu eine Knebelung, das Verschließen des Mundes mit was auch immer, vielleicht noch zusätzlich."

„Und die vorherige Tötung, zum Beispiel mit Gift, kommt sowieso kaum oder gar nicht in Frage, ist so gut wie ausgeschlossen?" Holthaus klang, als ob er sich selbst befragte.

Die Ärztin nickte. „Sagte ich doch schon. Wer legt denn einen Toten ins Feuer, Herr Holthaus, wer geht das Risiko ein, dabei gesehen und gefaßt zu werden? Einen Toten? Welchen Sinn soll das haben?"

„Um vielleicht jemanden völlig auszulöschen. Erst töten, dann höchstens nur noch Überreste auffinden lassen, von denen niemand weiß, zu wem sie gehören.

104

Wenn der Zufall hilft, kommt eine Identität nie heraus. Kam schon mehrfach vor. "

„Ja, kann wohl passieren. Muß für einen Polizisten eine üble Sache sein. Ein Kapitalverbrechen und kein Täter zu ermitteln. Muß frustrierend für die Kriminaler sein. Hatte Sie einen solchen Fall schon mal?"

Holthaus schüttelte den Kopf. Und er wußte, daß er es kaum ertragen könnte, einen Mord ungesühnt zu bearbeiten, keinen Täter fassen zu können.

Eine Pause entstand. Die Ärztin richtete sich auf, bog den Körper nach hinten, anschließend wieder nach vorne, um sich dann gerade hinzustellen.

„Sie könnten gleichwohl jetzt noch feststellen, ob der Mann bereits tot war, als er verbrannte oder noch lebte?"

„Kommt darauf an, was die Reste der Lunge, des Magens und der Luftröhre noch hergeben." Dr. Tewes wies mit ihrem Greifstab zum Brustbereich des Toten, der noch ein paar schwärzliche Gewebereste aufwies.

„Wenn ich genügend verwertbares Material vorfinde", dozierte sie weiter, „könnte das Aufschluß darüber geben, ob er noch lebte oder post mortem verbrannte. Unter anderem hätte der noch lebende Mann Rauch eingeatmet, was ich herausfinden könnte, wenn die Gewebereste dafür ausreichen. Ein bereits toter Mann atmet keinen Rauch mehr ein."

Zwar trug Dr. Tewes ihre große Tasche wieder zu Kruses Auto, kehrte dann jedoch mit einem großen Fotoapparat zurück und fotografierte den Toten sorgfältig von allen Seiten.

„Übrigens kein Ring an den Fingern", ließ sie die beiden Männer wie nebenbei wissen, „und solche Feuer wie dieses hier entwickeln normalerweise keine Temperaturen, die Metall oder auch Gold zum

Schmelzen bringen. Dann richtete sie sich erneut auf, um sich kurz zu dehnen und zu strecken. „Und nun packen Sie beide bitte mit an und helfen mir", dabei wies sie auf den Leichnam, „ihn in den Sarg für die Rechtsmedizin zu legen. Handschuhe finden Sie in meiner Tasche und auch eine Atemschutzmaske. Beim Anheben könnte es zu einer leicht unangenehmen Geruchsentwicklung kommen. Immerhin trat der Tod vor fast zwei Tagen ein, auch wenn die Einwirkung eines starken und länger andauernden Feuers den Verwesungsprozeß des menschlichen Körpers stark beeinträchtigt."

Kruse sah fast erschrocken drein, während der Kriminalbeamte nach kurzem Zögern an die Tasche der Ärztin herantrat und Kruse heranwinkte, der ihm langsam folgte. Dr. Tewes wirkte ungeduldig, als die Männer sich mit den Utensilien versorgten und dirigierte sie lautstark beim Heranschaffen des Sarges, nachdem sie den Deckel abgenommen hatte und selbst mit anfaßte.

Die Sache entpuppte sich als nicht ganz einfach, was Dr. Tewes nicht zu überraschen schien. Sie gebot Einhalt und holte aus ihrer Tasche ein graues, viereckiges Tuch herbei, das sie, nachdem sie weitere Holzreste des Feuers beiseite geräumt hatte, seitlich neben dem verbrannten Körper zurechtlegte.

„Ich fasse vorne an", sagte sie dann und wies auf den Kopf des Toten, „und Sie unten." Dabei zeigte sie auf Holthaus. „Und wenn wir anheben", fuhr sie fort und schaute zu Kruse, „versuchen Sie, das Tuch unter den Körper oder das, was von dem Armen noch übriggeblieben ist, zu schieben."

Forschend sah sie die Männer an.

„Nicht so ganz leicht das Ganze, macht man ja auch

nicht alle Tage.“

Mit dem Unterarm wischte sie sich einige nach vorne gefallene Haarsträhnen aus der Stirn.

„Es kann sein, daß der Körper hierbei teilweise auseinanderfällt, daß Knochen zerbröseln, je nachdem, wie stark die Hitze, die Flammen darauf eingewirkt haben. Wir können jedoch nichts zerstören, was nicht bereits vom Feuer zerstört wurde. Also seien Sie unbesorgt.“

Ihre Stimme hatte eine andere Tonfärbung durch den Mundschutz angenommen, klang dunkler und undeutlicher.

Die Männer hatten bisher geschwiegen. Nun kam von Kruse ein „Allens kloor. Denn man tau.“ Der saloppe Spruch wollte jedoch nicht zu seiner ernsten Miene passen, die er seit geraumer Zeit aufgesetzt hatte. Holthaus wirkte dagegen ausgesprochen konzentriert, sein Gesicht verriet kaum Anspannung. Er nickte der Ärztin kurz zu, wohl als Zeichen, daß er bereit sei.

„Der menschliche Körper besteht aus rund zweihundert Knochen“, sagte Dr. Tewes. Sie wollte offensichtlich noch nicht mit der Einsargung beginnen, und ihre Stimme hörte sich trotz Mundschutz an wie bei einer Vorlesung für Medizinstudenten.

„Die meisten sind auf irgendeine Weise miteinander verbunden. Durch Gelenke beispielsweise, durch Knorpel, Bänder oder Muskeln. Bei stark verbrannten Körpern ist der Zerfall natürlich stark ausgeprägt, da die verbindenden Elemente zu einem großen Teil vom Feuer zerstört wurden. Bei weniger intensivem Feuer bleiben mehr Teile des Skeletts zusammenhängend verbunden und erhalten.“

Dr. Tewes sah hinab auf die sterblichen Überreste

zu ihren Füßen, suchte dann den Blickkontakt mit den beiden Männern.

„Versuchen wir's", sagte sie dann aufmunternd, „viel kann nicht schiefgehen, vor allem: Nichts von dem Toten kann dabei verlorengehen."

Die Sache klappte auch ganz weidlich. Nur wenige Knochen lösten sich ab, der größte Teil des Skeletts blieb in seiner ursprünglichen Form erhalten und lag bald ausgebreitet auf dem von Kruse geschickt manövrierten Tuch und wenig später im Behältnis der Rechtsmedizin.

„Aluminium", klärte Dr. Tewes auf, nachdem Kruse prüfend mit dem Fingerknöchel auf den Deckel geklopft hatte, „wir in Kiel arbeiten mit Aluminium. Eignet sich nach unserer Meinung am besten dafür."

Mit einem silbrig glänzenden Klebeband dichtete sie in ganzer Länge Unterteil und Deckel des Sarges ab, steckte den Schlüssel für die beiden Schlösser ein.

„Gegen den Geruch", klärte sie auf, „da hat man erst mal Ruhe. Und tagelang fährt man damit ja auch nicht ohne Kühlung durch die Gegend."

Der Uhrzeiger war fast auf zwei vorgerückt. Holthaus überlegte, wie er den restlichen Tag noch nutzen könnte, trat an die Ärztin heran.

„Und wie geht's nun weiter?"

„Ich fahre zurück, jetzt gleich", antwortete Dr. Tewes, „Herr Kruse fährt mich sicher sogleich zum Hafen." Dabei drehte sie sich zum Bürgermeister um, der untätig herumstand, nachdem er das Absperrband wieder um die Feuerstelle angebracht hatte.

„Die Seenotretter wollten mich auch wieder mitnehmen, zurück nach Husum bringen, jedenfalls versprach Herr Sörensen das." Sie schmunzelte. „Aber der Blechsarg muß verschlossen sein, verlangte Herr

Sörensen, darauf besteht Herr Sörensen. Und das", sie klopfte wieder auf den Aluminiumsarg, „ist er ja nun auch. Außerdem will er einen seiner Männer abstellen, der mir beim Verstauen des Sarges ins Auto hilft. Gehört dem Institut, da paßt der Sarg rein."

Holthaus hatte auf ein gemeinsames Essen spekuliert, einer der Gasthöfe, die sich in dieser Jahreszeit wegen der wenigen Gäste abwechselten, hatte bestimmt geöffnet, doch das zerschlug sich rasch. Die Ärztin wollte wirklich sofort zurück. Ihre Überlegung, die Obduktion im Kreiskrankenhaus vorzunehmen, verfolgte sie nicht weiter, hatte umdisponiert und wollte unverzüglich nach Kiel zurückkehren, wo die technischen Möglichkeiten und das gesamte Umfeld wohl doch geeigneter seien. Auch könne sie dort, falls notwendig, schnell noch einen Kollegen in die Beurteilung hinzuziehen.

Rasch war der Sarg in Kruses Auto verladen. Der Bürgermeister sah nicht besonders glücklich aus, die ganze Sache gefiel ihm offensichtlich nicht besonders. Holthaus blieb das nicht verborgen. Das mit dem Toten, den sie aus den Holzresten herausgezogen hatten, setzte ihm wohl zu. Holthaus hatte schon öfter erlebt, das vermeintlich harte Leute, harte Männer große Probleme bekamen, wenn sie ziemlich unvorbereitet mit dem Tod, mit dem Anblick von Verbrechensopfern konfrontiert wurden. Eine Sache der Gewöhnung, doch manche Menschen gewöhnten sie nie daran, wußte der Polizist.

Holthaus gab Dr. Tewes seine Karte, die einen kurzen Blick darauf warf und aus ihrer großen Tasche ihre eigene hervorkramte.

„Wann erhalte ich Ihren Obduktionsbericht?"
„Am besten per Post gleich an die Kriminalpolizei-

dienststelle. Einen oder auch zwei Tage werde ich wohl noch auf der Hallig bleiben, werde mir die Feuerstelle noch genauer ansehen. Wenn ich zurück bin, rufe ich Sie an."

Dr. Tewes nickte. Bis Ende der Woche würde sie voraussichtlich so weit sein. Sicherlich sei es gut, wenn sie noch mal miteinander telefonierten. Nach der Obduktion würde der Tote erst zur Bestattung freigegeben, wenn die polizeiliche Zustimmung hierzu vorliege. Außerdem gäbe es noch die Sache mit den Angehörigen zu regeln, eine Angelegenheit der Polizei. Aber das sei ihm sicher alles bekannt. Vorher würde die Rechtsmedizin den Toten nicht herausgeben.

„Ja", antwortete Holthaus, „vielleicht weiß ich bis dahin schon, wer der Tote tatsächlich ist. Theoretisch kann's ja auch ein anderer sein, muß ja nicht unbedingt der Mann sein, der in der Pension überfällig ist. Vielleicht hat der sich auch nur einfach so davongemacht. Vielleicht sogar zusammen mit dem ominösen Pärchen. Vielleicht gibt es sogar drei Täter. Und der Mann im Feuer ist ein bislang völlig Unbekannter. Dann würde es allerdings noch verworrener. Das verschwundene Paar und der ebenfalls überfällige Mann, der Helzen heißt, sind bekannt. Vorausgesetzt, die Meldezettel liegen vor und sind korrekt ausgefüllt. Dann gäbe es wirklich den großen Unbekannten."

Holthaus machte eine Pause, sah Dr. Tewes an, blickte zum Bürgermeister, fuhr dann fort:

„Ganz wichtig ist, daß die Identität des Mannes dort im Blechsarg aufgeklärt wird, damit steht und fällt zunächst alles. Wenn es wirklich der Mann aus der Pension ist, wären wir ein gutes Stück weiter."

Die Ärztin hatte aufmerksam zugehört.

110

„Das ist allein Ihre Sache, das herauszufinden. Das muß die Polizei klären. Vielleicht hilft ja hierbei mein Obduktionsbericht.“

Kruse schwieg seit geraumer Zeit, stand in der Nähe seines Wagens und wartete. Holthaus entschied sich, gleich mitzufahren und im „Seelöwen“, der wohl heute geöffnet hatte, etwas zu essen und anschließend mit dem Vermieter zu sprechen, der einen Gast spurlos vermißte und bei dem ein Gästepaar unter merkwürdigen Umständen die Pension verließ.

Es wurde eng in Kruses Auto. Der Aluminiumbehälter nahm eine Menge Platz ein. Holthaus saß unbequem im rückwärtigen Bereich des Bullis, aus dem die Sitze ausgebaut waren, auf dem Wagenboden auf einer Decke, die Kruse ihm zugeworfen hatte, mit dem Rücken zur Wand, ziemlich in der Mitte, und stemmte die Füße gegen den Sarg, der sich während der Fahrt zu verschieben begann. Er rief Kruse zu, ruhiger zu fahren, der Sarg fange an, hin- und herzurutschen. Die Ärztin blickte vom Beifahrersitz wie abwesend nur kurz nach hinten, blätterte in einem schwarzen Notizbuch und schrieb darin in Abständen mit einem Kugelschreiber etwas hinein. Erst als Kruse am Fuß der Hansenswarft stoppte, steckte sie das Notizbuch weg und reichte Holthaus die Hand. Man höre weiter voneinander. Falls ihm bei den weiteren Ermittlungen noch Besonderes auffalle, wäre sie für entsprechende Informationen sehr dankbar. Im übrigen sei seine Frage nach der Feststellung, ob der Mann tot oder lebend verbrannte, durchaus nicht abwegig. Die relativ lange Liegezeit unter dem Holz könnte zu einer lebensbedrohlichen Unterkühlung geführt haben, die ihn tötete. Die Todesursache ließe sich aber beim Zustand der Leiche wohl nicht mehr feststellen. Nur noch, ob er tot oder lebendig verbrannte. Der Februar sei nach ihrer Kenntnis allerdings für die Jahreszeit relativ mild verlaufen, vielleicht auch auf der Hallig, so daß dem Mann bei robuster Natur vielleicht der gnädigere Kältetod verwehrt blieb. Sie blieb im Wagen sitzen, während die Männer die Warft hochstapften. Kruse, um Tjark Sörensen samt dessen Schiff von seinem Büro aus heranzutelefonieren, Holthaus, um im „Seelöwen" zu essen und anschließend mit dem Vermieter, bei dem der vermißte Gast untergebracht war, zu reden. Vom Warftrand aus zeigte Kruse auf die Obelitzwarft, die etwa zwei Kilometer entfernt lag.

„'Japsand' heißt die Pension", sagte Kruse, „doch wenn Sie sich ein bißchen Zeit im ‚Seelöwen' lassen, bin ich vielleicht schon vom Anleger zurück, der hat heute den ganzen Tag auf. Dann fahr' ich Sie hin."

„Wie heißt der Vermieter noch mal?" fragte Holthaus nach. „Hab' den Namen vergessen."

„Torge Bahnsen."

„Und der kann's nicht selber gewesen sein?"

Der Bürgermeister blickte den Kriminalbeamten mit großen Augen an.

„Ich meine, ob der den Mann nicht selbst ins Feuer gesteckt hat. Ist doch nicht völlig ausgeschlossen, Herr Kruse."

Holthaus hatte einen Scherz machen wollen. Obwohl, wenn er es recht bedachte, Torge Bahnsen – und viele andere Leute auf der Hallig ebenfalls – natürlich auch als Täter in Frage kam. Doch Kruse war nicht nach Scherzen zumute.

„Nie und nimmer Torge Bahnsen", entfuhr es ihm gereizt, „was für ein Unsinn!" Er wandte sich seinem Wagen zu, sah über die Schulter nach Holthaus hin-

112

über.

„Reden wir drüber, wenn ich zurück bin. Essen Sie langsam, dann paßt das." Sprach's, sprang ins Auto und brauste davon. Holthaus hörte deutlich das Rutschen und Anschlagen des blechernen Behältnisses aus dem Wageninnern, glaubte noch die Stimme der Ärztin vernommen zu haben, diesmal laut und hell.

Kruse kam wirklich rasch zurück, schneller, als Holthaus mit ihm gerechnet hatte. Tjark Sörensen hatte in der Nähe gekreuzt, war gar nicht erst nach Marum zurückgefahren, hatte nach den Fahrwassertonnen gesehen, was er ohnehin in nächster Zeit hatte machen wollen. Da verließ er sich nicht nur auf das Wasser- und Schiffahrtsamt, das dafür zuständig war. Wenn er im Notfalleinsatz des Nachts oder bei Nebel oder Schneetreiben unterwegs war, mußte alles passen. Und bei Niedrigwasser war sowieso exakter Kurs angesagt, sonst saß er ziemlich rasch auf und die Leute, die er retten sollte, blieben sich selbst und ihrem Schicksal überlassen. Im Marumtief ließ er noch für kurze Zeit die Maschine auf Hochtouren laufen, was ihr richtig gutzutun schien nach mehr oder weniger längerer Liegezeit ohne richtigen Einsatz.

Holthaus war nicht mal ganz fertig mit seiner Scholle, als der Bürgermeister die Tür vom „Seelöwen" aufstieß und sich neben ihm auf einen Stuhl warf. Nur noch wenige Leute saßen an den Tischen, die meisten offensichtlich von der Hallig, denen Kruse kurz zunickte. Richtig zu essen gab's nichts mehr, die Küche hatte schon zugemacht. Den Bürgermeister schien das nicht sonderlich zu stören, ließ sich von dem Mann, der sich die Hände an der umgebundenen fleckigen Schürze abwischte, einen tiefen Teller bringen, angefüllt mit Krabben, nichts dazu und nichts darüber,

über die er sich zügig mit den Fingern hermachte. Dann bestellte er zwei Biere und zwei klare Schnäpse für sich und ungefragt für Holthaus gleich mit, der seine zweite Kaffeetasse inzwischen leer zur Seite geschoben hatte.

Er sei froh, daß er die Blechkiste los sei, berichtete Kruse, die Frau Rechtsmedizinerin sei wohl ganz praktisch veranlagt, nicht zimperlich, hätte auch mal grob geflucht, als das Ding beim Ausladen aus seinem Auto halb herausfiel und hart auf dem Boden aufschlug. Dem da drin tät's nicht mehr weh, meinte sie, aber so richtig gut für die Obduktion wär's nun auch wieder nicht. Während er erzählte, schob er sich, als sei es das Allernatürlichste auf der Welt, mit spitzen Fingern eine Krabbe nach der anderen in den Mund, in Abständen einen Schluck Bier zu sich nehmend. Und Tjark Sörensen habe sofort ausgerufen, daß er überhaupt nichts davon wissen wolle, wer oder was da im Blechsarg drin liege, erst recht nicht, von welcher Beschaffenheit das wäre. Nichts, er wolle nichts davon hören, wolle so schnell wie möglich nach Husum mit dem Kram und ihn so schnell wie möglich von Bord haben. Daß es ihm ernst damit war, sei schon daran zu erkennen gewesen, wie er, kaum daß der Sarg auf dem Achterschiff verzurrt war, mit dröhnender Maschine und hoher Bugwelle davonstob, nur einmal noch zurückwinkte.

Stumm hatte Holthaus zugehört und auch der Bürgermeister, der seine Krabben inzwischen vertilgt hatte, schwieg nun eine Weile und wartete auf ein weiteres Bier, das Holthaus diesmal erfolgreich ausgeschlagen hatte.

„Von der Hallig war's bestimmt keiner", sagte Kruse dann ungefragt und blies den Rauch seiner Zigarette auf den Tisch, so daß dieser sich ziemlich nach allen Seiten verteilte, „kein Torge Bahnsen und auch sonst keiner."

„Was macht Sie denn da so sicher?" wollte Holthaus wissen. Skepsis schwang in seiner Stimme mit.

„Weil ich sie alle kenne, alle. Keiner macht so was. Von denen ganz bestimmt keiner."

„Sie können niemandem hinter die Stirn schauen. Da kann man sich arg täuschen."

Kruse schnaufte hörbar, stützte den Kopf in die Hand, nahm die Hand wieder fort, wischte damit über den Tisch.

„Wenn das so ist, müssen Sie mich eigentlich auch zu denen zählen, die dafür in Frage kommen. Wenn Sie sagen, daß alle von der Hallig Täter sein können, kann ich's doch auch gewesen sein."

„Theoretisch ist das richtig, Herr Kruse", antwortete Holthaus und studierte aufmerksam das Gesicht des Angesprochenen.

„Und praktisch?"

Kruse kam in Fahrt, wurde lauter.

„Und was heißt das jetzt praktisch?"

„Das heißt, daß ich zunächst niemanden, der zur fraglichen Zeit auf der Hallig war, als Täter ausschließen kann. Gut, ausgenommen die Kinder, die Alten, auch Frauen, also alle, die schon von der Körperkraft, von der Beweglichkeit her nicht dafür in Frage kommen."

„Dann also auch der Pastor. Der kann's dann ja wohl auch gewesen sein, wenn das so ist, wie Sie sagen", höhnte Kruse und sah den Polizisten mit spöttischem Gesichtsausdruck an. „Der also auch."

„Ja", bestätigte Holthaus und lächelte den Bürgermeister an, „theoretisch gehört auch er zu den Verdächtigen. Doch praktisch halte ich es für ziemlich ausgeschlossen, daß er die Tat begangen hat oder daran mitwirkte."

„Na, immerhin, da hat der Pastor ja noch mal Glück", resümierte Kruse in bissigem Tonfall. Er sah sich nach dem Mann mit der Schürze um, rief ihn mit „York" herbei und bestellte zwei weitere Schnäpse. Holthaus winkte zwar wieder ab, resignierte indes, als er sah, daß sich der Bürgermeister darum nicht scherte. Doch als Kruse mit ihm anstoßen wollte, erstarrte der Arm des Bürgermeisters. Er hielt ihn schnurgerade ausgestreckt, sah darüber hinweg, an Holthaus vorbei, wirkte wie abwesend, als ob er mit den Gedanken ganz woanders sei.

„Was ist los, Herr Kruse?" Holthaus musterte den Bürgermeister verdutzt, „was haben Sie? Was geht Ihnen durch den Kopf?"

Kruse schwieg vor sich hin. Er schien angestrengt nachzudenken. Dann löste sich seine angespannte Miene sichtbar wieder auf. Er zog den ausgestreckten Arm zurück und stellte das volle Schnapsglas auf den Tisch zurück.

„Am Tag vor der Biike, abends, da war ich noch mal am Feuerplatz. Wollte noch mal nachsehen, ob alles so weit in Ordnung war. War schon ziemlich düster, eher schon dunkel. Gerade, als ich zurückfahren wollte, waren da auf einmal zwei Gestalten. Konnte nichts Genaues erkennen, ich saß schon im Auto. Hab' rübergerufen. ‚Hallo' hab' ich gerufen. Noch mal ‚Hallo' gerufen. Der Wind war stärker geworden, gab Geräusche am Autofenster, hab' nichts gehört. Da kam keine Antwort. Und dann war niemand mehr zu sehen. Bin nicht ausgestiegen. Fing auch an zu regnen."

116

Gespannt blickte Kruse den Polizeibeamten an, schien auf eine Reaktion zu warten, doch Holthaus tat ihm den Gefallen erst nach geraumer Zeit, als er nur ein knappes „Und dann?" von sich hören ließ.

„Wie ‚Und dann?', was meinen Sie damit?" fragte der Bürgermeister mißgelaunt zurück.

„Was geschah dann? Fiel Ihnen irgendwas auf, irgendeine Besonderheit am Feuerplatz. Gab es eine erkennbare Veränderung am aufgeschichteten Holz und den Ästen, vielleicht eine Unordnung, die sie vorher nicht bemerkt hatten?"

„Nee, eigentlich nicht."

Kruse kratzte sich am Kopf, schien nachzudenken.

„Mhm, oder vielleicht doch", sinnierte er vor sich hin, straffte sich dann in seinem Stuhl. „Ja, vielleicht war da doch was anders. Anders als vorher. Irgendwie 'n bißchen mehr durcheinander an der Stelle. War da nicht mehr so rund. Mehr Äste und Gestrüpp, das da raushing, sogar 'n bißchen sperrig."

„Wissen Sie noch, wo das war, an welcher Stelle des Holzstapels? In welcher Himmelsrichtung lag das?"

Kruse zögerte, sah den Polizisten nachdenklich an.

„War wohl südlich. Ja, lag südlich, südöstlich. Spielt das eine Rolle?"

„Ja, sogar eine große Rolle", antwortete Holthaus, „der Wind kam, das erfuhr ich doch von Ihnen, als das Feuer brannte, aus nordwestlicher Richtung. Also war südöstlich des Feuers die Leeseite. Dahin zog doch dann der Rauch, der Funkenflug, auch aufgewirbelte Asche. Da standen doch dann keine Leute, während das Feuer brannte. Wahrscheinlich hielt sich dort die ganze Zeit niemand auf. War das nicht so, Herr Kruse? War's nicht so?"

Kruse nickte, stieß den Arm erneut nach vorne, um

mit dem Polizisten anzustoßen und anschließend den Schnaps in sich hineinzuschütten.

„Und der Tote liegt doch auf der Leeseite des Feuers", fuhr Holthaus fort, „dort, wo Sie das Durcheinander im Holz und den Ästen entdeckten. Da kann der Mann unter das Holz geschafft worden sein."

Wieder nickte Kruse. Doch mehr sei ihm nicht aufgefallen, sonst sei nichts gewesen. Die beiden Gestalten habe er auch nicht mehr zu Gesicht bekommen.

Erfahrene Halliggäste würden sich auskennen, auch im Dunkeln, er habe sich ihretwegen keine Sorgen machen müssen. Obwohl, erneut zögerte Kruse, er keine Lampe bei den beiden Leuten entdeckt habe, auch nicht, als er wegfuhr und rechts und links den Deich mit den Augen absuchte, soweit das in der Düsterkeit möglich war.

„Kennen Sie diesen Mann, von dem Herr Bahnsen sprach?" fragte Holthaus weiter, „soll laut Bahnsen aus Düsseldorf kommen."

„Nee, jedenfalls nicht richtig, das Gesicht sicher, aber geredet haben wir wohl noch nicht so richtig miteinander."

„Ist also auch nicht in irgendeiner Weise verhaltensauffällig gewesen in den Jahren, seitdem er auf die Hallig kommt?"

Kruse schüttelte den Kopf. „Nee, kann mich da an nichts erinnern, ist nicht aufgefallen hier bei uns, wie eigentlich die meisten der Gäste. Ist 'n friedliches Völkchen, das da zu uns kommt."

Der Bürgermeister lehnte sich zurück, schien nach seiner Auffassung alles gesagt zu haben und rief nach zwei weiteren Bieren. Holthaus wehrte ab, doch dann standen am Ende erneut zwei Biere auf dem Tisch.

„Und keines Ihrer Halligschäfchen hatte also einen

Grund, dem ominösen Düsseldorfer an den Kragen zu gehen", fuhr der Kommissar in bewußt legerer Wortwahl fort, darauf hoffend, daß sich Kruse dann vielleicht etwas mehr öffnete, mehr vom Halligleben und deren Bewohnern erzählte.

„Keine amourösen Sachen, keine Techtelmechtel mit Halligfrauen und deren Töchtern? Keine Schwangerschaften im Laufe der Zeit, über die man sich auf der Hallig noch immer den Kopf zerbricht? Keine Zwistigkeiten zwischen Eheleuten, deren Grund niemand offen anspricht?"

Kruse löste sich von der Rückenlehne seines Stuhls, beugte sich über den Tisch.

„Nee, nee, Herr Kommissar, sagte ich doch schon. Das war keiner von uns. Und alleine hätt' das sowieso keiner machen können. Hätten ja wohl mindestens zwei Leute sein müssen." Seine eigenen Worte ließen ihn innehalten und neue Überlegungen anstellen. „Hee!" rief er aus, „die zwei Gestalten am Abend vor der Biike! Was ist mit denen, Herr Kommissar? Das ist doch mal 'ne echte Spur."

„Könnten doch auch zwei von Ihrer Hallig gewesen sein an dem Abend, Sie haben doch keinen von ihnen erkannt."

Kruse wirkte sichtlich enttäuscht, daß Holthaus seine Überlegungen sogleich entkräftete. Natürlich hatte der Kommissar recht, gestand er sich verärgert ein.

„Die zwei Gestalten können es gewesen sein, müssen es aber nicht", sprach Holthaus weiter, „und es können durchaus Leute von Ihrer Hallig gewesen sein, müssen es aber nicht. Warum nicht auch das vermißte Paar? Die beiden könnten es doch auch gewesen sein. Vielleicht haben Sie die da im Dunkeln am Feuerplatz gesehen. Wer weiß?"

Ratlos sah Kruse den Polizisten an, als könnte er in dessen Gesicht ablesen, wie das alles nun auf der Hallig weitergehen sollte.

„Und jetzt fahren Sie mich bitte zu Bahnsen. Das ist eine ganz wichtige Person. Ich bin sehr gespannt, was er mir über den Mann erzählen wird, der vermißt wird. Und über das Paar, das sein Zimmer bezahlte und sich einfach so davonmachte. Ich kann aber auch dorthin laufen, so weit sah es nicht aus bis zu der Warft, wie hieß sie gleich noch?"

„Obelitzwarft. Doch, ich fahr' Sie hin."

„Und ich verlasse mich auf Ihre Wettervorhersage, Herr Kruse. Die Hallig bleibt bis Dienstag trocken, kein Landunter in Sicht, Herr Kruse. Ist es so?"

Der Bürgermeister schüttelte unwillig den Kopf, seine Stimme wurde lauter. „Hab' nichts vorhergesagt, nichts mit Sicherheit und so. Kann keiner, auch die vom Wetter nicht. Nicht im Februar, nicht für die Deutsche Bucht, von der wir das Wetter abkriegen. Kann ganz fix gehen, daß das Wetter kippt, Sturm aus West aufkommt, der Dich glatt vom Deich bläst."

Kruse schwieg, schien seinen Worten nachzulauschen und auf Holthaus' Erwiderung zu warten. Doch der Polizist sagte nichts.

„Also nichts mit Vorhersage und so", bekräftigte der Bürgermeister, „nur 'n Hinweis, wie 's werden könnte, nicht mehr und nicht weniger."

Holthaus stöberte wie suchend mit den Händen in seinen Jackentaschen herum, dann in der angeschmutzten faltbaren Tuchtasche, die er immer mitführte, wenn er auf Spurensuche ging, sagte kein Wort dabei, vernahm dagegen ein paar unverständliche Laute des Bürgermeisters, mit denen er jedoch nichts anzufangen wußte.

120

Auf dem schmalen Sträßchen fuhr Kruse viel zu schnell. Der Kommissar sah mit Sorge auf die beiden Wassergräben, die rechts und links dicht daneben verliefen und war heilfroh, als sie nach wenigen Minuten die Obelitzwarft erreichten. Kruse hielt nicht am Fuß der Warft, sondern fuhr einen mit Betonplatten ausgelegten Weg hinauf bis zum Warftrand, stoppte dann am ersten Haus, hinter dem sich noch weitere Häuser ohne erkennbare Anordnung verteilten. Besondere Schmuckstücke waren nicht darunter. Was sie vereinte, war ihr offensichtliches Alter und damit verbunden ihr baulicher Zustand. Nicht, daß sie verfielen. Doch kaum jemand schien für ihren Erhalt mehr zu tun als unbedingt notwendig.

Holthaus versuchte sich zu erinnern, wie es damals hier ausgesehen hatte. Da war er auch auf dieser Warft gewesen. Hier hatte der ehemalige Seemann gewohnt, den das Meer vermeintlich aus seinem Grab geholt hatte; in einer unaufgeräumt wirkenden Wohnung hauste der damals, die, wie auch das Schulgebäude, dem Land gehörte, gleich hinter der Schule gelegen. Die gab es offensichtlich immer noch, ein wenig herausgeputzter als die übrigen Häuser. Und vermutlich gab's auch noch den Lehrer mit seiner Frau, die sich zugänglicher gezeigt hatte als der Mann, obwohl sie beide von einer der Nachbarinseln stammten, wo die meisten Leute ähnlich schweigsam und verschlossen waren wie die Halligleute.

Bahnsens Haus war ein ziemlich unförmiger rechteckiger Klotz, ein langweiliges Gebilde mit ungewöhnlich langen Seitenwänden, ursprünglich wohl mit roten Ziegelsteinen hochgezogen, die inzwischen einen hellbraunen, mitunter auch schwärzlichen Farbton angenommen hatten, so daß die Wände, auf denen ein spitzgiebliges, pfannengedecktes Dach saß, wie gesprenkelt wirkten. Auffallend viele Fenster, fast rechteckig, durchzogen die beiden Längsseiten des Hauses, und zur Warftmitte hin grenzte ein sandiger, von Reifenspuren durchzogener Platz an, auf dem ein betagter Kleinlaster stand.

Holthaus überlegte, ob er den Bürgermeister beim Gespräch mit dem Vermieter dabeihaben wollte und kam zu dem Schluß, daß das keine gute Sache sein würde. Kruse war Partei, war befangen, konnte die Halligleute schützen oder belasten, je nachdem, wie er ihnen gesonnen war. Oder konnte vielleicht selbst in den Fall involviert sein, auch wenn das so gut wie ausgeschlossen schien.

Kruses Miene verfinsterte sich, als er erfuhr, daß er am Gespräch mit Bahnsen nicht teilnehmen sollte, fügte sich jedoch schweigend. Bei den Erklärungen des Polizisten, warum das so sein müsse, hörte er nur noch halb hin. Nun wurde Holthaus regelrecht förmlich. Er mußte Kruse bei Laune halten, ihm weiterhin das Gefühl von Wichtigkeit in dieser Sache geben. Es könnte sein, daß bei den weiteren Ermittlungen eine komplette Gästeliste aller Vermieter erforderlich sei, also aller Gäste, die am Biiketag auf der Hallig waren und übernachteten samt deren Adresse, Geburtstag und so weiter. Dann wäre er, der Bürgermeister, gefragt. In Gedanken könne er sich schon mal damit vertraut machen. Holthaus wußte natürlich, daß er dem Bürgermeister nichts zu sagen hatte, ihn nicht mit irgend etwas beauftragen durfte, keinerlei Befugnisse hatte, ihm von Amts wegen Anweisungen zu geben. Er war selbst gespannt, wie Kruse reagieren würde, Nordfriesengewächs von Kopf bis Fuß, der Polizist dagegen einer vom Festland, zwar auch Friese, aber

122

eben keiner von der Hallig oder einer der Inseln. Doch Kruse nickte mit dem Kopf, ließ sich nichts anmerken, wollte auch gleich Holthaus' Wunsch entsprechen, ihn wieder abzuholen, wollte auch noch zuvor bei Bahnsen anrufen, zu welcher Uhrzeit er denn aufkreuzen sollte.

Inzwischen war Torge Bahnsen erschienen, stand auf der Treppe seines Hauses auf einer der unteren Stufen, über ihm auf dem Podest eine rundliche Frau in grauem Kittel. Kruse hatte noch ein paar Worte mit Bahnsen gewechselt, bevor er ins Auto stieg und begann, den Bulli rückwärts die Warft hinunter zu steuern.

Bahnsens Frau sah schräg am Kopf ihres Mannes vorbei, weil sie trotz des höheren Standplatzes Holthaus nicht richtig sehen konnte.

„Moin", eröffnete der Polizist das Gespräch, während er auf die beiden zuging. Bahnsen antwortete erst nach auffälligem Zögern, murmelte den meist obligatorischen Doppelgruß „Moin, Moin", während die Frau schwieg, stieg von der Treppenstufe herunter und schwenkte gleichzeitig heftig ein paar Blätter hin und her.

„Das sind die Meldezettel der Gäste, die zur Biike da waren", rief er Holthaus aufgeregt entgegen, „und der Düsseldorfer ist nicht mehr da, ist nicht mehr aufgetaucht. Der Mann aus Düsseldorf. Eduard Helzen heißt der." Bahnsen machte einen Schritt auf den Beamten zu. „Der hier", sagte er und hielt Holthaus eines der Blätter hin, „hier, das ist der Zettel von dem, den hat er er ausgefüllt. Wie jedes Jahr."

Holthaus ließ dem Mann Zeit, wartete, ob noch etwas kam. Ein meist probates Mittel, noch mehr zu hören, als die Leute beim Befragen preisgaben. Und es kam noch mehr:

„Hat bezahlt, hat immer schon bei der Anreise gezahlt.“

Holthaus schwieg weiter, sah den Mann nur an.

„Und von den zwei Leuten, dem Paar, das am Samstag gleich um elf Uhr mit der Fähre abreiste, hab’ ich keinen Meldezettel, haben sie nicht ausgefüllt. Wollten sie noch machen. Beim letzten Mal haben sie’s gemacht, haben den Zettel ausgefüllt, davor wohl auch, weiß ich nicht mehr so genau. Gestern gleich los mit der ersten Fähre. Alle, die wegwollten, nahmen das Nachmittagsschiff, wie immer. Die beiden aber nicht. Sind einfach los. Nicht mal Tschüss gesagt. Wissen Sie ja schon.“

Bahnsen war um die fünfzig Jahre alt, kam nah an Holthaus heran, der sogleich etwas von ihm abrückte. Der Mann roch nicht gut, irgendwie nach Fisch. Inzwischen war die Frau wieder ins Haus zurückgekehrt, sie schien genug vom Besucher gesehen zu haben. Holthaus ließ keinen Zweifel daran aufkommen, daß er das Gespräch im Haus führen wollte, worauf Bahnsen ihm stumm vorausging und ihn in das erste Zimmer gleich hinter der Tür führte, offensichtlich ein Gemeinschaftsraum für die Gäste, vielleicht wurde hier auch das Frühstück eingenommen.

Fünf Gäste waren noch nicht abgereist, erfuhr Holthaus, befanden sich im Augenblick in ihren Zimmern, zwei Ehepaare und eine Frau, die alleine zur Biike kam, seitdem ihr Mann verstorben war. Die wären alle nicht aus dem Haus gegangen aus lauter Aufregung über das Furchtbare, was da bei der Biike passiert sei, berichtete Bahnsen, der auf der Stuhlkante saß und immer erregter wurde. Fast unhörbar war seine Frau wieder hinzugekommen, stand schweigend hinter

124

einer Art von Tresen, eine Andeutung von Lächeln
um die Mundwinkel. Zwanzig Gästezimmer hatte das
Haus, davon achtzehn Doppelzimmer und zwei Einzelzimmer, verteilt über das Erdgeschoß und das
Obergeschoß. Höher hinauf ging es nicht mehr, jedenfalls nicht mehr mit Gästezimmern. Zuoberst, unterm
Dach, lagerten die üblichen Sachen, für die Söller
gedacht sind.

Das Haus „Japsand" bot nur Frühstück an, sonst
nichts zum Essen. Mineralwasser und Bier und andere
Getränke mußten sich die Gäste selbst besorgen, entweder gleich vom Festland mitbringen oder im
„Japsand" oder im Halligladen einkaufen, wobei Letzteres nicht gerne gesehen wurde. Außerdem gab es in
allen Zimmern noch eine kleine Küchenecke, wo sich
die Gäste selbst Essen zubereiten konnten. Zur Biike
waren sämtliche Zimmer belegt gewesen, so wie eigentlich in jedem Jahr.

„Wir haben unsere Stammgäste", sagte Bahnsen,
„viele buchen schon ein Jahr im voraus, damit sie auf
jeden Fall das Zimmer sicher haben."

Holthaus wußte, daß er hier nicht und auf der ganzen Hallig nicht mit akribischer Ermittlung weiter-
kommen würde, daß er – wie es häufig der Fall war –
nicht alles erfahren würde, nicht alles erfahren konnte,
was für die Lösung des Falles wichtig, ja, vielleicht
sogar entscheidend sein konnte. Vieles hing von Zufällen ab, erst recht, wenn Leute, die in irgendeiner
Weise mit dem, was passiert war, zu tun gehabt hatten, berichten sollten, was sie wußten. Oft erzählten
sie Sachen, die nicht stimmten, die sich so nicht zugetragen hatten. Und das nicht mal, weil sie vorsätzlich
die Unwahrheit sagten oder Dinge verschwiegen, weil
sie andere Leute schützen wollten oder sich nicht trau-

ten, wahrheitsgemäß zu berichten, weil sie befürchteten, vor Gericht erscheinen zu müssen. Nein, sie erinnerten sich einfach nicht richtig, vergaßen Einzelheiten, legten sich in der Erinnerung den Ablauf der Ereignisse so zurecht, wie sich das Geschehen letzten Endes nach ihrer Ansicht wohl zugetragen haben könnte, vielleicht auch sollte, weil sie es sich so wünschten. Und je mehr Zeit sie damit verbrachten, sich den Ablauf in ihren Gedanken vorzustellen und auszumalen oder auch zu wünschen begannen, daß es so gewesen sei, umso mehr verwandelten sich für sie ihre Phantasien und Spekulationen in tatsächliche Abläufe, wurden zur Realität. Am Ende waren sie felsenfest davon überzeugt, daß es so gewesen war, daß es sich so ereignet hatte, wie sie es sich immer wieder vorgestellt hatten. Und kein Zweifel nagte dann mehr an ihnen.

Nun redete Bahnsen drauflos. Und Holthaus ließ ihn gewähren, fixierte ihn dabei aufmerksam, nahm selten den Blick von ihm, um seine Mimik zu beobachten, während er sprach. Immer eine wichtige Hilfe bei der Beurteilung des Wahrheitsgehaltes dessen, was er zu hören bekam. Dabei blätterte er in dem Bündel der Meldezettel, das ihm Bahnsen gereicht hatte, hin und her, stoppte dann bei dem Meldezettel des Düsseldorfers.

„Und Sie vermuten, daß der Mann im Feuer Eduard Helzen ist?" Holthaus sah Bahnsen fragend an. „Der Mann, den sie vermissen?"

Bahnsen stutzte kurz. „Das sagen Sie, Herr Kommissar. Ich weiß das nicht. Ja, kann er wohl sein, ist er vielleicht auch. Liegt doch nahe. Oder etwa nicht?"

Holthaus schwieg, wartete, was Bahnsen noch mehr zu berichten wußte.

126

„Da sind ja noch die zwei Leute", fuhr dieser dann schließlich fort, die gestern ganz früh weg sind. Junge Leute, Frau und Mann. Zu Fuß zum Hafen, zur Fähre."

„Diese zwei Leute, das Paar, war zum ersten Mal bei Ihnen?"

"Nee, waren schon vorher da, ja, waren sie, drei- oder viermal vielleicht, weiß ich aber nicht mehr so genau."

„Immer zum Biikefeuer?"

„Ja. Immer nur zum Biikefeuer."

„Und Helzen? Der auch immer nur zum Biikefeuer?"

„Auch der kam nur zur Biike", antwortete Bahnsen, „nur zum Biikefeuer."

„Woher kam das Paar, woher kamen die beiden", forschte Holthaus weiter, „was waren das für Leute? Was war mit Helzen? Erzählen Sie doch mal. Wie haben die sich denn bei Ihnen angemeldet? Mit Brief oder Postkarte?"

„Das weiß ich noch genau. Die riefen immer nur an, beide, das Pärchen und auch Helzen. Die riefen immer an."

„Und das genügte Ihnen, darauf haben Sie sich verlassen?"

Ja, das hätten sie getan, bestätigte Bahnsen mit Kopfnicken, auf der Hallig gelte auch immer noch, was gesagt würde.

Holthaus hatte am Tisch einen der beiden Stühle mit dem Rücken zum Fenster genommen, so daß er nicht gegen das Tageslicht blickte, eine empfehlenswerte Position, wenn man das Gesicht des Gegenüber und das Mienenspiel darin beobachten und deuten wollte, das dann oft wie von einem Scheinwerfer ausgeleuchtet wirkte.

Eigentlich war das Pärchen nicht mehr ganz so jung, holte Bahnsen schließlich aus, vielleicht so um die Dreißig herum, vielleicht aber auch etwas älter, vielleicht auch jünger, so genau wisse er das nicht mehr. Die beiden hätten sich eigentlich immer für sich gehalten, gefrühstückt immer auf ihrem Zimmer, seine Frau hätte es meistens oder sogar immer raufgebracht und vor die Tür gestellt.

Ja, so sei das gewesen, bestätigte die Frau sogleich kopfnickend und gab ihren Platz hinter dem tresenartigen Möbelstück auf und bezog einen Stuhl an der Stirnseite des Nachbartisches, fast so, als wolle sie für sich alleine sitzen.

Eine Meldezettel-Kopie des Pärchens habe er nicht, fuhr Bahnsen fort, hätten die beiden ja nicht ausgefüllt. Und vom letzten Jahr habe er nichts von ihnen gefunden, obwohl er Kopien aller Meldezettel ein Jahr lang aufbewahre, das wolle der Bürgermeister so, aber die Unterlagen der beiden vom letzten Jahr seien verschwunden. Er bewahre die Unterlagen in einem Ordner auf, der im Büroraum stehe, im Obergeschoß, hinten, am Ende des Ganges. Als Holthaus fragend die Augenbrauen in die Höhe zog, erfuhr er, daß der Raum immer unverschlossen war, auch die Schränke dort, auf der Hallig käme nichts weg, selbst die Haustüren würden nicht verschlossen, auf keiner Warft. Stehlen lohne sich nicht, alle müßten mit dem Schiff wegfahren, das würde keiner riskieren. Holthaus verkniff sich die Frage, wer denn kontrollieren sollte und wie, schließlich gab es auf der Hallig nicht einen einzigen Polizisten.

„Sie sind sich sicher, daß die Meldezettel-Kopie der beiden vom letzten Jahr in diesem Ordner in Ihrem Büroraum abgeheftet war?“

Die Frau meldete sich wieder zu Wort: „Ja, die war im Ordner, das mache ich immer. Torge", dabei zeigte sie mit dem Finger auf ihren Mann, „kümmert sich darum nicht, das Büro mache ich immer."

Jeder, der sich im Haus aufhalte, könne also in das Büro gehen, fragte der Polizist, auch unbeobachtet, jeder könne sich demnach an den Unterlagen zu schaffen machen. Ja, sicher, das könne jeder, doch das sei noch nie vorgekommen, erwiderte die Frau, warum auch, dafür interessiere sich doch keiner. Sie sah Holthaus an, dann ihren Mann, zuckte mit den Achseln, verschwand kommentarlos und kehrte kurz darauf mit einer Kanne Kaffee zurück, einem ziemlich großen, blechernen Stück, ursprünglich mit einem Blumenmuster überzogen, inzwischen gehörig abgestoßen und mit den Jahren verblichen. Es gab nur Kaffee, pechschwarz und heiß, keine Milch, nicht mal Zucker, dazu derbe Porzellantassen, die sie aus dem tresenähnlichen Schrank hervorholte, ohne Untertassen, keine Löffel, wozu sollten diese auch dienen? Auch keine Frage, ob Holthaus überhaupt Kaffee wollte. Doch Holthaus wollte, er war ein großer Kaffeetrinker, den Kaffee ziemlich stark, ohne Milch und Zucker. Genauso, wie die Bahnsens ihn jetzt hinstellten. Als ob sie gewußt hätten, wie er ihn am liebsten trank. Konnten sie eigentlich gar nicht wissen.

Eine besondere Ordnung verströmten die auf einen Heftstreifen gezogenen Meldezettel-Kopien nicht. Sie waren mit der Hand ausgefüllt, das blaue Kopierpapier hatte Schattierungen und dort, wo härterer Druck ausgeübt worden war, blaue Flecken hinterlassen. Wo mit zu wenig Druck geschrieben worden war, verblaßte die Schrift stark und war gerade noch lesbar. Sie lagen in alphabetischer Reihenfolge. Holthaus klappte das Bündel auf und steckte einen Finger hinein, als er Helzen aufgeblättert hatte und hielt Bahnsen den DIN-A5-Zettel vor die Augen.

„Ist er das? Ist das der Mann, den Sie vermissen? Der nicht mehr in Ihr Haus zurückkehrte? Eduard Helzen?"

„Das ist er", sagte Bahnsen, ohne richtig hinzuschauen, „das ist er."

Holthaus überflog kurz den Meldezettel. Nach dem Geburtsdatum würde der Mann in diesem Jahr fünfzig Jahre alt werden, die Düsseldorfer Anschrift sagte ihm nichts. Er wußte von der Stadt kaum etwas, war noch nie dort gewesen.

„Kannten Sie den Mann näher? Ich meine, haben Sie schon mal ein paar Worte mit ihm gewechselt, sich mit ihm unterhalten?"

Bahnsen verneinte, auch seine Frau, die inzwischen ein paar undefinierbare, trockene Plätzchen in einem umgedrehten Dosendeckel auf den Tisch gestellt hatte, schüttelte den Kopf. Der Mann sei sehr schweigsam gewesen, längere Gespräche habe es mit ihm nicht gegeben. Drei- oder auch viermal, vielleicht auch noch öfter sei er inzwischen wohl hier gewesen, habe er bei ihnen gewohnt. Beim Frühstück habe er darauf bestanden, daß er für sich sitzen konnte, dort drüben – die Frau wies auf einen Zweiertisch, der in der Ecke neben einem der vier Fenster stand – habe er gesessen, sich nie lange im Frühstücksraum aufgehalten, sich kaum mit den anderen Gästen unterhalten, nur geantwortet, wenn er angesprochen wurde. Tagsüber sei er so gut wie unsichtbar gewesen, nahm fast immer den Zimmerschlüssel mit, auch wenn er nach draußen ging, hängte ihn kaum mal ans Schlüsselbrett, so daß man selten wußte, wo er steckte. Auch abends tauchte er nicht im Frühstücksraum auf, der zugleich auch ein Aufenthaltsraum sei, in dem die Gäste sich schon mal aufhielten, besonders bei schlechtem Wetter. Zum Lesen – Holthaus entdeckte gleichzeitig hinter der Glasscheibe zweier Schränke einige Buchrücken in offenbar unsortierter Anordnung – oder auch zum Klönen und Schnacken. „Also zum Reden", übersetzte Bahnsen sogleich, als er unsicher wurde, ob der Kriminalbeamte die Wörter verstünde, doch Holthaus winkte energisch ab und gab zu verstehen, daß er nicht weit von Husum wohne, dort geboren und demzufolge ebenfalls Nordfriese sei. Wahllos blätterte er in dem Meldezettel-Bündel, stoppte nach dem Zufallsprinzip an einigen Stellen, um sich die Daten flüchtig anzuschauen.

„Ist der Mann Ihnen irgendwie mal aufgefallen, gab´s mal Vorfälle mit Gästen, nicht nur hier im Haus, auch draußen, von denen Sie gehört haben? Gab's mal Streit mit ihm, zwischen ihm und Gästen oder mit Einheimischen?"

Beinahe synchron schüttelte das Ehepaar Bahnsen den Kopf. Nein, nie, da sei nie was gewesen, da habe man nie was gehört. Doch dann hielt die Frau – etwas früher als ihr Mann – inne mit dem Kopfschütteln. Ja, doch, wenn sie es recht überlege, doch, da sei mal was gewesen, vielleicht letztes Jahr oder noch davor. Eine Frau, die ein Einzelzimmer hatte, habe ihr erzählt, daß der Mann mal in ihr Zimmer reingeschaut hätte, ohne anzuklopfen die Tür aufgemacht hätte, ohne daß sie das mitgekriegt hätte. Als sie ihn bemerkte, habe er nicht sofort kehrtgemacht, sondern hätte sie noch weiter angestarrt, dann hätte er was von Entschuldigung gemurmelt und wäre wieder verschwunden. Dabei wäre sie gerade dabei gewesen, sich auszuziehen.

Bahnsen schien sich nun auch an den Vorfall zu erinnern, seine Frau hätte ihm davon erzählt. Aber sonst sei nie was gewesen mit dem Mann. Das mit dem Zimmer könnte ja mal passieren, die falsche Tür erwischt, ohne Absicht.

„Na ja", bemerkte Holthaus, „normalerweise benutzt man wohl einen Schlüssel, wenn man im Hotel oder in einer Pension in sein Zimmer zurückkehrt. Und den kann man kaum geräuschlos ins Schloß zu stecken versuchen."

Was denn mit dem Paar gewesen sei, wollte Holthaus nun wissen. Das den Meldezettel nicht ausfüllte und dessen Meldezettel vom vergangenen Jahr aus dem Ordner verschwunden sei. Wie oft die beiden im Haus „Japsand" gewohnt hätten, wieviel Jahre. Und wie sie überhaupt hießen.

Mit Bedacht stellte Holthaus oftmals bei Ermittlungen mehrfach dieselben Fragen. Eine bewährte Vorgehensweise, um Widersprüchlichkeiten und Wissenslücken, nicht selten auch Lügen herauszufinden.

Genau wußten die Bahnsens das nicht mehr, vielleicht dreimal oder viermal seien die beiden dagewesen. Und darüber, wie sie hießen, hätten sie sich schon den Kopf zerbrochen, doch der genaue Name wollte ihnen einfach nicht einfallen.

„Irgendwas mit Rumann, Schumann oder so ähnlich", überlegte Bahnsen laut, „das müßte aber Bendix Kruse wissen, denn bei ihm auf dem Amt würden die Meldezettel auch eine Weile aufbewahrt, mindestens ein Jahr, wenn nicht sogar zwei Jahre oder noch mehr und ....."

„Das heißt", unterbrach ihn Holthaus, „daß beim Bürgermeister die fehlenden Meldezettel aufzufinden sein müßten?"

„Ja, müßten sie", antwortete Bahnsen, „ich kann ja Bendix gleich mal anrufen."

Holthaus nickte. Bahnsen verschwand im Flur und kurz darauf hörte man ihn sprechen. Das Telefon schien ähnlich wie im Pastorat, daran erinnerte sich Holthaus, auf dem Flur an der Wand angebracht zu sein.

Bahnsens Frau erwies sich gesprächiger als ihr Mann. Sie hatte flinke Augen, die leicht vorstanden und nur kurze Zeit auf ein bestimmtes Ziel gerichtet blieben, ansonsten schier wahllos im Raum umherfuhren. Ihr schien so rasch nichts zu entgehen. Sie hatte den Polizisten mehrfach in Augenblicken, in denen sie sich unbeobachtet wähnte, von oben bis unten gemustert, was Holthaus nicht entgangen war.

Vom Flur her drang weiter die Stimme von Bahnsen, dessen Telefonat noch andauerte.

Daß das Pärchen mit anderen Gästen im Haus näheren Kontakt gehabt hätte, bezweifelte Frau Bahnsen, man könne die noch im Haus verbliebenen Leute ja noch fragen. Und ob sie diese herholen solle, sie seien auf ihren Zimmern. Holthaus signalisierte mit erneutem Kopfnicken seine Zustimmung.

„Außerdem", warf die Frau noch ein, als sie sich geräuschvoll erhob, „kamen die beiden wohl aus dem Rheinland, klang jedenfalls so."

„Wie kommen Sie darauf, woraus schließen Sie das? Aus der Sprache? Dem Dialekt, den sie sprachen?"

Die Frau nickte: „Ja, wir hatten öfter Gäste aus der Gegend, daher wissen wir ein bißchen, wie die reden. Und die beiden, wenn sie denn mal was sagten, klangen so ähnlich."

„Gab es Kontakt zwischen Helzen und diesem Pärchen? Saßen sie schon mal zusammen, redeten miteinander? Oder gab es mal Streit zwischen ihnen?"

„Nee, die zwei redeten mit keinem länger, mit dem Herrn Helzen noch weniger, hab' jedenfalls noch nie gesehen, daß die was miteinander hatten."

Holthaus schwieg, um noch mehr zu erfahren von der Frau. Sie tat ihm den Gefallen.

„Der Helzen sprach auch den Dialekt, der ganz bestimmt, redete auch nicht viel, aber klang wie aus dem Rheinland." Dann machte sich die Frau ächzend auf, um die verbliebenen Gäste zu holen.

Auf dem Flur was es still geworden, und wenige Augenblicke später kehrte Bahnsen zurück von seinem Telefonat. Da sei dem Bendix was Unangenehmes passiert, beschied er dem Polizisten, alle Meldezettel seien wohl verschwunden, die ganzen zwei Jahre, die sie aufbewahrt werden müßten. Die Amtsräume der Gemeinde seien im vergangenen Herbst renoviert worden, viele Handwerker vom Festland, viel Dreck, viel Durcheinander. Und dabei seien die Ordner in einem klapprigen Schrank, der entsorgt werden sollte, gleich mitverschwunden, also mit aufs Festland genommen und dort zur Müllverbrennung gefahren worden. Und darunter wären wohl auch die Ordner mit allen Meldezetteln der Hallig gewesen. Alle weg. Bis auf die Meldezettel für die letzten zwei oder drei Monate des Jahres und jetzt die bis zur Biike. Bendix Kruse sei außer sich, schimpfe wüst herum, wie das alles nur hätte passieren können.

„Das heißt, daß wir von dem Pärchen so gut wie nichts wissen. Keinen Namen, keine Adresse, eigentlich nichts. Vielleicht fällt Ihnen ja noch der genaue Name ein, das wäre ja dann immerhin schon etwas", stellte Holthaus mit deutlichem Ärger in der Stimme fest.

„Die Zimmer von Helzen und dem Pärchen haben Sie hoffentlich in der Zwischenzeit nicht angerührt“, fuhr Holthaus dann fort. „Ich hatte Ihnen das gestern am Feuerplatz noch gesagt.“

„Die Zimmer sind abgeschlossen, hab’ ich sofort getan, als ich zurück war. Da wurde nichts gemacht, auch nichts saubergemacht“, antwortete Bahnsen und ließ sich das sogleich von seiner mit den Gästen zurückkehrenden Frau bestätigen, die Holthaus’ Frage schon mitgehört hatte. Niemand habe die Zimmer betreten, nur sie habe mal kurz reingeschaut, bevor sie die Türen wieder abschloß, nicht mal ein Fenster habe sie geöffnet.

„Und wie ist das am Samstagmorgen abgelaufen, nach dem Biikefeuer?“ wollte Holthaus wissen.
Die Bahnsens verständigten sich mit einem kurzen Blick. Offensichtlich war die Frau an der Reihe.

„Sie wollten das Frühstück früher haben als sonst. Hab’ ich ihnen hingestellt, wie immer, vor die Tür.“

„Wann war das, um wieviel Uhr?“

„Um sieben Uhr, sie wollten es um sieben Uhr haben. Hatte der Mann gesagt, die Frau hab’ ich sowieso wenig gesehen.“

„Und dann? Wie ging es dann weiter?“

„Dann sind sie gegangen, einfach weg. Wir haben sie noch gesehen. Hatten ihre Rucksäcke auf. Haben sich nicht mal mehr umgedreht, einfach weg.“

Bahnsen nickte heftig mit dem Kopf.

„Um wieviel Uhr war das, als sie gingen?“ fragte Holthaus weiter.

Das sei so gegen acht Uhr gewesen, erzählte die Frau im munteren Plauderton. Doch vorher hätten sie schon Geräusche gehört aus der Richtung ihres Zimmers. Vielleicht vom Packen. Oder auch vom Saubermachen und Aufräumen.

Der Polizeibeamte zog erstaunt die Augenbrauen in die Höhe. Saubermachen? Aufräumen? Sei das Aufgabe der Gäste in ihrer Pension?

Die Frau verneinte, das sei nicht Aufgabe der Gäste. Sie würde das selbst machen, auch schon mal mit ihrem Mann zusammen. Aber an dem Morgen hätten die beiden alles blitzblank gemacht. Das Bett habe ausgesehen, als wäre es nicht benutzt worden. Auch im Badezimmer alles pikobello sauber, alles, das Frühstücksgeschirr abgewaschen, den Tisch, sogar der Fußboden habe wie gewischt ausgesehen. Wie die das Zimmer zurückgelassen hätten, hätte sie es sofort weitervermieten können. Eines sei ihr aufgefallen. Die Handtücher seien weg. Davon hätte es vier gegeben, für jeden zwei. Die seien verschwunden, nicht mehr da. Vielleicht hätten die beiden damit saubergemacht. Vielleicht seien sie schon so dreckig gewesen, daß sie sich dafür schämten. Oder einfach so mitgenommen. Käme bei manchen Gäste schon mal vor. Wären ja sowieso seltsame Leute gewesen, die beiden.

„Und weiter", drängte Holthaus, als die Frau stockte und ihren Mann ansah, „was war mit Helzen, mit dem Mann aus Düsseldorf?"

Als der noch nicht gegen zehn Uhr zum Frühstück aufgetaucht sei, habe sie auch an seinem Zimmer geklopft und dann vorsichtig aufgeschlossen, als alles ruhig blieb. Trotz der Unordnung im Zimmer habe sie sofort gesehen, daß der Mann in der Nacht nicht im Zimmer geschlafen hatte, daß er wohl nicht zurückgekommen war. Einen Augenblick schwieg die Frau. Wie in der Nacht vorher schon, fuhr sie dann zögerlich fort, da sei der auch weggeblieben. Als Holthaus stutzte, drehte sie sich hilfesuchend nach ihrem Mann um.

„Darüber sprechen wir später“, beschied Holthaus kurz und wandte sich den fünf Gästen zu, die in den Raum getreten waren und verlegen herumstanden. Das Gespräch mit ihnen gab nicht viel her.

Eines der Ehepaare geriet ins Streiten über den Namen des verschwundenen Paares, doch außer ähnlichen Mutmaßungen, wie die Bahnsens sie angestellt hatten, kamen sie nicht hinaus. Es hätte kaum was zu reden gegeben und wenn doch, dann alles immer ohne Nachnamen, sogar ohne Vornamen, das sei eben so, erklärten sie mit entschuldigenden Gesten.

Von der alleinreisenden Frau, die sich hinter dem Rücken der anderen aufhielt, war nichts zu hören, sie bewegte sich erst durch die kleine Gasse nach vorne, die sich bildete, als Holthaus sie ansprach. Auch sie hatte kaum mal mit Helzen und dem Pärchen ein Wort gewechselt, berichtete sie mit leiser Stimme und blickte zu Boden. Und sie habe nicht gesehen, daß der Mann und das Paar mal zusammengesessen oder miteinander geredet hätten.

Aus dem Kreis der übrigen Gäste vernahm Holthaus ein paar zustimmende Äußerungen. Er blickte in die Runde.

„Von Ihnen allen sind die persönlichen Daten bekannt. Wenn im Zuge der Ermittlungen weitere Fragen entstehen, wenn im Rahmen der Spurensicherung auch von Ihnen noch Vergleichsproben genommen werden müssen, werden Sie informiert.“ Der Polizist sah forschend in die Gesichter der stumm zuhörenden Leute, fuhr dann fort: „Das kann dann über die Polizei Ihres Landes oder Ihres Wohnorts geschehen.“

Niemand sagte ein Wort, auch das lebhafte Ehepaar

schwieg und Holthaus überlegte, ob er die Leute zu förmlich angegangen war.

„Im übrigen", fügte er dann noch an, „steht bislang keineswegs mit Sicherheit fest, ob der Tote überhaupt Herr Helzen ist. Da wird hoffentlich die Obduktion Klarheit bringen. Auch das Verhalten der zwei jüngeren Leute, die hier wohnten, und ihre Rolle bei dieser Tat sind noch längst nicht geklärt. Der oder die Täter müssen erst noch ermittelt werden. Das sollten Sie auf jeden Fall bedenken und keine voreiligen Schlüsse ziehen. Ich danke Ihnen für Ihr Erscheinen."

Zögerlich zerstreuten sich die Gäste, einige blieben im Raum sitzen, andere verschwanden grußlos, niemand schloß die Tür hinter sich. Abwartend saßen die Bahnsens am Tisch neben dem Polizisten, an dem sie sich niedergelassen hatten und kamen mit, als Holthaus die Zimmer von Helzen und dem verschwundenen Pärchen besichtigen wollte.

Holthaus stutzte kurz, als er erfuhr, daß Helzens Zimmer und das Zimmer des Paares im Obergeschoß ziemlich dicht beieinander lagen. Die erste Tür, die sie im vom Treppenhaus her einfallenden Tageslicht nur spärlich erhellten Gang erreichten, war das Zimmer von Helzen. Holthaus ließ sich beide Zimmerschlüssel aushändigen und beschied seinen unverkennbar neugierigen Begleitern, daß er die Räume alleine untersuchen werde. Helzens Zimmer hatte die Nummer 11 und lag nur wenige Meter weiter im Gang, schräg gegenüber dem Zimmer des Paares mit der Nummer 19.

In den Gesichtern der Bahnsens war die Enttäuschung abzulesen, die der Polizist ignorierte und sogleich die Tür des Helzen-Zimmers hinter sich ins Schloß zog, nachdem er es betreten hatte.

Mit einem Blick stellte Holthaus fest, daß der Raum mit großer Wahrscheinlichkeit durchsucht worden war, spätestens nachdem Helzen in der Biikenacht nicht mehr zurückkehrte.

An sich war das nicht ungewöhnlich, denn der Mann war Gast im Haus gewesen, war nun überfällig, war verschwunden. Da erwachte bei den Vermietern verständlicherweise das Interesse am Zimmer und an den Sachen des Vermißten. Daß jemand den Raum inspiziert hatte, hätte Holthaus nicht mit Fakten belegen können, reiner Instinkt sagte ihm das, die Erfahrung aus der Durchsuchung zahlreicher Zimmer, in Hotels wie in Wohnungen, darunter auch Schauplätze schwerer Straftaten. Dabei gehörte er keiner spezialisierten Abteilung an, wie sie zum Beispiel eine Mordkommission verkörperte oder ein Rauschgiftdezernat, die es in den größeren Städten gab. Auf dem Lande, in den dünnbesiedelten Gebieten, waren er und seine Kollegen in erster Linie Generalisten und zunächst mal für alles zuständig, was nicht von den Kollegen der Verkehrsüberwachung bearbeitet wurde. Also für alles, was Menschen anderen Menschen anzutun in der Lage waren wie einfacher Diebstahl, Einbruchdiebstahl, Körperverletzung, Sexualdelikte, Totschlag, Mord oder Raub, auch schon mal Brandstiftung, wenn die Feuerwehrleute, die ihn kannten, nach ihm riefen, weil sie den zuständigen Sachverständigen wieder mal nicht sogleich erreichen konnten. Doch gerade bei Bränden gab Holthaus den Vorgang zumeist bald an einen Sachverständigen ab, weil er sich über Feuer und dessen Ursachen und Entstehung inzwischen zwar ein solides Grundwissen angeeignet hatte, doch wenn es um Details ging, ließ er berufenere Leute ran. Auch bei anderen Straftaten, bei denen er nicht weiterkam oder das Delikt eine außerordentliche Größenordnung oder grundsätzliche Bedeutung aufwies, zog er in Absprache mit Hauptkommissar Jochimsen übergeordnete Dienststellen hinzu oder gab den Fall komplett dorthin ab. Oft klärte er jedoch selbst schwere Straftaten nahezu alleine auf. Jochimsen, der wußte, was er an Holthaus hatte, redete ihm nur selten dazwischen und begnügte sich im wesentlichen damit, von ihm über den Stand der Dinge auf dem Laufenden gehalten zu werden. Bei anstehenden Verhaftungen von vermutlich gewalttätigen Verdächtigen wägte Holthaus ab und forderte im Zweifel Beamte der Bereitschaftspolizei an. Meist lag er richtig in seiner Einschätzung, kaum ein Dutzend Mal hatte er in seiner etwas mehr als zehnjährigen Dienstzeit selbst zur Waffe greifen müssen, dabei mit gezieltem Schuß in einem Fall den Fluchtversuch eines Schwerkriminellen verhindert und im anderen Fall einen Kollegen gegen die Messerattacke eines Mannes im Rotlichtviertel der Kreisstadt geschützt. Im ersten Fall setzte er den Flüchtenden mit einem Schuß in die Wade außer Gefecht, im anderen Fall traf er den Angreifer schräg von vorne in den rechten Oberarm. In beiden Fällen blieb ihm keine Zeit für Warnruf und Warnschuß, was die Staatsanwaltschaft ebenso bewertete. Die übrigen von ihm abgefeuerten Schüsse waren Warnschüsse in die Luft oder, wie in einem anderen Fall auf dem platten Land geschehen, ein gezielter Schuß in ein Verkehrsschild, an dem ein flüchtiger Straftäter in diesem Augenblick vorbeistürmte und wie angewurzelt stehenblieb, nachdem er den Einschlag des Projektils neben sich wahrgenommen hatte.

Holthaus galt als ziemlich zielsicherer Schütze, schnitt beim Training am Schießstand regelmäßig so gut ab, daß sich hin und wieder die Kollegen aus dem polizeieigenen Sportschützenverein nach ihm erkundigten und ihm eine Mitgliedschaft antrugen, die er jedoch beharrlich verweigerte.

Helzens Zimmer glich einem der üblichen Gästezimmer in den Hotels und Pensionen an der Westküste, wie Holthaus sie häufig gesehen hatte. Rechteckiger Grundriß, Holzfußboden, auf dem ein verblichener, mit großen orientalischen Mustern versehener Kurzhaarteppich lag, der an einigen Stellen durchgestoßen war, zwei Fenster mit weißen Häkelgardinen, das rechte mit einem viereckigen Tisch davor und jeweils einem Holzstuhl an seinen freien Seiten, vor den Fenstern je ein ältlicher Heizkörper, deren ursprünglich weiße Farbe ins Gelbliche gewechselt hatte. Ölheizung, schätzte Holthaus. Neben der Tür stieß ein niedriges Doppelbett an die Wand zum Flur, auf dem ein zerknäueltes rotkariertes Plumeau und ein ockerfarbenes dickes Kopfkissen wirr durcheinander auf einem bräunlichen Bettbezug lagen. Wie hingeworfen verteilten sich über allem Hose und Oberteil eines Schlafanzuges. Hellgrüner Stoff mit dunkelgrünen Ornamenten. Die ungleichmäßige Vertiefung der Matratze verriet, daß seit längerem nur eine Person in diesem Bett gelegen hatte.

Gegenüber dem Fußteil des Bettes, zur Fensterseite hin, stand neben dem schmalen Durchgang eine Vitrine mit zwei Türen und einem verglasten Mittelteil, in dem farbige Wäschestücke durch die Scheiben schimmerten. Rund ein Dutzend Bücher lag, aufgeteilt in drei Stapel, auf der bloßen Holzoberfläche. Holthaus kannte keinen der Titel, die er flüchtig betrachtete, und es sah nicht danach aus, daß die Bücher neueren Datums waren. Links und rechts neben dem Kopfteil des Bettes waren zwei Nachtschränke aufgestellt, die, was den Stil betraf, ersichtlich nicht zu Bett und Vitrine gehörten, auch nicht zu dem halbseitig offenen Kleiderschrank an der, zu den Fenstern hin gesehen, rechten Stirnseite des Zimmers, denn ihr Holz wies eine andere, eine hellere Farbe auf.

Im Badezimmer, dessen Tür neben dem Schrank in die Wand eingelassen war, einem schmalen, bis zur Decke hinauf weiß gefliesten Raum, mit einem winzigen Fenster, das nicht geöffnet, nur aufgeklappt werden konnte, begann Holthaus mit der Suche nach verwertbaren Hinterlassenschaften und Spuren seines Bewohners, der nun, bis zur Unkenntlichkeit vom Feuer entstellt, in Kiel in der Rechtsmedizin lag und unter den fachkundigen Händen von Dr. Tewes und ihrer Gerätschaften möglichst viel davon preisgeben sollte, was mit ihm und um ihn herum geschehen war in der Biikenacht. Wobei zunächst zu klären war, ob der Tote aus dem Biikefeuer tatsächlich der Mann war, der sich unter dem Namen Helzen bei den Bahnsens eingemietet hatte. Die äußeren Umstände ließen kaum noch Zweifel aufkommen. Aus heiterem Himmel und ohne Ansage abgereist war er nicht; die vielen in den beiden Räumen noch vorhandenen Gegenstände und Sachen ergaben dafür keinen Sinn.

Zur Auflösung des Rätsels waren als erstes Dr. Tewes Fähigkeiten gefragt, sofern ihr der vom Feuer arg zugerichtete Körper noch einige brauchbare Identifizierungsdaten als Vergleichsmaterial verriet. Gelang der Ärztin dies, war Holthaus' Arbeit gefragt, die er gleich zu erledigen beabsichtigte. Es galt für ihn, abgesehen von der Spurensuche am Tatort Biikefeuer, in dem Zimmer, das der tatsächliche oder der angebliche Helzen bezogen hatte, zweifelsfrei diesem Mann zu-

zuordnende Identifizierungsmerkmale festzustellen.

Holthaus war kein unerfahrener Spurenleser, sicherlich nicht vergleichbar mit den ausgesprochenen Spezialisten, wie sie in den großen Polizeidirektionen anzutreffen waren. Doch die jahrelange Konfrontation mit Tatopfern und Tatorten befähigte ihn inzwischen, verwertbare Indizien selbst in chaotischem Umfeld zu erkennen und als Beweismittel zu sichern. Sollte es sich bei dem Toten tatsächlich um den Bewohner des Pensionszimmers handeln, also um den ominösen Helzen aus Düsseldorf, wäre anschließend ein Abgleich mit Spuren aus dessen Düsseldorfer Umfeld notwendig. Dann stand eine Reise dorthin an. Düsseldorfer Kollegen waren im Vorfeld zu informieren, konnten ihm das eine oder andere abnehmen, doch um eigene Ermittlungen vor Ort kam er nicht umhin. Doch selbst wenn der erste Teil des Rätsels, die Identifizierung des Opfers, gelingen sollte, war er der Frage, wer die Tat begangen hatte, noch nicht einen Millimeter nähergekommen.

Eines hatte Holthaus in den vielen Dienstjahren gelernt: Bei der Klärung von Verbrechen mußte man Geduld und Beharrungsvermögen aufbringen. Irgendwo war ihm mal ein Spruch untergekommen, den er voll unterschrieb: „Die Justiz ist mitunter langsam. Doch sie vergißt nicht." Er begann eigentlich immer in den Badezimmern mit der Suche. Dort bestand die größte Chance, fündig zu werden und auf Brauchbares zu stoßen, jedenfalls was die Identitätsfeststellung eines Menschen betraf. Hierfür mußten eindeutige, unverwechselbare Spuren, die dem Körper zuzuordnen waren, beigebracht werden, und das geschah in aller Regel im Herkunftsbereich des Betreffenden, also in seiner Wohnung, an seinen sonstigen gewöhnlichen Aufenthaltsorten, auch vorübergehenden, wie Hotel- oder Pensionszimmer, denn an diesen Plätzen befanden sich zumeist Spuren und Hinweise in großer Zahl.

Es roch schlecht in dem kleinen Raum, obgleich das kleine quadratische Fenster aufgeklappt war. Auf der Ablageschale über dem Waschbecken standen die üblichen Utensilien, die ein Mann für ein paar Tage mitnahm. Zahnbürste, Zahncreme, Kamm, Haarbürste, Trockenrasierer, dessen Stromkabel und zwei Handtücher unterschiedlicher Größe an zwei Haken an der Wand hingen, Rasierwasser, das Holthaus genauso wenig kannte wie die in einer fast leergedrückten Tube befindliche Creme. Er tippte auf Hautcreme. Eine Dusche gab es nicht, dafür eine längsseitig an der Wand aufgestellte gußeiserne Badewanne mit schwarzem Rand, deren ursprünglich weiße Farbe unübersehbare Flecken aufwies. Über dem Wannenrand lag eine Art von Waschlappen.

Noch rührte Holthaus nichts an, obwohl er sich inzwischen die dünnen weißen Kunststoffhandschuhe übergestreift hatte, die immer im Handschuhfach sämtlicher Dienstwagen lagen und die er in einem Kunststoffbeutel regelmäßig in größerer Zahl mit sich führte.

Zimmer und Badezimmer wirkten im großen und ganzen nicht unsauber, boten an, was ein Gast für ein paar Urlaubstage benötigte, machten aber einen veralteten, aus der Zeit gefallenen Eindruck. Kein TV-Gerät, kein Radio. Im Aufenthaltsraum stand wohl ein Fernseher, erinnerte sich Holthaus. Demnach gab's Fernsehen in großer Runde, nicht jedermanns Sache. Viele Tage wollte er hier als Gast bestimmt nicht verbringen, erst recht nicht zu zweit, stufte das Ganze mit

144

drei Sternen nach der geläufigen Tabelle für Hotels und Pensionen ein.

Holthaus sah auf die Uhr. Gleich zehn nach vier. Das durch die Fenster einfallende Tageslicht schwächte sich bereits ab. Er ergriff den Zahnputzbecher, die Zahnbürste, den Kamm, der dunkle Haare aufwies, die deutlich mit bloßem Auge zu erkennen waren, die ungepflegt wirkende Haarbürste, ferner noch eine Pinzette, die in einem weiteren Becher steckte und an der Spitze einen winzigen roten Farbtupfer aufwies, der nach Blut aussah. Dazu noch den Trockenrasierer, die Handtücher und den Waschlappen und stopfte alles in den Beutel.

In beiden Räumen stand ein Plastikkorb, beide ohne viel Inhalt. Packpapier von Schokolade, Apfelsinenschalen, gebrauchte Papiertaschentücher, die Holthaus mit spitzen Fingern in die Höhe hielt und auseinanderzog und bis auf eines, das er ebenfalls noch in den Beutel steckte, in den Korb zurückbeförderte.

Das Nachtschränkchen neben dem unbenutzten Bett war leer, das andere neben dem Bett, in dem der Mann nach Aussage der Bahnsens zwei Nächte lang nicht mehr geschlafen hatte, stand etwas verdreht, schien verschoben worden zu sein. Die in Hotels gebräuchliche Bibel lag in der Schublade. Selbst hier, wunderte sich Holthaus, verkündete man Gottes Wort, ob der Gast das wollte oder nicht. Dazu paßte nicht das Heft mit den nackten Frauen, das von der Bibel halb verdeckt wurde. Holthaus blätterte es an, Hardcore, kein Softcore, das Übliche, was es in diesem Genre zu sehen gab. Die Seiten wellten sich, schienen häufig aufgeschlagen worden zu sein.

In rechten, dem offenen Teil des Kleiderschranks hingen auf einer dicken metallenen Querstange ein paar hölzerne Bügel, von denen vier ein Kleidungsstück trugen. Eine blaue Öljacke, die am Kragen und den Ärmeln gelbe Einsprengsel zeigte, ein aufgeknöpftes Oberhemd, dessen derber Stoff mit großen, bunten Quadraten versehen war, ein brauner, mit einem gelblichen Fellkragen ausgestatteter Wintermantel und ein schwarzes Jackett mit dunkelgrünen Streifen und dazugehöriger Stoffhose auf dem Quersteg des Bügels.

Am Boden des Schranks stand ein Paar Gummistiefel auf einer gerippten Gummimatte. Die Stiefel waren getragen, der Schmutz an ihren Schäften und den Sohlen ließ Holthaus vermuten, daß der Mann damit im Watt unterwegs gewesen war. Daneben stand ein Paar Sandalen, Holz mit Lederriemen, wie man sie gemeinhin im Haus trägt. Pantoffel oder etwas Ähnliches entdeckte Holthaus nicht. Im anderen Teil des Schrankes, der mit einer Schiebetür geschlossen wurde, die sich beim Öffnen über den offenen Schrankbereich mit den Bügeln schob, lag auffallend wenig Wäsche. Im mittleren Fach befanden sich etwas Unterwäsche und ein paar Oberhemden, beides sauber aufgeschichtet, ein dicker Rollkragenpullover in Norwegerfarben, ein dünner Pullover mit V-Ausschnitt, drei Paar dicke Socken und drei Paar dünnere Exemplare, wohl fürs Haus gedacht. Im Fach darunter, auf einer buntbedruckten Plastiktüte des Halligladens, lagen zwei Paar offenbar gebrauchte Socken der dicken Sorte. Weitere bereits getragene Wäschestücke gab es offenbar nicht; Helzen hatte sich wohl wenig umgezogen, war aber immerhin schon ein paar Tage auf der Hallig. Der farbige Schimmer hinter dem Glas der Vitrinen-Türen entpuppte sich als Bettwäsche der Pension zum Wechseln; Helzen hatte hier ersichtlich

146

nichts untergebracht.

Die Bahnsens hatten mit großer Wahrscheinlichkeit trotz gegenteiliger Beteuerungen das Zimmer durchsucht, hatten wohl auch die Nachtschränke neben den Betten geöffnet und sicher auch den Schrank und die Vitrine in Augenschein genommen. Ob sie dabei etwas an sich nahmen oder veränderten, war schwerlich noch festzustellen. Doch was hätte ihr Interesse wecken, ihre Begehrlichkeit wachrufen können? Der Mann hatte nach den Angaben von Torge Bahnsen das Zimmer wie immer im voraus nach der Ankunft bezahlt. Für ein paar Besorgungen beim Halligkaufmann oder Einkehr im „Seelöwen" oder „Buernkroog" hatte er bestimmt noch weiteres Bargeld mit sich geführt. Also mußte noch Geld vorhanden gewesen sein, mußte es höchstwahrscheinlich eine Geldbörse oder eine Brieftasche gegeben haben. Oder hatte Helzen sein Geld am fraglichen Tag bei sich getragen? Manche Menschen steckten ihr Bargeld lose in die Taschen, umwickelten die Scheine mit einem Gummiband. Vielleicht hatte man ihm das Geld abgenommen, bevor man ihn unter den Holzstapel schob. Vielleicht war es aber auch mitverbrannt in der Biikenacht. Die Brieftasche oder ein vergleichbares Behältnis wäre vielleicht nicht ganz verbrannt, da blieben manchmal Reste übrig, die sich jedoch nicht angefunden hatten bei der Suche am Feuerplatz. Auch Münzgeld tauchte nicht auf.

Rasch inspizierte Holthaus die üblichen Verstecke. Unter den Möbeln, zwischen den Wäschestücken, unterm Kopf- und Fußteil der Matratze, auf dem Schrank, auf dem er zur Wand hin einen mittelgroßen zusammengedrückten Rucksack entdeckte, der vollkommen leergeräumt war und nichts hergab außer einer ramponierten Landkarte und ein paar Papiertaschentücher-Päckchen in den Außentaschen. Als er den Rucksack anhob, stob eine Spinne davon, ein ziemlich großes schwarzes Exemplar, und verschwand an der Wand hinter dem Schrank.

Es fand sich überhaupt nichts Persönliches an, das nähere Schlüsse auf den Mann zuließ. Weder Brieftasche noch Geldbörse, kein Autoschlüssel, keine weiteren Schlüssel für eine Wohnung oder ein Haus, kein Personalausweis oder Reisepaß, kein Führerschein, keine Eisenbahnfahrkarte, nicht die Fahrkarte für die Fähre, die er auf jeden Fall gekauft haben mußte und für die Rückreise benötigte, kein Parkschein des Parkplatzes in Schlüttsiel. Vielleicht war er gar nicht mit dem Auto angereist, war mit der Bahn gefahren. Dann gab's nichts zu suchen nach Autoschlüssel und Parkschein, dann würde kein Auto-Kennzeichen weiterhelfen. Das mit dem Auto ließe sich vielleicht am Parkplatz klären. Doch im Augenblick gab's den Mann überhaupt nicht. Er war ein Nichts, ein Phantom, einfach nicht vorhanden. Bis auf den Meldezettel, wenn denn die eingetragenen Daten stimmten, war der Mann nicht existent, jedenfalls nicht auf der Hallig.

Die Bahnsens hatten die Sachen höchstwahrscheinlich nicht an sich genommen, bis auf das Geld vielleicht, wenn sich welches angefunden hätte. Doch die übrigen Dinge? Warum, wieso sollten sie das tun? Was wollten sie damit anfangen? Sie konnten ihnen eher schaden, konnten verräterisch wirken, wenn sie bei ihnen aufgefunden wurden. Helzen, wenn der Mann wirklich so hieß und derjenige war, der im Feuer gelegen hatte, konnte sie eigentlich nicht alle am Leib getragen haben in der Biikenacht. Oder doch? Mit Sicherheit hätten der oder die Täter sie ihm vorher abgenommen. Wenn sie das entgegen aller Logik nicht getan hätten, wären mit Sicherheit nicht alle Sachen vollständig verbrannt, ein Teil davon wäre davon zurückgeblieben in den Überresten des Feuers. Ein möglicher Autoschlüssel, der Schlüssel für die Wohnung oder das Haus in Düsseldorf, vielleicht auch Reste der Geldbörse samt Münzgeld oder die Brieftasche. Und wo war überhaupt der Zimmerschlüssel des Mannes geblieben? Er hatte ihn fast immer mitgenommen, wenn er das Haus verließ, hatten die Bahnsens berichtet. Wie war das am Biiketag? Vielleicht lag er noch in den Feuerresten, war unentdeckt geblieben, was Holthaus jedoch bezweifelte, denn der Ersatzschlüssel, den ihm die Bahnsens ausgehändigt hatten, war an einem der in Hotels üblichen länglichen Metallschilder befestigt. Alle Gäste in der Pension erhielten vergleichbare Schlüssel, wie Holthaus sie am Schlüsselbrett im Aufenthaltsraum wahrgenommen hatte, und ein solches Exemplar widerstand auf jeden Fall einem Feuer von der Art des Biikefeuers und wäre ihm beim Durchsuchen der Feuerreste am Morgen nicht entgangen, da war sich Holthaus ziemlich sicher. Genauso sicher, wie sich der Verdacht in ihm erhärtete, daß die fehlenden Sachen, wenn die Überreste des Feuers am morgigen Tag bei der weiteren Untersuchung darüber nichts weiter hergaben, entwendet worden waren. Wenn nicht durch die Vermieter, die wahrscheinlich nur für das Geld in Frage kamen, dann durch den oder die Täter.

Holthaus blieb auf der Schwelle zwischen den Zimmern stehen und ließ den Blick durch das Badezimmer und den Wohnraum schweifen, zog Bilanz seiner bisherigen Ermittlungen. Er kannte noch kein Motiv für diese monströse Tat, wußte bislang weder mit letzter Gewißheit, um wen es sich bei dem Toten handelte, noch wußte er, wer die Tat begangen hatte. Die Identität des Toten würde vielleicht aufzuklären sein, vermutlich mit sehr viel größerer Wahrscheinlichkeit als die Feststellung, wer ihn umbrachte.

Wer die fehlenden Sachen, wenn sie nicht im Feuer endeten, an sich nahm, war tatverdächtig. Wer sonst sollte Interesse daran haben, daß sie verschwanden und die Feststellung der Identität des Toten erschwerten, vielleicht sogar unmöglich machten? Darauf gab es für Kriminalkommissar Holthaus vorerst nur eine Antwort: Das merkwürdige, ungewöhnlich früh abgereiste Paar. Das paßte auch zu Kruses Bericht, daß er am Vorabend des Biikefeuers zwei Menschen in der Nähe des aufgeschichteten Holzstoßes gesehen hatte. Vielleicht befand sich da der Unglückliche schon unter dem Holzstapel, geknebelt und betäubt. Das Zimmer des Paares lag nicht weit vom Zimmer Helzens entfernt im Obergeschoß, im selben Gang. Der Aufbewahrungsort der Anmeldungen war ohne große Schwierigkeiten für die beiden ungesehen zu erreichen, so daß sie ihre eigenen Meldezettel leicht entwenden konnten. Wobei sie allerdings in Kauf nehmen mußten, daß die Amtsverwaltung der Hallig ebenfalls über Kopien davon verfügte. Wenn sie die Tat mit Bedacht und auf längere Sicht geplant hatten, wäre es ein Leichtes gewesen, falsche Daten schon in den Vorjahren und auch in diesem Jahr in die Meldezettel einzutragen. Vielleicht jedoch stimmten ihre eingetragenen Daten, weil sie befürchteten, daß bei einem Datenabgleich, wer auch immer ihn vornahm, die falschen Angaben bemerkt würden. Sei es auch nur, daß die Bahnsens ihnen zum Beispiel mal eine Postkarte sandten, die als nicht zustellbar zurückgekommen wäre. Doch war das nicht eher unbedeutend gegenüber dem Risiko, mit der Eintragung der wahren Daten ihre Identität für den Fall preiszugeben, daß ihre Namen auf irgendeinem Wege in den Focus polizeilicher Ermittlungen gerieten? Aus diesen Überlegungen heraus hatte das Paar, so schlußfolgerte Holthaus, vielleicht doch falsche Angaben in die Meldezettel eingetragen. Doch warum dann die Entwendung des vorjährigen Meldezettels aus dem Büro der Bahnsens? Sie konnten doch nicht ahnen, daß die in der Amtsverwaltung aufbewahrten Kopien irrtümlich vernichtet wurden. Derart rätselhaftes, dem Anschein nach wirres, abstruses Handeln, das sich der üblichen Logik entzog, hatte Holthaus bereits mehrfach erlebt. Nicht selten spielten unverständliche Verhaltensweisen der Täter und der Zufall bei der Tatausführung eine wesentliche Rolle. Mal führten diese Umstände zur Aufklärung der Tat, mitunter verhinderten sie diese gar, doch zumeist blieben sie unentdeckt und unbemerkt. Wobei, das ging dem Polizisten nicht aus dem Kopf, überhaupt noch nicht mit Sicherheit feststand, daß das Paar die Tat ausgeführt hatte oder daran beteiligt war. Gleichwohl zählten die beiden zu den dringend Tatverdächtigen, mehr aber auch nicht.

Mit welcher Art von Mörder oder Mördern, und es war für Holthaus Mord, die Merkmale hierfür lagen für ihn eindeutig vor, hatte man es bei dieser Untat zu tun? Er wußte, daß es bei Kapitalverbrechen die seltsamsten Motive geben konnte, manchmal kaum nachvollziehbar selbst für erfahrene Ermittler.

In den fünfziger oder sechziger Jahren zum Beispiel wurde entlang der Autobahn, die das Land von Nord nach Süd durchschnitt, eine größere Anzahl von Frauen ermordet. Man fand sie in Waldstücken in der Nähe der Autobahn. Ihre Kleidung lag ordentlich gefaltet und gestapelt neben ihnen, ihre Schuhe standen sorgfältig aufgestellt nach linkem und rechtem Exemplar daneben. Der Täter wurde bislang noch nicht gefaßt.

Holthaus kannte noch mehr Mordfälle, bei denen sich die ermittelnden Beamten an den Kopf faßten, wenn sie gewahr wurden, auf welche Weise und unter welchen äußeren Gegebenheiten der Täter vorgegangen war, welche Zufälligkeiten eine Rolle gespielt hatten, daß der Täter gefaßt wurde oder auch nicht. Doch eines stand für Holthaus fest: Den perfekten Mord gab es nicht, Fehler machten sie alle, man mußte sie nur finden. Und am Ende auch auf den vielbeschworenen Kommissar Zufall hoffen. Bislang hatte er bei sechs Taten verantwortlich ermittelt, bei denen Menschen getötet wurden. Darunter zwei Morde und vier Totschlagsdelikte. Die Totschlagsfälle konnte er rasch aufklären; bei derartigen Delikten lag sehr häufig eine Beziehung zwischen Opfer und Täter vor, sie ereigneten sich mehr oder weniger im näheren Umfeld des Opfers.

Bei den zwei Morden kam er den Tätern ebenfalls relativ leicht auf die Spur. Er bekam es mit beiden Möglichkeiten zu tun, die einen Menschen veranlassen können, einen anderen Menschen vorsätzlich zu töten. Da gab es das Zufallsopfer. Und es gab die Beziehungstat, die in den Statistiken bei Mord mit Abstand an der Spitze liegt. Sie weist auch die deutlich höhere Aufklärungsquote auf.

Im ersten Fall traf es eine Frau, die in einer Sommernacht in einem Ferien- und Badeort an der Küste unweit der Durchgangsstraße, nur einen Steinwurf weit weg von den letzten Häusern, in den Dünen vergewaltigt und erwürgt worden war. Die Frau in mittle-

152

rem Alter wohnte in dem Ort, lebte allein und unauffällig. Sie hatte ihren Einkaufskorb dabei, war stark alkoholisiert, wie die Blutuntersuchung ergab, und die Rechtsmedizin fand Sperma bei ihr von offensichtlich ungeschütztem, wie sich herausstellte, erzwungenem Geschlechtsverkehr. Außer Würgemalen im Halsbereich waren keine Spuren von Gewaltanwendung am Körper festzustellen. Der wenige Tage später gefaßte Mann kam aus demselben Ort, Opfer und Täter kannten sich entfernt. In der Tatnacht wankte die Frau an der Durchgangsstraße nach Hause, der Mann, ein landwirtschaftlicher Gehilfe, war auf seinem Fahrrad in entgegengesetzter Richtung unterwegs, ebenfalls auf dem Heimweg. Der Mann gab an, die Frau, ohne daß sie Widerstand leistete, in die Dünen geführt zu haben, wobei er sein Fahrrad dorthin mitnahm. Irgendwann beim Geschlechtsverkehr habe sie sich zu sträuben, zu wehren begonnen, habe sie zu schreien angefangen. Da hätte er sie gewürgt, damit sie nicht weiter schreien konnte. Nach dem Geschlechtsakt habe sie gesagt, daß sie ihn nicht anzeigen werde, daß sie nun gehen müsse. Doch er hatte Angst, daß sie ihn doch bei der Polizei meldet und da habe er sie so lange gewürgt, bis sie tot war. Er habe sein Fahrrad genommen, das im Sand danebenlag und sei zur Straße gegangen und heimgefahren.

Holthaus kam dem Mann auf die Spur, als er die Bewohner der in der Nähe liegenden Häuser befragte und, nachdem das erfolglos verlief, auch bei den Leuten anklingelte, deren Häuser die Durchgangsstraße säumten. Es gäbe da einen Mann, der immer mit dem Fahrrad spätabends die Straße langfahre, der arbeite bei einem Bauern, bekam er zu hören von einer alten Frau, die auch nachts oft auf die Straße schaute. Der wohne auf dem Bauernhof, auf dem er arbeite, gleich in einem der Nachbardörfer. Holthaus hatte in den Dünen, wo die Tote gefunden wurde, Fahrradspuren entdeckt und ging der Sache nach. Die Beobachtung der alten Frau war der Treffer. Im Haus des Bauern wartete er auf den Mann, den Dienstwagen hatte er hinter eine der Scheunen gestellt, und beruhigte den Bauern und seine Frau, soweit das ging.

Daß er alleine war, beunruhigte Holthaus nicht übermäßig. Der Mann war um die fünfzig Jahre alt, bislang wohl unauffällig in seinem Umfeld geblieben, wie ihm Jochimsen per Funk noch durchrief, nachdem er den Namen erfahren hatte. Und er solle vorsichtig sein, ob er nicht lieber doch zumindest einen Wagen von der Verkehrsabteilung dabei haben wollte, der ohnehin nicht weit weg unterwegs war, was Holthaus für nicht notwendig hielt. Es lief dann alles ziemlich unspektakulär ab. Als der Polizist ohne anzuklopfen ins Zimmer des Mannes trat, der dabei war, sich umzuziehen, sah der Mann auf und blickte schweigend auf den Dienstausweis, den Holthaus ihm entgegenhielt, dabei sich bewußt so bewegend, daß unter der geöffneten Jacke seine Dienstwaffe sichtbar wurde. Dann folgte Routine. Tatvorwurf, Rechtsbelehrung, Handschellen und Fahrt zum diensthabenden Richter, der den Mann, der sich unbefragt sofort zu der Tat bekannte, auch sogleich in U-Haft schickte.

Beim zweiten Fall lag die Sache etwas anders, kein spontan erfolgter Entschluß des Täters, sondern längere Vorbereitung des Verbrechens. In seinem abseits gelegenen Haus am Rande der Kreisstadt wurde ein schon vor Jahren pensionierter Gymnasiallehrer erschlagen aufgefunden. Keine Einbruchsspuren, keine Kampfspuren, das Opfer mußte den Täter ins Haus gelassen haben, sie mußten sich mit ziemlicher Sicherheit gekannt haben. Nach etwas mehr als einer Woche hatte Holthaus den Täter gefaßt. Ein ehemaliger Schüler des Lehrers, der Mathematik und Physik unterrichtete und als schwierig im Umgang mit den Schülern galt. Der inzwischen über dreißig Jahre alte Täter empfand die Behandlung und den Umgang des Lehrers mit ihm als so quälend, so demütigend, herabsetzend und kränkend, daß sich bei ihm ein abgrundtiefer Haß aufstaute, den er bis zum Schulabschluß und wider Erwarten bestandenem Abitur mit sich herumtrug und der sich auch nicht in den vielen Jahren danach legte. Er wohnte in einem der nahen Orte auf dem Lande, beobachtete den gealterten, verwitweten, alleinlebenden Lehrer, seine Gewohnheiten, sein Haus, um ihn dann schließlich aufzusuchen mit der Absicht, ihn zu töten.

Um die Mittagszeit eines regnerischen Tages näherte er sich dem Haus von einer Seite, die von Nachbarn schlecht einzusehen war. Der überraschte Lehrer erkannte ihn sofort wieder und ließ ihn arglos ins Haus. Ungefähr eine Stunde hielt sich der Mann dort auf, mischte seinem ehemaligen Lehrer bei einer günstigen Gelegenheit ein starkes Betäubungsmittel in das inzwischen aufgetischte Bier. Anschließend folgte er dem sich ins Badezimmer begebenden Mann und erschlug ihn dort mit einem mitgeführten Stoffbeutel, den er mit kleinen Bleikugeln gefüllt hatte. Die Schläge führte er ausnahmslos gegen den Kopf und das mit einer Wucht, die äußerst starke Verletzungen des Gesichts bis hin zur teilweisen Unkenntlichkeit hervorriefen und den Mann schließlich töteten. Anschließend verwüstete er den Wohnraum und die angrenzende Bibliothek, schaffte auch in den übrigen Räumen ein wildes Durcheinander, so als ob er nach Beute gesucht hätte, um ein Raubmotiv vorzutäuschen. Dann verließ er das Haus, ohne daß er hierbei gesehen wurde.

Holthaus wurde fündig, als er nach stundenlanger Durchsuchung des Hauses, gemeinsam mit zwei Kollegen der Schutzpolizei, sich erschöpft in einen der Sessel fallen ließ, die um den Tisch in dem Raum herumstanden, in dem Opfer und Täter offensichtlich beim Bier gesessen hatten. Als er sich einmal dehnte und streckte und sich mit beiden Händen auf dem Sitzkissen abstützte und dann mit den Fingern, wie er es auch bei sich zuhause bisweilen machte, an den Kissenenden weiter in die Tiefe fuhr, fühlte er an den Fingerspitzen der rechten Hand ein Stück Papier.

Ein kleiner handschriftlich beschriebener Zettel kam zum Vorschein, auf dem der Name des ehemaligen Lehrers mit Anschrift und Telefonnummer notiert waren. Dazu noch ein Wochentag und Monatsname, beide mit dem Tag der Tat nicht übereinstimmend, dann ein schlecht lesbares Wort, das Holthaus mit „Matheschwein" übersetzte und einige andere unverständliche, unzusammenhängende Wörter und eine Zahlenreihe, die ebenfalls nicht einzuordnen war. Alles mit Tinte und Federhalter geschrieben, nicht mit Kugelschreiber, nicht mit Bleistift.

Holthaus setzte gefühlsmäßig erst mal alles auf das Gymnasium und einen ehemaligen haßerfüllten Schüler dieses Lehrers. Zwar wußte er von Übergriffen ehemaliger Schüler auf Lehrer, von einem Tötungsdelikt hatte er bislang allerdings noch nichts gehört. Doch wenn es hier tatsächlich ein früherer Schüler war, wie ihn herausfinden? Der amtierende Direktor des Gymnasiums, der den erschlagenen Lehrer nicht mehr persönlich erlebte, zeigte sich, nachdem er seinen ersten Schrecken überwunden hatte, als Holthaus bei ihm auftauchte, kooperationsbereit und durchstöberte mit ihm gemeinsam im Keller des in die Jahre gekommenen Schulgebäudes alte Klassenbücher, die beim geschätzten Alter des Täters in die mutmaßliche Schulzeit dieses Mannes paßten. Vielleicht war der Getötete ja Klassenlehrer dieses Schülers gewesen, vielleicht fanden sich verräterische Eintragungen zu bestimmten Schülern. Und tatsächlich landete Holthaus bald den entscheidenden Treffer schlechthin, kam Kommissar „Zufall" zu Hilfe. Am zweiten Tag, als der Schulleiter ihm die Kellerräume der Schule bereits alleine überließ, stieß er auf Klassenbücher des erschlagenen Pädagogen und darin ständig auf Eintragungen, die sich mit dem Schüler Malte Michaelsen befaßten und diesen dort in rüder Form abhandelten. Von Lügen, von Unsauberkeit, von anhaltendem Zuspätkommen war dort die Rede, von Renitenz und Widerworten. Gleichwohl schaffte Michaelsen das Abitur, keine Glanzleistung, aber er kam durch.

Selbst Michaelsens Abschlußarbeiten fanden sich an, denn sämtliche Abiturarbeiten wurden von der Schule aufbewahrt. Als Holthaus die Handschrift auf dem im Haus des Lehrers entdeckten Zettel mit der Handschrift der Abiturarbeiten verglich, war er sich fast sicher, daß es sich um ein und dieselbe Person handelte. Das sogleich angeforderte Gutachten eines Graphologen bestätigte die Übereinstimmung mit einer Wahrscheinlichkeit von achtzig bis neunzig Prozent. Für Holthaus spielte das keine Rolle, für ihn stand der Täter so gut wie fest. Er setzte auf das Überraschungsmoment, was auch gelang. Als er dem verdutzten Mann, kaum daß er dessen Wohnung betreten hatte, seine Abiturarbeit und daneben den aufgefundenen Zettel vorhielt, war der Fall aufgeklärt.

Der Kommissar kehrte gedanklich in die Gegenwart zurück. Er stieß sich vom Türrahmen ab, machte noch ein paar Fotos, obgleich er wußte, das diese Aufnahmen kaum für die weitere Ermittlungsarbeit eine wichtige Rolle spielten, allenfalls beim Zurückerinnern hin und wieder hilfreich sein konnten. Alles in allem, wenn er es recht überlegte, ging es im Norden, in Nordfriesland verhältnismäßig ruhig zu, dessen war er sich bewußt. Bei Treffen und Schulungen wußten ihm Kollegen aus den größeren Städten andere Sachen und Zahlen zu berichten.

Wie war der vermeintliche Mann aus Düsseldorf, wie war das Paar überhaupt angereist? Was wußten die Bahnsens darüber? Mit dem Zug, mit dem Auto? Waren die drei vielleicht gemeinsam angereist? Stand ein Auto, von dem niemand wußte, wem es gehörte, noch auf dem Parkplatz am Hafen von Schlüttsiel? Fragen über Fragen. Wenn er von Kruse abgeholt wurde, wollte Holthaus auf jeden Fall von der Amtsverwaltung aus Jochimsen anrufen und über den Ermittlungsstand verständigen und ihm gleichzeitig beibringen, daß er wohl noch mindestens einen weiteren Tag auf der Hallig bleiben mußte, unter Umständen noch länger. Morgen wollte er auf jeden Fall die Feuerstelle gründlich untersuchen. Vielleicht würde ihm Kruse helfen oder Leute von ihm. Hauptsache, das Wetter schlug nicht um. Forschend warf er einen kurzen Blick aus einem der Fenster. Der aufziehende Abend kündigte sich an, das Tageslicht begann zu verblassen. Was er zu sehen bekam, war ein Stück bedeckter Himmel, geschlossene Wolkendecke in allen möglichen Grauabstufungen, nichts davon jedoch bedrohlich wirkend, erst recht keine Sturmflut und in deren Gefolge ein Landunter ankündigend. Doch der Bürgermeister hatte sich da in seiner Vorhersage zuletzt ziemlich vage gehalten. Holthaus hob den Kopf. Ein kurzes Rauschen drang an sein Ohr. War eine Windbö ums Haus gefahren? Dann war es wieder still.

Alle Gästezimmer schienen vom Grundriß ziemlich gleich zugeschnitten und auch ausgestattet worden zu sein. Jedenfalls bot sich Holthaus beim Betreten des Zimmers, in dem das Paar logiert hatte, ein fast vertrauter Anblick, was die Abmessungen und die Einrichtung betraf. Doch während das Zimmer des Mannes unübersehbar verriet, daß sein Bewohner es unaufgeräumt verließ, zeigte sich das andere Zimmer so, als ob seit langem darin niemand mehr logierte und Holthaus wollte nicht glauben, daß dort zwei Menschen eine Nacht verbracht und ein Frühstück verzehrt hatten. Sogleich zweifelte er daran, daß er hier verwertbare Spuren finden könnte. Alles schien an seinem vorgesehenen Platz zu stehen, das Bettzeug war exakt und ordentlich zurechtgezogen. Zuoberst lag eine braune Tagesdecke, die bis halb über die Kopfkissen reichte. Alle Schränke und Schubladen waren leer, die Schubladen so sauber, als seien sie noch besonders gereinigt worden. In der Vitrine befand sich wie im anderen Zimmer die Bettwäsche zum Wechseln, in einem der Nachtschränkchen am Bett lag die obligatorische Bibel, im Kleiderschrank hingen ein paar Bügel und im Badezimmer standen auf der Ablage unter dem Spiegel zwei Gläser, die so glänzten, als wären sie soeben aus dem Geschirrspüler gekommen. Handtücher fehlten allerdings. Die Abfallkörbe in beiden Zimmern waren vollkommen leer.

Holthaus schob einen der Stühle an den großen Schrank heran, um sich die Oberseite anzusehen. Dort lag nichts. Als er mit einer feuchten Fingerkuppe über das Holz fuhr, blieb so gut wie nichts haften. So als ob jemand mit einem Lappen darüber gewischt hatte. Vielleicht waren die Handtücher dafür benutzt worden, vielleicht auch als Aufnehmer, um damit unter die Betten zu gelangen, denn auch dort wirkte es ungewöhnlich sauber, als Holthaus im Liegestütz darunter spähte. Als er die beiden Gläser gegen das Licht hielt, verzichtete er darauf, sie mitzunehmen. Auf ihnen waren mit Sicherheit keine Fingerabdrücke mehr festzustellen und zu sichern.

Auch unter den Schränken war offensichtlich der vordere Bereich gesäubert worden. Dafür kamen die Bahnsens mit Sicherheit nicht in Frage, das mußte das Werk des Paares sein. Sogar gelüftet worden war, denn es roch hier ganz anders, viel frischer als im Zimmer des vermißten und vermutlich verbrannten Mannes

Sosehr Holthaus auch suchte, er fand nichts, das man auf den ersten Blick als hinterlassene Spur, als brauchbaren Identifikationshinweis der letzten Bewohner dieses Zimmers samt dessen Badezimmer hätte verwerten können. Das so frühzeitig abgereiste und im Grunde unerkannte Paar, das bis auf den letzten Pfennig den Pensionspreis im voraus bezahlte, hatte offensichtlich das Zimmer so verlassen, daß möglichst keine Spuren von ihm zurückblieben. Eine andere Erklärung fand der Kommissar nicht für den ungewöhnlichen Eindruck, den die zwei Räume auf ihn machten. Dazu die fehlenden Meldezettel, die wenige Meter vom Zimmer des Paares in einem unverschlossenen Raum in offenen Schränken gelagert worden waren. Warum dieses Verhalten, warum das spurlose Verschwinden? Die beiden mußten mit dem Toten im Biikefeuer zu tun haben. Es mußte sich um ganz normale Leute handeln, wahrscheinlich ein ziemlich unauffälliges Leben führend. Und wenn die beiden tatsächlich mit dem Verbrechen zu tun hatten, mußte es außergewöhnliche Umstände gegeben haben, die sie zu Tätern oder Mitwissern machten, spekulierte Holthaus. Vielleicht hatte er es mit Menschen zu tun, die durch Zufall in schicksalhafte Ereignisse gerieten, die sie nicht selbst verursacht hatten.

Vom Flur her vernahm Holthaus Stimmen, als er dabei war, noch rasch ein paar Fotos zu machen. Bahnsen und seine Frau standen vor der Tür, die er abschloß und beide Zimmerschlüssel nicht in die ausgestreckte Hand Bahnsens legte, sondern in die Seitentasche seiner Jacke steckte.

„Brauche ich vielleicht noch", ließ er das Ehepaar wissen.

„Haben Sie was gefunden, was Ihnen weiterhilft?" fragte Bahnsen.

Holthaus antwortete nicht, hatte seine Frau im Blick.

„Hier sind alle Handtücher verschwunden", sagte er und wies hinter sich auf die wieder verschlossene Tür, „wissen Sie etwas darüber?"

„Nein", antwortete die Angesprochene, deren Augen unstet hin- und herfuhren, „ist mir auch aufgefallen, sagte ich ja schon. Keine Ahnung, wo die abgeblieben sind. Haben die beiden vielleicht mitgenommen."

„Wie war das eigentlich am Vorabend des Biikefeuers, also am vergangenen Donnerstag, am Abend? Haben Sie da den Mann aus Düsseldorf und das Pärchen zu Gesicht bekommen, haben Sie diese drei Leute gesehen? Im Frühstücksraum, vor dem Haus oder anderswo im Haus? Ist Ihnen an diesem Abend irgendwas aufgefallen, war irgendwas anders bei dem Mann oder dem Pärchen?“

Die Bahnsens schauten einander kurz an, schüttelten fast gleichzeitig die Köpfe, drehten sich dann wieder Holthaus zu.

„Nee“, ergriff der Mann das Wort und seine Frau begleitete kopfnickend, was er sagte, „nee, die haben sich kaum mal abends gezeigt, keiner von denen, waren ja immer nur für sich.“

„Das heißt, Sie wissen nicht, ob und wann jemand von ihnen das Haus verließ oder zurückkehrte.“

„Nee“, übernahm jetzt die Frau das Reden, „das wissen wir nicht. Wir spionieren ja nicht hinter unseren Gästen her.“

„Wie war’s denn am Freitagmorgen, am Biiketag“, fuhr Holthaus fort, „was war da mit dem Düsseldorfer? War das Paar im Haus? Haben die drei Leute gefrühstückt bei Ihnen, waren sie über Nacht in ihren Zimmern?“

Erneut tauschten die Bahnsens Blicke aus. Die Frau räusperte sich. „Die jungen Leute, also das Paar, waren da über Nacht, wie immer, haben gefrühstückt wie immer. Das Frühstücksgeschirr stand auf dem Tisch, das Bett sah wie immer aus, wie nach ’ner Nacht. Ungemacht, normal durcheinander. Gesehen haben wir sie nicht mehr. Sind wohl früh aus dem Haus. Haben sie nur einmal noch gesehen. Nicht mehr am Biiketag, da sahen wir sie nicht mehr. Erst am Samstag sahen wir die beiden noch mal, als sie so früh gingen. Ohne sich zu verabschieden. Durchs Fenster haben wir sie gesehen. Danach nicht mehr.“ Frau Bahnsen sah kurz zu ihrem Mann. „Wir selbst gehen ja nicht zum Biikefeuer.“

162

„Weiter", drängte Holthaus, „was war mit dem Düsseldorfer, mit Helzen?"

Wieder sahen sich die Bahnsens an, als ginge es erneut um die Rollenverteilung beim Antworten.

Doch der Kriminalbeamte wartete nicht weiter.

„Wo war Helzen am Freitagmorgen? War er zum Frühstück?"

Die Frau schien die Rolle der Sprecherin der Bahnsens übernommen zu haben.

Wieder räusperte sie sich. „Nee, hat nicht gefrühstückt, war nicht unten. Um zehn bin ich mal hoch, mal rein in sein Zimmer. Bett sah aus, als ob er mal draufgelegen hat, nicht richtig dringelegen. Sah nicht so aus, als ob er darin geschlafen hat. Sagte ich ja schon."

„Hatten Sie dafür eine Erklärung? Helzen blieb die Nacht Donnerstag auf Freitag offenbar weg. Einfach so?"

„Nee, kam schon mal vor bei dem, der ..."

„Nicht einfach so", fuhr nun der Mann dazwischen, „das machte der schon mal. War selten, aber der blieb schon mal über Nacht woanders."

„Wo nächtigte der Mann denn, wenn er sich nicht in Ihrem Haus aufhielt?"

„Wir wissen es nicht. Wollen das auch gar nicht wissen." Bahnsen senkte die Stimme ein bißchen, sah zu seiner Frau, tat geheimnisvoll. „Fruunslüdd ... joo, joo, wahrscheinlich so was. Was mit 'nem Frauenzimmer."

Unruhig trat die Frau von einem Fuß auf den anderen, wollte nicht länger an sich halten, nickte bei den letzten Worten ihres Mannes heftig mit dem Kopf. Dann sprudelte es aus ihr heraus: Ja, der Düsseldorfer blieb schon mal weg über Nacht. Nicht oft, aber kam vor. Doch keiner wußte so genau, wohin der nachts verschwand. Was mit Frauen könnte schon stimmen. Aber bestimmt keine von der Hallig, das nicht. Eher eine von den Gästen.

„Und am Samstagmorgen", unterbrach Holthaus die Frau, „was war am Samstagmorgen? Da war er dann auch nicht in Ihrem Haus. Hat nicht gefrühstückt. War es so? Helzen war in der Nacht nach dem Biikefeuer nicht in seinem Zimmer bei Ihnen, hat das Bett nicht benutzt, hat nicht gefrühstückt. Wie am Tag davor. War es so? Ist es so abgelaufen?"

„Joo, so ist das gewesen, genau so."

Die Frau streifte ihren Mann mit einem kurzen Blick, bevor sie fortfuhr: „Das Bett sah aus wie am Vortag, wie am Freitagmorgen. Da hat der nicht drin geschlafen die Nacht über."

„Und Sie haben sich nicht darüber gewundert, daß der Mann die zweite Nacht nicht in Ihrer Pension schlief, nicht bei Ihnen auftauchte?"

Der Mann war jetzt wohl wieder an der Reihe.

„Nee, gewundert haben wir uns nicht. Sagten wir doch schon, daß der schon mal wegblieb über Nacht. Zweimal hintereinander wie jetzt war's aber wohl noch nicht. Dabei haben wir uns aber nichts gedacht. Ist ja immer 'n bißchen komisch gewesen, ja, das ist er."

Eifriges Kopfnicken der Frau signalisierte uneingeschränkte Bestätigung des Gehörten.

Von draußen schwächte sich der Lichteinfall ins Haus weiter ab, und Bahnsen griff hinter sich und schaltete die Lampen im Gang ein. In der herrschenden Stille wurde das Geräusch eines vorfahrenden Autos hörbar. Kruse war zurück, denn gleich darauf vernahm Holthaus Lärm von unten und dann Kruses

Stimme, dann Schritte auf der Treppe. Und wenige Sekunden später erschien der Bürgermeister auf dem Gang und steuerte schnurstracks den Polizeibeamten an und versuchte, seinen heftigen Atem zu zügeln. Die Bahnsens streifte er nur mit einem kurzen Blick.

„Wetter", keuchte er, „das Wetter kippt." Er holte tief Luft. „Morgen am Nachmittag werden wir höchstwahrscheinlich Wasser über die Hallig kriegen. Landunter wird's dann geben. Genau wissen die Wetterfuzzis das aber noch nicht." Er schwieg und atmete hörbar, doch nun schon etwas weniger heftig.

„Sie sagten doch, daß es in den nächsten Tagen ruhig bliebe, keine Sturmflut, kein Landunter", entfuhr es Holthaus unwirsch, „das hat mir gerade noch gefehlt. Wann genau ist das Landunter denn zu erwarten, wenn das Wasser denn tatsächlich so hoch steigt?"

„Der Höchstwasserstand ist nachmittags gegen drei Uhr."

„Wann muß ich die Feuerstelle, die Stelle, wo das Biikefeuer stattfand, denn spätestens verlassen, um vor dem Wasser sicher zu sein, wann muß ich spätestens auf der Kirchwarft sein?" Holthaus klang verstimmt und mißgelaunt. „Werde wohl noch ein paar Tage dranhängen müssen hier auf Ihrer Hallig."

Kruse blickte den Polizisten verwundert an.

„Sie wollen morgen noch mal zum Feuer? Morgen? Das könnte knapp werden. Wenn, dann nur am Vormittag, allerhöchstens bis um halb zwei, keine Minute länger. Das Wasser läuft sechs Stunden auf, wann es über den Deich schwappt, weiß ich nicht, hängt vom Wind ab. Wenn das Wasser kommt, über den Deich kommt, geht es ziemlich schnell, sollten Sie nicht drauf ankommen lassen."

Holthaus wollte mehr hören, schwieg und sah Kruse

an.

„Das Wasser ist schneller als Sie glauben, schneidet Ihnen den Weg ab, kommt Ihnen entgegen, das war's dann. Alles schon vorgekommen. Und dann", Kruse machte eine bedeutungsvolle Pause, „dann kann, wenn man Sie denn noch mal findet, die Rechtsmedizinerin Sie auch gleich auseinandernehmen, eine, wie heißt das noch, eine Obduktion machen."

„Sie fahren mich doch hoffentlich und helfen mir, Herr Bürgermeister." Holthaus ging nicht auf Kruses derbe Rede ein und wurde förmlich. „Ich habe mich schließlich auf Sie und Ihre Wetterprognose verlassen."

„Nee, nee." Kruse wurde lauter, schüttelte den Kopf. „Ich hab' auch gleich dazugesagt, daß es anders kommen kann, daß das Wetter sich ändert. Aus West, Westnordwest kommt das Zeug heran und das kann keiner berechnen, keiner!"

Der Bürgermeister schnaubte, trat von einem Fuß auf den anderen.

„Von den Wetterfritzen hat das auch keiner vor heute morgen mitgekriegt, obwohl die doch nichts anderes machen den ganzen Tag lang. Ist eben so. Ist auch gut so, daß wir nicht alles im voraus wissen. Die See und der Wind haben eben ihre eigenen Regeln, und die richten sich nicht nach uns!"

Einen Augenblick hielt Kruse inne, dann schob er noch spitz nach: „Außerdem sind wir hier auf 'ner Hallig, nicht gemütlich auf 'm Festland."

Die Bahnsens hatten schweigend zugehört, machten aber noch keine Anstalten zu gehen. Holthaus wies sie an, sich weiterhin zur Verfügung zu halten, die Hallig bis auf weiteres nicht zu verlassen. Und wenn ihnen noch etwas Wichtiges einfiele zu Helzen und dem

Pärchen, dann sollten sie beim Bürgermeister oder beim Pastor anrufen, die würden dann alles an ihn weitergeben. Kruse nickte beiläufig. Bahnsen erwiderte, daß keiner, der nicht unbedingt aufs Festland müßte, bei dieser Wetterlage die Hallig verließe. Da würden sich alle um ihren eigenen Kram, um ihre Warft kümmern. Man könne ja nie wissen. Dann fragte er nach den Zimmerschlüsseln, und Holthaus drückte ihm beide in die Hand mit der Bemerkung, er käme vielleicht noch mal vorbei, um noch einen Blick hineinzuwerfen. Also nichts verändern bis morgen Mittag, bis er aufs Festland zurückkehre.

„Hat sich der Zimmerschlüssel von Helzen angefunden, den er, wie Sie sagten, immer mitnahm, wenn er das Haus verließ?“ fragte Holthaus noch und war nicht erstaunt, als das Ehepaar Bahnsen fast synchron die Köpfe schüttelte. Nein, der Schlüssel sei verschwunden, im Haus sei er jedenfalls nicht.

Auf der Fahrt blätterte der Polizeibeamte ein weiteres Mal die Meldezettel oberflächlich durch.

„Nun, Herr Kruse, was sagt Ihnen Ihr Gefühl? Haben die Bahnsens was mit der Sache zu tun oder nicht?“

„Meinen Sie das im Ernst?“ fragte Kruse zurück.

„Mhm“, sinnierte Holthaus, „wie ich wohl schon sagte, eigentlich sind alle, fast alle verdächtig, doch die einen mehr, die anderen weniger, manche scheiden wohl von vorneherein aus.“

„Und wer von vorneherein?“

„Na, der Pastor zum Beispiel.“

„Wer noch?“

„Alle Kinder auf der Hallig.“

„Klar“, sagte Kruse spöttisch, „und wer denn sonst noch?“

„Alle Frauen, wenn sie nicht gerade in einer Gruppe anreisten, alle alten Männer, sagen wir, alle über achtzig Jahre alten Kerle.“

„Und was ist mit den Gästen, die schon weg sind und mit denen, die noch hier sind?“

Holthaus schaute zum Bürgermeister herüber, der weiter übers Lenkrad auf die Straße starrte.

„Alle verdächtig. Bis auf die Alten und die Kinder. Lassen Sie uns aufhören.“ Holthaus lachte los. „War nicht ernst gemeint.“

Doch dann klang der Polizist besorgt.

„Kann ziemlich kompliziert werden. Alles dreht sich um den Mann im Feuer. Wenn Helzen nicht wirklich Helzen heißt, wenn die Obduktion von Dr. Tewes nichts Verwertbares hergibt, ich also nicht weiß, wer da im Feuer gelegen hat, wird es sehr schwierig, sehr schwierig. Wenn wir dann an der Feuerstelle auch keine Spuren finden, die irgendwie verwertbar sind, sieht es noch düsterer aus.“

„Was ist denn mit mir?“ fragte Kruse, wandte den Blick nicht von der Straße, „wie sehen Sie mich denn? Hab’ ich den Kerl im Feuer umgebracht? Kann ich’s gewesen sein, Herr Kommissar?“

Holthaus hatte den ironischen Ton in Kruses Stimme nicht überhört.

„Ja, natürlich“, gab Holthaus daraufhin betont sachlich zurück, „wie ich schon mal erwähnte, zählen Sie auch zu den möglichen Tätern. Aber“, er machte eine überlange Pause, „ich würde Sie eher zu den sehr wenig Verdächtigen zählen.“

„Na, immerhin“, bemerkte Kruse sarkastisch und blickte kurz zu Holthaus herüber, „immerhin. Kann ich doch beruhigt sein.“

Holthaus blätterte erneut in den Meldezetteln, sah

sich den einen oder anderen näher an. Kruse war immer langsamer gefahren, fast im Schrittempo zuletzt, als müsse er sich auf das konzentrieren, was ihm der Polizist sagte.

„Hatten Sie schon mal Morde, die nicht aufgeklärt wurden?" fragte er dann unvermittelt.

„Nein, noch keinen. So viele waren es ja bislang noch nicht. Wurden alle aufgeklärt, auch die Totschlagsdelikte. Aber es gibt", fuhr Holthaus fort, „solche Fälle, das weiß ich von Kollegen. Da geben die Spuren einfach nichts her. Nichts, gar nichts. Da laufen die Täter immer noch frei herum."

„Vielleicht wird das hier auch so ein Fall, so ein unaufgeklärter Fall. Wenn Sie gar nicht herauskriegen, wer umgebracht wurde."

„Malen Sie nicht den Teufel an die Wand, Herr Kruse. Auch wenn es momentan ziemlich schwierig aussieht. Ohne Zuversicht darf ich nicht an die Sachen herangehen. Sie glauben nicht, wie oft der Zufall die entscheidende Rolle spielt."

Der Himmel hatte sich weiter verdüstert, schwarze Wolken trieben niedrig über das Halligland. In Kürze würde sich Dunkelheit auszubreiten beginnen. Ende Februar schwand die Helligkeit des Tages immer noch früh und ging rasch in den Abend und die Nacht über.

Nur wenige Lampen leuchteten auf der Hansenswarft. Holthaus vermochte sich kaum vorzustellen, wie Menschen dauerhaft hier leben konnten. Schon damals, als er wegen des von einer Sturmflut geöffneten Grabes auf der Hallig war, gingen ihm diese Gedanken oft durch den Kopf. Endzeitüberlegungen durchfuhren ihn. Vielleicht, weil hier auf diesem winzigen Eiland die Natur und ihre Unantastbarkeit und Unüberwindlichkeit so nah schienen, ihre Gleichgültigkeit gegenüber allem, was Menschen umtrieb und bewegte. Vielleicht war es hier einfacher zu sterben, dachte Holthaus, hier auf einer dieser Warften, umgeben vom Himmel, dem Wind und dem Wasser, das dabei ungerührt weiter heranströmte und wieder zurücklief, wie es das seit Ewigkeiten tat und weiter tun würde.

In Kruses Büro brannte noch Licht, über der Eingangstür verbreitete eine alte, laternenförmige Lampe nur eine schwache Beleuchtung für die wenigen Treppenstufen, die zum Amtsgebäude hinaufführten. Die Eingangstür war nicht verschlossen, der Flur lag im Dunkeln, niemand hielt sich hier noch auf. Es war kalt im Flur, offenbar von keiner Heizung erreicht. Kruse stieß ein paar Türen auf, und sogleich strömte ihnen auch hier kühle Luft entgegen, nur das Arbeitszimmer des Bürgermeisters empfing sie mit einer schwachen Wärme.

„Welches Telefon kann ich nehmen, ich müßte mal meinen Chef anrufen?" fragte Holthaus und sah sich im Raum um. „Der will wissen, wie weit ich in der Sache hier gekommen bin."

Kruse deutete stumm auf einen Schreibtisch an der Wand, der voller ungeordneter Mappen und Akten lag, aus denen ein schwarzglänzendes Telefon hervorschaute.

Der Rufton ging überraschend schnell hinaus, und Hauptkommissar Jochimsen nahm nach nur wenigen Sekunden den Hörer ab, hatte auf den Anruf gewartet.

„Na, endlich", begann er. Holthaus kannte diese Begrüßungsformel, sie wiederholte sich seit Jahren fast regelmäßig, wenn er sich am Telefon mit einem Bericht meldete. „Endlich, Herr Holthaus, endlich rufen Sie an." Nach dieser Standardansage und ein

paar Fragen, die meist präzise gestellt waren, hörte
Jochimsen jedoch, und das schätzte Holthaus überaus
an ihm, minutenlang ohne jede wahrnehmbare Reaktion zu, so daß er mitunter nachfragte, ob er noch in
der Leitung sei. Doch Jochimsen hörte zu, sehr genau,
wie Holthaus seinen anschließenden Äußerungen ent-
nehmen konnte.

„Sturmflut mit Überschwemmung der Hallig?" fragte Jochimsen am Ende nach. „Morgen? Morgen am
Nachmittag? Und da ist sich der Bürgermeister ganz
sicher?"

„Ganz sicher."

„Und dann sind alle Spuren an der Stelle, wo das
Feuer stattfand, weg?"

„So die Ansage vom Bürgermeister", beschied
Holthaus knapp, „bis auf die, die ich morgen früh
noch finden werde. Wenn es denn welche gibt. Alles
andere, auch das, was ich übersehe, holt sich das
Meer."

„Ja, untersuchen sie die Feuerstelle noch mal gründlich, manchmal wird man erst beim zweiten oder dritten Mal fündig. Viel Zeit bleibt Ihnen ja nicht. Zu
dumm aber auch, daß gerade jetzt das Wetter um-
schlagen muß und das Wasser kommt. Zu dumm aber
auch."

„Wenn ich herausfinde, wer im Feuer lag, sind wir
ein wichtiges Stück weiter. Ob das mit Düsseldorf
stimmt, muß sich erst herausstellen."

Holthaus hörte seinen Chef halblaut etwas sagen,
verstand aber nichts davon. „Mal sehen, was die
Rechtsmedizinerin feststellt", sprach er einfach weiter, worauf es im Hörer still wurde. „Wunder erwärte
ich da aber auch nicht. Der Mann, also das, was das
Feuer von ihm übriggelassen hat, sieht ziemlich übel

aus. Was soll die Frau Doktor da noch herausfinden? Ich bin gespannt.“

„Was sagen Sie da? Frau Doktor sagen Sie?“ ließ sich Jochimsen jetzt wieder vernehmen, „eine Frau als Rechtsmedizinerin?“

„Ja“, bestätigte Holthaus, „und sie macht den Eindruck, daß sie weiß, was sie tut.“

Jochimsen wußte, daß das bei Holthaus großes Lob bedeutete und sagte weiter nichts dazu. Doch überhaupt nicht gefiel ihm offensichtlich der Umstand, daß Holthaus durch das angekündigte Hochwasser wohl an den weiteren Ermittlungen gehindert war, höchstwahrscheinlich keine weiteren Vernehmungen vornehmen konnte, er auf der Kirchwarft im Pastorat gefangen war, bis die Hallig wieder trockenfiel. Jochimsen wußte auch, daß die Dauer des Landunters oft mehrere Tage dauern konnte. Seinen Appell, die Ermittlungen so bald wie möglich abzuschließen, hakte Holthaus unter den Standardsätzen seines Vorgesetzten ab. Klar, er würde ans Festland zurückkehren, sobald das Wasser wieder fiel und die Fähre wieder den Betrieb aufnähme, versicherte er. Doch natürlich erst dann, wenn er mit seinen Ermittlungen fertig sei. Eigentlich überflüssig zu erwähnen, doch Kriminalhauptkommissar Jochimsen wollte es gleichwohl so hören. „Das heißt, Sie fallen womöglich noch ein paar Tage für Ihre Arbeit hier bei uns aus, müssen noch ein paar Tage länger auf dieser vermaledeiten Hallig bleiben“, stellte er anschließend fest und sein bitterer Tonfall verriet, daß er davon alles andere als erbaut war. Doch er gab sich zufrieden, vertraute seinem besten Mann, wie er schon mal im Kollegenkreis anmerkte. Und ließ Holthaus deshalb, obwohl er selbst eigentlich eher ein Kleinkrämer, ein zur Pedan-

terie neigender Mensch war, auch im wesentlichen
freie Hand. Holthaus wußte das, nutzte diesen Umstand mitunter auch weidlich aus. Von Natur her war
er Einzelkämpfer, liebte keine ausufernden Debatten
und Besprechungen. Jochimsens patriarchalischen
Führungsstil mochte er im Grunde nicht. Erst recht
nicht sein gelegentliches Schulterklopfen, wenn er
wieder mal mit seiner Arbeit sehr zufrieden war. Zu
intensive körperliche Nähe war Holthaus schon von
Kindesbeinen an zuwider, daran hatte er sich nie gewöhnen können.

„Die Sturmflut, Landunter. Geben Sie acht auf sich,
Holthaus", waren Jochimsens letzte Worte. Die mitunter unhöfliche, distanzlose Art, jemanden nur mit dem
Nachnamen anzusprechen, mochte Holthaus überhaupt nicht. Doch er wußte längst, daß Jochimsen sich
dann ernsthaft um ihn sorgte.

Inzwischen war der Abend angebrochen, durch die
Fenster von Kruses Amtszimmer gab es nach draußen
außer Dunkelheit nichts mehr zu sehen bis auf vier
oder fünf erleuchtete Fenster anderer Häuser, die nahe
der Amtsverwaltung auf der Warft verteilt standen.
Hin und wieder fuhren Windstöße um das Gebäude.
Dann knackte und knisterte es hörbar im Raum, so
daß Holthaus sich umsah. Doch der Bürgermeister
schien diesen Geräuschen keinerlei Bedeutung beizumessen.

Auf der Fahrt zur Kirchwarft schwieg Kruse aus-
dauernd, Holthaus sagte ebenfalls nichts, suchte die
Dunkelheit neben der schmalen Straße nach irgend
etwas ab, das Gestalt annahm, das man erkennen
konnte. Doch da war nichts außer der in unterschiedlicher Ausprägung vorbeihuschenden Schwärze. Hin
und wieder sah er schemenhaft aufgewühlte Wasser-

flächen und in der Ferne schwache Lichter, die nicht unbedingt von der Hallig stammen mußten. Das wußte er noch von seinem damaligen Einsatz auf Uthoog. Denn auch die vorgelagerten Sände, die unbewohnten Vogelschutzgebiete, die in der Nähe liegenden Inseln und auch die Seezeichen auf dem Wasser waren nach ihm unbekannten Regeln beleuchtet, sandten starre Lichtsignale oder unruhiges Blinkfeuer in die Finsternis hinaus.

Noch eine Spur schwärzer als die Dunkelheit ringsum tauchte die Kirchwarft auf. Wie eine massige Burg stieg das Pastoratsgebäude in die Höhe, das ihm viel zu riesig vorkam für die kleine Halliggemeinde und ihre wenigen Bewohner. Nur im ersten Stockwerk waren ein paar Fenster erleuchtet.

Holthaus nahm seine Tasche und den Kunststoffbeutel mit den Sachen, die er in den Pensionszimmern an sich genommen hatte und reichte dem Bürgermeister die Hand.

„Na, sind wohl fündig geworden im ‚Japsand'", stellte Kruse beiläufig fest, „was Wichtiges dabei?"

Holthaus ließ die Frage unbeantwortet, verzog das Gesicht nur zu einem bestätigenden Lächeln.

„Können Sie mich morgen früh zur Feuerstelle bringen? Und mir dabei helfen?"

Kruse nickte.

„Sagen wir um acht Uhr, mich um acht Uhr abholen?"

Kruse nickte abermals.

„Sie sagten, ich hätte bis mittags Zeit, nicht länger, weil dann bald das Wasser käme?"

Kruse blieb stumm, deutete schwach ein Kopfnicken an.

„Und bringen Sie bitte wieder Schaufel und Rechen

174

oder auch so etwas wie eine Heugabel mit", sagte
Holthaus, blickte zum Bürgermeister hinüber, der sich
zu einem kurzen „klar doch" durchrang und wuchtete
sich aus dem Auto. Dann drehte er sich um zur noch
geöffneten Autotür, die Kruse schon von innen zuziehen wollte.

„Und vielen Dank fürs Fahren, Herr Kruse."

Kruse quittierte erneut mit einem kurzen Kopfnicken und fuhr los, beschrieb eine enge Kurve im mahlenden Sand und stob in die Richtung davon, aus der
sie herangekommen waren.

Für ein paar Minuten blieb Holthaus stehen, sah
Kruses Auto nach, dessen Rückleuchten noch eine
Weile zu sehen waren. Sogleich wurde es düster um
Holthaus. Die Kirchwarft wies kaum Beleuchtung auf,
nur aus den wenigen Fenstern, die zum Wohnbereich
der Pastorenfamilie gehörten, fiel spärliches Licht in
die Dunkelheit und hinunter auf die Gräber. Mit seiner
Taschenlampe leuchtete Holthaus den Plattenweg aus,
der auf die Warft hinaufführte. Der stetig stärker werdende Wind erzeugte ein eigenartiges Rauschen in
den Bäumen des Friedhofes, obwohl sie unbelaubt
waren. Ihn überkam der Drang, nach dem Grab von
Merle Jonasson zu sehen, auf deren Warft der vermeintlich von der Flut geholte Tote begraben lag und
die nicht lange danach starb und nun auch auf dem
Friedhof ihre letzte Ruhestätte fand, am äußeren Rand
des Gräberfelds, mit Blick auf ihre eigene Warft in der
Ferne.

Kaum hatte er den Warftrand erreicht, öffnete sich
die Eingangstür des seitlich gelegenen, durch ein paar
niedrige Sträucher abgeschirmten Pastorats. Im Lichtschein zeigte sich eine dunkle Gestalt, die über die
kurze Treppe hinaustrat und ihm entgegenkam. Pastor

Wittensen. Im Gegenlicht der Türöffnung wirkte er schmal, fast zerbrechlich. Holthaus öffnete instinktiv ein wenig die Arme, als überkäme ihn die Furcht, der Mann könnte stolpern und vornüberfallen, so daß er ihn auffangen müßte.

Doch Wittensen drehte sich schweigend um und ging ihm voraus ins Haus zurück, stieg nach einem kurzen Blick über die Schulter die Treppe hinauf in den ersten Stock und dann ins Wohnzimmer, wartete, bis der Polizeibeamte eingetreten war und schloß hinter ihm die Tür. Auf dem Tisch an den Fenstern stand eine Flasche Rotwein, dazu eine große gelbliche Porzellanschale, darauf angehäuft wohl ein Dutzend mit Käse, Wurst und Schinken belegte Brote.

„Wir werden morgen ein Landunter bekommen, die Hallig wird überspült werden", sagte Wittensen, „wissen Sie schon davon?" Seinem Gegenüber und sich selbst füllte er dabei das Glas zur Hälfte mit Rotwein. Seine Hand zitterte leicht.

Holthaus nickte.

„Die See wird alles unter sich begraben, wird alles fortschwemmen", fuhr Wittensen fort, „von den Resten des Biikefeuers wird nichts übrigbleiben, sie wird alles mitnehmen."

Als Holthaus wiederum nicht antwortete, sprach Wittensen weiter. „Konnten Sie Ihre Suche an der Feuerstelle denn abschließen? Nach dem Landunter werden Sie dort nicht mehr viel vorfinden, das Wasser kommt ziemlich rauh über das Land."

„Morgen früh um acht Uhr fahre ich mit dem Bürgermeister noch einmal hinaus zum Biikeplatz. Das Wasser soll erst, so meint Herr Kruse, am Nachmittag kommen. Sehen Sie das auch so?"

Nun war es an Wittensen, mit dem Kopf zu nicken.

176

Das Wasser würde mit dem Nachmittagshochwasser über den Deich kommen und die Hallig rasch zur Gänze überschwemmen. Die Berichte der Wetterdienste seien eindeutig. Er solle nur zusehen, rechtzeitig zurück auf der Kirchwarft zu sein. Doch der Bürgermeister würde sicher dafür schon sorgen. Und wie es ihm denn heute auf der Hallig weiter ergangen sei.

Holthaus schilderte seinen weiteren Tagesablauf, nachdem Wittensen den Biikeplatz verlassen hatte. Kurz und sachbezogen, wie es seine Art war, beobachtete dabei sorgfältig, welche Reaktionen er dadurch bei seinem Gesprächspartner auslöste. Davon machte Holthaus immer Gebrauch, verhinderte damit Gespräche, die sich unnütz in die Länge zogen, weil der Zuhörer nicht willens oder in der Lage war, ihm zu folgen.

Wittensen unterbrach den Polizeibeamten nicht, griff nicht zum Weinglas, regte sich kaum, während Holthaus sprach. Am Ende, als Holthaus verstummte, atmete er hörbar durch.

„Schrecklich, wie schrecklich", sagte er dann und es klang fast wie ein Flüstern, als er fortfuhr: „Und das auf unserer Hallig."

Der Kriminalbeamte schwieg, betrachtete den Wein in seinem Glas, hob es in die Höhe, Wittensen entgegen, um ihn zum Trinken zu animieren, doch der Pastor reagierte nicht darauf, saß in sich gekehrt auf seinem Stuhl.

„Von den Halligleuten hat das keiner getan", sagte er schließlich, „keiner von ihnen wäre zu einer solchen Tat fähig."

Kaum erkennbar wiegte der Polizist den Kopf hin und her, doch der stumme Zweifel, den diese Geste ausdrückte, entging dem Pastor nicht.

„Nein“, flüsterte Wittensen, „nein“, wiederholte er, „von den Menschen, die hier auf diesem winzigen Stückchen Erde mitten im Meer leben, die fast alle hier geboren sind, fast alle auch hier sterben werden, hat das niemand getan.“ Dabei sah er den Polizeibeamten unentwegt an. „Nein! Nein! Nein!“ stieß er in beschwörendem Ton hervor.

Holthaus mochte den Pastor. Von Anfang an war das der Fall gewesen, gleich als er ihm zum ersten Mal begegnete, damals, als die Sache mit dem von der Flut fortgeschwemmten Sarg passierte. Er konnte sich das nur dadurch erklären, daß dieser Mann ihm einfach wehrlos vorkam, in gewisser Weise hilflos, obwohl er im Grunde wenig von ihm wußte.

Daß Wittensen die Leute auf der Hallig derart überzeugt verteidigte, kam Holthaus sehr gelegen, traute er doch inzwischen diesem stillen, erfahrenen Mann ein gehöriges Maß an Menschenkenntnis zu, jedenfalls mehr als dem Bürgermeister, ohne diesen indes zu unterschätzen. Doch niemand wußte wohl mehr über die Halligleute, kannte mehr ihre Stärken und Schwächen, ihre Eigenarten und Sonderlichkeiten als Wittensen, da wurde sich Holthaus immer sicherer. Er würde deshalb bei der Tätersuche die Halligleute zunächst nicht weiter in Betracht ziehen.

Als Holthaus erneut sein Weinglas hob, griff der Pastor nun ebenfalls zum Glas und beide Männer nahmen einen Schluck, der Polizist einen deutlich größeren als der Geistliche.

Wie lange das Landunter dauere, wisse man nie so ganz genau, nahm Wittensen das Gespräch wieder auf. Montags, also morgen, ginge normalerweise eine Fähre Richtung Festland, doch ob das vom Wetter her möglich sei, wisse man nicht immer im voraus. Sie könne ebenso ausfallen. Doch das Schiff würde, wenn überhaupt, sowieso schon um elf Uhr ablegen und käme für ihn deshalb wohl kaum in Frage.

Holthaus nickte verstehend mit dem Kopf, trank einen Schluck und schwieg weiterhin.

Dienstags ginge ebenfalls die Fähre zur selben Zeit, dann jedoch erst wieder Donnerstag, da am Mittwoch planmäßig keine Fähre fahre, erklärte der Pastor weiter, dann ginge es erst wieder am Donnerstag Richtung Festland. Wenn denn das Wetter es zuließe. Doch er brauche sich keine Sorgen zu machen, das Zimmer im Pastorat könne er so lange nutzen, wie er es für nötig hielte.

Holthaus spürte, daß ihn der Pastor gerne länger auf der Kirchwarft beherbergt hätte. Wenn die Männer schwiegen, wurde es still um sie bis auf jene Geräusche, die der inzwischen zum Sturm herangewachsene Wind erzeugte und unüberhörbar ins Haus drangen.

Gegen elf Uhr sah die Pastorenfrau kurz in den Raum hinein und verabschiedete sich zur Nachtruhe. Wittensen folgte ihr bald. Holthaus fühlte sich noch nicht müde, nahm das Angebot an, die inzwischen zur Hälfte ausgetrunkene zweite Rotweinflasche mitzunehmen und setzte sich damit noch eine Weile ans Fenster seines Zimmers und sah in die Nacht hinaus. Da es draußen so gut wie nichts zu sehen gab, erblickte er meist nur sein eigenes Gesicht. Er versuchte sich vorzustellen, daß ihn morgen Nachmittag die See von der Außenwelt abschneiden würde, und zwar vollständig. Nur die Hansenswarft verfügte über einen Hubschrauberlandeplatz in Form eines abgeteilten Wiesengrundstücks unmittelbar am Warftrand. Alle übrigen Warften waren hierfür zu klein. Für halbwegs geeignete Schiffe oder Boote reichte die Wasserhöhe über dem Halliggrund nicht aus, abgesehen davon, daß es keinerlei Anlegemöglichkeiten gab und von Untiefen ringsum wohl nur so wimmelte. Solange das Wasser die Warften umspülte, gab es bis auf die Hanswarft kein Entkommen für die Menschen auf den übrigen Warften. Es würde sein erstes Landunter sein.

*

Holthaus schlief schlecht, was eigentlich selten geschah. Mehrmals schreckte er hoch, ohne feststellen zu können, woran es gelegen hatte. Bis auf die Sturmgeräusche ums Haus herum gab es nichts, was dafür hätte in Frage kommen können, denn wenn er erst mal schlief, reagierte er so gut wie gar nicht auf Geräusche, es sei denn, sie waren wirklich außergewöhnlich laut. Dazu jedoch gehörten die augenblicklichen Sturmgeräusche nicht.

Noch bevor er nach dem Erwachen aus dem Bett heraus war, stand die Frau des Pastors ohne anzuklopfen mit dem Frühstückstablett im Zimmer, murmelte ein halblautes „Moin" und verschwand ebenso rasch, wie sie gekommen war. Die Möglichkeit, mit Wittensen samt Frau gemeinsam zu frühstücken, hatte er nicht vorgesehen. Die Wittensens sahen die Sache offenbar ebenso. Holthaus hatte zwar keine Mühe, morgens auf Touren zu kommen, mochte es aber auch, beim Tagesbeginn eine Weile ungestört den eigenen Gedanken nachgehen zu können. Er warf einen Blick aus einem der Fenster, erspähte undeutlich den Friedhof in der Tiefe, denn es war noch ziemlich dunkel.

Auf dem Weg nach unten traf er auf den Pastor, der an der Etagentür stand, ihn gehört und vielleicht auf ihn gewartet hatte, wie der Polizeibeamte vermutete.

„Geben Sie acht, Herr Holthaus, kommen Sie rechtzeitig zurück. Das Wasser ist schnell, wenn es den Deich überstiegen hat“, gab ihm Wittensen mit auf dem Weg, reichte ihm die Hand, als ob er seinen Gast für eine lange Zeit nicht mehr sehen würde.

Wie sehr es draußen stürmte, merkte Holthaus am Widerstand, als er die Haustür öffnete. Als er sie hinter sich schließen wollte, rutschte ihm die Klinke aus der Hand und die Tür schlug krachend ins Schloß. Tiefhängende graue Wolken fuhren mit beachtlicher Geschwindigkeit in niedriger Höhe über ihn hinweg. Am Warftrand erfaßte ihn der Sturm noch stärker, blies ihm von vorne ins Gesicht, wohl ziemlich aus der Richtung, in der am östlichen Ende der Hallig der Biikeplatz lag. Dort wollte er hin, dort mußte er hin.

Eines mußte man dem Bürgermeister lassen. Er war pünktlich, wenn eine genaue Uhrzeit vereinbart war. Er war sogar überpünktlich, denn Holthaus vernahm schon bald trotz des Sturmes Motorengeräusche. Kruse hatte den VW-Bulli der Gemeinde genommen und ließ den Motor laufen, dabei war es erst zehn Minuten vor acht. Holthaus stieg zu, beförderte seine Tasche ins Innere des Wagens.

„Moin, Herr Kommissar.“ Kruses Stimme klang munter und unternehmungslustig.

Holthaus kam noch soeben zur Grußerwiderung, als Kruse schon weiterredete: „Auf zur Halbtagsschicht. Um zwölf heute Mittag ist Schichtende.“ Er machte eine kurze Pause. „Für mich jedenfalls.“ Wieder kurze Stille. „Für Sie auch, es sei denn, Sie wollen Fischfutter werden.“ Er lachte dröhnend, kurvte auf die Straße zurück und gab Gas. Im Ladebereich des Bullis schepperte es laut.

„Forke, Rechen, Schaufel", erklärte Kruse, „dazu noch ein Sieb, kann ja vielleicht auch hilfreich sein."

„Bei dem starken Wind wird die Sache nicht leicht sein, Herr Kruse, da wird wohl einiges weggeblasen werden, wenn wir herumstochern."

„Der Wind wird noch stärker werden. Sturm um acht bis neun Windstärken ist angesagt, in Böen noch mehr", bemerkte Kruse wie nebenbei, als handelte es sich um die normalste Sache auf der Hallig, setzte gleich noch nach: „Der Höchstwasserstand wird nach Plan um kurz nach drei sein und mit so um einen Meter sechzig über Normal erwartet. Ab einem Meter dreißig über der normalen Fluthöhe kommt das Wasser, läuft die Hallig voll." Schweigend fuhr er weiter, doch dann schien ihm noch etwas einzufallen. „Die Deiche hier sind ja keine richtigen Deiche wie die an der Küste oder bei den Inseln. Sind niedriger, sind nur dafür gedacht, daß im Sommer nichts passiert, daß im Sommer kein Wasser über die Hallig kommt, wegen dem Vieh und wegen der Gäste. Oder umgekehrt." Lauthals lachte Kruse los, beruhigte sich aber rasch wieder, als der Polizist nicht mitlachte. „Deshalb heißen die hier Sommerdeich, nur deswegen." Als ob er Holthaus Zeit geben wollte, das Gehörte zu verarbeiten, sprach er nicht weiter, doch Holthaus blieb stumm, auch als Kruse kurz zu ihm herüberblickte.

„Klar, wissen Sie alles schon, waren ja schon mal hier. Doch jetzt Klartext: Um zwölf Uhr müssen wir los, Herr Kommissar, spätestens um zwölf, auf jeden Fall!"

Kruse drehte am Lenkrad, steuerte gegen einen seitlichen Windstoß an. „Auf jeden Fall!" wiederholte er mit unüberhörbarem Ernst in der Stimme.

„Sind schon mal Leute von der Flut überrascht worden, ich meine, vom Landunter?" fragte Holthaus. „Ist da schon mal etwas passiert?"

Kruse nickte. Ja, vor ein paar Jahren seien zwei Arbeiter ertrunken. Sie seien vom Festland gekommen, für eine Firma, die für die Gemeinde Arbeiten draußen am Halligrand ausführte, an der anderen Seite der Hallig, an der nordwestlichen Seite, wo die See noch nicht mal, wie die meisten glaubten, als erstes über die Hallig herfiel, das täte sie eher am nordöstlichen Rand, weil dort die Hallig tiefer läge. Sie seien gewarnt worden. Er, Kruse, habe an diesem Tag viel um die Ohren gehabt, habe sich darum nicht gekümmert, sei auch nicht seine Aufgabe gewesen. Auf einmal sei großes Durcheinander entstanden, hektisches Rufen und Schreien auf der Hansenswarft, Hin- und Hergerenne. Doch da sei nichts mehr zu machen gewesen. Man habe die zwei Männer noch kurze Zeit mit Ferngläsern sehen können, dann war alles aus. Das Wasser hatte ihnen den Weg abgeschnitten. Sie seien nie gefunden worden. Es habe eine Untersuchung gegeben, doch dabei sei nichts herausgekommen. Beide Männer waren verheiratet, hatten Kinder.

Bis zur Feuerstätte sprachen Kruse und der Kommissar kein Wort mehr. Es war etwas heller geworden, als sie den Biikeplatz erreichten, und viel mehr Licht würde der Tag wohl auch nicht hergeben. Eine dicke, düstere Wolkendecke überzog den Himmel und es sah nicht danach aus, als ob auch nur ein einziger Sonnenstrahl im Laufe des Tages den Halligboden erreichen könnte. Eher drohte aus den tief herabhängenden, schwärzlichen Wolkenfetzen Regen zu fallen.

Ein Auto stand seitlich der Straße, unweit des Biikeplatzes, und um die Reste des Feuers bewegte sich eine dunkle Gestalt.

„Einer meiner Leute“, erklärte Kruse, „er will helfen, wenn er gebraucht wird. Arne Dobertsen, stellvertretender Wehrführer.“

„Er wird doch nichts schon angefaßt oder verändert haben, das darf nicht sein“, ereiferte sich Holthaus.

„Nein, hat er nicht“, beschied ihm Kruse, „das Absperrband ist noch an Ort und Stelle und er wußte, daß er auf uns warten muß.“

Holthaus warf einen verstohlenen Blick zum unweiten, niedrigen Deich und das noch wenig bewegte Wasser, obwohl es heftig stürmte. Kruse bemerkte das.

„Wir sind hier auf der Leeseite, der Wind pfeift zum Wasser hin, drückt es erst mal weg. Hier bleibt es zunächst noch ziemlich ruhig, das Wasser steigt nur, macht weiter nichts. Der Segen kommt später als erstes von der anderen Seite, sobald dort das Wasser den Deich überstiegen hat. Und dann ....“

„Um zwölf Uhr fahren wir wieder weg?“ unterbrach ihn Holthaus und sah weiter zum Deich hinüber. „Um zwölf Uhr? Dabei bleibt es?“

Kruse nickte.

„So sicher wie das Amen in der Kirche. Mit Ihnen oder ohne Sie. Kann Sie ja nicht ins Auto zwingen.“ Der Bürgermeister lachte verhalten, als er das sagte, und Holthaus sah in sein verschmitztes Gesicht, das rundherum von weißen Haaren eingerahmt war. Weiße Haare, weißer Bart, weiße Augenbrauen, von Wind und Wetter gezeichnete Haut. Kein Riese, aber stämmig, kompakt. Ein Bilderbuchfriese. Holthaus vermutete auch nennenswerte Muskeln bei dem Mann und stellte sich vor, wie er ihn im Ring angehen, wie er ihn boxen würde. Über die größere Reichweite verfügte Kruse sicher nicht, aber richtig treffen lassen sollte man sich von ihm besser wohl auch nicht.

In Kruses Gesicht kehrte wieder Ernsthaftigkeit ein.

„Wenn dort drüben", er wies mit dem Arm ins Innere der Hallig, in die nördliche Richtung, „wenn dort das Wasser über den Deich kommt, darf hier längst keiner mehr sein. Sonst geht's uns wie den Arbeitern. Das Wasser würde uns den Rückweg abschneiden, allenfalls kämen wir vielleicht noch bis zur Olsenswarft. An der sind wir eben vorbeigefahren. Außerdem muß ich Sie ja auch noch an der Kirchwarft abliefern. Und wieder zurück zu meiner Warft."

Dobertsen war an sie herangetreten, musterte kurz den Polizeibeamten, reichte ihm schweigend die Hand und half Kruse, die Arbeitsgeräte aus dem Auto zu schaffen. Auch eine große Holzkiste hatte Kruse mitgebracht. Für die Sachen, meinte er, die sich vielleicht noch in der Asche und den halbverbrannten Holzstücken anfänden und vielleicht wichtig für die Polizei wären. Ein Behältnis hatte Holthaus dafür nicht in Betracht gezogen. Die Flammen und die Glut eines ausgebrannten Feuers ließen in der Regel keine wirklich großen Dinge zurück, die für die Polizeiarbeit von Belang waren.

Mit Hilfe von Dobertsen nahm der Bürgermeister unverzüglich das rote Absperrband ab und verstaute es im Wagen. Holthaus hatte nach kurzem Überblick festgestellt, daß der vor ihm liegende schwarzgraue Aschehaufen mit seinen nicht völlig verbrannten Holz- und Astresten höchstwahrscheinlich keine großen Geheimnisse mehr barg, die ihm entscheidend weiterhelfen konnten. Ein beträchtlicher Teil der Asche war vom starken Wind bereits abgetragen worden und zog als dunkle Spur auf den Halligrand zu, verlor sich bald im Gras. Allenfalls ein Zufallsfund mochte helfen. Doch Zufälle waren wichtige Begleiter aller Ermittlungs- und Aufklärungsarbeit, das wußte Holthaus nur zu gut. Deshalb nannte man diesen unsichtbaren Kollegen auch Kommissar Zufall.

Als erstes galt es, überlegte Holthaus, die großen Holzreste wegzuschaffen, anschließend der verbliebenen Asche mit Schaufel und Rechen oder auch Forke zu Leibe zu rücken. Beginn an der Luvseite des Feuerrandes und weiteres Vorrücken mit dem stürmischen Wind zum gegenüberliegenden Rand des Feuers. Handschuhe waren nicht nötig, verwertbare Spuren waren nach Feuern wie dem Biikefeuer nicht mehr anzutreffen. Bei Bedarf könnte man das Sieb einsetzen, wenn es um besondere Aschereste ging.

Der Bürgermeister und Dobertsen hatten sich Holthaus' Arbeitsplan schweigend angehört und noch während er sprach, damit angefangen, die größeren Holzstücke hervorzuzerren und mit dem Wind, der an Stärke noch zugenommen hatte, in die Richtung des Wassers zu schleudern, das erst weiter draußen schmale weiße Kämme auf den ablaufenden Wellen zeigte.

Holthaus betrachtete die beiden Männer, wie sie stumm die ihnen zugedachte Tätigkeit ausführten und begann sie zu mögen. Sie waren nicht verpflichtet, ihm zu helfen, ihm zur Hand zu gehen, erst recht nicht, von ihm Weisungen zu befolgen. Und doch taten sie es, fragten nicht weiter, murrten nicht, halfen ihm einfach. Vielleicht geschah es auch, weil sie sich auf eine besondere Art dazu veranlaßt fühlten, weil auf ihrem Boden, auf ihrer Hallig, sich eine so schreckliche Tat ereignet hatte. Und sie dazu beitragen wollten, den oder die Täter zu finden. Halligleute kamen nicht in Frage, davon war Kruse, sicher auch

Dobertsen, fest überzeugt.

Fast kam sich der Polizist überflüssig vor, denn nachdem die beiden Männer die groben Holzreste und Äste entfernt hatten, begannen sie sogleich damit, den Aschenhaufen nach kleineren Überbleibseln und Gegenständen abzusuchen. Kruse mit der Schaufel, Dobertsen mit der Forke. Holthaus stand mit dem Rechen dicht bei ihnen und beobachtete sorgfältig, was sie ans Tageslicht beförderten. Hin und wieder beugte er sich vor, um genauer hinzusehen, oder die Männer hielten ihm einen Fund zur Begutachtung hin, bevor sie die Ladung dem Wind hinterher warfen, der schon einen Teil der Feuerreste mitgenommen und weiträumig auf der Leeseite verteilt hatte.

Holthaus' Rechen und auch das Sieb kamen am Ende zum Einsatz. Dabei gab es plötzlich ein metallisches Geräusch. Im Rechen blieb eine Art schmaler, leicht gekrümmter, langer Nagel hängen, der oben einen Ring aufwies. Gleich darauf ein zweites Exemplar.

„Das sind Heringe, Zeltheringe", rief Kruse, „kleinere, für kleine Zelte", woraufhin Holthaus sich herunterbeugte und noch intensiver zu Werke ging. Mit Erfolg, denn erneut verfingen sich zwei weitere solcher Gegenstände im Rechen, diesmal beide ziemlich verbogen.

„Wahrscheinlich wurde der Mann damit am Boden gehalten", mutmaßte der Polizist und sah sich den Fund genauer an, „und zwar mit Hilfe von Schnüren oder Seilen. Oder mit Draht."

Der Wind hatte inzwischen weiter zugelegt. Immer öfter fiel er in die Reste des Feuers ein und trieb den Männern Asche und Staub ins Gesicht und um die Beine. Holthaus dachte wieder an Kommissar Zufall.

Eine geordnete Suche war kaum noch möglich. Trotzdem blies er nach einem Blick auf die Uhr noch nicht zum Rückzug. Es war halb zwölf, etwas Zeit blieb noch. Auch Kruse hatte auf seine Uhr geblickt, sah zu Holthaus hinüber, der mit dem Kopf nickte und vor sich hin zeigte. Kruse verstand. Weitermachen.

Nun war Dobertsen an der Reihe, beförderte drei weitere Heringe an die Oberfläche. Die Überlegung, daß der Mann mit Hilfe der Heringe am Boden fixiert worden war, festigte sich bei Holthaus. Dazu mußte er gefesselt worden sein. Aber womit? Draht? Das war umständlich, weniger praktisch mitzuführen und auszuführen, konnte auch eher auffallen. Schnüre, Kordel oder Strick würden verbrennen, auch wenn es für den Unglücklichen dann sicher viel zu spät war. Kunststoff? Ein Kunststoffseil, so eines wie es Bergsteiger benutzen, schoß es Holthaus durch den Kopf. Mußte ja nicht so dick sein, würde auch dünner reichen, schließlich galt es ja keinen Menschen bei einem Absturz aufzufangen.

Kaum hatte der Polizist diese Gedanken zu Ende gebracht, als Dobertsen erneut rief und auf merkwürdige, miteinander verbundene Klumpen wies, die er mit der Forke eingefangen hatte. Zwei von der Art der zuvor geborgenen Heringe hingen aus dem Gewirr der undefinierbaren Klumpen heraus, ein weiterer fand sich lose auf dem Boden, bis zu dem sich die Männer inzwischen heruntergearbeitet hatten.

Es war Zeit, Kruse deutete auf seine Uhr und schrie gegen die Windgeräusche an: „Viertel vor zwölf! Wir müssen los. Packen Sie Ihren Kram ein! Wir müssen los!"

Holthaus nickte. Zum letztenmal nahm er das Sieb, ein quadratisches Holzgestell, fast zu engmaschig für den gedachten Zweck, und füllte mit Sand und Erde durchmischte Asche hinein, nutzte hierfür die Handschaufel, die Kruse noch zusätzlich mitgebracht hatte. Schmerzhaft wirbelte ihm der Sturm Teile des Sandes und der Asche ins Gesicht, als er mit dem Rütteln des Siebes begann, in dem kurze schwarze Holzstücke zurückblieben, dazu noch ein paar Steine und ein kleiner rundlicher, offensichtlich metallischer Gegenstand, der in der Mitte etwas vertieft und an den Rändern eine leichte Wölbung aufwies. Könnte ein Knopf sein, dachte Holthaus, weil an der Unterseite so etwas wie eine Öse zu sehen war und warf ihn in seine Tasche.

Mit energischen Handbewegungen trieb Kruse nun zur Eile an, warf krachend die Laderaumtür des Wagens zu und brauste los, kaum daß der Polizeibeamte richtig zu sitzen kam, Dobertsen hinterher, der schon davongefahren war. Im Heck des Bullis flog scheppernd und krachend alles durcheinander, was nicht festgezurrt war. Sie fuhren dem Sturm entgegen, der den Wagen hin- und herschüttelte.

„Es wurde auch Zeit", rief Kruse, ohne den Blick von der schmalen Straße zu nehmen, an deren Seiten sich dunkle Wassergräben entlangzogen und am Auto vorbeiflogen. Bei der forschen Fahrweise fühlte sich Holthaus unwohl, malte sich aus, was geschähe, wenn der Bürgermeister mit dem Wagen in einen der Gräben geriete. Bis zur Hansenswarft, die Kruse als erstes ansteuerte, fiel kein Wort mehr und Holthaus blickte weit nach vorne, von wo das Wasser ihnen entgegenkäme, wenn sie zu spät unterwegs wären. So jedenfalls hatte Kruse doziert. Doch vor ihnen dehnte sich nur das flache Grasland der Hallig aus, die Fennen, wie die Halligleute die dunkelgrünen Flächen nannten.

In Kruses Büro und noch ein paar anderen Räumen der Amtsverwaltung brannte Licht. Eine Frau kam ihnen entgegen, kaum daß sie die Tür geöffnet hatten. Kruse stellte sie Holthaus gleich vor. Frau Lürssen, Amtsangestellte seit ewigen Zeiten und seine Schreibkraft und eigentlich für alles zuständig, was ihn, den Bürgermeister, beträfe. Holthaus kam die Frau nicht bekannt vor, doch sie klärte ihn rasch auf. Er sei doch der Polizist, der damals wegen Merle, wegen Merle Jonasson und Hinnerk Rensing auf der Hallig gewesen sei, die schlimme Sache mit dem aus dem Grab geschwemmten Sarg. Da habe es doch die Versammlung im „Seelöwen" gegeben, sie sei auch dagewesen.

„Ihr Chef hat angerufen", sprudelte es dann aus Frau Lürssen heraus, „Herr Jochimsen. Sie sollen ihn unbedingt anrufen, noch heute, sobald wie möglich."

Holthaus sah sich nach einem Telefon um, doch Kruse hatte andere Pläne.

„Nee, kein Telefon mehr, keinen Anruf mehr, nee, nee", beschied er und ließ keinen Zweifel aufkommen, daß er nun zu bestimmen hatte. „Telefonieren können Sie beim Pastor, nicht mehr hier. Wir müssen weiter, ich muß Sie sofort zur Kirchwarft fahren. Das Wasser kommt nicht immer erst zu der Minute, wenn der Wecker klingelt, den die Wetterfuzzis eingestellt haben. Wir fahren jetzt, jetzt gleich!" Er wies die Frau noch an, dem Polizeibeamten die zwei Ordner mit den verbliebenen Meldezetteln auszuhändigen.

„Damit Sie was zu tun haben", sagte er, schon die offene Tür in der Hand, augenzwinkernd zu Holthaus, „so ein Landunter kann länger dauern. Und telefonieren können wir beide auch, von Warft zu Warft."

Holthaus war mit den Gedanken woanders, ihn beschäftigte erneut die Frage, wie der vermißte Mann anreiste. Vermutlich mit dem Auto wie wohl die meisten Gäste. Da könne er, Kruse, doch vielleicht mal vom Parkplatzbetreiber am Schlüttsieler Hafen erfragen, ob da noch ein Wagen mit Düsseldorfer Kennzeichen stehe. Das Biikefeuer sei vor zwei Tagen gewesen, da hätte sich der Parkplatz sicher schon ziemlich geleert. Gäbe es noch einen überfälligen Düsseldorfer Wagen dort, könnte das unter Umständen entscheidend weiterhelfen bei der Frage, wer der Mann im Feuer sei. Immer vorausgesetzt, der Mann käme wirklich aus Düsseldorf.

Kruse nickte beiläufig mit dem Kopf, murmelte sein zustimmendes „Joo", hatte es dann wirklich eilig, war noch schneller unterwegs als auf der Fahrt zur Hansenswarft. Auf der rechten Seite tat sich ein breiter Priel auf, der kleine, weißgekrönte Wellenkämme zeigte, wo der Sturm die Wasserfläche voll erreichte.

„Jetzt ist jeder auf seiner Warft", sagte Kruse, „draußen hat niemand mehr etwas zu suchen. Jetzt bestimmt die See, was wir dürfen und was nicht."

„Und Sie haben keine Vorstellung, wie lange das Landunter anhält?" fragte Holthaus, als er ausstieg.

Kruse hatte den Wagen so gestellt, daß der Sturm nicht in die offene Laderaumtür fahren konnte.

„Nee, das weiß keiner genau. Auch die Wetterleute nicht. Wahrscheinlich aber", er machte eine kleine Pause, „wird die Hallig morgen, spätestens übermorgen wieder trockenfallen, jedenfalls so weit, daß man wieder die Warften verlassen kann." Er fixierte Holthaus, als er fortfuhr: „Aber keine Garantie dafür. Kann Ihnen keiner geben."

Holthaus holte seine Tasche samt Kunststoffbeutel aus dem Laderaum.

„Also erst mal nur Kontakt per Telefon?“

„Joo, nur Telefon.“

„Wie hoch wird das Wasser kommen?“

Kruse maß mit den Augen die Warfthöhe ab.

„Na, sagen wir mal, so bis 1,50 m unterhalb des Warftrandes. Ist unterschiedlich. Die Warften sind nicht bis auf den Zentimeter gleich hoch.“

„Und das ist ungefährlich?“

„Joo, ist ungefährlich. Haben wir oft in dieser Höhe. Halten die Warften aus.“

Kruse schien nachzudenken, es zuckte um seine Mundwinkel, die Fältchen um seine Augen verdichteten sich. Es schien ihm zu gefallen, was er noch loswerden wollte.

„So hoch wie damals, als sich Hinnerk Rensing davonmachte, wird’s bestimmt nicht werden.“

Bis zum Warftrand begleitete Kruse den Polizisten, wollte ihm Tasche und Beutel abnehmen, was Holthaus jedoch ablehnte.

„Und nicht mehr runter von der Warft, jetzt nicht mehr, heute nicht mehr“, waren die letzten Worte, die der Bürgermeister an ihn richtete.

Holthaus sah dem davonfahrenden Wagen noch eine Weile nach. Als er sich umwandte, stand Wittensen hinter ihm, vielleicht drei Schritte entfernt, und nickte ihm freundlich zu, ging dann an ihm vorbei bis zu einer Stelle, von der aus er die Hallig besser überblicken konnte.

Klar, dachte Holthaus, dem Pastor folgend, der weiß auch, daß das Wasser kommt und schaut danach aus. Doch noch war nichts davon zu entdecken in nördlicher Richtung, von wo aus die See zumeist als erstes das Eiland angreifen würde, so jedenfalls sagte Kruse und der mußte es wissen.

192

Holthaus hatte das Gefühl, daß der Sturm noch stärker geworden war. Sie standen seitlich der Gräberfelder, über die der Wind in Böen hinwegfegte. Hin und wieder spürte er, wie ihm aufgewirbelter Staub und Sand ins Gesicht fuhren.

Fast unwiderstehlich zog es ihn plötzlich zum Grab von Merle Jonasson hin, das am Rand des kleinen Friedhofs lag, mit Blick auf die Warft, wo sie ihr ganzes Leben zugebracht hatte. Es unterschied sich nicht von den anderen Gräbern. Keine parzellierten, umgrenzten Rechtecke mit Blumenrabatten und Sträuchern darauf, sondern nur Grasbewuchs, manchmal eine Vase mit ein paar Blumen oder auch leer, vielleicht vom Sturm herausgerissen.

Wittensen war schweigend an ihn herangetreten, folgte ihm auch zum Grab von Hinnerk Rensing, dem Mann, den sich die See geholt hatte. So jedenfalls die offizielle, die amtliche Darstellung. Doch Holthaus wußte es anders, ein Geheimnis, das nur er und der Großneffe von Merle Jonasson kannten.

„Ist das Grab immer noch leer?"

Die Frage überraschte Wittensen sichtlich. Er zögerte kurz, bevor er antwortete.

„Ja, es wurde nicht neu belegt und daran wird sich bis auf weiteres nichts ändern. Hinnerk Rensing hat das Grab gekauft und es wird sein Grab bleiben, auch wenn er nicht darin liegt."

Dafür, daß Rensing wohl keine Angehörigen auf der Hallig hatte, wie Holthaus sich zu erinnern glaubte, wirkte das Grab ordentlich hergerichtet, während das unmittelbar angrenzende Grab von Boye Asmussen, der ihm, nach den kursierenden Erzählungen zu urteilen, übel mitgespielt hatte, sich selbst überlassen schien.

Dann ging alles sehr schnell. Ziemlich genau um die Zeit, die Kruse angedeutet hatte, war das Wasser auf einmal da. Der Pastor rief nach Holthaus, als dieser gerade dabei war, die am Feuerplatz gemachten Funde und die von der Pension mitgenommenen Sachen zu sichten. Er lief die Treppe hinunter und nach draußen. Wittensen stand am Warftrand und winkte ihm zu.

Daß die Hallig so rasch überflutet wurde, hatte Holthaus nicht erwartet. Mochte das Wasser als erstes auch im nördlichen Bereich den Deich überwunden haben, so strömte es jetzt, so schien es, gleichzeitig von allen Seiten heran, umschloß bereits, noch etwas entfernt, die Warft, bedeckte die Straße, machte aus den Bodenvertiefungen und Senken der Fennen zuerst kleine Seen, bevor diese zu einer sich stetig vergrößernden dunklen Wasserfläche verschmolzen. Die anfänglich sichtbaren Strömungen verschwanden mit dem weiteren Ansteigen des Wassers, das nun schon dicht an die Warft herangerückt war und langsam an ihr hinaufzusteigen begann.

Holthaus konnte den Blick nicht abwenden. Er lebte, seit er sich erinnern konnte, in der Nähe des Meeres, sah es häufig, fuhr ständig an ihm vorbei. Doch das war auf dem Festland, nicht auf einer winzigen Hallig. Zum ersten Male erlebte er leibhaftig ein Landunter. Auf Fotos, in Filmen hatte er schon mitangesehen, wie die See den Menschen gefährlich nahekam. Doch der Sturm und seine bedrohlichen Geräusche, vermischt mit ersten Regentropfen, die ihm hart ins Gesicht schlugen, das heranwogende Wasser, das eine immer dunkler werdende Farbe annahm, waren eine ganz andere Sache.

Holthaus zählte nicht zu den ängstlichen Menschen, doch er empfand großen Respekt vor dem, was die

Natur hier vorführte. Niemand konnte die Warft jetzt noch verlassen. Bald waren die Zaunpfähle der Fennen zur Hälfte ins Wasser getaucht, verschwanden ziemlich rasch ganz darin. Das Meer hatte die Hallig erobert, dehnte sich in voller Weite auf ihr aus, nur die Warften ragten wie kleine, fragile Konstruktionen, die jederzeit in sich zusammenfallen konnten, aus ihm heraus. Je höher das Wasser stieg, umso größer und heftiger wurden die Wellen, die der Sturm aufzutürmen begann.

Der Polizist suchte die Richtung, in der er den Ort des Biikefeuers vermutete. Wittensen wies mit der Hand dorthin, als er seinen umherschweifenden Blick entdeckte. Die Stelle mußte jetzt gänzlich überflutet sein. Nicht viel würde wohl noch, da war er sich sicher, an das Feuer erinnern und an das, was dort geschehen war, wenn er sich erneut dorthin begab, nachdem die See die Hallig wieder freigegeben hatte.

Nach Kruses Ankündigung sollte das Wasser gegen drei Uhr seinen höchsten Stand erreichen. Mehrmals trat Holthaus ans Fenster seines Zimmers. Bei anhaltendem Sturm laufe das Wasser nicht wie gewohnt ab, halte sich etwas länger, ginge aber schließlich doch zurück, wenn auch nicht ganz so weit wie üblich, bevor die neue Flut einsetze, hatte ihm Wittensen noch erklärt, bevor sie sich im Treppenhaus trennten. Seine Frau hielt sich irgendwo im großen, für den Polizisten immer noch unübersichtlich anmutenden Haus auf und trat nur selten in den Raum, in dem auch gegessen wurde.

Als die Zeit des Höchstwasserstands gekommen war, zog es Holthaus erneut nach draußen. Er wollte sehen, wie hoch das Wasser jetzt an der Warft anstand, dem letzten verbliebenen Bollwerk gegen die heranrollende See. Früher als an normalen Tagen trübte sich der Himmel ein. Das Tageslicht begann sich merklich abzuschwächen, obwohl noch Nachmittagszeit herrschte. Es hatte aufgehört zu regnen. Auch der Sturm, so kam es Holthaus vor, ließ etwas nach.

Vom Warftrand aus waren es vielleicht vier oder fünf Schritte nach unten, wo das Wasser hin- und herschwappte und dort offenbar zum Stillstand gekommen war. Manchmal leckte es höher hinauf und Holthaus hatte das Gefühl, als ob das Meer nach ihm griff. Das war natürlich Unsinn, wußte er, doch er konnte sich von diesem Eindruck nicht freimachen.

Die Frau des Pastors unterbrach seine Betrachtungen. Er hörte sie rufen. Sie war ein paar Meter aus dem Haus getreten, hielt sich das Kleid am Hals zu und winkte heftig, fuhr mit einer Hand ans Ohr, einen imaginären Telefonhörer in der Hand. Der Saum des Kleides fuhr in die Höhe, der Wind hatte sich darin verfangen und legte sekundenlang die weißen Beine der Frau frei bis hinauf zu den Oberschenkeln. Der Schrecken stand ihr ins Gesicht geschrieben. Mit ausgestreckten Armen den Saum bändigend, verschwand sie rasch in der dunklen Öffnung der Tür.

Jochimsen war in der Leitung. Der obligatorische Anruf, fast immer derselbe Einleitungssatz, wenn er Holthaus hinterher telefonieren mußte.

„Na, endlich kriege ich Sie zu fassen."

Das klang keineswegs empört, sondern Jochimsen war wirklich froh, seinen Kommissar zu hören und lauschte dessen wie gewohnt karger Berichterstattung, ohne ihn groß zu unterbrechen.

„Aus Düsseldorf soll der Tote stammen?" fragte er ziemlich am Ende und fragte weiter, ob das sicher sei. Holthaus verneinte, denn er wisse noch nicht, ob der

196

Mann sich unter seinem wirklichen Namen angemeldet habe.

Jochimsen ließ sich den Namen geben, wollte sich schon mal um die Identität des Mannes kümmern und bei den Düsseldorfer Kollegen nachfragen, ob sie etwas mit dem Namen anzufangen wüßten. Und das sei ja wirklich nicht viel, was da an vielleicht verwertbarem Spurenmaterial aus dem Feuer ans Tageslicht gekommen sei, äußerte er ohne Vorwurf in der Stimme.

„Die Zeltheringe geben wohl nicht viel her, wohl Allerweltsartikel. Oder sehen Sie das anders?"

Holthaus verneinte.

„Was ist mit den Klumpen? Zu Zeltheringen gehören Schnüre oder Seile. Könnte es sich um Seile handeln? Aus Kunststoff? Wie sie Bergsteiger verwenden? Die im Feuer verschmoren, nicht ganz verbrennen?"

So könnte es schon sein, wäre noch zu untersuchen, räumte Holthaus ein, die Klumpen röchen so, wie eben verbrannter Kunststoff schon mal riechen könnte.

Den metallenen Knopf wollte Jochimsen genau beschrieben haben. Der könnte wichtig werden, wenn es einen Verdächtigen gebe und man Kleidungsstücke für die Zuordnung vorfinde. Den Knopf solle er auf jeden Fall mitnehmen, da müßten die Leute von der Spurensicherung ran, eigentlich an alles, was er bisher geborgen habe.

„Natürlich wäre es richtig, wenn Sie nach dem Rückgang des Wassers die Feuerstelle noch einmal auf Spuren absuchen", sagte Jochimsen weiter, „hoffentlich hält das Landunter nicht noch länger an. Was sagt der Bürgermeister denn dazu?"

Kruse gehe davon aus, daß die Hallig morgen im Laufe des Tages wieder trockenfiele, entgegnete Holthaus. Und ja, das Wasser könnte vielleicht Dinge freigelegt haben, die noch als Spuren oder Beweismittel zu verwerten seien, Er würde sorgfältig zu Werke gehen.

Noch immer gab Jochimsen sich nicht zufrieden.

„Was ist mit der Rechtsmedizinerin? Die wollte sich melden? Wo denn? Bei Ihnen? Weiß sie denn, wo Sie jetzt stecken? Hat sie Telefonnummern? Vom Pastor? Vom Bürgermeister? Von unserer Dienststelle?"

„Wir haben Montag. Sie war erst gestern hier. Ist erst seit gestern Nachmittag mit der Leiche Richtung Kiel unterwegs. Ich will ihr auch noch Sachen rübergeben, die ich heute in der Pension im Zimmer des verbrannten Mannes fand und die sich hoffentlich für den Abgleich mit den körperspezifischen Merkmalen der Leiche eignen. Sofern die noch so viel hergibt bei der Obduktion. Das sollten wir abwarten. Vor Anfang oder Mitte nächster Woche wird das mit dem Gutachten wohl nichts werden. Zaubern kann die Gute nicht."

„Und unterrichtet dann wen?"

„Sie hat meine Karte, da steht alles drauf. Sie sendet den Obduktionsbericht per Post an unsere Dienststelle, wird also bei Ihnen eingehen. Abwarten."

Holthaus spürte förmlich Jochimsens Ungeduld durch's Telefon.

„Vielleicht ruft Sie auch vorher bei Ihnen an", setzte er beruhigend hinzu.

Jochimsen schwieg, doch sein Atem verriet, daß ihm die Sache nicht schnell genug ging.

„Sie macht einen sehr kompetenten Eindruck", fuhr Holthaus gleichwohl ungerührt fort, „scheint zu wis-

198

sen, was sie tut. Doch das Feuer hat von dem Mann nicht viel übriggelassen. Hoffentlich findet sie etwas raus, das uns weiterhilft. Doch zaubern kann sie nicht. Drücken Sie die Daumen, daß sie eine Übereinstimmung findet, daß sie herausfindet, daß der Mann im Feuer und der Mann in der Pension ein und derselbe ist. Dann wären wir ein ganz großes, vielleicht entscheidendes Stück weiter. Hoffentlich."

„Ja, hoffentlich", wiederholte Jochimsen fast überlaut, schien halbwegs beruhigt zu sein und beendete nach einem knappen „bis morgen dann" wie so häufig abrupt das Gespräch. Holthaus hörte nur noch den Besetztton in der Leitung. Als er in den Raum trat, in dem sich wohl im wesentlichen das Leben der Pastorenfamilie abspielte, hockte Wittensen vor einem Glas Rotwein. Am Platz, wo der Polizeibeamte bisher immer saß, stand ein Teller mit unterschiedlich belegten Broten, dazu ein noch leeres Weinglas.

Draußen war es noch dunkler geworden. Abend und Nacht kündigten sich an. Holthaus trat ans Fenster und suchte das Wasser, konnte es aber nur mit Mühe dort ausmachen, wo der Warftrand dem Haus am nächsten lag. Nur ein kurzer Ausschnitt einer bewegten, unruhigen schwarzen Fläche, von der Holthaus wußte, daß sie die ganze Warft umgab und wie ein feindseliges Heer belagerte. Über diesen Umstand dachte er einen Augenblick nach, als das Telefon läutete. Wittensen sprang auf und eilte in den Flur und kam sogleich wieder zurück.

„Eine Frau Tewes möchte Sie sprechen."

In gekachelten Räumen, ohne viel Inventar, ohne Vorhänge, Gardinen oder Bilder, klingen menschliche Stimmen anders als gewohnt. Härter, nachhallender. Holthaus war sich sogleich sicher, daß Dr. Tewes aus den Arbeitsräumen der Rechtsmedizin Kiel anrief.

„Sie sitzen fest, die Hallig steht unter Wasser", war der erste Satz, den er zu hören bekam, „konnten Sie noch etwas Verwertbares finden?"

„Nicht viel, will aber noch mal zum Feuerplatz, wenn das Wasser wieder weg ist. Vielleicht findet sich noch mehr an", sagte Holthaus und zeigte sich überrascht: „Sie sind aber verdammt schnell. Sind Sie mit Ihrer Arbeit schon fertig?"

„Eigentlich schon. Werde morgen meine Untersuchungen abschließen."

„Hat Ihnen Herr Kruse die Telefonnummer der Kirchwarft gegeben?"

„Ja, hat er."

„Haben Sie den Bürgermeister über Einzelheiten Ihrer Untersuchung unterrichtet?"

Kruse erkundigte sich zwar nach Ergebnissen, doch Dr. Tewes hatte ihm mit Verweis auf ihre Schweigepflicht keine Auskünfte gegeben.

„Was wissen Sie denn schon? Was konnten Sie feststellen bei der Obduktion?"

„Ich bin immer wieder erstaunt, was selbst ein so intensiv verbrannter Körper bei näherer Untersuchung noch preisgibt. Erlebe ich öfter."

„Was haben Sie herausgefunden?"

„Rußpartikel in der Lunge, in der Luftröhre, Speiseröhre und im Magen."

„Lunge, Luftröhre, Magen? Bei der so zugerichteten Leiche? Der Mann ist doch fast ganz verbrannt, jedenfalls das Innere, das Weiche."

Helles Klirren drang durch die Leitung an Holthaus' Ohr, so als ob ein Instrument auf eine harte Oberfläche fiel.

„Und Speiseröhre", stellte Dr. Tewes richtig, „nur

fast verbrannt, aber nicht ganz. Und genau dann fängt meine eigentliche Arbeit ja erst an."

„Und was heißt das jetzt, das mit den Rußpartikeln?"

„Der Mann lebte noch, als das Feuer angezündet wurde. Er hat Rauch und Ruß eingeatmet. Und eine durchaus mögliche gnädige Unterkühlung rettete ihn nicht vor dem Tod im Feuer. Hatte wohl eine robuste Natur, vielleicht hat man ihm auch noch ein besonderes wärmendes Kunststoffteil übergestülpt, das anschließend mitverbrannte."

„Das ist zweifelsfrei?" fragte Holthaus. „Eindeutig? Er lebte noch?"

„Eindeutig. Was mich nicht überrascht. Ich sagte doch schon an der Feuerstelle, daß es sehr unwahrscheinlich ist, daß man einen Toten unter einem Holzstapel versteckt, um ihn zu verbrennen. Welchen Sinn soll das haben? Ein Ritual? Eine perverse Abart von Schwarzer Messe, vollzogen an einer Leiche? Und das im Umfeld des Biikefeuers? Mit dem großen Risiko der Entdeckung bei der Vorbereitung? Alles höchst unwahrscheinlich. Da müßte schon jemand ziemlich krank im Kopf sein."

„Sie glauben nicht, wieviele Menschen krank im Kopf sind, die Kapitalverbrechen ausführen", entgegnete der Polizeibeamte, „da geht's nicht immer mit Logik, mit Kalkül, mit Überlegung zu."

Natürlich hatte die Ärztin recht, das wußte Holthaus. Doch er mußte, um weiterzukommen, definitiv Klarheit darüber haben, ob der Mann unter dem Holzstapel noch lebte, als dieser angezündet wurde.

„Und weiter? Was noch? Na, gab's noch mehr, haben Sie noch mehr feststellen können?"

Sogleich bedauerte Holthaus, daß er in eine ziemlich

saloppe Sprache verfallen war, doch Dr. Tewes schien davon nicht beeindruckt zu sein.

Der Mann müsse, fuhr sie ungerührt fort, bevor er unter den Holzstapel gelegt wurde, was ja sicher nicht einfach zu machen gewesen sei, wehrlos gemacht worden sein. Wehrlos und gefesselt. Und geknebelt. Der Mund müsse jedenfalls verschlossen gewesen sein, damit der Unglückliche nicht schreien konnte. Wenn er das denn überhaupt gekonnt hätte, denn in den verbliebenen Resten des Magengewebes habe sie Spuren von Betäubungsmitteln gefunden.

„Betäubungsmittel? Konnten Sie feststellen, um welche Art von Betäubungsmitteln es sich handelt?" fragte Holthaus.

„Da kommen einige in Frage. Barbiturate und Amphetamine zum Beispiel. Leicht zu beschaffen, relativ leicht in Getränken zu verabreichen. Oder einzuflößen, auch gewaltsam. Je nach Konzentration beruhigend, betäubend oder tötend."

„Können Sie feststellen, welche Art von Betäubungsmittel es genau war?"

„Ich tippe auf ein Barbiturat. Werde morgen versuchen, eine genauere Analyse hinzukriegen. Kann nicht versprechen, daß das gelingt."

„Gibt es Betäubungsmittel, die gute vierundzwanzig Stunden vorhalten? Denn der Mann muß bereits am Vorabend unter den Holzstapel geschafft worden sein, danach gab es keine Gelegenheit mehr hierzu. Am Donnerstagabend oder in der Nacht muß er unter dem Holzstapel fixiert worden sein."

„Gibt es wohl, Muß ich mich schlau machen. Diese Frage stellte sich mir noch nicht. Kann ich mir aber vorstellen. Muß aber jemand verabreichen, der vom Fach ist. Sonst droht baldiger Exitus."

„Gibt es Anzeichen von Gewaltanwendung? Im Kopfbereich oder an anderen Stellen? Der Mann wird sich gewehrt haben, wenn er nicht bereits betäubt war, als man ihn ...“

An dieser Stelle brach das Telefonat ab, keinerlei Geräusche mehr im Hörer, stellte Holthaus fest, komplett still. Mit einer Hand zog er den Stuhl heran, der unweit des Telefons als einziges Möbelstück verloren an der Wand des von einer schirmlosen weißen Kugellampe schwach beleuchteten Flures stand. Doch er saß kaum, als es wieder klingelte. Dr. Tewes war erneut in der Leitung und machte sich sogleich an die Beantwortung der Fragen des Polizeibeamten.

„Keine feststellbaren Frakturen, keine erkennbaren Knochenverletzungen im Kopfbereich, auch nicht anderswo am Körper. Bis vielleicht auf die zwei abgebrochenen Zähne im Oberkiefer vorne, komme ich noch drauf zurück.“

„Also wahrscheinlich bei heftiger Gegenwehr betäubt und dann gefesselt und geknebelt, dann unter das Holz geschoben“, stellte Holthaus schlußfolgernd fest.

Plötzlich stand der Pastor neben ihm, er hatte ihn nicht kommen hören. Wittensen gestikulierte lebhaft, flüsterte etwas Unverständliches und verschwand wieder in dem Raum, in dem sie zum Abendbrot zusammengesessen hatten.

Ja, so könnte es abgelaufen sein, pflichtete Dr. Tewes bei. Wobei der Mann den Knebel dann irgendwie losgeworden sei, sonst wären, außer in Atemweg und Lunge, keine Rußpartikel in Speiseröhre und Magen gelangt, die er mit offenem Mund eingeatmet und heruntergeschluckt habe. Ohne Knebelung und bei wiedererlangtem Bewußtsein hätte er wohl schreien können, aber wahrscheinlich sei es dafür schon zu spät gewesen. Vermutlich sei es kein leichter Tod gewesen. Der Mann habe hauptsächlich unter dem Holz gelegen, das Feuer sei von oben und von der Seite, vom Rand des Feuers her, an ihn herangekommen. Erst relativ spät habe ihn der Rauch erreicht, der normalerweise zu einer betäubenden und schließlich tötenden Rauchgasvergiftung führe. Im vorliegenden Fall könnte sich die barmherzige Wirkung der Rauchgasvergiftung jedoch verzögert haben, so daß ihn die Hitze und schließlich die Flammen noch erreichten und zu einem qualvollen Tod führten.

Für einen Moment war es ruhig in der Leitung, so daß Holthaus glaubte, das Gespräch sei wieder unterbrochen worden. Doch dann vernahm er wie vor ein paar Minuten wieder ein klirrendes Geräusch und er stellte sich vor, wie Dr. Tewes in einer Hand den Hörer am Ohr hielt und in der anderen ein Skalpell, mit dem sie ihrer Arbeit nachging. Zuzutrauen war ihr das, da war sich der Polizist fast sicher.

„Sie sind noch da?" fragte Holthaus.

„Gewiß doch", kam es zurück, „muß nur noch hier etwas rasch zu Ende bringen."

Holthaus wurde ungeduldig, wollte nicht weiter warten.

„Falls der Mann wieder zu sich kam, hätte er in Todesangst geschrieen und wie wahnsinnig an seiner Fesselung gezerrt, sich gewunden, sich aufzubäumen versucht, sich zu befreien versucht. Dabei könnte er natürlich einen Knebel, vielleicht ein Tuch, herausgewürgt haben."

Der Polizist wartete auf eine Antwort, doch es blieb still bis auf die Laute, wie sie auch ohne genau zu lokalisierende Herkunft aus großen Räumen dringen können.

„Sind Sie noch dran“, vergewisserte sich Holthaus abermals.

„Ja, natürlich, fahren Sie fort, ich höre zu“, ließ sich die Ärztin vernehmen und ihre Stimme hallte weiter nach.

„Aber er hat nicht geschrieen. Jedenfalls nicht so, daß er gehört wurde. Der Bürgermeister und seine Leute und eine größere Zahl an Besuchern umstanden das Feuer. Einer hätte doch was hören müssen. Kruse versicherte mir, daß er und seine Leute, die dem Feuer am nächsten kamen, nichts gehört hätten, was nach einer menschlichen Stimme klang. Auf der anderen Seite waren da allerdings noch die Geräusche des Feuers. Kein Feuer brennt geräuschlos. Dazu gab’s bestimmt auch Wind, der noch Geräusche machte. Da kann eine menschliche Stimme leicht untergehen.“

„Wahrscheinlich war der Mann nicht mehr in der Lage zu schreien, sofern er das Bewußtsein wiedererlangte. Und wenn doch, dann vermutlich auch nur sehr eingeschränkt. Die Hitze und die Glut, die rasch näherkamen, dann Rauch und schließlich die Flammen. Da ist es mit Schreien nicht mehr weit her.“

„Eine schlimme Sache“, sagte Holthaus, vor dessen Augen das Geschehen wie ein Film ablief, „eine fürchterliche Art zu sterben. Wer tut einem Menschen so etwas an?“

„Ja, einen auch nur halbwegs vergleichbaren Todesfall hatte ich bislang auch noch nicht auf dem Tisch“, erwiderte Dr. Tewes und ihre Stimme klang fester, ohne Nachhall. Sie hielt den Hörer nun wohl dichter zum Mund hin.

„Um den Mann so zu fixieren, daß er sich auf keinen Fall unter dem Holzhaufen so stark bewegen konnte, daß das von außen hätte bemerkt werden können, mußte er ziemlich stark gefesselt und am Boden gehalten werden“, fuhr sie fort, „wieviel Heringe fanden Sie?“

„Sie machen meine Arbeit“, sagte Holthaus und lachte kurz auf. „Ihre Fragen sind auch meine Fragen. Ich könnte noch eine gute Assistentin gebrauchen.“ Dann wurde er wieder ernsthaft.

„Zehn Heringe fanden sich in der Feuerstätte, dazu noch ein paar größere Verklumpungen, die mit großer Wahrscheinlichkeit verbrannte, verschmorte Kunststoffseile sind.“

„Das paßt zusammen. Um die Reste des Torsos klebten Substanzen, die von verschmorten Kunststoffen herrühren könnten. Darunter die Seile und vielleicht auch Kunstfaserdecken, die ihn vor der drohenden Unterkühlung schützen sollten und mitverbrannten.“

„Die Seile. Das könnte von Seilen stammen, mit denen er gefesselt und am Boden fixiert wurde. Das mußte übrigens alles sehr rasch erfolgen, mit großem Tempo, das müßte vorher eigentlich geübt worden sein, denn die Gefahr, dabei überrascht zu werden, war sehr groß. Auch wenn es im Dunkeln passierte. Und zwar bereits am Vorabend. Am Tag, als das Biikefeuer angezündet wurde, war hierfür keine Gelegenheit mehr. Die Betäubung müßte also ziemlich stark vorgenommen worden sein, damit sie gut vierundzwanzig Stunden vorhält.“

„Wir haben bei der Rechtsmedizin ein gutes Labor. Dort wird man vielleicht feststellen können, um welches Mittel es sich handelt.“

Eine längere Pause entstand. Der Kriminalpolizist überlegte, was noch zu sagen und zu fragen war, als

206

Dr. Tewes bereits wieder loslegte.

„Wissen Sie denn schon, ob der Mann der vermutete Mann aus Düsseldorf ist?"

Holthaus verneinte. Seine Dienststelle sei dabei, das mit Hilfe der Düsseldorfer Kollegen herauszufinden.

„Es gibt da noch die Möglichkeit, die bei der Identitätsfeststellung hilfreich, ja, oft entscheidend ist, vor allem bei Brandopfern."

„Der Zahnabgleich?"

„Ja. Dazu muß allerdings der Kreis der Zahnärzte gefunden werden, die das Opfer möglichweise mal behandelt haben. Weiß man, wer das Opfer ist und wo es gewohnt hat im Laufe seines Lebens, ist das nicht so schwierig. Fehlen diese Daten, wird es schwierig bis unmöglich. Vermißtenanzeigen, das wissen Sie selbst als Polizist, helfen bedingt weiter. Liegt ein brauchbares zahnärztliches Testat vor, vielleicht sogar Röntgenbilder, kann die Rechtsmedizin mit einer sehr großen Wahrscheinlichkeit feststellen, ob eine Übereinstimmung vorliegt oder nicht."

„Gibt es Auffälligkeiten an den Zähnen des Mannes?" fragte Holthaus.

„Ja, gibt es. Stellten wir doch schon am Feuerplatz fest. Ohne es schon zu bewerten. Zwei gut zur Hälfte abgebrochene Zähne nebeneinander im vorderen Bereich des Oberkiefers. Erwähnte ich bereits. Das ist nicht durch das Feuer geschehen, das steht fest. Zähne halten ziemlich lange im Feuer durch, halten länger durch als beispielsweise Knochen. Auch bei hohen Temperaturen. Dazu noch ein fehlender Zahn hinten rechts im Unterkiefer, der Backenzahn."

„Dazu müßten die Vermieter und deren Gäste was sagen können. Solche Zahnlücken vorne im Oberkiefer müssen eigentlich aufgefallen sein, wenn er sie schon vorher hatte. Ich werde die Leute befragen."

Wieder kehrte Stille ein. Holthaus erhob sich vom Stuhl.

„Wann höre ich wieder von Ihnen?"

„Vielleicht höre ich zunächst noch etwas von Ihnen", erwiderte Dr. Tewes und ihre Stimme klang überrascht. „Sie haben doch sicher das Zimmer des vermißten Mannes in der Pension überprüft, waren doch wohl Polizist und Spurenleser in einer Person. Oder hat das jemand für Sie erledigt, der sich mit solchen Dingen auskennt?"

Holthaus hätte sich ohrfeigen können daß er nicht selbst darauf gekommen war. Er fing sich rasch. In der Tat hätte er Spuren gefunden und mitgenommen. Verwertbare, erkennbare Fingerabdrücke habe er allerdings nicht entdeckt, doch ein paar Gegenstände könnten vielleicht weiterhelfen.

Was das für Gegenstände wären, wollte die Ärztin wissen und Holthaus zählte seine Sammlung auf.

„Haarbürste und Kamm? Hervorragend. Haare, Hautschuppen und so weiter liefern oft entscheidende Merkmale beim Abgleich. Handtücher, Papiertaschentücher, Zahnbürste? Auch nicht übel." Dr. Tewes klang munter und zuversichtlich. „Wie rasch kann ich diese Sachen bekommen? Im wesentlichen wird hier das Labor zum Zuge kommen."

Es gäbe Kurierfahrzeuge, die zwischen Polizeidienststellen im Lande hin- und herpendelten, da könne er eines mobilisieren, sobald er seine Füße wieder aufs Festland setze, sagte Holthaus. Er wolle jedenfalls noch einmal zum Ort des Feuers zurückkehren, noch einmal eine Art von Nachsuche machen."

„Nachdem das Wasser darüber hinwegging?" fragte Dr. Tewes erstaunt. „Was soll denn dort noch zu finden sein? Die Flut soll doch meist mit großer Wucht über die Halligen herfallen, wenn sie deren Rand überstiegen hat."

Er habe es sich zum Prinzip gemacht, am Ende, wenn eigentlich alles an einem Tatort erledigt worden sei, diesen noch ein letztes Mal abzugehen, ihn abschließend zu besichtigen.

Ob er denn bei einer solchen letzten Visite schon mal eine wichtige, eine vielleicht sogar entscheidende Erkenntnis gewonnen habe, fragte die Ärztin weiter, dabei einen Gegenstand gefunden habe, der bislang übersehen worden sei?

Nein, das sei noch nicht der Fall gewesen, bislang jedenfalls nicht. Trotzdem wolle er an diesem letzten Aufsuchen des Tatortes festhalten. Beim Lotto gewinne man ja auch nie den Hauptgewinn, jedenfalls nach der Wahrscheinlichkeitsberechnung. Trotzdem spielten die Leute das Spiel.

„Spielen Sie Lotto?" fragte Dr. Tewes.

„Nein", antwortete Holthaus.

Morgen früh werde sie gleich die Obduktion fortsetzen und wahrscheinlich abschließen können, fuhr Dr. Tewes fort, dann alles zu Papier bringen, was ziemlich zeitaufwendig sei. Wenn sie damit fertig sei, würde sie den Bericht wie besprochen an seine Dienststelle per Post senden. Wann genau das sei, könne sie nicht vorhersagen. Jedenfalls würde sie ihn morgen ungefähr um die gleiche Zeit auf der Kirchwarft wieder anrufen, wie weit auch immer sie mit der Obduktion bis dahin gekommen sei.

„Soweit die Obduktion des verbrannten Mannes", übernahm nun Holthaus das Gespräch, der sich noch immer darüber ärgerte, daß er die Funde aus dem Pensionszimmer nicht gleich ins Spiel gebracht hatte und die Ärztin ihm zuvorgekommen war. „Wie hoch schätzen Sie die Wahrscheinlichkeit ein, daß Sie mit Sicherheit feststellen können, daß die Haare, die Schuppen – oder was auch immer Sie noch finden – zu dem vermißten Mann in der Pension passen oder nicht passen?“

„Beim Zustand der vorhandenen Überreste des Mannes, der ja in diesem Feuer nicht eingeäschert wurde wie im Krematorium, sehe ich eine nicht geringe Wahrscheinlichkeit, eine Übereinstimmung oder eben keine Übereinstimmung festzustellen. Mit Prozentzahlen kann ich allerdings nicht dienen. Entscheidend ist, was das Labor herausfindet und den Dingen entlocken kann, die Sie in der Pension gefunden haben.“ Das Labor benötige nicht mehr als zwei oder drei Tage, sie kenne den Leiter recht gut und würde dessen Bericht dann ebenfalls sofort an seine Dienststelle senden.

„Und anschließend sollten wir wohl darüber noch ein ausführliches Gespräch führen. Über die Obduktion und den Abgleich mit den im Pensionszimmer sichergestellten körperspezifischen Merkmalen. Am Telefon, bei Ihnen auf Ihrer Dienststelle oder bei mir in Kiel“, schloß Dr. Tewes.

Dann kehrte sekundenlang erneut Stille im Telefonhörer ein, die jene Stille in dem großen Pastorat noch deutlicher werden ließ. Holthaus glaubte, die Ärztin atmen zu hören. Er setzte an, sich zu verabschieden.

„Wie geht es Ihnen?“ fragte Dr. Tewes, „wie fühlen Sie sich jetzt auf der Hallig?“

Holthaus besann sich einen Augenblick, überrascht von der Frage.

„Sie können sich ja fast in diesem großen Haus verlaufen“, fuhr die Ärztin fort, „jedenfalls wirkt es aus der Ferne riesig. Und so düster."

„Ja, für die Pastorenfamilie ist es eigentlich zu groß. Warum es so groß gebaut wurde, weiß ich nicht. Im Sommer sollen sogar hier Urlaubsgäste einziehen, Zimmer sind dafür vorhanden."

„Der Abend ist noch lang. Was machen Sie denn jetzt noch? Ausgehen können Sie ja nicht. Das Wasser wird noch nicht abgelaufen sein."

Verhaltenes Lachen drang an Holthaus' Ohr.

„Nein, ausgehen geht nicht, wohin auch, selbst wenn das Wasser weg wäre. Auf der Hallig ist nichts zur Unterhaltung vorhanden."

„Keine Gaststätte? Keine Kneipe? Kein Restaurant?"

„Zwei oder drei gibt es wohl, haben aber in dieser Jahreszeit nicht gemeinsam geöffnet. Im Februar tut sich hier nichts. Winterruhe. Nur zu ausgesuchten Zeiten kann man da mal was essen und trinken."

„Fernsehen?"

„Gibt's nicht auf meinem Zimmer. Der Pastor und seine Angetraute sehen wohl kaum fern, gehen früh ins Bett."

„Also Sie auch früh zu Bett?"

„Werde mir noch mal meine Funde ansehen, die ich in den Resten des Feuers fand. Und dann auch wohl bald ins Bett steigen. Morgen ist auch noch ein Tag."

„Das ist aus 'Vom Winde verweht', letzter Satz", klang es munter aus dem Telefonhörer.

„Korrekt. Übersetzt heißt es dort wohl 'Schließlich, morgen ist auch noch ein Tag'. "

„Oh, Sie kennen sich in der Literatur aus. Diesen Satz kennen nicht viele."

„Ich lese viel, wenn ich nicht gerade arbeite. Lenkt ab von dem, was man gerade tut. Bei der Polizeiarbeit geht's nicht immer fröhlich zu.“

„Interessant“, sagte Dr. Tewes, „bei meiner Arbeit auch nicht.“

Holthaus wußte mit der erneut einsetzenden Stille sekundenlang nichts anzufangen, schwieg und überlegte, was er noch sagen könnte.

„Schlafen Sie gut“, sagte Dr. Tewes und bevor Holthaus noch etwas erwidern konnte, vernahm er das Besetztzeichen aus dem Hörer.

Wittensen saß noch am Tisch, legte eine Broschüre weg, als Holthaus den Raum betrat. Es herrschte eine fast heimelige Atmosphäre. Auf der breiten Fensterbank, nahe zum Tisch hin, stand eine gedrungene ältliche Lampe, die durch ihren beigefarbenen Schirm ein gedämpftes Licht verbreitete. Holthaus' Teller mit den Broten stand unverändert an seinem für ihn vorgesehenen Platz am Tisch. Vor den Fenstern herrschte inzwischen vollkommene Schwärze. Schwach waren Windgeräusche zu hören. Der Sturm hatte sich offenbar etwas gelegt.

„Das war die Rechtsmedizinerin“, beeilte Holthaus sich zu erklären und entschuldigte sich für sein langes Fernbleiben durch das Telefongespräch. Wittensen winkte ab und füllte ihm sogleich das Glas zur Hälfte mit Rotwein. Beide Männer schwiegen, tranken ohne Absprache fast gleichzeitig einen Schluck, Holthaus noch einen zweiten gleich hinterher. Er hatte längere Zeit nichts mehr getrunken.

Ein Mensch wie Wittensen paßte nicht in diese Welt, ging es Holthaus durch den Kopf, als er den Pastor betrachtete, der mit ernstem Gesicht auf sein Weinglas schaute. Alles an ihm wies auf seine Verletzlichkeit hin. Obwohl er auch schon fast fünfzig Jahre alt sein mochte, war sein Gesicht noch ziemlich glatt, hatte wenige Falten, wirkte rein und weiß und wies nur wenig Bartwuchs auf. Dazu paßte die Stimme, hell und weich und leise. Er konnte sich diesen Mann nicht schreiend oder brüllend vorstellen.

„Sind Sie weitergekommen mit Ihrer Arbeit?" fragte Wittensen und Holthaus sah ihm an, daß er sich vor den Dingen fürchtete, die ihm der Polizist vielleicht sagen würde. Er nahm sich vor, keine Polizeisprache zu verwenden, nichts detailreich vorzutragen, ihn zu verschonen mit den Widerwärtigkeiten, die Menschen einander anzutun in der Lage waren. Helfen konnte ihm der Pastor ohnehin nicht.

„Ein wenig schon", antwortete Holthaus, „morgen werde ich weitermachen, auch noch am Mittwoch. Und für Donnerstag hoffe ich, daß ich wieder zum Festland zurückkehren kann." Er lächelte Wittensen an. „Wenn mich die See denn läßt."

„Wissen Sie denn schon, wer diese schreckliche Tat beging?"

Holthaus schüttelte den Kopf, nahm einen Schluck aus seinem Glas.

„Von der Hallig war das niemand", fuhr der Pastor fort und seine Stimme war kaum noch hörbar, kam dem Flüstern nahe, „zu einer solchen Tat ist keiner dieser Menschen fähig."

Wenn er keine überlegten Antworten geben wollte, wich Holthaus in allgemein gehaltene Redewendungen und Floskeln aus. So auch in diesem Fall. Rein formal könne er die Halligbewohner nicht grundsätzlich aus dem Täterkreis streichen, erläuterte er betont sachlich, er schätze aber die Wahrscheinlichkeit äußerst gering ein, hielte es eigentlich für ausgeschlossen, daß jemand von der Hallig die Tat ausführte oder daran beteiligt sei.

Fast schien es so, als ob Wittensen den Polizeibeamten für dessen Worte dankbar anblickte.

Morgen werde er noch einmal zum Biikeplatz aufbrechen, berichtete Holthaus weiter, und zusätzliche Untersuchungen der Feuerstelle vornehmen. Noch stehe nicht endgültig fest, wann er die Hallig wieder verlasse. Von der Rechtsmedizinerin erzählte er nichts, und Pastor Wittensen fragte auch nicht danach.

Nun fielen nur noch wenige Worte zwischen den Männern. Es gab peinliches Schweigen zwischen Menschen, das wußte Holthaus, jeder erlebte das hin und wieder, doch mit dem Pastor war es wie bei jenen Menschen, mit denen man einen Raum, einen Platz schweigend teilen konnte, ohne daß jeder krampfhaft nach Worten suchte, um die mitunter fast schmerzhaft empfundene Stille zu beenden.

So verstrichen einige Minuten, bis Holthaus sich erhob. Er wolle noch mal vor die Tür treten, um nach dem Wasser zu sehen, dann wohl bald zu Bett gehen. Wittensen blieb sitzen, lächelte leicht vor sich hin, schenkte sich und seinem Gast etwas Rotwein nach und leerte sein Glas dann in einem Zug, nachdem er es stumm gegen den Polizeibeamten in die Höhe gehalten hatte. Doch dieser bemerkte davon nichts, war schon auf dem Weg zur Tür.

Das Wasser war bis zum Warftfuß zurückgewichen, soweit Holthaus das in der Finsternis erkennen konnte. Noch immer blies der Wind heftig, umfuhr ihn von allen Seiten, doch längst nicht mehr so stark wie im Laufe des Tages. Als er den Plattenweg hinunterging bis zum Rand des Wassers, kam ihm das sich ruhelos bewegende Meer noch schwärzer vor als die Dunkelheit der anbrechenden Nacht. Ihm fiel Gottfried Benn ein, der einst schrieb: „Was schlimm ist? Nachts auf

214

Reisen Wellen schlagen hören und sich sagen, daß sie
das immer tun."

*

Meist wachte Holthaus in der Frühe von selbst auf.
Das geschah in der Regel zwischen sechs und halb
sieben Uhr. Den Wecker stellte er nur, sofern es auf
Minuten ankam. Wenn er einen Zug erreichen mußte,
einen Flug gebucht hatte. Doch an diesem Tag weckte
ihn erst das Klopfen der Pastorenfrau, und da ging die
Uhr bereits auf halb neun zu. Sie trat, ohne eine Reaktion von ihm abzuwarten, sogleich ins Zimmer und
stellte das Frühstück auf dem kleinen Tisch neben
dem Bett ab. Ihn erreichte noch der Luftzug, den sie
durch ihre Bewegungen erzeugte. „Moin", glaubte er
gehört zu haben, dann war die Frau auch schon wieder
verschwunden.

An eine sofortige Fahrt zum Biikeplatz war nicht zu
denken. Weite Flächen der Hallig hatte die See noch
nicht freigegeben, an nur wenigen Stellen schauten
höhergelegene Bereiche des Halliglandes aus der
grauen Flut heraus. Unter ihm, mit dem Erdgeschoß
vier Stockwerke tiefer, lag der Friedhof, der sich in
seiner Einfachheit und Schmucklosigkeit nicht verändert hatte seit seiner letzten Anwesenheit, als es ihn
plötzlich aus einer Laune heraus überkam, Wittensen
zu besuchen. Drei oder vier Jahre, so genau fiel es ihm
nicht ein, nach der verheerenden Flut, die dem Pastor
so übel mitgespielt hatte, ihm niemand glaubte, auch
die ihm Wohlgesonnenen nicht und das waren so gut
wie alle Leute auf der Hallig. Dabei taten sie ihm
schrecklich unrecht. Holthaus wußte das, beließ es
aber dabei, weil es so besser war. Für alle. Vor allem

für Merle Jonasson. Hin und wieder dachte Holthaus an das Geschehen, das ihn seinerzeit so eigentümlich berührt hatte, mehr als die meisten anderen Fälle, die er zu bearbeiten hatte, obgleich es strafrechtlich nur ein Bagatelldelikt gewesen wäre, hätte er den wahren Sachverhalt offiziell werden lassen. Störung der Totenruhe, mehr wäre dabei nicht herausgekommen.

Durch's Fenster spähte er im trüben Licht des anbrechenden Tages hinab nach dem Grab der alten Frau und fand es bald wieder, gelegen am äußeren Rand des Gräberfeldes, von wo ein unverstellbarer Blick zur Ivertsenswarft gegeben war. Dort lag der Mann begraben, den nicht die See aus seinem Grab auf dem Friedhof geholt hatte, sondern der Großneffe der alten Frau, die den Toten zu ihren Füßen auf der Ivertsenswarft haben wollte. Wittensen hatte mitansehen müssen, wie der Sarg aus dem Grab gespült wurde und vor seinen Augen an einem Baum zerbrach, leer, der Tote verschwunden, was der Pastor immer und immer wieder beteuerte. Doch niemand glaubte ihm. Schon ein Jahr später war Merle Jonasson dann selbst gestorben, hatte das Geheimnis mit in ihr Grab genommen, von dem nur ihr Großneffe und Holthaus wußten.

Gegen zehn Uhr rief Bürgermeister Kruse an und ließ dem Polizisten ausrichten, daß es wohl bis zum frühen Nachmittag dauern könnte, bis die Hallig so weit trockengefallen sei, daß die Straßen zum Biikeplatz befahrbar wären, er solle sich mal so auf vielleicht drei oder halb vier Uhr einrichten, daß er ihn abholen käme.

Die Funde vom Vortag, die Holthaus auf dem Fußboden ausbreitete, gaben wirklich wenig her. Was sollten die verbogenen, geschwärzten Zeltheringe schon verraten, sie waren Gebrauchsartikel, die es in jedem Laden, der mit Wanderutensilien handelte, zu kaufen gab. Bei den verschmorten, sonderbar riechenden Klumpen, die er nach wie vor für die Überreste von Kletterseilen hielt, kam vielleicht mehr heraus, wenn sich ein kompetentes Labor damit befaßte. Dr. Tewes sprach von einem Labor, das der Kieler Rechtsmedizin zuarbeitete.

Es war wohl wirklich ein Metallknopf, den er zuletzt aus der Asche geborgen hatte und jetzt zwischen zwei Fingern hielt und aufmerksam betrachtete. Er hatte vermutlich unter dem Holz gelegen, als es brannte, wahrscheinlich auf dem Erdboden. Das Feuer hatte ihm weniger anhaben können, denn als er ihn etwas blankrieb, kamen feine Ziselierungen zum Vorschein, vielleicht von einem Wappen stammend, vielleicht mit geschichtlichem Bezug oder aus einem anderen besonderen Grunde hergestellt. Von der Größe her kam er für eine Vielzahl von Jacken und Jacketts in Frage. Auch Mäntel ließen sich sicher damit schließen. Die Auswahl war also riesengroß, was Holthaus' anfänglichen Optimismus zur Bedeutung des Fundes merklich dämpfte. Die auf der Unterseite angebrachte Öse wies eine Größe auf, die eher für eine robuste Oberbekleidung sprach, also doch mehr Jacke oder Mantel als Jackett, sinnierte Holthaus.

Kruse stapfte schon gegen halb drei Uhr die Warft hinauf. Holthaus hatte ihn heranfahren gesehen, hatte sich, nachdem er mit den Wittensens gegessen hatte, schon abfahrfertig gemacht. Diesmal hatte die Frau des Pastors mit am Tisch gesessen, was eher selten vorkam; zumeist machte sie sich, so war es auch bei seinen früheren Aufenthalten, ziemlich unsichtbar. Meistens schwieg sie, doch sie hörte aufmerksam zu, was die Männer miteinander sprachen.

Noch immer stand an manchen Stellen Wasser auf der Straße, und trotz Kruses verlangsamter Fahrt durch die Lachen spritzte das Wasser auf. Das sei der Grund, warum er nicht mit dem eigenen PKW fahre nach einem Landunter, immer nur mit dem Wagen der Gemeindeverwaltung. Das sei, er wies auf die Wasserlachen hin, die reinste Salzlauge, das bekäme den Autos nicht, überhaupt nicht.

Erstaunt stellte Holthaus fest, wie rasch die Wassermenge, die gestern noch die ganze Hallig bedeckte, wieder verschwunden war. Die Sieltore stünden jetzt sperrangelweit offen, dozierte Kruse professoral, die Strömung sei dort jetzt so stark, daß man – er kicherte los – ohne weiteres Wasserski laufen könnte, wenn man sich an einem Seil festhalten würde, das an den Toröffnungen befestigt wäre.

Holthaus zeigte ein breites Grinsen. „Klar doch. Sie fangen an. Kann's mir bei Ihnen ja abschauen."

Kruse feixte. „Ich fisch' Sie dann auch wieder raus."

„Sie sind gut drauf heute, Herr Kruse. Gibt's einen besonderen Anlaß? Geburtstag oder so was?"

„Nee, einfach so. Mit schlechter Laune wird der Tag auch nicht besser."

Holthaus nickte kurz, fixierte dann den Bürgermeister mit wieder ernster Miene. „Und das Wetter hält heute? Kein neues Landunter?"

„Nee, heute nicht mehr und auch nicht in den nächsten Tagen."

„Haben Sie schon mal so ähnlich angesagt", bemerkte Holthaus mit ironischem Unterton.

Der Bürgermeister hatte gute Laune, die er sich noch nicht nehmen ließ.

„Joo, Herr Kommissar", erwiderte er in gestelztem

Ton, „leider haben wir keinen direkten Draht zu Petrus, um uns dort das Wetter abzuholen. Und die Wetterfuzzis in Hamburg greifen im Zweifel auf die Zigeunerin mit der Glaskugel zurück. Was dabei rauskommt, konnten Sie ja gestern aus erster Hand miterleben.“

Doch dann besann Kruse sich, der Schalk in seinen Augen verschwand. Regnen sollte es nach seiner Meinung heute wohl nicht, auch der Wind bliebe eher schwach, doch mit Sonnenschein sei nicht zu rechnen. Und auf dem Parkplatz am Schlüttsieler Hafen stünden nur noch wenige Autos, deren Fahrer der Hafenmeister, der auch den Parkplatz unter sich habe, alle kenne. Von einem Düsseldorfer Kennzeichen keine Spur.

An den beiden Warften, die sie passierten, entdeckte Holthaus wieder den dunklen Rand, der sie vollständig umschloß und die Höhe anzeigte, bis zu der das Wasser angestiegen war. Gras- und Heureste hatte die See angeschwemmt, kleine und größere Holzstücke, ein paar Bretter, mancherlei Geäst, auch einige bunte Plastikteile darunter, zumeist Flaschen.

Von den Resten des Feuers war so gut wie nichts an seiner ursprünglichen Stelle geblieben. Im zertretenen graugrünlichen Gras zeichnete sich kreisrund die Feuerstelle flach ab und erweckte den Eindruck, als sei ihr jemand mit dem Besen zu Leibe gerückt.

„Da bleibt nichts liegen, was nicht befestigt ist. Das Wasser nimmt alles mit“, sagte Kruse, der Holthaus’ umherwandernden Blick gewahrte. „Sie werden hier höchstwahrscheinlich nichts mehr finden, was Sie brauchen können für Ihre Arbeit. Wenn Sie suchen wollen, dann in dieser Richtung. Der Sturm kam aus Nordwest, das Wasser strömte also Richtung Südost.

So wie fast immer." Er wies mit den Armen wie ein Gekreuzigter in die beiden Himmelsrichtungen.

Als erstes begann Holthaus mit dem Absuchen der Strecke von der Feuerstelle bis zum Deich, der kaum weiter als vielleicht fünfzig Meter in der von Kruse gezeigten Richtung entfernt lag. Doch die See hatte wieder ganze Arbeit geleistet. Zwischen einsfünfzig und einsachtzig habe die Wasserhöhe über der Hallig an dieser Stelle hier betragen, erklärte Kruse. Und das Wasser habe ja nicht gestanden, sondern sei mit erheblicher Geschwindigkeit über das Land gerauscht. Da bliebe nichts liegen. Und was da gelegen habe, sei jetzt irgendwo draußen im Watt oder noch weiter mitgenommen worden.

Bald schon sah Holthaus die Ansage Kruses bestätigt, der sich einige Schritte von ihm entfernt an der Suche beteiligte. Wie ein plattgedrückter, sich öffnender Trichter verlief eine nur schwach erkennbare Spur zum Deich hin, die einen Hauch dunkler gefärbt schien. Von der Form her wie das Delta einer Flußmündung, fiel Holthaus dazu ein. Ruß und Asche des Feuers mochten die Ursache hierfür sein, mutmaßte Kruse, der diesen Anblick kannte, sich hierüber jedoch bislang nicht weiter den Kopf zerbrochen hatte.

Das an dieser Seite während des Landunters vom Sturm wieder aus der Hallig in die offene See hinausgedrückte oder durch die Priele abgelaufene Wasser hatte am Rand der Hallig die gleichen Dinge abgelagert wie am Flutrand bei den Warften. Das übliche Zeug, murrte Kruse, das er alles wieder einsammeln und abfahren lassen müsse, bevor die Sommergäste kämen.

Holthaus holte sich den Rechen aus Kruses Wagen und harkte den an seinem Ende etwa fünf Meter breiten Streifen sorgfältig durch. Der Bürgermeister stand neben ihm und fuhr hin und wieder mit der Stiefelspitze durch die nassen Stroh- und Grasbüschel. Da könne nichts Wichtiges mehr liegen, nur Unrat, befand er und ging zurück.

Natürlich hatte der Bürgermeister recht, das wußte auch der Polizist. Doch seine Erfahrung lehrte ihn immer wieder, daß es häufig selbst bei ziemlich nutzlos erscheinenden Suchaktionen überraschenderweise noch Funde oder Erkenntnisse geben konnte, die niemand vorher für möglich hielt. Durch Zufall. Auch hier vielleicht? Holthaus schob und zog den Rechen unverdrossen hin und her, wollte schon damit beginnen, auf dem Rückweg zum Feuerplatz ein letztes Mal die Strecke abzusuchen, schon weniger genau, als er ein leises Klirren vernahm, ausgelöst durch eine kleine Glasflasche, die sich in den Zinken des Rechens verfangen hatte. Er stieß einen Überraschungslaut aus, den auch Kruse vernahm und herbeikam. Holthaus hielt ein kleines braunes Glasfläschchen in der Hand, dem der Schraubverschluß fehlte. Reste eines bläulichen Etiketts hafteten am Glaskörper, rauchverschwärzt und teilweise verbrannt. Einzelne Buchstaben, weiß auf blauem Untergrund, waren noch mühsam zu erkennen, ebenfalls Worte oder Begriffe in einer Holthaus nicht bekannten Sprache.

„Scheint Italienisch zu sein", meinte Kruse, der an seiner Seite stand und mitschaute und nach Holthaus' erstauntem Blick hinzufügte, es sei mal eine Gruppe Italiener auf der Hallig gewesen, die vorher geschrieben hätten. Das hätte so ähnlich ausgesehen wie die Sprache dort auf der Flasche. Holthaus roch an der Flasche, drehte sie zwischen den Fingern.

„Damit können Sie was anfangen?" fragte Kruse,

und Zweifel schwangen mit in seiner Stimme.

Das könne man vorher nie wissen, sagte der Polizist und nahm die Suche wieder auf an der Stelle, an der die Flasche gelegen hatte. Vergeblich, im Rechen blieb nichts mehr hängen, das als Hinweis auf Opfer oder Täter in Frage kam. Dafür war der Bürgermeister erfolgreich, der in der Zwischenzeit den Feuerplatz zur Suche erkoren hatte und dort eher planlos mit der Schaufel im Boden umherstocherte. Nun hielt er triumphierend einen kleinen Metallring in die Höhe, an dem zwei Schlüssel baumelten.

„Jetzt müssen Sie nur noch die Schlösser finden, in die sie reinpassen", sagte Kruse und ließ die Schlüssel hin- und herschwingen. „Wahrscheinlich gehörte ein Schlüsseletui dazu, das verbrannt ist."

„Und wenn die Schlösser für diese Schlüssel bei Ihnen hier auf der Hallig sind?" fragte Holthaus, „was dann?"

Kruse schüttelte heftig den Kopf. Das sei völlig daneben. Auf der Hallig schließe niemand sein Haus ab, sämtliche Türen blieben unverschlossen. Das sei nun mal so bei ehrlichen Leuten, das sei hier anders als in der Stadt. Nur die Gäste verriegelten ihre Zimmer, trauten den anderen Gästen wohl nicht über den Weg, schleppten sogar meist ihre Zimmerschlüssel mit, wenn sie rausgingen.

„In Husum räumt man Ihnen wohl gleich die Bude aus, wenn die Tür offensteht." Eine gewisse Genugtuung schwang in Kruses Stimme mit. „Aber nicht hier, nicht auf der Hallig." Und von seinen Leuten habe bestimmt keiner irgendwelche Schlüssel verloren. Das seien ordentliche Leute, die nichts irgendwo liegenließen oder verlören. Außerdem hätten die Schlüssel wohl doch ziemlich mitten im Feuer gelegen, jedenfalls hätte er sie doch ziemlich in der Mitte des Feuerplatzes aus dem Dreck gezogen. Er und seine Leute hätten die Schlüssel mit Sicherheit gesehen, wenn sie schon dort gelegen hätten, als sie mit dem Aufschichten des Holzes begannen.

Das leuchtete ein, der Bürgermeister hatte recht, überlegte Holthaus und hob ihm anerkennend den Daumen entgegen. Entweder gehörten die Schlüssel demnach dem verbrannten Mann, der sie in der Tasche hatte, als man ihn unter das Feuerholz packte. Oder einer der Täter hatte sie verloren, als man in großer Hast den Mann niedermachte und ihn auf eine Art und Weise unter den Holzhaufen schaffte und dort fixierte, die Holthaus sich beim besten Willen immer noch nicht richtig vorstellen konnte. Es mußte mindestens zwei Täter geben, da war er sich inzwischen sicher, einer alleine konnte das niemals hingekriegt haben.

Im übrigen sei der Zimmerschlüssel des Mannes nicht auffindbar, neben noch weiteren persönlichen Dingen, nicht in der Pension und wohl auch nicht hier am Feuerplatz, erwähnte Holthaus und beschloß nach einem Rundblick über die Feuerstelle und das danebenliegende Grasland, die weitere Suche einzustellen. Er wußte, daß vielleicht doch noch das eine oder andere Beweisstück, mochte es noch so winzig und unscheinbar sein, hier oder ein paar Meter entfernt oder im nicht weit entfernten Watt liegen und entscheidenden Anteil daran haben könnte, ob der oder die Täter gefaßt wurden oder der Fall als ungelöst in den Schränken verschwand. Ein kleines Utensil vielleicht, das über „ungelöster Fall" und „Täter auf freiem Fuß" oder über viele Jahre, vielleicht auch über lebenslange Haft entschied.

Erste Lichter von den Warften und den umliegenden Sänden weiter draußen in der See zeigten sich in der heraufziehenden Dämmerung, die von dunklen Wolkengebirgen verstärkt wurde.

Das Wasser liefe wieder ab, erklärte Kruse und zeigte zum Watt, das bald wieder trockenfallen werde. Er wartete nicht auf eine Antwort und ging zum Auto.

Im „Seelöwen" brannte Licht, auch in den Räumen der Amtsverwaltung, doch Kruse wollte noch was essen, hatte sich wohl vorher angekündigt. Außer ihnen waren keine Gäste da. York, nach dem Kruse ungeduldig rief, weil er nicht gleich erschien, hatte die Wirtsstube nicht geheizt. Es war kühl im Raum und Holthaus behielt seine Jacke an, was der Bürgermeister beiläufig betrachtete, während er selbst im Norwegerpullover am Tisch saß und seine wohl obligatorische Portion Krabben verzehrte. Kalt, wie York betonte, als er sie hinstellte. Holthaus blieb außer Krabben nur die Wahl zwischen Labskaus und Matjesheringen und entschied sich für Labskaus, weil ihm nach etwas Warmen zumute war.

„Wie geht's nun weiter?" fragte Kruse und leckte sich die Fingerspitzen ab, mit denen er sich die Krabben in den Mund geschoben hatte. „Übermorgen abreisen? Morgen fährt die Fähre ja nicht. Vom Wetter gibt's am Donnerstag kein Problem. Um elf Uhr wird der Dampfer ablegen."

„Sie wollen mich loswerden", erwiderte Holthaus und deutete in den Mundwinkeln ein Lächeln an.

„Nee, Herr Kommissar, nee, nee. War nur 'ne Frage." Auch der Bürgermeister verzog den Mund schräg zu einem Lächeln. „Bleiben Sie, solange Sie wollen und solange Sie für Ihre Arbeit brauchen."

Im Augenblick fiele ihm jedoch nichts ein, gab

Holthaus zurück, was er noch auf der Hallig in der Sache erledigen könne. Was sich inzwischen noch an Spuren angefunden hätte am Biikeplatz und in der Pension, werde er so rasch wie möglich nach Kiel zu Dr. Tewes geben, sobald er wieder auf dem Festland sei.

Kruse kratzte sich am Kopf. „Hört sich an, als ob's jetzt ernst wird, als ob sich vielleicht was tut in der Sache."

„Ja, Herr Kruse, das tut's in der Tat. Wenn die in Kiel feststellen, daß der Mann im Feuer und der aus der Pension ‚Japsand' identisch sind, dann sind wir ein großes Stück weiter. Doch wer ihn da verfeuert hat, wer ihn da in Ihr Biikefeuer verfrachtet hat, weiß ich dann immer noch nicht."

„Das ist nicht mein Biikefeuer, Herr Oberkommissar", wandte Kruse betont förmlich ein. „Das ist das Biikefeuer der ganzen Hallig", fuhr er fort, „die brennen auf allen Inseln und Halligen an der Westküste, alle am selben Tag, sogar auf dem Festland wird's gemacht."

„Gut, gut, Herr Kruse", lenkte Holthaus beschwichtigend ein, „nicht Ihr Biikefeuer, sondern das der Hallig."

„Genau so ist es, Herr Oberkommissar."

Holthaus wunderte sich, daß Kruse unüberhörbar noch zu Späßen aufgelegt war.

„Wenn schon, dann Kriminalkommissar, Herr Bürgermeister", antwortete Holthaus und war bemüht, ein Lächeln zu unterdrücken, „wenn schon Titel, dann korrekter Titel. Sie wissen doch: Kriminalkommissar. Ich befördere Sie ja auch nicht zum Oberbürgermeister."

Kruse grinste kurz, setzte dann wieder eine ernsthafte Miene auf. „Glauben Sie denn, daß Sie rauskriegen, wer diese Schweinerei angerichtet hat, wer den Mann da ins Feuer gesteckt hat?" fragte er und bestellte weitere zwei Biere, schon die zweite Runde, und gleich noch zwei Schnäpse dazu. Holthaus hatte aufgegeben, sich zu verweigern, bestellte aber selbst keine Getränke, um Kruse nicht noch weiter zu animieren.

„Kann ich beim besten Willen noch nicht sagen, alles ist möglich. Vielleicht schon bald die entscheidende Verhaftung, vielleicht auch nie."

„Ich sag's noch mal. Von der Hallig war's keiner."

„Ich will Ihnen das gerne glauben, Ihnen wünschen, daß es so ist."

„Das verschwundene Pärchen hat damit zu tun. Darauf wette ich mit Ihnen."

„Ich wette nicht auf Erfolg oder Mißerfolg bei meiner Tätigkeit, das ist tabu, Herr Kruse."

Da der „Seelöwe" nicht regulär geöffnet hatte, wies der Wirt bald darauf hin, daß er schließen, daß er das Licht löschen wolle, damit nicht noch weitere Gäste angelockt würden. York und der Bürgermeister duzten sich. Holthaus wußte inzwischen, daß sich auf der Hallig eigentlich alle duzten, Gäste wurden da nicht geschont. Kruse hatte sich das ihm gegenüber bislang nicht herausgenommen, was Holthaus sehr zusagte, denn er war kein Freund von rascher Nähe und Vertraulichkeiten. Der Wirt hingegen verfiel häufig ins Pluralduzen, sprach von „Ihr" und „Euch" und „Euer", wenn er den Bürgermeister und ihn zugleich meinte. Auch das mochte Holthaus nicht, verkniff sich jedoch, die Sache anzusprechen. Kruse schien Holthaus' Unbehagen über die Distanzlosigkeit des Wirts bemerkt zu haben, der doch wußte, in welcher Funktion Holthaus auf der Hallig war.

226

Vor der Rückfahrt zur Kirchwarft wünschte der Polizist noch einen Abstecher zu den Bahnsens auf der Obelitzwarft, zu den Pensionsleuten. Er habe nur wenige Fragen noch, jedenfalls für heute. Kruse fragte nicht weiter nach, blieb am Wagen stehen, als Holthaus zur Eingangstür der Pension schritt, die sich schon öffnete, bevor der Polizist sie erreichte. Erst erschien die Frau, dann der Mann in der Türöffnung. Nach dem obligatorischen „Moin" kam Holthaus gleich zur Sache:

„Hatte der Mann, der bei Ihnen wohnte und in der Biikenacht nicht zurückkehrte, erkennbare Zahnlücken oder abgebrochene Zähne? Erinnern Sie sich? Wenn ja, wo?"

Das Paar schaute sich verblüfft ein paar Sekunden an. Nein, da sei ihnen nichts aufgefallen, beeilten beide sich zu sagen. Welche Zähne denn gemeint seien.

„Ihnen ist demnach nichts aufgefallen an den Zähnen des Mannes", sagte Holthaus, der ihre Frage unbeantwortet ließ.

„Wir haben mit dem Mann ja kaum mal richtig gesprochen, daß man die Zähne sehen konnte", sagte Bahnsen.

„Und gelacht hat der Mann sowieso nicht", pflichtete die Frau bei, „nicht mal gelächelt hat er mal."

Nach einem Blick zum Bürgermeister, der von einem Fuß auf den anderen trat, bat Holthaus die Eheleute, möglichst heute noch die Gäste zu befragen, die zur fraglichen Zeit ebenfalls bei ihnen wohnten, ob ihnen etwas an den Zähnen des Mannes aufgefallen wäre. Wenn das der Fall sei, sollten sie ihn im Pastorat anrufen. Entweder noch heute Abend oder morgen Abend. Morgen bliebe er wohl noch auf jeden Fall auf der Hallig.

Mehrfach wurde Kruses Wagen von Windböen durchgeschüttelt, die ihn zum Rand der Straße drückten, da der Bürgermeister oft nur mit einer Hand steuerte, während er mit der anderen im offenen Handschuhfach oder hinter seinem Sitz herumsuchte. Hin und wieder klatschten ein paar Regentropfen gegen die Scheiben, die der Scheibenwischer zu bunten Schlieren verwandelte und die Sicht verschlechterte. Besorgt beobachtete Holthaus das schwarze Wasser des streckenweise nah an die Straße heranreichenden Priels.

Als Kruse vor der Kirchwarft, gleich am Beginn des steilen Plattenwegs, der hinauf zum Warftrand führte, anhielt und Holthaus ausstieg und im Dunkel der anbrechenden Nacht das noch eine Spur dunklere Pastoratsgebäude betrachtete, in dem aus wenigen Fenstern Licht fiel, überkam ihn für ein paar Atemzüge das überraschende Gefühl einer Heimkehr, eines Vertrautseins.

Bevor er wieder losfuhr, wollte der Bürgermeister wissen, was morgen auf Holthaus' Plan stehe. Er habe natürlich noch andere Dinge zu erledigen, nicht nur bei der Verbrechensbekämpfung auszuhelfen. Allerdings ginge es hier ja schließlich um seine Hallig und deren Ruf. Er stünde also auf Abruf weiterhin zur Verfügung.

„Wir können uns zusammentelefonieren", schlug Holthaus vor, „vielleicht kenne ich dann schon den Bericht der Rechtsmedizin, vielleicht hat mein Chef auch schon was aus Düsseldorf erfahren. Spätestens übermorgen, am Donnerstag, werde ich wohl die Fähre zum Festland nehmen. Wann geht sie noch mal?"

„Um elf Uhr", antwortete Kruse knapp, rief dem Pastor, dessen Kopf sich über dem Warftrand zeigte, ein „Moin, Herr Pastor“ zu, stieg ins Auto und fuhr davon. Beim Drehen schob er eine Hand aus dem Fenster und winkte ein paarmal, und der Polizeibeamte wußte nicht, ob das ihm oder dem Pastor galt.

Kaum hatte Holthaus das Haus betreten, rief Torge Bahnsen an. Nein, auch die Gäste, es seien noch zwei Eheleute von der Biikenacht im Haus, hätten nicht bemerkt, daß der Mann aus Düsseldorf Zahnlücken hatte, jedenfalls keine sichtbaren. Doch der Mann habe ja kaum mit jemandem gesprochen, habe immer für sich gesessen. Da könne wohl keiner so richtig wissen, ob er Zahnlücken hatte. Um welche Zähne es denn ginge, wollte Bahnsen am Ende wissen.

„Oberkiefer, ziemlich vorne in der Mitte“, erklärte Holthaus kurz.

Neben dem Stuhl, wo sich das Regal mit dem Telefon befand, hatte Holthaus im spärlichen Licht des Flures einen dazugestellten hölzernen Tisch vorgefunden, auf dem ein Papierblock samt Kugelschreiber und Bleistift lagen. Während des Telefonats, das er weiterhin im Stehen führte, nickte er dem Pastor, der sich kurz im Flur sehen ließ, anerkennend zu. Wittensen lächelte und machte eine linkische Bewegung, die wie eine Einladung wirkte, sich auf dem Stuhl niederzulassen.

Ein paarmal ging die Frau des Pastors geschäftig hin und her, lief die Treppen hinauf und hinunter, war dann plötzlich verschwunden und Holthaus bekam sie für den Rest des Abends nicht mehr zu Gesicht.

Irgendwie wirkte Wittensen gefaßter, sah besser aus im Gesicht, so schien es Holthaus. Erst nach dem zweiten Glas Wein wollte er etwas mehr über den Stand der Ermittlungen wissen, stellte vorsichtig ein paar Fragen, die Holthaus jedoch allesamt nicht beantworten konnte. Nein, er sei noch nicht weitergekommen mit seiner Ermittlungsarbeit, er warte dringend auf das Gutachten der Rechtsmedizinerin, außerdem habe er noch etwas am Biikeplatz gefunden, was vielleicht weiterhelfen könnte. Nachdem er sah, wie sehr sich Wittensen beherrschte, nicht zu fragen, um was es sich dabei handelte, erlöste er ihn.

„Ein kleines Glasfläschchen und einen Schlüsselring."

Wieder zierte sich Wittensen, rang sich dann doch ein paar Worte ab:

„Beide Sachen haben im Feuer gelegen? Das Wasser hat sie nicht fortgeschwemmt?"

Nein, die Flasche habe ziemlich zum Halligrand hin gelegen, die Schlüssel hätten sich an dem Platz, wo das Feuer brannte, angefunden. Das Wasser hätte sie wohl nicht wegschwemmen können, erklärte der Polizist.

Wittensens Gesicht verriet stumme Ratlosigkeit. Er räusperte sich, drehte das Weinglas auf der Tischplatte und schien eine weitere Frage zu überlegen, als sich das Telefon meldete. Obwohl die Tür zum Flur geschlossen war, konnte Holthaus das Klingeln deutlich hören. Dabei wurde ihm klar, daß seine Telefongespräche gut mitzuhören waren. Ganz sicher im Wohnzimmer, wohl auch noch in anderen Zimmern, vielleicht sogar im Stockwerk darüber, wenn jemand darauf aus war. Nicht für die Öffentlichkeit bestimmte Ermittlungsergebnisse und Sachstandsberichte? Hier gingen die Uhren anders, das war Holthaus bewußt und er nahm es in Kauf.

Es war Hauptkommissar Jochimsen, der sich sogleich beschwerte, daß er wieder mal seinem Mitarbeiter hinterhertelefonieren mußte. Er wartete keine

Antwort ab, sondern wollte sofort erfahren, wie weit er mit seiner Spurensuche und den Verhören gekommen sei.

„Außerdem, Herr Holthaus“, fügte Jochimsen noch an, „wir wissen über den Mann aus Düsseldorf immer noch nicht, daß es ihn dort wirklich gab, daß er dort gemeldet war und dort wohnte. Wenn er es denn tatsächlich ist, der in dem Feuer zu Tode kam. Ganz wichtig ist ...“ Hier brach das Gespräch ab und Holthaus und auch der herbeigeeilte Pastor vermochten nicht, die Verbindung wiederherzustellen. Jochimsen offensichtlich auch nicht, denn es war davon auszugehen, daß er es auf der anderen Seite gleichfalls versuchte. Nach ein paar weiteren Versuchen gab Holthaus erst mal auf und kehrte ins Wohnzimmer zurück. Solche Telefonausfälle gäbe es öfter, zwar weniger als noch vor einiger Zeit, kämen aber hin und wieder noch vor, berichtete Wittensen, doch so sehr viel gäbe es auch für ihn nicht zu telefonieren.

Gerade, als Holthaus überlegte, vielleicht noch Freya anzurufen, wenn die Verbindung wieder funktionierte, klingelte das Telefon. Als der Pastor ihm den Hörer reichte, lächelte er und seine Handbewegungen signalisierten, daß keine Eile geboten sei.

Nicht Jochimsen war in der Leitung, sondern Dr. Tewes.

Ob er wieder mit dem Pastor zusammensitze, fragte sie.

Ob sie denn noch in der Gerichtsmedizin sei, fragte Holthaus zurück, sah dabei auf seine Uhr.

„Ja“, sagte die Ärztin und der Klang ihrer Stimme verriet wieder den Aufenthalt in einem großen und hohen Raum, „aber gleich werde ich heimfahren. Rechtsmedizin, so heißt die Stelle“, fügte sie noch belehrend hinzu, „es ist das Institut für Rechtsmedizin.“

„Haben Sie Ihre Untersuchungen des Toten abgeschlossen?“

„Ja, soeben beendet.“

„Wann erhalte ich Ihr Gutachten?“

„Nicht vor Freitag, vielleicht auch erst am Samstag. Muß das Ganze erst noch zu Papier bringen, schreiben lassen. Wie lange bleiben Sie noch auf der Hallig?“

„Wahrscheinlich bis übermorgen, morgen wird das noch nicht klappen mit der Abreise. Und mittwochs fährt sowieso keine Fähre.“

„Ich sende dann das Gutachten direkt an Ihre Dienststelle?“

„Ja.“

„Nicht vorab noch an Sie über Bürgermeister Kruse?“

„Nein, nicht mehr erforderlich. Bin dann ja wieder in der Dienststelle im Kreishaus zu erreichen.“

Holthaus ließ ein paar Sekunden verstreichen. Er hörte Papierrascheln im Hörer.

„Was hat Ihre Obduktion ergeben, was haben Sie feststellen können?“

Wieder vernahm er Papierrascheln, verbunden mit Atemgeräuschen.

„Ein Mann, Alter zwischen vierzig und fünfzig Jahre, Backenzahn rechts unten fehlt, im Oberkiefer vorne zwei Schneidezähne abgebrochen, vielleicht Folge von Gewalteinwirkung, sonst keine Frakturen, weder im Schädelbereich noch am übrigen Knochengerüst. Vor dem Tod längere Zeit keine Nahrungsaufnahme.“

Einen Augenblick blieb es still in der Leitung.

„Sind Sie noch da?“ fragte Dr. Tewes.

„Aber klar doch, ich höre Ihnen zu“, antwortete der

Kriminalbeamte, „berichten Sie weiter.“

„Das wohl Wichtigste. Es fanden sich Spuren von Betäubungsmitteln in den Weichteilresten, zwar nur sehr schwach, was schon sowieso erstaunlich ist, weil die üblicherweise eingesetzten Stoffe nur eine begrenzte Zeit nachweisbar sind, einen Tag vielleicht, aber nicht viel länger. Dann muß die Dosis schon sehr stark gewesen sein, wobei bei hoher Dosierung die Mortalität sehr hoch ist. Beim Zustand der Leiche und der Liegezeit im Feuer ist das alles sehr erstaunlich.“

„Und der Mann lebte noch, als das Feuer ihn unter dem Holz erreichte?“

„Ja. Darauf wies ich bereits hin beim gestrigen Telefonat. Es gibt Spuren von Rauch in den verwertbaren marginalen Resten von Luftröhre und Lunge. Er hat noch geatmet.“

Wieder war außer Atemgeräuschen nichts in der Leitung zu hören.

„Haben Sie denn noch etwas finden können am Feuerplatz?“ fuhr Dr. Tewes fort, nachdem sekundenlanges Schweigen herrschte.

Holthaus zählte seine neuen Funde auf.

„Ein kleines Fläschchen?“ fragte Dr. Tewes. „Das ist ein möglicher Aufbewahrungsort für Betäubungsmittel, die üblicherweise flüssig eingenommen werden. Und zwei Schlüssel? Mir scheint das Fläschchen sehr wichtig zu sein.“

Erneut trat Stille ein, die jedoch nicht lange währte. Die Ärztin nahm erneut das Gespräch auf: „Was halten Sie davon, wenn wir uns treffen, um das Gutachten zu besprechen, das ich Ihnen dabei auch aushändigen kann. Erspart uns den Postweg.“

„Ich soll Sie in der Rechtsmedizin in Kiel aufsuchen?“ fragte Holthaus überrascht.

„Nein, ich besuche Sie in Ihrer Dienststelle. Was halten Sie von Freitag? Dabei könnten Sie mir doch auch Ihre Funde aus dem Pensionszimmer des verbrannten Mannes aushändigen, verkürzt doch die Sache erheblich.“

Holthaus überschlug kurz die Situation. Donnerstag mit der Fähre zurück, Jochimsen könnte er vielleicht noch heute, spätestens morgen Bescheid geben. Und morgen wollte er auf jeden Fall hier vor Ort die Sache zunächst mal abschließen.

„Noch da?“ fragte Dr. Tewes.

„Ja, natürlich.“

Freitag sei ein guter Tag dafür, an welche Uhrzeit sie denn denke, wie sie denn anreisen werde. Mit dem Auto? Zug?

Sie werde mit dem Auto kommen, die Fahrpläne und Zugverbindungen zur Westküste taugten nicht viel, zu wenige Verbindungen, umständliches Umsteigen, ungünstige Uhrzeiten. Sie werde auf seiner Dienststelle anrufen, wann sie voraussichtlich ankommen werde.

„Könnten Sie auf der Hallig wohnen, ich meine, könnten Sie dort leben?“ fragte Dr. Tewes unvermittelt, als Holthaus gerade ausholte, das Gespräch zu beenden.

„Diese Frage stellte ich mir schon mal“, antwortete Holthaus nach der ersten Verblüffung, „wohl eher nicht. Vielleicht mal Urlaub, so zwei oder drei Wochen vielleicht. Aber auf Dauer hier sein? Nein, das dann doch lieber nicht. Warum fragen Sie?“

„Nur so. Nicht von Bedeutung, einfach so. Dann bis Freitag. Machen Sie’s gut.“

Bevor Holthaus antworten konnte, hatte sie aufgelegt, was ihn kaum noch überraschte.

Der Pastor saß noch am Tisch, den Kopf mit einer Hand abgestützt und blickte in die Dunkelheit, die sich vor dem Fenster ausbreitete.

Es sei wieder die Rechtsmedizinerin gewesen, erklärte Holthaus, sie sei mit ihren Untersuchungen fertig.

Wittensen nickte nur flüchtig. Obwohl der Pastor schwieg, sah Holthaus ihm an, daß er nur deshalb noch nicht gegangen war, um mit ihm reden zu können. Die Stille im Haus war mit Händen greifbar.

„Der Mann ist vorher betäubt worden", begann Holthaus und ließ den Satz im Raume stehen.

Wittensens Augen weiteten sich, für einen Augenblick schien er den Atem anzuhalten.

„Vermutlich wurde hierbei Gewalt angewendet."

Wieder setzte bei Wittensen für einen Moment das Atmen aus. Er nahm das Weinglas in die Hand, starrte hinein und nahm einen kleinen Schluck.

Wo er es nicht für notwendig hielt, über Einzelheiten der mitunter schrecklichen Dinge zu informieren, die mit seiner Arbeit zu tun hatten, verzichtete der Polizist bewußt darauf und verschwieg sie. Er sah, wie dem Pastor das Geschehen zusetzte, wie er darunter litt, was in seiner kleinen Halligwelt geschehen war, unweit seines Gotteshauses. Ob er mit Gott haderte, der zugelassen hatte, was geschehen war? Holthaus war nicht gläubig. Nicht mehr. Er war evangelisch getauft und erzogen worden, doch vor etlichen Jahren trat er aus der Kirche aus, einfach so. Es gab keinen besonderen Anlaß dafür. Ihm war in jener Zeit danach, seine Zweifel nahmen überhand. Es war die logische Konsequenz. Freya hingegen war in der Kirche, sie blieb Mitglied und er respektierte das, so wie er jeden gläubigen Christen respektierte. Auf große

Diskussionen über Glaubensfragen ließ er sich indes nicht ein, auch nicht mit Freya.

Ein Mann wie Wittensen kam nicht, da war sich Holthaus völlig sicher, für eine derart schaurige Tat in Frage, auch nicht sein unmittelbares Umfeld. Holthaus ging inzwischen noch weiter. Auch die Halligbewohner rückten immer mehr an den Rand seiner Tätersuche. Dieses Verbrechen war lange geplant, es mußte eine Vorgeschichte zugrunde liegen, eine lange Vorbereitungszeit gegeben haben. Zwischen Opfer und Täter oder Tätern mußte eine Beziehung bestanden haben. Bei den meisten Morden lag eine Beziehungstat vor. Die Statistiken ließen daran keine Zweifel aufkommen. Er mußte die Identität des Mannes, der im Feuer umkam, feststellen. Wenn das gelang, da war Holthaus zuversichtlich, war er der Lösung des Falles wohl entscheidend nähergekommen. Unbändige Rachsucht mußte Auslöser für diese Tat gewesen sein. Er mußte herausfinden, was das für ein Mann war und wo er herkam, danach würden sich mit Sicherheit weitere Anhaltspunkte und Spuren ergeben. Bis auf weiteres wollte er den Gäste-Meldelisten, soweit sie vorlagen, keine Beachtung schenken. Bis auf die Düsseldorf-Eintragungen jenes Mannes, deren Wahrheitsgehalt zunächst zu klären war. Vielleicht war Jochimsen da schon weitergekommen.

„Von Ihren Leuten, von den Menschen hier auf der Hallig, zählt für mich niemand zu den Tatverdächtigen", sagte Holthaus.

Wittensen schaute den Polizeibeamten mit starrem Blick an, es dauerte ein paar Sekunden, bevor sich seine Augenlider wieder bewegten. Wittensen litt, das sah Holthaus. Einer plötzlichen Regung folgend, legte er seine Hände für einen Moment auf die verschränkten Hände des Pastors, die dieser in einer hilflos anmutenden Geste auf die Tischplatte drückte.

„Es war keiner von der Hallig“, wiederholte Holthaus.

Wittensen sagte nichts, blickte vor sich hin, atmete nur hörbar aus.

Als nach etlichen vergeblichen Versuchen, Jochimsen anzurufen, selbst die Verbindung zur Amtsverwaltung nicht mehr funktionierte, gab Holthaus auf. Mit einem freundlichen Kopfnicken zum Pastor verließ er den Raum und stieg zu seinem Zimmer hinauf. Wittensen unternahm keinen Versuch, ihn wie an den Vorabenden mit einem Blick oder einer Geste aufzuhalten.

Bevor er das Licht löschte, besah Holthaus sich das am Feuerplatz gefundene braune Fläschchen näher. Die Überbleibsel des blauweißen Etiketts hafteten noch erstaunlich fest an der Rundung des Glases. Ein großgeschriebenes G und Reste eines weiteren Großbuchstabens, den er für ein A hielt, beide weiß auf blauem Grund, dazu noch ein paar kleingeschriebene Buchstaben, schwarz auf weißem Grund, vielleicht Fetzen von Begriffen oder Worten, die der Bürgermeister als italienische Sprache erkannt haben wollte. Die linke untere Ecke des Etiketts schien vollständig erhalten zu sein und ließ erkennen, daß das Etikett schief anhaftete, was bedeuten konnte, daß es nicht maschinell, sondern mit der Hand aufgeklebt worden war. Er verzichtete auf Handschuhe, faßte das Fläschchen mit bloßen Händen an, auch die beiden Schlüssel, die er ebenfalls inspizierte. Spätestens das Wasser hätte vorhandene Fingerabdrücke vollständig vernichtet.

In tiefer Nacht, so kam es Holthaus nach plötzlichem Erwachen vor, glaubte er das Telefon gehört zu haben. Doch er täuschte sich, die Uhr zeigte erst kurz vor zwölf. Vielleicht noch ein später Anrufversuch von Jochimsen? Es blieb still im Haus, nichts regte sich und Holthaus drehte sich auf die andere Seite und schlief weiter.

*

Nach dem Frühstück hatte Holthaus noch nicht die unteren Stufen der Treppe erreicht, als er das Telefon läuten hörte und kurz darauf die aufgeregte Stimme der Pastorenfrau.

Jochimsen war in der Leitung, beschwerte sich als erstes über die miserablen Telefonverbindungen an der Küste im allgemeinen und zur Hallig im besonderen. Dann hörte ihn Holthaus tief Luft holen.

„Der Mann ist in Düsseldorf nicht bekannt, die Kollegen konnten keinen Mann mit dem Namen Helzen finden, überhaupt niemanden, der so heißt. Eine Vermißtenanzeige, die halbwegs auf den Mann hinweisen könnte, liegt auch nicht vor. Nicht mal die Anschrift gibt es in Düsseldorf, die Straße gibt es, doch die Hausnummer kann nicht stimmen, denn dort steht ein Bürogebäude, ein Geschäftshaus. Unten, im Erdgeschoß, ein paar Läden, darüber Büros von Anwälten, Arztpraxen und dergleichen.“

„Die Meldezettel wurden demnach mit falschen Daten ausgefüllt“, bemerkte Holthaus und ärgerte sich sofort über die völlig überflüssige Feststellung. „Dann fange ich fast wieder von vorne an.“

„Die Meldezettelangaben wurden demnach auch von niemandem auf Richtigkeit überprüft“, schimpfte Jochimsen, „wozu dann überhaupt Meldezettel, wenn

238

sich keiner darum kümmert? Stoßen Sie mal den Bürgermeister zurecht, da muß sich doch eine Stelle ab sofort mal mit befassen."

Holthaus wollte es nicht wahrhaben, daß er der Klärung des Rätsels, wer der Mann im Feuer war, nicht einen Schritt nähergekommen war. Was er bislang bei den Gesprächen mit den Pensionsgästen, mit den Vermietern gehört hatte, half nicht weiter. Seine Funde am Feuerplatz, das Fläschchen, die Schlüssel, die verschmorten Seilreste, die Heringe, der Knopf, gaben ohne weiteren Bezug auch nichts Entscheidendes her. Er trat mit seinen Ermittlungen auf der Stelle.

Ob er inzwischen noch mehr herausgefunden hätte, wollte Jochimsen wissen, was sich bei seiner weiteren Spurensuche ergeben habe.

„Was sagen Sie da? Schlüsselring? Glasfläschchen? Am Feuerplatz gefunden? Das ist doch was." Jochimsens Stimme nahm Fahrt auf. „Taugt das was für die Ermittlungen? Hilft Ihnen das weiter?" Holthaus verneinte. Zunächst nicht, er werde alles mitnehmen. Keiner auf der Hallig nähme Schlüssel mit, niemand schließe auf der Hallig seine Tür ab, hier bliebe alles offen, habe ihm der Bürgermeister zu den Schlüsseln erklärt, das müßten welche von Fremden sein. Und morgen werde er wohl zurückkehren, ließ Holthaus dann seinen Vorgesetzten wissen. Die Fähre lege um elf Uhr ab und er wäre dann wohl spätestens gegen drei Uhr auf der Dienststelle. Auf der Hallig käme er zunächst mal nicht weiter.

„Gut, gut", quittierte Jochimsen mürrisch die Ankündigung seines nach eigenen Angaben besten Mannes, „hier wartet genug Arbeit auf Sie."

„Bleibt noch die Rechtsmedizin", sagte Holthaus, „der Obduktionsbericht von Dr. Tewes."

„Haben Sie schon etwas von ihr gehört? Wie weit ist sie damit?“

„Der Bericht ist fertig, Frau Dr. Tewes hat ihn fertiggestellt.“

„Sehr gut, sehr gut! Also her damit!“

„Am Freitag kommt Dr. Tewes zu uns auf die Dienststelle, sie hat umdisponiert. Sie bringt den Bericht mit dem Obduktionsergebnis mit. Ich gebe ihr dann die in der Pension gefundenen Sachen mit. Kamm, Haarbürste und so weiter. Anhand dieser Sachen müßte sie feststellen können, ob der Mann im Feuer und der Vermißte in der Pension identisch sind. Wenn das nicht der Fall ist, stehen wir wieder wie am Anfang da. Dann wissen wir so gut wie nichts.“

Holthaus beherrschte sich nur mühsam.

„Und dann gute Nacht“, preßte er sarkastisch heraus.

„Wann wird sie wissen, ob es eine Übereinstimmung gibt, wann ist sie damit durch?“ fragte Jochimsen.

„Kommt auf die Arbeit des Labors an, das die Rechtsmedizin an der Seite hat. Vielleicht nach zwei oder drei Tagen.“

„Auch das noch“, stöhnte Jochimsen auf.

„Doch selbst wenn es eine Übereinstimmung gibt, also der Mann im Feuer der Mann in der Pension ist, was eigentlich mit sehr großer Wahrscheinlichkeit der Fall sein muß, wissen wir immer noch nicht, wer dieser Mann überhaupt ist. Wie er wirklich heißt, woher er kommt, warum er umgebracht wurde, wer ihn umgebracht hat. Dann wissen wir von ihm und über ihn nichts, absolut nichts.“

„Der Kerl muß doch irgendwo vermißt werden, der lebte doch nicht auf dem Mond.“ Jochimsens Stimme verriet gleichsam Verärgerung und Verzweiflung. „Wir müssen dann unbedingt und verstärkt wirklich bundesweit die Vermißtenfälle durchgehen. Irgendwo muß doch einer vermißt werden, der auf diesen Mann im Feuer paßt."

Er werde gleich noch mal die Vermieter aufsuchen, sagte Holthaus. Vielleicht gebe es Fotos von dem Mann, die sie mal gemacht hätten. Oder entsprechende Fotos von Gästen; einige der Biikegäste seien wohl noch im Haus. Obwohl er keine große Hoffnung habe, denn der Mann wurde bislang übereinstimmend als extremer Einzelgänger beschrieben, ging den Leuten aus dem Weg, wollte mit niemandem etwas zu tun haben. Ein Foto, auf dem er zu sehen sei, könnte nur durch Zufall entstanden sein. Auch wolle er noch einmal den Ort des Biikefeuers aufsuchen, der wohl auch der Tatort sei. Reine Gewohnheit, er würde, was er, Jochimsen ja wüßte, meist Tatorte auch noch zu späteren Zeitpunkten aufsuchen. Einfach so. Wenn auch so gut wie immer ohne verwertbares Ergebnis. Die Suche nach der Stecknadel im Heuhaufen, er könne davon nicht lassen.

„Ja, tun Sie das", sagte Jochimsen, „aber am Donnerstag erwarte ich Sie auf der Dienststelle, am Donnerstag sind Sie bei mir."

Kurze Zeit später tauchte der Bürgermeister ohne Ankündigung auf, kam mit dem Amts-Bulli herangefahren. Er hätte am nördlichen Deich zu tun, an einer Stelle, da käme er mit dem Auto sowieso nicht ran. Dann warf er sich einen riesigen Rucksack, in dem es klirrte und schepperte, über die Schulter. Der Schlüssel stecke, er könne den Wagen haben für das, was er noch vorhabe, könne ihn ja wieder am Amt vorbeibringen, wenn er fertig sei. Papiere brauche er keine auf der Hallig, hier gäbe es keine Polizei, jedenfalls keine in Uniform. Dabei lachte Kruse heftig, hob die Faust, als wollte er dem Polizisten gegen die Brust boxen, drehte sich um und ging davon, verließ nach kurzer Strecke die Straße, überwand mit einem geübten Sprung den angrenzenden Wassergraben und entfernte sich über die Fennen zum Rand der Hallig hin. Kruse mußte sich auskennen, denn von einem Weg war in dem von großen und kleinen Wasserläufen durchzogenen Gelände nichts zu sehen.

Auf der Hallig schien der Wind allgegenwärtig zu sein, kam es Holthaus vor. Von einer Seite blies er immer, mal stark, mal weniger stark, von so gut wie nichts aufgehalten auf dem tischebenen Land. Und da sich die Sonne hinter düsteren Wolken verbarg, empfand er den Wind noch ein paar Grad kälter als die acht Grad, die Wittensen am Thermometer neben der Haustür abgelesen hatte.

Mit Fotos des Mannes konnten die Bahnsens nicht dienen, stellten einen Karton mit einem Haufen Aufnahmen auf den Tisch und wühlten darin herum. Der Mann habe sich nicht fotografieren lassen, habe sich nie zu anderen hinzugestellt. Auch habe ihn niemand gerufen, wenn das Fotografieren angesagt war.

Eines der Ehepaare, die Holthaus bereits gesehen hatte, als er die Zimmer der verschwundenen Gäste inspizierte, war sich ebenfalls sicher, daß der Mann wohl auf keinem Foto auftauchen würde, dafür sei er zu eigenbrötlerisch gewesen, hätte sich immer ferngehalten. Das würde aber genauso für das Pärchen gelten, für das eigentlich noch mehr. Die beiden habe man, wie sie doch schon beim ersten Mal erzählt hätten, noch weniger zu Gesicht bekommen. Außerdem seien die ja noch nicht so oft dabeigewesen. Das fiel den Bahnsens auch noch ein, und sie nickten im Gleichklang zustimmend mit den Köpfen.

Wieder empfand der Polizist auf der Fahrt zum Biikeplatz eine merkwürdige Vertrautheit mit den Dingen, die ihn umgaben, obgleich er wohl kaum mehr als ein dutzendmal diese Strecke bisher zurückgelegt hatte. Eigentlich eine zu schöne, zu friedliche Gegend für ein so fürchterliches Verbrechen, dachte er und auch daran, daß ihm solche Gedanken häufig durch den Kopf gingen, wenn er an einen Ort gelangte, an dem sich Schlimmes zugetragen hatte. Die Natur ringsum, Himmel, Wiese, Wolken, Bäume, die Tiere, sie alle waren unschuldig und wehrlos gewesen gegenüber dem Frevel, der sich in ihrer Nähe zugetragen hatte.

Wie erwartet bot der Feuerplatz nahezu ein unverändertes Bild. Der Boden war weiter abgetrocknet. Hin und wieder wirbelten unter dem unablässigen Wind kleine Staubwolken auf an jenen Stellen, an denen das freigelegte Erdreich hervorschaute. Kaum noch war auszumachen, daß hier vor wenigen Tagen ein großes Feuer loderte. Planlos ging Holthaus, den Blick auf den Boden gerichtet, ein paarmal hin und her, ging dann bis zum Deich, ging der Richtung nach, in die das Wasser geströmt war. Nichts fand sich an, das ihm irgendwie weiterhelfen konnte, auch nicht auf den ersten Metern des trockengefallenen Watts, auf das er hinabstieg. Der Wattboden war weich und er sank bis über den Sohlenrand seiner Schuhe ein, so daß er rasch kehrtmachte. Bald würde das Wasser zurückkommen und am Deich hochzusteigen beginnen. Ein neues Landunter drohte nicht, das hatte Kruse mit Bestimmtheit angesagt und Holthaus glaubte ihm.

Gab es noch einsamere Orte als der, an dem er sich jetzt befand? Mühelos konnte er bis zum gegenüberliegenden Ende der Hallig sehen, die wie ein in die Länge gezogenes, an einer Seite ausgebeultes Oval geformt war. Knapp vier Kilometer Abstand lag zwischen den beiden Enden. Umrundete man die Hallig zu Fuß, kam man auf etwas mehr als zehn Kilometer, hatte ihm Kruse mal erzählt.

Außer Gänsen und Enten, die sich auf den Fennen und Wasserläufen herumtrieben, entdeckte er nichts Lebendes, so weit er auch blickte. In diese Einöde war ein Mensch gereist, der nicht ahnte, daß ihn hier der Tod ereilen würde. Und vermutlich zwei andere Menschen waren ihm gefolgt, um ihn zu töten. Warum hatte er, warum hatten sie sich gerade diese Stelle ausgesucht? Holthaus empfand, daß der Ort, daß dieses Fleckchen Erde entweiht worden war durch eine entsetzliche Tat, die durch nichts zu rechtfertigen war, mochte der Getötete sich zuvor auch noch so schuldig gemacht haben. Holthaus schüttelte sich regelrecht, um von diesen Gedanken wegzukommen.

Bevor er ins Auto stieg, wandte er sich ein letztes Mal um, schaute zum Horizont, wo sich die winzigen Umrisse der Insel abzeichneten, auf die er vor Jahren auch schon den Fuß gesetzt hatte, sah auf das Wasser hinaus, das im ewigen Kreislauf zur nächsten Flut heranlief, war dabei, den Blick zurückzunehmen bis hin zu seinen Fußspitzen, eher beiläufig noch weitersuchend, als wenige Meter vor ihm, nahe zum Rand der grasfreien Feuerstelle hin, im Boden etwas Weißes aufleuchtete, klein wie eine Münze. Es war, als ob die Sonne darauf schien und den Gegenstand zum Blinken brachte. Doch das konnte eigentlich nicht sein, denn die geschlossene, düstere Wolkendecke ließ nicht einen einzigen Sonnenstrahl hindurch. Als er näher herantrat, wich das vermeintliche Blinken. Es war wohl nur das Werk eines Augenblicks gewesen, als sich in seinem Rücken, vielleicht für eine Sekunde, eine helle Stelle in den Wolken auftat und diesen ungewöhnlichen Anblick verursachte.

Es war keine Münze, sondern eine schmale dunkle Metallkette, die aus kleinen ovalen Ösen bestand, an deren Ende ein rundes, mattglänzendes Metallplättchen befestigt war, das erstaunlich sauber wirkte und wohl die kurze Helligkeit am Himmel reflektiert hatte. Auf seiner Rückseite gab es eine nur noch schwach erkennbare Gravur, die wohl ursprünglich die Ziffer 3 oder die Ziffer 8 darstellen sollte. Am anderen Ende der Kette, die etwa zehn Zentimeter lang sein mochte, befand sich eine etwas größere kreisrunde Öse, die mit einem kleinen Schiebemechanismus versehen war und damit ein kleines Stück geöffnet und geschlossen werden konnte. Die Mechanik schien defekt zu sein. Die vorgesehene Öffnung stand offen, ließ sich jedoch nicht mehr zuschieben, da der winzige Bolzen dafür fehlte. Er rätselte, warum die Kette bisher nicht gefunden worden war. Vielleicht von der Flut freigespült und von Kruse und ihm nicht entdeckt?

Ein paar Minuten blieb Holthaus stehen, bevor er in den Wagen stieg und betrachtete den neuen Fund, drehte ihn hin und her, warf ihn von einer Hand in die andere, um ihn von Erdresten zu befreien, steckte ihn schließlich in die Jackentasche. Dann fuhr er langsam, fast bedächtig, sämtliche Straßen der Hallig ab bis zu ihrem Ende, allesamt schmal und an unzähligen Stellen geflickt und ausgebessert, vorbei an allen Warften. Zuletzt passierte er die Kirchwarft, hielt jedoch nicht an und fuhr weiter zur Hansenswarft.

Verwundert hielt Kruse die Kette in der Hand, ließ den kreisrunden Anhänger hin- und herpendeln. Erstaunlich sei doch, was sich noch so anfinde, selbst nach Tagen noch, wo sie doch alles so genau abgesucht hätten. Vielleicht könne Holthaus seinen Aufenthalt auf der Hallig noch verlängern, witzelte er dann, vielleicht gebe es ja noch mehr Funde, noch mehr Überraschungen.

„Vielleicht ist das der Anhänger für den Schlüsselring, den Sie am Montag fanden", erwiderte Holthaus.

„Joo, könnte gut sein. Dann nur noch die Schlössser dazu herausfinden, dann ist der Fall so gut wie gelöst."

Kruse lachte verhalten.

„Zu einem Ihrer Leute, zu den Leuten der Hallig kann das nicht gehören?" fragte Holthaus halbherzig, denn er suchte längst den oder die Täter außerhalb der Halligleute.

„Klar kann das einem von uns gehören." Kruse ließ den Anhänger wieder pendeln, dieses Mal in Augenhöhe. „Kann aber auch einem der Biikegäste gehören. Mit der Zahl, war wohl mal ’ne 3, kann auch ’ne 8 gewesen sein, kann ich jedenfalls nichts anfangen." Er strich mit dem Daumen über die verblichene Zahl und gab Holthaus die Kette zurück, zuckte dann plötzlich wie unter einer Eingebung zusammen. „Ha, könnte doch auch dem verschwundenen Pärchen aus der Tasche gerutscht sein. Ja, das wär’ doch auch ’ne Möglichkeit."

„Hilft aber nicht weiter, solange ich nicht weiß, wer die beiden sind, wo sie herkommen, wo sie wohnen."

Kruse hatte für Essen im „Seelöwen" gesorgt, obwohl mittwochs eigentlich der „Buernkroog" von Frerich Rasmussen auf der Laurenzwarft an der Reihe war, wenn nachgefragt wurde, Essen auf den Tisch zu stellen.

Heute würde er für die Polizei mitbezahlen, teilte Kruse ziemlich gestelzt mit, das sei amtlich sozusagen, denn morgen würde er ja wohl wieder Richtung Festland abreisen. Und er habe ja, auch wenn er nicht viel weitergekommen sei mit seinen Ermittlungen, der Hallig doch einen gewissen Dienst erwiesen. Und er, Kruse, hätte wohl die Vermutung, daß sie sich in der Sache mit dem Biikefeuer nicht zum letzten Mal hier auf der Hallig gesehen hätten.

Wieder machte sich der Bürgermeister mit bloßen Händen über eine ansehnliche Portion Krabben her, rief den Wirt herbei, um nachlegen zu lassen. Im Winterbetrieb gab es nichts nach Karte, das wußte Holthaus, nur ein paar handverlesene Gerichte. Er wählte erneut Labskaus. Das bedeutete jedenfalls etwas Warmes im Magen und falsch machen konnte der Wirt dabei auch nicht viel. Bier und Korn waren für Kruse offensichtlich obligatorischer Bestandteil jeder Mahlzeit, und Holthaus verweigerte sich nicht und prostete seinem Gegenüber freundlich zu.

Nach einem Blick durchs Fenster in den grauen Himmel schlug Holthaus das Angebot des Bürgermeisters aus, ihn zur Kirchwarft zu fahren. Es sah nicht nach Regen aus und er machte sich auf den Weg. Kruse begleitete ihn bis zum Warftrand, kam ihm dort zuvor mit der Verabschiedung und streckte ihm seine große rauhe Hand entgegen.

„Tschüss, Herr Kommissar", sagte er, „und dann bis zum nächsten Mal."

„Sie sind sich wohl sicher, daß ich zurückkomme in dieser Angelegenheit."

Kruse fixierte den Polizisten ein paar Atemzüge

lang.

„Joo, das glaub' ich schon, daß wir uns nicht zum letzten Mal hier gesehen haben.“

„Wenn sich was ergeben sollte, das für den Fall wichtig sein könnte, benachrichtigen Sie mich bitte sofort.“

Kruse nickte und ging, wandte sich nach wenigen Schritten um.

„Um elf Uhr geht das Schiff“, rief er dem Polizisten hinterher, „und Sie werden den Fall klären, hab' ich so im Gefühl.“

Holthaus hob den Arm, ohne sich umzudrehen und ging weiter. Nach kurzer Strecke blickte er zurück, doch da war Kruse schon verschwunden.

Nach nur wenigen Augenblicken holte ihn die Einsamkeit der Hallig ein. Die aufkommende Dämmerung begann den Himmel zu verdüstern, im Osten stärker als im Westen. Obwohl um hundert Menschen hier lebten, bekam er kaum mal jemanden von ihnen zu Gesicht, wenn er draußen war, schon die ganzen Tage lang. Ein paar schwarze Punkte, die sich bewegten, meist in der Ferne, das war's auch schon. Ihn faszinierte, daß man immer das Ziel schon sah, wenn man losging. Es war von so gut wie nichts verstellt, allenfalls durch eine Warft, die sich ins Bild schob, aber bald das Ziel wieder freigab, das man anstrebte.

Im Pastorat brannte schon Licht, am hellsten die Lampe über der Eingangstür. Durch die erleuchteten Fenster wirkte das massige Gebäude mit der seitlich angrenzenden, wesentlich kleineren Kirche wie ein in der Dunkelheit des Weltalls dahintreibendes Raumschiff.

Holthaus warf noch im Vorbeigehen einen Blick in den Friedhof, machte ein paar Schritte hinein, doch da

248

war schon Wittensen bei ihm, berührte ihn leicht am Arm. Seine Frau habe schon das Essen bereitgestellt. Holthaus sah ihn überrascht an. Wittensen lächelte. Auf allen Warften, in allen Häusern gebe es Ferngläser in großer Zahl, bedeutete er, kaum ein Schritt bliebe unbeobachtet. Nein, so ganz stimmte das nicht, schoß es da dem Polizisten durch den Kopf, niemand hatte offenbar mitbekommen, was sich am Vorabend des Biikefeuers am östlichen Rand des Eilands abgespielt hatte, abgespielt haben mußte. Allerdings war es da wohl schon viel dunkler als in diesem Augenblick, der Abend weiter fortgeschritten, da gab's wohl nichts mehr zu beobachten, verwarf er sogleich seine Überlegungen.

Der Tisch war etwas feiner gedeckt, weiße Damast-Tischdecke, darauf drei Gedecke. Wittensens Frau nahm am Essen teil, zum ersten Mal, seitdem Holthaus angekommen war. Sie musterte ihn kurz, als er hereinkam.

Es gab Wild. Reh vom Festland, erklärte der Pastor. Dazu aus einer großen Terrine zuvor noch Suppe, die zum Fleisch paßte, dunkelbraun, mit kräftigem Wildgeschmack. Den Rotwein tranken Wittensen und Holthaus alleine. Die Frau schenkte sich Wasser ein, ergriff stumm von der Fensterbank einen Kerzenständer, bugsierte ihn auf die Tischmitte und zündete die Kerze an.

Schon auf der Treppe hatte Holthaus Stimmen und auch Musik vernommen, ganz leise, fast nicht wahrnehmbar. Die Geräusche waren ihm in der Stille des Pastorats schon an den Vortagen hin und wieder aufgefallen; er hatte vermutet, was nun Wittensen erklärte und sich dabei erhob und zur Tür wandte: „Der Fernseher, manchmal läuft der Fernseher. Auch das

Radio. Besonders für die Nachrichten. Das Wetter, die Wasserstände."

Natürlich war Holthaus nicht entgangen, daß im Wohnraum weder Fernseher noch Radio vorhanden waren, auch in seinem Zimmer fehlte beides. Ihn störte das nicht, er war kein großer Nutzer solcher Geräte, hielt es mehr mit Zeitungen und Büchern, verstärkt Fachbücher, aber auch hin und wieder, wie Freya es ausdrückte, richtige Bücher. Romane und Erzählungen. Mit Gedichten konnte er weniger etwas anfangen, und zu Kriminalromanen griff er ganz, ganz selten, weil er sich meist heftig über die stümperhaften Schilderungen polizeilicher Arbeit ärgerte, die so wenig mit dem realen Alltagsgeschehen der Polizisten zu tun hatten.

Die wahrgenommenen, doch kaum störenden Geräusche verstummten. Kurz darauf kam Wittensen zurück und unterbrach die Stille, die sogleich eingesetzt hatte, als er das Zimmer verließ. Seine Frau hatte lächelnd vor sich hingeschwiegen, während Holthaus schon in Gedanken den morgigen Tag durchging.

Morgen reise er also zurück aufs Festland, stellte Wittensen halb fragend fest. Ob er ihn zur Fähre fahren solle, die lege morgen um elf Uhr ab.

Die Fahrerei hatte Holthaus noch nicht bedacht, abgesehen davon, daß der Weg so weit nicht war, er ihn gut zu Fuß bewältigen konnte. Bei Regen natürlich eine ziemlich feuchte Angelegenheit. Kruse hatte übers Fahren kein Wort verloren. Wittensen ließ sich von der abwehrenden Geste des Kommissars nicht beeindrucken und bestand darauf, ihn zur Fähre zu bringen.

Ob sich heute für ihn noch etwas ergeben habe, das ihm bei der Bearbeitung des schrecklichen Vorgangs weiterhelfen könnte, erkundigte sich Wittensen vorsichtig, fast behutsam.

Holthaus reichte ihm die Kette mit dem kleinen runden Anhänger. Wittensen betrachtete sie aufmerksam, reichte sie dann an seine Frau weiter, die ihre Hand danach ausgestreckt hatte. Wo er das gefunden habe, wollte er dann wissen.

„Am Feuerplatz. Am Rand davon, in der bloßen Erde. Kam irgendwie zum Vorschein. Vielleicht hat das Wasser dabei mitgeholfen und die Sache freigespült. Aber wohl nicht ganz, denn dann hätte ich, hätten der Bürgermeister und ich das Ding schon gefunden.“

Inzwischen hatte der Pastor die Kette wieder in der Hand, drehte sie hin und her.

„Sagt Ihnen die Kette etwas, können Sie damit etwas anfangen?“ fragte Holthaus. „Denken Sie sich die zwei Schlüssel dazu“, fuhr er fort, „die sich ebenfalls am Feuerplatz anfanden und vielleicht an dieser Kette hingen.“

Wittensen verstärkte seine prüfende Betrachtung der Kette, sah seine Frau fragend an, die den Kopf schüttelte. Er fuhr mit dem Daumen über die stumpfere Seite des runden Anhängers mit der verblichenen, abgewetzten Gravur. Dann schüttelte auch er den Kopf.

„Nein, ich habe nicht die geringste Vorstellung, wem diese Kette gehören könnte. Und das merkwürdige Zeichen auf dem Anhänger?“ Wittensen sah Holthaus fragend an. „Es könnte sich vielleicht um eine Zahl, um eine Ziffer handeln?“

Holthaus antwortete nicht, wollte die unbeeinflußte Meinung des Pastors hören.

„Vielleicht eine 3, vielleicht auch eine 8? Doch beides sagt mir nichts.“

Wieder und wieder drehte und wendete Wittensen die Kette hin und her, um ihr vielleicht doch noch ein Geheimnis entlocken zu können. Es schien ihn zu belasten, daß er dem Polizeibeamten bisher überhaupt noch nichts zu sagen in der Lage gewesen war, was diesem hätte weiterhelfen können.

Das Essen zog sich eine Weile hin. Große Gespräche kamen nicht auf und Holthaus vermied es, einen Anstoß hierzu zu geben. Verbrechen, noch dazu ziemlich schreckliche, eigneten sich nicht für Unterhaltungen mit Unbeteiligten, beim Essen erst recht nicht.

Wittensens Frau begann schließlich etwas von der Hallig zu erzählen. Sie sprach langsam, mitunter mit auffälligen Pausen zwischen den Sätzen. Holthaus hatte ihre Stimme bislang nicht oft gehört, sie war leise und weich und er mußte gut zuhören, um sie zu verstehen. Ihr Mann schwieg, blickte sie freundlich an, schien alles schon gehört zu haben, was sie sagte. Dann fragte sie nach Holthaus’ Frau und als sie erfuhr, daß es da keine Frau gab, sondern eine Freundin, mit der er sich eine Wohnung teile, lächelte sie und überließ ihrem Mann die weitere Gesprächsführung.

Als der Tisch vom Eßgeschirr freigeräumt war, holte Wittensen eine neue Flasche Rotwein und zog geübt den Korken. Seine Frau beschäftigte sich bereits in der auf der anderen Flurseite liegenden Küche. Geräusche drangen von dort herüber.

„Mögen Sie überhaupt Rotwein?“ fragte er, nachdem er schon eingeschenkt hatte.

Holthaus nickte, hielt das Glas prüfend gegen das Licht.

„Ein Spanier. Ein Tempranillo“, erklärte Wittensen. „Trocken. Mögen Sie trocken? Ich kann Ihnen auch einen halbtrockenen oder milden Roten anbieten, einen Dornfelder.“

Er sei kein erfahrener Rotweintrinker, hin und wieder ja, zu einem besonderen Essen vielleicht oder auch nur so, beschied Holthaus. Freya, die Freundin, hätte fast immer ein paar Flaschen Rotwein vorrätig. Meistens schmecke ihm der Wein, natürlich nicht zu vergleichen mit Bier. Doch ein trockener Rotwein könnc ihm durchaus zusagen.

Die Geräusche aus der Küche waren verstummt. Es wurde wieder ganz still im Raum, von draußen war kaum etwas zu hören, der Wind blies offenbar nur ganz schwach oder war völlig eingeschlafen.

„Was hat Sie bewogen, Polizeibeamter zu werden?“
Überrascht sah Holthaus den Pastor an.

„Warum nicht Bauer oder Ingenieur, warum nicht Bankangestellter oder Kapitän? Warum gerade Polizist?“ fragte Wittensen weiter.

Holthaus lachte, aber es war kein Lachen, um einen Fragenden zu verletzen.

„Da können Sie auch gleich weiterfragen, warum nicht Pastor so wie Sie?“

Wittensens Wangen hatten sich inzwischen wieder leicht rot verfärbt, wie es immer der Fall war, wenn er Rotwein trank. Er blieb hartnäckig.

„Warum gerade Polizist? Und wenn schon Polizist, warum dann zur Kriminalpolizei? Warum nicht zur Verkehrspolizei oder zur Wasserschutzpolizei? Warum zur Kriminalpolizei?“

Holthaus spürte, daß er den Pastor nicht mit Floskeln oder banalen Allerweltsgeschichten abspeisen konnte.

„Weil eine Gemeinschaft, weil ein Land, ein Staat ohne eine gewissen Ordnung, die auch durchgesetzt werden muß, nicht existieren kann, nicht funktionieren kann.“

„Deshalb wurden Sie Polizist?“

„Genau deshalb.“

„Gab es ein besonderes Ereignis, einen besonderen Anlaß, der Sie dazu bewog?“

Es war lange her, daß Holthaus sich darüber Gedanken gemacht hatte. Freya hatte ihm wohl zuletzt solche Fragen gestellt und das war schon lange her.

„Nein, gab es eigentlich nicht. Als ich noch zur Schule ging, so um zwölf, dreizehn Jahre alt war und ich schon anfing, in den Zeitungen nicht nur den Sport zu lesen, fielen mir die Verbrechen auf, die so passierten, überall, auch schon mal ziemlich in der Nähe. Das gefiel mir nicht, überhaupt nicht. Ich war wütend darüber. Da entstand in mir wohl der Wunsch, die Täter zu fassen, damit sie bestraft würden und auch durch die Überlegung, daß durch meine Arbeit vielleicht mögliche Täter abgeschreckt würden, ebenfalls Verbrechen zu begehen, weil sie Angst vor der Verhaftung und Verurteilung hätten.“

„Hassen Sie Täter, die ein schlimmes Verbrechen begingen? Ist der Täter für Sie ein Feind?“

Der Kriminalbeamte lehnte sich zurück, verschränkte die Arme hinter dem Kopf, blickte zur Decke hinauf, beugte sich dann wieder nach vorn.

„Hassen? Nein, das wohl nicht. Und ein Feind? Nein, das auch nicht, er griff mich ja nicht persönlich an.“

„Und wenn ein Familienmitglied von Ihnen Opfer eines Verbrechens würde? Ein Kind, die Frau, die Mutter?“

„Dann würde man mir den Fall entziehen, mich als befangen erklären“, sagte Holthaus und sah an

Wittensen vorbei in die Dunkelheit vor den Fenstern, „diese Gedanken darf ich nicht zulassen, muß ich verdrängen. Klingt vielleicht in gewisser Weise unglaubhaft, ist aber so."

Auf dem Flur waren wieder Geräusche zu hören, die Tür öffnete sich. Frau Wittensen schaute herein. Sie ginge bald zu Bett, sagte sie mit ihrem gewohnten freundlichen Lächeln, zog sogleich, ohne eine Reaktion abzuwarten, die Tür wieder leise ins Schloß.

Insgeheim hatte Holthaus gehofft, daß er das Wissensbedürfnis des Pastors befriedigt hatte, doch Wittensen war noch nicht so weit.

„Glauben Sie, daß Sie denjenigen fassen können, der den Mann im Biikefeuer verbrannt hat?"

„Im Augenblick sieht es nicht so gut aus. Ich weiß noch immer nicht mit Sicherheit, wer der Tote ist. Wenn sich das aufklärt, ist der erste wichtige Schritt getan, zu einer Lösung zu kommen. Übermorgen treffe ich die Rechtsmedizinerin. Vielleicht ergeben sich dann weitere, wichtige Hinweise und Indizien."

„Für wie hoch halten Sie die Wahrscheinlichkeit, daß Sie den Fall aufklären können?"

„Wenn ich weiß, wer der Tote ist, beträchtlich höher als fünfzig Prozent. In einem Fall wie diesem kann fast mit Sicherheit von einer Beziehungstat ausgegangen werden, eine Tat aus dem Umfeld des Opfers. Bleibt die Identität des Opfers hingegen ungelöst, sinkt die Aufklärungsmöglichkeit eklatant. Vielleicht bleibt der Fall dann ungeklärt, vielleicht für immer, vielleicht bis zu dem Tag, an dem der Zufall eine Rolle spielt. Doch das kann lange dauern."

Wittensen hatte mehrfach Wein nachgeschenkt, auch häufiger als der Polizist getrunken. Ein rosiger Schimmer überzog sein Gesicht. Seine Hand zitterte leicht, wenn er die Flasche in die Hand nahm oder das Glas an den Mund führte.

„Würden Sie Ihre Waffe einsetzen, um den Täter zu stellen? Wenn Sie sicher wären, daß Sie den Täter vor sich haben?"

„Den Täter oder die Täter, es können auch mehrere Personen beteiligt gewesen sein", belehrte Holthaus.

„Würden Sie Ihre Waffe einsetzen?" fragte Wittensen erneut.

Holthaus zögerte mit der Antwort, sah den Pastor nachdenklich an.

„Ja, das muß ich sogar tun, um ihn an der Flucht zu hindern, selbst wenn derjenige nur dringend tatverdächtig ist. Ich muß seine Flucht verhindern."

„Auf ihn schießen?" fragte Wittensen weiter.

„Ja, unter Umständen auch auf ihn schießen. Dann sind wir bei der Verhältnismäßigkeit angekommen, dann geht es um Warnschuß, Schwere des vorgeworfenen Deliktes und so weiter und so weiter. Das ist nicht so einfach."

Wittensens Augen hatten sich weit geöffnet, er wirkte fast verstört.

„Es wäre ein Schuß, um den dringend der Tat Verdächtigten oder den tatsächlichen Täter fluchtunfähig zu machen. Ein Schuß ins Bein zum Beispiel, in die Wade, wenn jemand flüchtet."

„Mußten Sie das schon einmal machen?"

„Ja, ist schon vorgekommen."

„Mußten Sie schon jemanden erschießen bei Ihrer Tätigkeit?" fragte Wittensen und der Polizist sah ihm an, wie sehr er sich zu dieser Frage hatte durchringen müssen.

„Nein, das blieb mir bisher erspart."

„Würden Sie es tun, wenn es die Situation verlangte?“

„Ja“, antwortete Holthaus nach kurzem Zögern, „wenn die Umstände danach wären, würde ich es tun, es tun müssen.“

„Haben Sie sich diese Situation schon einmal vorgestellt, daß Sie auf einen Menschen schießen, um ihn zu töten?“

Holthaus sah den Pastor forschend an, dessen Gesicht sich noch einen Hauch rosiger verfärbt hatte und rätselte, was ihn zu diesen Fragen bewog.

„Ja, ich stelle mir das öfter vor. Auch auf dem Schießstand, auf dem wir das Schießen in regelmäßigen Abständen trainieren müssen.“

Eine kleine Pause entstand. Nur das Atmen der beiden Männer war zu hören.

„Mit einem gezielten Schuß würde ich zum Beispiel zu verhindern versuchen, daß Sie von einem bewaffneten Mann angegriffen werden und eine Tötungsabsicht nicht ausgeschlossen werden kann und derjenige auf Warnrufe und Warnschüsse nicht reagiert. Dann würde ich die Schußwaffe benutzen, um den Mann außer Gefecht zu setzen. Dieser Schuß könnte den Mann unter Umständen töten. Dann ist man nicht weit vom Rettungsschuß entfernt.“

Erneut trat Schweigen ein. Wittensen schien das Gehörte zu verinnerlichen, schob sein Glas auf der Tischplatte hin und her und machte den Eindruck, als ob er wieder sprechen wollte. Doch er blieb eine Weile stumm und Holthaus hoffte, daß die Fragen des Pastors zur polizeilichen Arbeit nun erschöpft waren. Das waren sie aber doch noch nicht ganz.

„Kostet es nicht große Überwindung, auf einen Menschen zu schießen, ganz gleich, was er getan hat, ganz gleich, was ihm vorgeworfen wird?“

„Ja, das wird wohl niemals zur Routine, das kostet immer Überwindung. Und so muß es auch sein. Nur im Krieg kann das unter Umständen anders sein. Doch wir befinden uns nicht im Krieg, schon seit langem nicht mehr."

Es ging auf Mitternacht zu und als Wittensen die zweite leere Weinflasche neben die Tür stellte, erhob sich auch Holthaus, wollte beim Abräumen des Tisches helfen, doch der Pastor wehrte ab. Er sei sein Gast und da verbiete es sich geradezu, beim Aufräumen mitanzufassen. Dabei lächelte er und Holthaus bemerkte, daß Wittensen leicht schwankte, wohl eine Folge des Weins. Und es bliebe natürlich dabei, daß er ihn, seinen Gast, morgen zum Hafen fahren werde, zur Fähre.

Holthaus hatte schon die Treppe erreicht, als ihn der Pastor einholte.

„Vielleicht kommen Sie wieder mal auf die Hallig, wenn nichts passiert ist, wenn Sie keinen dienstlichen Auftrag haben, einfach so. Sie können gerne bei uns wohnen, Platz ist immer vorhanden. Ich würde mich sehr freuen."

Verwundert betrachtete Holthaus den schmächtigen Mann, der ihn nicht aus den Augen ließ, nickte bejahend und versuchte sich einen Reim auf das ungewöhnliche Angebot zu machen. Wenn sich die Gelegenheit dazu ergäbe, werde er auf das Angebot zurückkommen, ließ er den Pastor wissen, bevor er sich wieder der Treppe zuwandte.

Erst als es an der Zeit war, zum Anleger aufzubrechen, ließ sich der Pastor blicken. Seine Frau hatte ein paar Sachen mehr auf den Frühstückstisch gestellt und verschwand wie an allen Tagen fast geräuschlos aus dem Zimmer, kam jedoch noch einmal zurück, um ihn

258

zu verabschieden.

Kruses Auto tauchte in letzter Minute am Hafen auf. Mit großen Schritten eilte er heran. Trotz des kalten Windes, der in kräftigen Böen zum Festland hin blies, trug er nur das blaugestreifte Fischerhemd, das am Kragen weit offenstand und die hellen Brusthaare erkennen ließ.

„Na, dann", ließ er sich vernehmen und atmete heftig und griff nach Holthaus' Hand. „Na, dann Tschüss. Bis bald dann."

Er werde ihn unterrichten, wie es mit der Sache weitergehe, informierte ihn Holthaus förmlich, blickte den Bürgermeister dabei eine Sekunde länger an als gewöhnlich.

Der Schiffsmotor wurde einen Ton dunkler, am Heck des Schiffs begann es zu blubbern, Blasen stiegen auf.

„Wenn Sie den Kerl kriegen, der das hier angerichtet hat, dann will ich wissen, wer das ist", rief Kruse aus. „Ich will wissen, wer das gemacht hat."

Der Pastor hatte sich abseits gehalten, trat rasch näher, als der Polizist ihm zuwinkte und sich anschickte, das Achterdeck des Schiffs zu betreten. Der Matrose zögerte mit dem Schließen der Reling, wartete ab, bis die beiden Männer sich wieder voneinander abwandten.

Die Fähre erreichte mit dem achterlichen Wind den Hafen zehn Minuten vor der planmäßigen Zeit. Als Holthaus einen Fuß auf die Betonplatten des Kais setzte, hatte er wieder das Gefühl, in eine andere Welt zurückzukehren. Ein Gefühl, das ihn immer überkam, wenn er von einer der Inseln oder dieser Hallig zurückreiste. Dabei ging es wieder nur um wenige Tage, doch jenes sonderbare Gefühl überkam in jedesmal aufs Neue.

Als erstes stieß er beide Fenster seines Büros auf, das während seiner Abwesenheit offenbar kaum gelüftet worden war. Jochimsen traf er nicht an. Der sei nicht zum Dienst gekommen, fühle sich unwohl heute, wolle aber morgen auf jeden Fall dabei sein, wenn die Rechtsmedizinerin anreise, erklärte ihm die Sekretärin, die bald in seinem Zimmer erschien. Frau Dr. Tewes habe angerufen, wolle morgen gegen zehn Uhr starten, wäre so um die Mittagszeit dann hier. Frauke Meyer fungierte zwar als Jochimsens Sekretärin, doch sie erledigte den Schreibkram auch für die anderen Männer. Sie war die einzige Frau in der Dienststelle, befand sich noch dazu – und das war in einem so kleinen Amt ziemlich ungewöhnlich – in keiner polizeilichen Laufbahn, war eine „Zivile“, wie sie schon mal von den Männern spöttisch zu hören bekam. Doch das stimmte nicht ganz. Natürlich war sie Beamtin, hatte aber nichts in ihrer Personalakte stehen, das auf Polizeidienst und polizeilichen Dienstrang schließen ließ. Gleichwohl hatte sie sich im Laufe der Jahre eine Menge Kenntnisse angeeignet, wußte über alle Sachen Bescheid, die bei den Männern über die Schreibtische gingen, war manchmal sogar zu Tatorten mitgenommen worden. Was ihr nur noch fehlte, waren Dienstwaffe und Dienstausweis, doch zu keiner Zeit hätte sie Polizistin werden wollen, wehrte stets ab, wenn wieder einmal die Sprache darauf kam.

Während Holthaus' Abwesenheit hatte sich nichts Dramatisches ereignet. Hatte er auch nicht erwartet, hätte Jochimsen ihn sowieso sofort wissen lassen. Rasch überflog er die Akten, die akkurat ausgerichtet mittig auf seinem Schreibtisch lagen. Das Übliche, was es zumeist zu bearbeiten galt. Unfall mit Unfallflucht, Einbruchdiebstahl, Raubüberfall, Körperverletzung, versuchte Brandstiftung, alles schon in Bearbeitung. Olofson und Godbersen hatten sich mit den Fällen befaßt, nichts war zu Ende gebracht. Wie denn auch in den wenigen Tagen, die er auf der Hallig war. Hark Magnusson schaute noch bei ihm rein, brachte ihn auf den aktuellen Stand. Godbersen war unterwegs. Olofson kurierte am Nachmittag einen Zahnarztbesuch aus und ging nach Hause, hatte kaum reden können, der Kaffee lief ihm das Kinn hinab, weil die Betäubung noch nachwirkte.

Holthaus war nicht nach erzählen zumute, doch Magnusson und die Sekretärin zog es nicht zurück an ihre Schreibtische, bis er ihnen die Vorkommnisse auf der Hallig geschildert hatte. Er machte früher Schluß an diesem Nachmittag, blickte, als er alleine war, immer mal wieder aus dem Fenster, das in die Richtung wies, in der die Hallig lag.

Seine Wohnung, viereinhalb Zimmer, befand sich in der dritten Etage eines Mietshauses aus den fünfziger Jahren. Eigentlich zu groß für zwei Personen, das wußte er, doch er hatte sich daran gewöhnt, wollte sich nicht mehr verkleinern. Es roch nach trockener, abgestandener Luft. Freya war nicht da. Auf der Küchenanrichte deponierte sie immer einen Zettel, wenn sie länger wegblieb als üblich, schrieb in ihrer steilen, ebenmäßigen Schrift darauf Nachrichten für ihn. Sie war bei ihrer Mutter, wollte danach noch zu ihrem Bruder fahren. Den Kühlschrank hatte sie aufgefüllt, einiges an Brot im Gefrierschrank untergebracht. Freya war die richtige Frau für ihn, das wußte er und zweifelte daran, ob eine andere Frau für längere Zeit bei ihm geblieben wäre. Sein unregelmäßiger Dienst, das plötzliche Aufstehen in der Nacht, wenn ein Anruf sie aufschreckte. Seine Arbeit überhaupt. Freya empfand sie als gefährlich, mochte er das noch so sehr herunterspielen. Sie hatte Angst um ihn. Sie erzählte ihm, daß er, auch wenn es selten vorkäme, nachts mitunter unruhig würde, unverständliche Worte ausstieße, einmal sogar um sich geschlagen hätte. Nicht weit von ihrem Kopf entfernt sei seine Faust mit einem mächtigen Hieb auf das Kissen heruntergefahren. Am Morgen darauf sei er wortkarg geblieben, habe von einem Traum gesprochen, an den er sich nicht erinnern könne. Für Holthaus hatte dieser Vorfall nie stattgefunden, war in seinem Gedächtnis vollkommen ausgelöscht. Dabei zweifelte er an Freyas Schilderung nicht im geringsten.

*

Jochimsen war schon da, stand an einem der hohen Schränke, als Holthaus auf der Dienststelle erschien. Mit einer ungeduldigen Handbewegung winkte er ihn an seinen Schreibtisch heran, schob ihm als erstes einen Schnellhefter über den Tisch. Da seien ein paar Notizen über die Sache mit dem Halligfeuer drin, nicht viel, jedenfalls nichts, was wirklich weiterhelfe. Seine Augenbrauen gingen in die Höhe, als Holthaus von seinem letzten Fund am Ort des Biikefeuers berichtete und dabei die Kette mit dem angehängten runden Plättchen über dem Tisch hin- und herpendeln ließ. Jochimsen folgte den Bewegungen der Kette mit den Augen, ohne dabei den Kopf zu drehen, ließ sie sich dann von Holthaus aushändigen.

„Was hat es mit der Kette auf sich? Und mit dem Metallplättchen und der kaum noch lesbaren Gravur? Sieht wohl nach einer ehemaligen Zahl aus, nach einer

Ziffer, einer Nummer. Entweder eine 3 oder eine 8. Wie sehen Sie das?"

Ohne Holthaus' Antwort abzuwarten, fuhr Jochimsen fort: „Haben Sie schon eine Ahnung, wie die Kette an diesen Platz gelangte, was das alles zu bedeuten hat, wem sie gehört?"

Holthaus verneinte, zog den Ring mit den beiden Schlüsseln aus der Jackentasche und legte sie auf den Tisch.

„Einiges spricht dafür, daß die mal daran hingen. Beide Gegenstände, Schlüsselring und Kette, lagen am Feuerplatz."

Jochimsen schwieg, legte die Kette neben die Schlüssel, schob das Ganze mit spitzen Fingern so zusammen, daß sich ein merkwürdiges Gebilde zeigte.

„Die Schlüssel lagen in der Mitte des Feuers, jedenfalls wurden sie dort gefunden", fuhr Holthaus fort, „die Kette lag mehr zum Rand hin. Beide Gegenstände haben wohl im Feuer gelegen, vielleicht aber nicht dort, wo sie aufgefunden wurden."

Noch immer schwieg Jochimsen, betrachtete weiter das von ihm zurechtgeschobene Arrangement von Schlüsselring und Kette.

„Die Schlüssel fand der Bürgermeister, der bei der Tatortbesichtigung dabei war, ziemlich in der Mitte der Stelle, wo das Feuer brannte. Das war vor dem Landunter, das Wasser konnte die ursprüngliche Lage nicht verändern. Anders als die Kette. Die fand ich nach dem Landunter, mehr zum Feuerrand hin. Sie kann durchaus von der Strömung des Wassers verschoben worden sein."

Holthaus war sich nicht sicher, ob Jochimsen genau zugehört hatte. Doch er täuschte sich.

„Weder Kette noch Schlüssel sind irgendwie verbogen, obwohl sie im Feuer, das doch kein kleines war, gelegen haben könnten", sprach Jochimsen wie zu sich selbst, bevor er den Kopf hob und Holthaus anblickte.

Der fühlte sich angesprochen.

„Eisen, wohl alle Metalle verbiegen sich nicht bei den Temperaturen, die in einem normalen Feuer herrschen, soweit ich weiß."

Wie hoch die Temperaturen denn sein müßten, damit das geschähe, wollte Jochimsen nun wissen und woher er diese Kenntnisse habe.

Holthaus verwies auf Feuer in Fabrikhallen, auch an niedergebrannte Wohnhäuser, an ausgebrannte Autos. Dabei mußten meist ziemliche hohe Temperaturen geherrscht haben. Eisenteile und Metallgebilde waren dabei oft das Einzige, was noch in seiner ursprünglichen Form zu erkennen war. Bizarre Konstruktionen hatte er da gesehen, freigelegt von allem, was zuvor an Ummantelung und Einschließung vorhanden gewesen war. Von Autos blieb oft nur noch die rauch- und rußgeschwärzte Karosse übrig, nahezu alles andere hatte sich im Feuer aufgelöst. Um die Schlüssel und die Kette, dabei zeigte er auf die Gegenstände auf dem Tisch, erkennbar zu verformen, bedürfte es wohl so hoher Temperaturen, wie sie selbst im Biikefeuer nicht vorherrschten. Feuerbestattungen erfolgten zum Beispiel bei rund tausend Grad, damit es wirklich keine Rückstände gebe. Bis auf die Metalle, die es oft am und im Menschen gebe, wie zum Beispiel Zahnkronen oder künstliche Gelenke.

„Soso", quittierte Jochimsen den Vortrag seines Mitarbeiters, „soso", zog dann den Schnellhefter zu sich, den Holthaus noch nicht angerührt hatte, blätterte wahllos darin herum und tat kund, was Holthaus bereits vom letzten Telefonat her wußte. Die Düsseldorfer Kollegen hätten keinerlei Anhaltspunkte gefunden, daß es sich um einen Mann aus der Stadt handeln könnte; niemand, auf den die vage Beschreibung passen könnte, werde vermißt, ganz abgesehen davon, daß die Adresse vom Meldezettel nicht zutreffen könnte, weil dort kein Wohnhaus stände, auch nicht in der Nähe, sondern ein Geschäftsgebäude. Der Name Helzen tauche nirgendwo auf, den gebe es in ganz Düsseldorf nicht ein einziges Mal in den entsprechenden Einwohnerlisten.

„Das heißt, wir suchen nicht mal nach der Stecknadel im Heuhaufen", stellte Holthaus sachlich fest, „wir kennen nicht mal den Heuhaufen, in dem wir suchen sollen."

„Vielleicht hat die Rechtsmedizinerin ja was Brauchbares herausgefunden, irgend etwas, das uns weiterhilft. Herrgott noch mal", fluchte Jochimsen, „irgendwo muß der Kerl doch Spuren hinterlassen haben. Wie heißt die Gute noch mal?"

„Dr. Tewes. Merrit Tewes."

„Wann wird sie hier sein?"

Holthaus sah über den Tisch auf Jochimsens Armbanduhr.

„Um die Mittagszeit müßte sie wohl da sein, wollte um zehn Uhr losfahren, von Kiel aus müßte das passen."

Dr. Tewes war pünktlich, wenn man die Mittagszeit als Maßstab nahm, denn kurz vor zwölf, „High Noon", wie Jochimsen häufig die Tagesmitte nannte, knirschte es vom Parkplatz her, den Holthaus von seinem geöffneten Fenster aus teilweise einsehen konnte. Ein Wagen stoppte, nickte nach vorne durch abruptes Bremsen, war sekundenlang in eine leichte

Staubwolke gehüllt. Ein grauer Volkswagen, Typ Golf, nicht mehr ganz neu, leichte Dellen an der Heckpartie, Lack etwas stumpf, stellte Holthaus sachlich fest und trat ans Fenster, aber nicht so weit, daß er gesehen werden konnte. Ein Frauenkopf zeichnete sich silhouettenhaft durch das Rückfenster ab, zeigte sich ansatzweise über der Kopfstütze. Es mußte Dr. Tewes sein, von der Uhrzeit her paßte das. Auch vom Auto her. Er hatte die Ärztin einfach mit einem solchen Auto erwartet und konnte sich den Grund dafür nicht erklären.

Die Autotür flog auf, ein nacktes Bein schwang heraus, darauf das zweite. Mit einer raschen, geschickten Bewegung glitt die Frau nun aus dem Wagen und als sie sich zum Gebäude hin umwandte, erkannte Holthaus sie sogleich.

So, wie sie aus dem Auto gestiegen war, so ging sie los, mit einer dünnen Tasche in der Hand, sich kurz schüttelnd, als ob sie alles an sich, Rock, eine kurze Jacke, Bluse und Frisur, ordnen und sortieren wollte. Holthaus zögerte einen Augenblick, zog dann die Gardine zur Seite und trat ans Fenster. Sie sah ihn sofort, als sie den Blick hob und das Gebäude absuchte. Holthaus hob die Hand und zeigte in die Richtung, in der die Eingangstür lag. Dr. Tewes schien zu lächeln, winkte heftig zurück und verschwand mit schnellen Schritten in die angegebene Richtung. Kaum eine Minute später kam sie die wenigen Treppenstufen erstaunlich leichtfüßig herauf, wo Holthaus sie an der offenen Tür erwartete. Wieder überraschte ihn der harte Händedruck der Ärztin, die ihn aufmerksam, fast neugierig musterte.

„Da sind Sie ja", sagte Holthaus.

„Ja, da bin ich", antwortete Dr. Tewes, blickte an

sich hinunter und stampfte ein paarmal mit den Füßen
auf, um den feinen Staub von ihren Schuhen auf die
Fußmatte abzuschütteln, was jedoch nur teilweise
gelang.

Jochimsen saß bereits wartend am Besprechungs-
tisch in seinem Zimmer und hielt sich nicht lange mit
Begrüßungsformalitäten auf. Was sie über den verbrannten Mann herausgefunden habe, ob ihre Obduktion etwas Wichtiges ergeben habe, das zur Identifika-
tion des Toten führen könnte, frage er kurz, das sei
entscheidend, ob die Polizei in den Ermittlungen über
die Todesumstände dieses Mannes weiter vorankäme.

„Ja und nein zugleich", antwortete Dr. Tewes, „ich
fürchte, daß ich Ihnen wohl kaum etwas berichten
kann, was wirklich von Bedeutung ist."

Jochimsen, dem die Enttäuschung ins Gesicht geschrieben stand, sah mißmutig zu Holthaus hinüber,
dann wieder zur Ärztin, die in ihren Unterlagen blätterte, die sie aus ihrer Tasche auf den Tisch herausge-
schüttelt hatte. Dann sah sie wieder auf. Ein sachter
Parfümgeruch breitete sich aus.

„Ja und Nein, was soll ich mir darunter vorstellen?"
fragte Jochimsen, „haben Sie was herausgefunden, das
uns weiterhelfen kann oder nicht?" Er schaute zu
Holthaus, der weiter schwieg.

„Das Übliche halt, was man bei verbrannten Menschen noch feststellen kann. Also Geschlecht, unge-
fähres Alter, Körpergröße, Verletzungen beziehungs-
weise Veränderungen am Knochengerüst, Zahnstatus
und dergleichen. Und je nach Zustand von aufgefun-
denem Körpergewebe, das die Flammen untersu-
chungsfähig zurückließen, vielleicht noch Reste von
Mahlzeiten oder auch von Gift oder Betäubungsmitteln."

„Und wie sieht das im einzelnen denn nun aus bei unserem Mann aus dem Feuer?" Jochimsens Ungeduld war nicht zu überhören.

„Ein Mann", begann Dr. Tewes, streifte die beiden Männer mit einem raschen Blick, „im Alter zwischen vierzig und fünfzig Jahren, Körpergröße zwischen hundertsiebzig und hundertachtzig Zentimetern, zwei Schneidezähne in der Mitte des Oberkiefers ungefähr zur Hälfte abgebrochen, im Unterkiefer rechts hinten fehlt der Backenzahn, keine unmittelbare Gewalteinwirkung im Kopfbereich zu erkennen. Letzte Nahrungsaufnahme vermutlich längere Zeit vor dem Tod, welche Art von Nahrungsmittel nicht mehr feststellbar. Rußpartikel in den Überbleibseln von Luftröhre und Lunge, auch in Speiseröhre und Magen, von offensichtlichem einatmen durch den Mund und herunterschlucken herrührend. Der Mann lebte demnach noch, als das Feuer in Gang gebracht wurde. Überreste eines Knebels, eines Pflasters, Tuches oder ähnlichen Materials fanden sich nicht an."

Dr. Tewes sah auf, schaute die Männer fragend an.

„Machen Sie weiter", ließ sich Jochimsen vernehmen, „was gibt es noch zu berichten, was haben Sie noch auf Lager?"

„In Geweberesten ließ sich ein Betäubungsmittel feststellen, also ein Barbiturat oder eines der zahlreichen in der Wirkung ähnlichen Mittel, die teilweise durchaus legal als Medikament eingesetzt werden. Laienhaft ausgedrückt: Ein Beruhigungsmittel. Die Wirkung reicht von beruhigend über schlafunterstützend, über krampflösend bis hin zur Bewußtlosigkeit. Bei Überdosierung kann es zum Tod führen. Illegal werden solche Mittel, mitunter noch versetzt um bestimmte Substanzen, verwendet, um einen Menschen wehrlos und willenlos, im Extremfall bewußtlos zu machen. Je nach Art und Menge des verabreichten Mittels kann unter Umständen euphorisches, auch sexualisiertes Gebaren die Folge sein. Opfer sind zumeist Frauen und Mädchen, um sie sexuell zu mißbrauchen, um sie zu vergewaltigen. Inzwischen spricht man in diesem Zusammenhang in der Öffentlichkeit schon sehr verbreitet von sogenannten K.O.-Tropfen.“

Es war still geworden im Zimmer. Die Ärztin schwieg, ordnete ihre Unterlagen neu, als suche sie nach weiteren vorzutragenden Details, richtete dann wieder den Blick auf die beiden Männer. Holthaus blieb stumm. Jochimsen kritzelte mit einem Stift auf einem Blatt Papier herum, schien sich etwas aufzuschreiben.

„Weiter“, sagte Jochimsen, „gibt es sonst noch was für uns?“

„Es gibt zwei Dutzend und mehr solcher Mittel auf dem Markt“, fuhr die Ärztin fort, wobei ihr Blick auf Holthaus ruhte, „eine genaue Zuordnung ist nicht möglich, hilft in diesem Fall aber auch nicht weiter.“ Sie schob ihre Unterlagen zusammen, häufte sie zu einem kleinen Stapel.

„Ist das jenes Fläschchen, das Sie am Feuerplatz fanden?“ Als Holthaus nickte, streckte sie die Hand danach aus, betrachtete die Reste des Etiketts, drehte das Fläschchen ein paarmal hin und her und schob es dann über den Tisch zurück zum Ring mit den zwei Schlüsseln und der Kette, die Holthaus vor sich ausgebreitet hatte. Auch den am Feuerplatz gefundenen Metallknopf hatte er mitgebracht.

„Ja, ein italienisches Fabrikat, kam mir wohl schon mal unter die Augen, ist schon eine Weile her. Ist aber nicht wichtig. Diese Mittel wirken alle in gleicher Weise."

Jochimsen sichtete seine Notizen, räusperte sich, doch Holthaus kam ihm zuvor. Wie lange die Wirkung eines derartigen Mittels andauere, wollte er wissen, wie man es einem sich sträubenden Menschen, einem erwachsenen Mann zum Beispiel, einflößen könnte.

„Die Wirkung kann von wenigen Stunden bis zu einem Tag, in Ausnahmefällen auch noch ein paar Stunden länger anhalten. Doch wie ich schon beim Telefonat sagte, bei höheren Dosierungen ist die Gefahr sehr groß, daß es zu Herz-Kreislauf-Versagen und Atemstillstand mit Todesfolge kommt."

„Der Mann muß spätestens am Vorabend des Biikefeuers unter den Holzstapel geschafft worden sein und hat ja noch gelebt, als das Feuer brannte, wie sie sagten. Das Betäubungsmittel hat er also überlebt."

„Ja, das hat er dann wohl. Vielleicht eine sehr robuste Natur, vielleicht keinerlei Vorerkrankungen. So etwas gibt es, solche Ausnahmen gibt es schon mal."

Wie man an solche Mittel gelangen könne, ob es medizinischer Vorkenntnisse bedürfe, um eine derart langanhaltende Wirkung durch entsprechende Dosierung zu erreichen und wie man sie dem Mann verabreicht haben könnte, fragte Holthaus weiter.

„Bestimmte Vorkenntnisse müssen vorhanden gewesen sein, schon deshalb, um sich diese Vorgehensweise auszudenken. Einige Semester Medizinstudium wären sicher hilfreich gewesen, vor allem, was die hohe Dosierung angeht. An die Stoffe zu kommen, mit denen man ein derart wirksames Mittel herstellen kann, ist relativ einfach auf dem einschlägigen Markt zu bewerkstelligen, vielleicht schon als fertige Mischung. Als Medikament, als ärztliche Medikation, ist es noch viel einfacher, bedarf natürlich eines ärztlichen Rezeptes."

„Wie verabreicht man ein solches Präparat? Wie kann es einem sich wehrenden Mann eingeflößt werden?" meldete sich nun Jochimsen zu Wort. „Wie soll das denn vor sich gehen?"

„Mit Gewalt. Er muß es ja herunterschlucken. Das Mittel ist flüssig, in Tablettenform meines Wissens nach nicht zu erhalten. Wie diese Gewalt aussehen könnte, müßten sie als Polizisten besser wissen als ich. Die beiden abgebrochenen Schneidezähne im Oberkiefer könnten ein erster Hinweis darauf sein, wie man mit ihm umgesprungen ist."

„Andere Spuren von äußerlicher Gewaltanwendung haben Sie nicht entdeckt?"

„Am Schädel und am übrigen Knochengerüst waren keine Schäden festzustellen, die auf Gewaltanwendung schließen lassen, keine Frakturen oder Absplitterungen oder ähnliche Veränderungen. Wobei Hämatome oder Prellungen und Schwellungen, die häufig bei äußerlicher Gewaltanwendung auftreten, normalerweise an Knochen keine Spuren hinterlassen, sozusagen mit Haut und Haaren vom Feuer vernichtet werden."

Dr. Tewes hielt einen Augenblick inne, fächerte ihren Unterlagenstapel ein bißchen auf und zog ein Blatt hervor, das sie kurz überflog.

„Vermutlich eher nebensächlich. An der linken Hand fehlt am dritten Finger, also dem sogenannten Mittelfinger, das dritte Glied, laienhaft ausgedrückt, die Fingerspitze. Sieht nach einer chirurgischen Amputation aus, also nicht aus- oder weggerissen, sieht nicht nach unbehandelt aus. Liegt wohl auch schon längere Zeit zurück. War mir bei der ersten Inaugenscheinnahme am Feuerplatz nicht aufgefallen."

„Hat also ursächlich nichts mit dem Geschehen am Biikeplatz zu tun, nichts mit der anzunehmenden Gewaltanwendung vor der Betäubung?" fragte Holthaus überrascht.

„Nein, kann damit nicht zusammenhängen. Das muß andere Gründe haben."

„Was für Gründe könnten das sein", fragte Jochimsen, der leicht hochgeschreckt war.

„Reine Spekulation. Vielleicht ein Unfall, eine Verletzung mit anschließender Wundinfektion, die zu spät oder falsch behandelt wurde. Bei schwerem Verlauf kann sie lebensgefährlich werden und macht eine Amputation unvermeidbar."

„Aber sonst keine erkennbaren Zeichen von Gewalt", redete Jochimsen wie im Selbstgespräch vor sich hin, hob dann wieder die Stimme.

„Mit einer hohen Dosierung wird er wohl schon kurze Zeit später keinen Schritt mehr gemacht haben, nachdem man ihm, auf welche Weise auch immer, das Zeug eingeflößt hatte, nehme ich an. Demnach müßte er es am Feuerplatz geschluckt haben. Man wird ihn wohl kaum dorthin getragen haben. Oder vielleicht hingefahren?" Jochimsen beantwortete sich seine Frage selbst: „Nein, nicht hingefahren, das wäre viel zu auffällig, so viele Autos wird es auf der Hallig nicht geben, nein, viel zu auffällig, das Hinfahren entfällt. Man hat ihn auf dem Biikefeuerplatz betäubt."

„Ja, höchstwahrscheinlich war es so", erwiderte die Ärztin, „die Wirkung setzt relativ rasch ein, unterschiedlich nach Dosierung und körperlicher Konstitution des Betroffenen, erfahrungsgemäß so um fünf bis fünfzehn Minuten nach der Einnahme. Bei der angenommenen hohen Dosierung war dieser Mann vermutlich bereits nach nur wenigen Minuten bewußtlos."

„Aber er hat noch gelebt, als der Holzhaufen in Brand gesetzt wurde", stellte Holthaus fest.

„Die Rußpartikel in den Resten von Luftröhre und Lunge, von Speiseröhre und Magen sprechen eine eindeutige Sprache, ich wies bereits darauf hin", bestätigte die Ärztin sachlich und ruhig wie bei einer Vorlesung im Hörsaal einer medizinischen Fakultät.

Es wurde wieder still im Raum. Holthaus schenkte Kaffee nach, den Frau Meyer schon früh in einer Thermoskanne hereingebracht hatte. Dr. Tewes nahm reichlich Zucker, aber keine Milch, rührte ausgiebig in der Tasse herum.

„Sonst noch was?" fragte Jochimsen und sah auf seinen Zettel, dann zu Holthaus.

Dr. Tewes hatte sich zurückgelehnt, richtete sich wieder auf, blickte kurz auf das vor ihr liegende Blatt.

„Ach so, ja", entfuhr es ihr, „es fanden sich geringe verschmorte Reste von Kunststoffseilen an drei Extremitäten, und zwar an beiden Handgelenken und am rechten Fußgelenk. Und am Torso weitere Substanzreste, die vielleicht von Kunstfasern stammen, vielleicht Reste entsprechender Umhüllungen, die den vorzeitigen Tod des Mannes durch Unterkühlung verhindern sollten."

„Was für eine ungeheuerliche Tat", entfuhr es Jochimsen spontan und er schüttelte fassungslos den Kopf.

Die Ärztin sah zu Holthaus hinüber und wies auf die Mitbringsel, die dieser vor sich ausgebreitet hatte, darunter auch ein faustgroßer, verkohlter Klumpen, zu dem der Polizeibeamte sich hinunterbeugte und daran schnupperte.

„An Heringe gefesselt, so weit waren wir in unseren Überlegungen ja bereits, was sich bestätigt durch die Seilreste. Er war gefesselt", faßte Holthaus zusammen.

„Sonst noch was?" wiederholte Jochimsen seine Frage und schaute die Ärztin und seinen Mitarbeiter mit einem Blick an, der verhieß, daß es ihm nun genug der Fragen und Auskünfte war.

Doch Holthaus war es noch nicht genug. Was ihn erstaune, sei der Umstand, daß der Mann nicht bereits unter dem Gewicht des auf ihm lastenden Holzhaufens erstickt sei und das sei er ja offensichtlich nicht, denn sonst hätten sich keine Rußpartikel in den Überresten der Luftröhre und der Lunge finden lassen.

„Nein", stellte Dr. Tewes fest, wobei sie begann, ihre Unterlagen erneut sorgfältig zu einem Stapel zusammenzuschieben, „er ist nicht erstickt, bevor ihn Rauch und Feuer erreichten. Auch das mit Sicherheit hochdosierte Barbiturat, das Betäubungsmittel, brachte ihn vorher nicht um. Möglicherweise reduzierte es das Schmerzempfinden, als ihn die Flammen erreichten, vielleicht reduzierte es die Zeitspanne der Wahrnehmung seiner Situation bis zum vermutlich qualvollen Ende, bis zu seinem Tod. Wenn er denn überhaupt vollständig aus der wahrscheinlich tiefen Bewußtlosigkeit erwachte, die in gewisser Weise der Wirkung eines Narkotikums gleichzusetzen ist. Warum er unter der Last des Holzes vorher nicht schon erstickte, kann ich nicht beantworten. Vielleicht war es trockenes Holz, daß man über ihn legte und nicht so schwer war, vielleicht zufällig Holz in einer Form, das den Druck von oben zumindest eine Zeitlang abschwächte Ich weiß es nicht, dazu habe ich keine Erfahrung."

274

Beide Männer schwiegen, blickten sich eine Weile stumm an.

Neugierig beugte sich die Ärztin vor und betrachtete die weiteren vor Holthaus ausgebreiteten Gegenstände.

„Das haben Sie alles am Feuerplatz gefunden?"

Holthaus nickte, brachte die Fundstücke in einer fast geraden Reihe vor sich in Position.

„Werden Ihnen diese Sachen weiterhelfen bei den Ermittlungen?"

„Das wissen wir noch nicht. Natürlich hoffen wir darauf", sagte Holthaus, sah zu Jochimsen herüber, der wieder etwas auf einen Zettel schrieb, sich dann auf seinem Stuhl straffte. „Sehr viel schlauer sind wir nach Ihren Feststellungen nun auch nicht", entfuhr es ihm mit einem unzufriedenen Unterton in der Stimme, „doch das ist nicht Ihre Schuld", fügte er sogleich beschwichtigend hinzu. „Sie können nichts finden, wo nichts zu finden ist. So ein Feuer läßt wohl nicht viel übrig." Er besann sich einen Augenblick. „Das mit dem Betäubungsmittel ist nicht schlecht, das kann in der Weiterverfolgung vielleicht wichtig werden."

Dr. Tewes quittierte Jochimsens Bemerkungen mit einem angedeuteten Lächeln und reichte ihm einen großen Briefumschlag über den Tisch.

„Der Obduktionsbericht. Sie können mich jederzeit anrufen, wenn Sie weitere Einzelheiten erklärt haben möchten."

Jochimsen machte Anstalten, den verschlossenen Umschlag zu öffnen, ließ es dann jedoch bleiben.

„Und nun zu den vielleicht wichtigsten Dingen, die helfen können, die Identität des Toten festzustellen". Holthaus sammelte die Funde vom Feuerplatz wieder ein und legte, nachdem er seine Kunststoffhandschuhe übergestreift hatte, an deren Stelle die im Pensionszimmer aufgenommenen Sachen auf den Tisch. Dr. Tewes zog ebenfalls Handschuhe an, beugte sich vor und nahm vorsichtig einige der Gegenstände in die Hand, drehte die Haarbürste und den Kamm hin und her, betrachtete aufmerksam die Handtücher und die rote Verfärbung an der Spitze der Pinzette. Die übrigen von Holthaus ausgebreiteten Gegenstände – Zahnputzbecher, Zahnbürste, Waschlappen und Trockenrasierer sowie das zerknüllte Papiertaschentuch – musterte sie nur flüchtig und schienen sie weniger zu interessieren. Sie wirkte sichtlich zufrieden. Damit könne sie mit großer Wahrscheinlichkeit etwas anfangen, das könne sehr hilfreich werden bei der Feststellung der Übereinstimmung.

„Das heißt, Sie können uns wahrscheinlich bald sagen, ob der Tote aus dem Halligfeuer identisch ist mit dem Gast in der Pension, dem geheimnisvollen Mann aus Düsseldorf, wenn er denn wirklich in Düsseldorf wohnte", faßte Jochimsen bemüht sachlich zusammen.

Dr. Tewes hielt sich die Haarbürste dicht vor die Augen, bog behutsam einige Borsten auseinander, nahm dann den Kamm und sah ihn sich ebenfalls genauer an, hielt dann beide Gegenstände über die Tischplatte den beiden Männern hin, ohne sie ihnen auszuhändigen.

„Wenn die Haare und Schuppen, die ich schon mit bloßem Auge erkennen kann, von dem Mann in der Pension stammen, dann werden wir, dann wird das Labor, da kann ich jetzt schon präziser werden, wohl mit ziemlicher Sicherheit eine Übereinstimmung mit dem Toten im Feuer feststellen können." Die Ärztin schwieg einen Augenblick. „Wenn es denn eine gibt."

276

„Na, immerhin", stellte Holthaus fest, „großartig, wenn das gelingt. Doch dann wissen wir immer noch nicht, wer der Tote ist." In den Augenwinkeln nahm er das bestätigende Kopfnicken von Jochimsen wahr.

Mit Blick zu Holthaus steckte die Ärztin die Gegenstände in den Kunststoffbeutel, den dieser ihr wortlos herüberreichte. Sie lächelte. Ja, diese Aufgabe, die wahre Identität des Mannes herauszufinden, könne sie leider nicht übernehmen, das sei die ureigenste Aufgabe der Polizei. Dann kramte sie einen gebundenen kleinen Kalender hervor, blätterte darin vor und zurück. Am Dienstag oder Mittwoch, spätestens Donnerstag nächster Woche wäre wohl das Labor damit durch, dann könnte sie das Ergebnis schon mal vorab durchrufen und es dann einem Kurierfahrzeug übergeben.

Unübersehbar haderte Jochimsen mit der Situation, in der sich der Fall befand. So etwas gäbe es immer wieder, bemerkte Holthaus, der Jochimsen ansah, wie es um ihn bestellt war. Fälle, die als so gut wie nicht mehr aufklärbar galten, lösten sich auf einmal fast wie von selbst. Er solle nur mal an die Neumünsteraner Kollegen denken, er wisse doch sicher noch, die Sache mit ...

Weiter kam Holthaus nicht, Jochimsen winkte unwirsch ab.

„Tun Sie uns den Gefallen", Jochimsen fixierte die Ärztin mit starrem Blick und seine Stimme klang fast flehentlich, „und finden Sie heraus, bestätigen Sie uns, daß der Kerl im Feuer und der in der Pension ein und derselbe sind. Sonst weiß ich nicht, wie es weitergehen soll."

Ratlos wandte er sich nach seinem Mitarbeiter um, der aufgestanden war und mit den Schultern zuckte.

„Noch ist nicht aller Tage Abend“, sah Holthaus
sich mit Trotz in der Stimme veranlaßt zu sagen,
schon um Jochimsen zu trösten, aber auch, um sich
selbst an den eigenen Worten aufzurichten. „Der oder
die Täter kommen uns nicht davon“, fügte er grimmig
hinzu, „wir sind, wenn’s sein muß, Langstreckler,
keine Sprinter.“

Die Ärztin zeigte sich erstaunt. Zunächst sei doch
erst mal der Laborbericht abzuwarten, ob es eine
Übereinstimmung gebe, wovon sie eigentlich ausgehe,
ein anderes Resultat könne sie sich nach den Daten
und Fakten, die sie erfahren habe, kaum vorstellen.
Sobald sie den Laborbericht hätte, werde sie anrufen
und das Ergebnis durchgeben, anschließend per Post
absenden. Erst dann stünde doch für sie als Polizisten
die Entscheidung an, wie es weiterginge in der Sache.

In die quälende Stille hinein, die den Raum auszu-
füllen begann, fragte Dr. Tewes unüberhörbar deutlich
und sachlich: „Wo kann man denn hier was essen?“
Dabei setzte sie ein gewinnendes Lächeln auf. Ihr
Blick ruhte für einen Moment länger auf Holthaus als
auf Jochimsen. „So auf die Schnelle.“

Beim Italiener gab es schon wieder freie Tische, die
Mittagszeit war vorbei. Jochimsen wollte nicht mit,
gab liegengebliebene Arbeit als Grund vor, was ihm
Holthaus nicht abnahm, denn sein Arbeitspensum war
überschaubar, vielmehr schien es so, als ob Jochimsen
mit der Ärztin nicht so richtig zurecht käme, nicht
richtig warm geworden wäre mit ihr. Und das war
wichtig bei Jochimsen, jedenfalls dann, wenn er aus-
suchen konnte, mit wem er zusammensein wollte und
mit wem nicht, selbst wenn es nur um ein Essen beim
Italiener ging.

Bei Dr. Tewes vollzog sich eine Wandlung, wie sie

Holthaus nicht erwartet hatte. Erst recht, als sie von einem kurzen Ausflug in die Sanitärräume des Lokals an den Tisch zurückkehrte. Das war nicht mehr die kühle, sachliche, wie eine Professorin dozierende Rechtsmedizinerin, wie er sie noch vor wenigen Minuten erlebt hatte, sondern nun war sie eine Frau, unübersehbar eine weibliche Person. Die starren, beinahe maskenhaften Gesichtszüge hatten sich entspannt, kamen ihm viel gelöster vor. Der Hauch einer rosigen Färbung überzog die weißen Wangen. Der vorher farblose, schmale Mund wirkte lebhafter. Ihre Lippen überzog ein dezentes Rot und ließ sie voller, üppiger erscheinen. Mit einem kurzen dunklen Kamm war das bräunliche Haar am Hinterkopf geschickt in die Höhe gebracht und fixiert.

Natürlich entging der Ärztin die gesteigerte Aufmerksamkeit bei Holthaus nicht, und ein sachtes, amüsiertes Lächeln kräuselte ihre Mundwinkel. Sie schien zu ahnen, was in ihrem Gegenüber vorging. Und ihre Ahnung täuschte sie nicht. Holthaus überlegte, wie es wohl sei, diesen Mund zu küssen, wie sie sich wohl im Bett anstellen würde. Doch er dachte an Freya und verwarf rasch diese Gedanken.

Mit der Speisenkarte des Restaurants hielten sich beide nicht lange auf. Holthaus wählte seine obligatorische Pizza. Auch die Ärztin kannte sich offensichtlich in der italienischen Küche aus und bestellte aus dem Stegreif eine Lasagne, dazu einen leichten italienischen Weißwein. Mindestens ein Achtel schenkten die Wirte meist ein, erklärte sie Holthaus, sie ließe die Hälfte davon immer im Glas zurück. Wegen des Autofahrens. Holthaus lachte, trank eine Cola und am Ende noch den Rest des Weins, den Dr. Tewes ihm nach einem raschen Blick, sein Einverständnis suchend, kurzerhand ins Glas kippte.

Sie saßen sich gegenüber an einem der Fenster, die zur Straße hin lagen. Als Cinzia, die mit ihrem Mann das Restaurant betrieb, das Geschirr abzuräumen begann, machte die Ärztin keine Anstalten aufzubrechen, nestelte an ihrer Tasche herum.

„Kaffee?" fragte Holthaus.

Dr. Tewes nickte, drückte die Tasche wieder auf dem Stuhl neben sich zurecht.

Es wurden dann mehrere Tassen Kaffee, Holthaus trank deren drei, die Ärztin zwei, ohne Milch, mit reichlich Zucker. Danach ließ sie sich noch ein Stück Apfeltorte bringen, Sahne dazu verneinte sie.

Holthaus las zumeist unverwandt in den Gesichtern seiner Gegenüber, doch er nahm auch die Geschehnisse ringsum wahr, ließ die Gesprächspartner bisweilen aus den Augen, ohne ihnen den Eindruck von Desinteressiertheit oder Fahrigkeit zu vermitteln. Eigenschaften, die sich in den vielen Jahren als Polizist, als Ermittler, in ihm herausgebildet hatten.

Immer, wenn er sich der Ärztin zuwandte, sah er in ihre Augen, immer hatte sie den Blick auf ihn gerichtet, als ob sie ihn unablässig beobachtete, die Tasse in der Hand oder die Kuchengabel, den kleinen Finger leicht abgespreizt. Schließlich lag und stand alles geordnet vor ihr auf dem Tisch, die Serviette kaum benutzt und zurückgefaltet auf dem leeren Teller. Holthaus sah verstohlen auf seine Uhr. Dr. Tewes schien es nicht eilig zu haben, von Aufbruchsgeschäftigkeit war ihr nichts anzumerken. Als sie hinter sich zur über die Stuhllehne gehängten Jacke griff, spannte sich die beigefarbene Bluse und zog die flachen Metallknöpfe bis an den Rand der Knopflöcher. Dabei zeichneten sich die Wölbungen ihres Busens ab.

280

Wann er zum letzten Mal in Kiel gewesen sei, wollte die Ärztin wissen und wann er wieder mal dort zu tun habe. Holthaus überlegte, wann der nächste Termin im Landeskriminalamt anstand. Sie könne ihm dann doch das Rechtsmedizinische Institut der Universität zeigen, ihn mit dem Leiter bekanntmachen, auch mit ein paar ihrer Kollegen, könne ihm ihren Arbeitsplatz und die Räume zeigen, in denen sie ihrer Arbeit nachginge. Da sei immer etwas zu tun.

Holthaus stellte sich das sofort real vor, mit Schutzkleidung, Schuhüberziehern, Mundschutz und Handschuhen. Dr. Tewes öffnet eines der in die Wand eingelassenen Fächer, zieht lächelnd den Transportwagen mit einem zugedeckten Leichnam heraus und bittet ihn mitzukommen und beim Ausrichten des Toten auf den Seziertisch zu helfen. Sodann legt sie sich das benötigte Werkzeug zurecht, sieht sich nach ihm um und macht sich nach einem aufmunternden Kopfnicken über den Leichnam her.

So oder so ähnlich würde es wohl ablaufen, überlegte Holthaus. Er war nicht besonders zimperlich, hatte im Laufe der Jahre eine Vielzahl von Dingen gesehen, die mit Verkehrsunfällen, Messerstechereien, Großbränden und einer Unmenge weiterer Vorkommnisse zu tun hatten, bei denen Menschen ums Leben kamen. Das waren oft keine Anblicke für empfindsame Gemüter gewesen. Auch er nahm solche Erlebnisse nicht selten mit nach Hause, zwang sich dazu, mal mehr, mal weniger erfolgreich, diese bald aus dem Kopf zu bekommen, drosch auf den Sandsack im kleinen Sportraum der Dienststelle ein und rannte bis zur Erschöpfung durch die Feldmark und das nahe Wäldchen.

Eine psychische Betreuung hatte er bislang noch

nicht in Anspruch nehmen müssen. Doch was Dr. Tewes sich als Beruf ausgesucht hatte, war eine ganz andere Schiene, eine ganz andere Nummer. Er war einmal bei einer Leichenöffnung zugegen, in Hamburg. Das Geräusch des Bohrers und der Trennscheibe, das hohe Sirren, um die Schädeldecke zu öffnen, hatten sich ihm eingeprägt. Ohne zwingende Notwendigkeit wollte er das nicht noch einmal mitansehen.

Wiederum zeigte sich ein Lächeln auf dem Gesicht der Ärztin. Erneut schien sie zu erraten, was hinter Holthaus' Stirn vor sich ging.

„Wenn Sie wissen wollen, warum ich mich für die Rechtsmedizin entschieden habe, kann ich Ihnen keine plausible Erklärung dafür geben“, sagte sie. „Oder vielleicht doch?“ fuhr sie nach kurzer Pause fort, als befragte sie sich selbst. „Vielleicht aus denselben Gründen, die Sie veranlaßten, Polizist zu werden“, gab sie sich selbst die Antwort, als Holthaus sie erstaunt musterte und weiter schwieg.

„Sie wollen Verbrechen aufklären, Täter dingfest machen und ihrer gerechten Strafe zuführen, damit vielleicht auch die Welt ein bißchen besser machen durch Abschreckung. Ist es nicht so?“

Holthaus nickte kaum erkennbar, sagte immer noch nichts.

„Im Grunde mache ich nichts anderes, wenn ich Todesursachen feststelle, unverwechselbare, individuelle körpereigene Merkmale herausfinde“, erklärte Dr. Tewes weiter, „wenn ich Wunden danach untersuche, wodurch sie entstanden, mit welchen Gegenständen oder Waffen sie zugefügt wurden, wann der Tod eintrat, auf welche Weise ein Schuß den Körper traf, aus welcher Richtung das Projektil in den Körper eindrang, wo es wieder austrat, wenn es den Körper durchschlug", führte sie weiter aus, drehte dabei mit den Fingerspitzen einen Bierdeckel wie ein kleines Rad auf der Tischplatte, „welches Kaliber verwendet wurde. Ein im Körper verbliebenes Projektil herausholen, herausfinden, ob jemand erwürgt, erdrosselt oder erhängt wurde und so weiter und so weiter. Wollen Sie noch mehr hören?"

Holthaus schüttelte den Kopf. „Genug", sagte er, „genug."

Doch Dr. Tewes war noch nicht am Ende ihres Berichtes angekommen, schien noch nicht alles losgeworden zu sein, was sie dem Polizisten hatte sagen wollen.

„Mit meiner Arbeit helfe ich der Polizei dabei, Täter ausfindig zu machen, indem ich die Identität des Opfers festzustellen helfe. Ich bin also eine Polizistin mit dem Skalpell, wenn Sie so wollen."

„Polizistin mit dem Skalpell, der Begriff gefällt mir", sagte Holthaus, „hörte ich bisher noch nicht."

„Sie können die Polizistin mit dem Skalpell bei ihrer Arbeit beobachten. In Kiel, in der Rechtsmedizin. Kommen Sie auf einen Besuch nach Kiel. Und sogleich würden Sie die Rechtsmedizin mit anderen Augen sehen, ich verspreche es Ihnen."

Einen Augenblick zögerte die Ärztin.

„Danach können wir, wenn Sie mögen, zusammen essen gehen. Da gibt es in der Nähe ein nettes Lokal, gleich am Ufer der Förde gelegen. Wir können es ein Arbeitsessen nennen."

Eine leichte Röte breitete sich über die Wangen der Ärztin aus. Sie zog ein winziges weißes Tüchlein aus einer der Taschen ihrer Jacke hervor und tupfte sich grazil Mund und Nase ab.

Das ließe sich sicherlich so einrichten, antwortete

Holthaus, wenn es eine Gelegenheit dafür gäbe, werde er kommen, sich vorher telefonisch anmelden. Vielleicht nicht gerade dann, wenn sie einen Toten komplett auseinanderzunehmen gedenke.

Dies könne sie gewiß versprechen, erwiderte Dr. Tewes lächelnd und zeigte den Ansatz ihrer Zähne.

Was denn ihr privates Umfeld, zum Beispiel ihr Mann, zu ihrem Beruf sage, wollte Holthaus dann wissen, es sei schließlich kein gewöhnlicher Beruf, sich nur mit Toten zu beschäftigen.

Es schien, daß Dr. Tewes diese Frage nicht zum ersten Mal hörte.

Sie sei nicht verheiratet, nicht verlobt, nicht versprochen. Die Ärztin lächelte Holthaus entwaffnend an. Sie sei niemandem erklärungspflichtig. Sie lächelte unvermindert weiter. Niemand warte zuhause auf sie. Ihr Vater sei Arzt gewesen, praktischer Arzt, wahrscheinlich habe sie seinetwegen Medizin studiert. Doch er habe sie nie gefragt, warum sie in die Rechtsmedizin hinüberwechselte.

Nachdem Holthaus keinerlei Anstalten machte, etwas zu sagen, nahm Dr. Tewes das Gespräch wieder auf. Was denn mit ihm sei, wie denn seine Frau darüber dächte, was seine Verwandtschaft und Bekanntschaft davon hielten, daß er Polizist geworden sei. Gefährlich wäre das doch sicher auch hin und wieder. Seine Frau müsse doch immer mal wieder Angst um ihn haben. Oder etwa nicht?

Solche Art von Gesprächen war im Grunde nicht Holthaus' Sache, er fühlte sich unwohl dabei und gab rasch im Telegrammstil seinen aktuellen privaten Zustandsbericht preis, bereute bereits, daß er es war, der die Fragerunde eröffnet hatte.

„Nie verheiratet? Keine Kinder? Wohngemeinschaft

mit einem weiblichen Geschöpf?" reflektierte Dr. Tewes das Gehörte und setzte wieder ihr Lächeln auf. Weitere Fragen stellte sie nicht. Bevor sie ins Auto stieg, nachdem sie ihre Tasche mit Schwung auf den Nebensitz befördert hatte, wandte sie sich noch einmal zu Holthaus hin, trat näher an ihn heran.

„Rufen Sie mich an, wenn Sie nach Kiel kommen." Einen Augenblick zögerte sie, bevor sie weitersprach. „Ich würde mich wirklich freuen, Sie wiederzusehen."

Holthaus nickte, hob den Daumen. Ja, das wolle er auf jeden Fall tun, wenn sich die Gelegenheit dazu ergäbe. Der Kontakt bliebe ja über den Obduktionsbericht sowieso erhalten, erst recht über den noch ausstehenden Labor-Bericht hinsichtlich der Spurenfunde in der Pension auf der Hallig. Und überhaupt, er wollte immer schon mal wieder nach Kiel fahren. Eine schöne Stadt.

Als Dr. Tewes auf die Straße einbog, winkte sie kurz aus dem geöffneten Fenster. Holthaus winkte zurück, doch er war sich nicht sicher, ob sie das noch wahrgenommen hatte, denn das Fenster schloß sich gleich wieder und der Wagen nahm unverzüglich ein forsches Tempo auf. Wohl schneller als erlaubt, stellte Holthaus im Nachblicken fest.

*

Es gab eine Übereinstimmung. Dr. Tewes' Stimme verriet es Holthaus schon an der Art und Weise, wie sie sich bei ihrem Anruf mit ihrem Namen meldete. Dann drang es aus dem Hörer wie eine Botschaft, wie der gesprochene Titel eines Manifestes: „Der Mann im Feuer und der in der Pension sind derselbe."

Eine Pause entstand. Nur Atemgeräusche und jenes

Summen in der Telefonleitung, das meist zu hören
war, wenn niemand sprach.

„Sind Sie noch da?" fragte Dr. Tewes.

„Und das ist zweifelsfrei? Ganz eindeutig?" fragte
Holthaus.

„Ganz sicher. Der Mann im Feuer ist identisch mit
dem Mann, der sich in der Pension aufhielt", wiederholte die Ärztin.

Was denn ausschlaggebend gewesen sei für diese
Feststellung, welche Nachweise dafür gefunden worden seien, wollte Holthaus wissen.

„Einiges von dem, was Sie mir gaben. Haare,
Schuppen, Hautpartikel aus den Handtüchern. Das
reichte dem Labor in diesem Fall schon aus, um die
Zuordnung zu dem verbrannten Mann und den vorge-
fundenen Geweberesten einwandfrei herzustellen.
War wohl nicht ganz so schwierig, wie ich befürchtet
hatte."

Den Laborbericht werde sie unverzüglich dem Kurierdienst aufgeben, in zwei oder drei Tagen müßte er
auf seinem Schreibtisch in seiner Dienstelle liegen.

„Viel Glück bei den Ermittlungen, wer der Mann
schließlich ist. Das ist vielleicht schwieriger, als es die
Feststellung der Übereinstimmung zwischen dem
Verbrannten und dem Pensionsgast war. Und dann
erst die Suche nach dem oder den Tätern, Sie Ärms-
ter." Dr. Tewes' Stimme verriet ungekünsteltes Be-
dauern. „Ich drücke Ihnen ganz fest die Daumen. Lassen Sie von sich hören, wenn Sie weitergekommen
sind. Unbedingt. Ich bin sehr interessiert."

Die Überreste des verbrannten Mannes würde die
Rechtsmedizin bis auf weiteres im Kühlfach vorhalten, das wisse er doch. Schon deshalb, weil die Angehörigen, wenn es denn welche gäbe, noch nicht fest-

286

stünden, die letzten Endes für die Bestattung aufzukommen hätten und auch ein Recht darauf hätten.

„Und eine Freigabe von der ermittelnden Polizeibehörde brauchen Sie ebenfalls", ergänzte Holthaus, „und dann sind wir gefragt. Doch noch wissen wir nicht, wer ihn umgebracht hat. Er wird also noch ein Weilchen bei Ihnen in Kiel im Kühlfach liegen müssen."

Ja, das sei wohl so, stellte Dr. Tewes nüchtern fest, sie würden wohl, so oder so, noch eine Weile in Kontakt miteinander sein.

„Und besuchen Sie mich mal in Kiel", sagte Dr. Tewes noch, „einfach so. Würde mich sehr freuen." Dann klickte es in der Leitung und Holthaus vernahm wieder nur noch das Besetztzeichen.

*

Ein Monat nach dem anderen ging ins Land, die Zeit verstrich, in denen der Fall „Biikefeuer", wie ihn Jochimsen getauft hatte, unangetastet in Holthaus' Schrank lag, bereichert um den von Dr. Tewes angekündigten Laborbericht, und immer weiter nach unten wanderte. Die Unterlagen der Rechtsmedizin hatten nicht weitergeholfen, nichts hergegeben, was entscheidend auf die Identität des Opfers hätte hinweisen können. Das Zahnbild war so gut wie unauffällig, Recherchen über die Zahnärztekammer und deren angeschlossene Praxen unterblieben deshalb. Auch die an der linken Hand amputierte Fingerspitze führte nicht weiter. Der Mann aus dem Feuer wollte bei der Aufklärung seiner Herkunft nicht mitwirken.

Holthaus dachte oft darüber nach, ärgerte sich zwar beträchtlich, war aber nicht todunglücklich, daß er den

Fall bislang nicht hatte lösen können. Das kam halt vor. Bei Kapitalverbrechen wie diesem allerdings relativ selten, noch seltener bei Beziehungstaten und eine solche lag hier vor, daran zweifelte er inzwischen nicht mehr im geringsten. Sein Jagdinstinkt nach dem Täter oder den Tätern schlief nicht ein, und hin und wieder nahm er die Akten wieder zur Hand und blätterte darin herum.

Mit Dr. Tewes telefonierte er einige Male, wobei es nur am Anfang noch um den verbrannten Mann ging, dessen Rätsel sie bislang nicht zu lösen vermochten, nicht der Polizist, nicht die Rechtsmedizinerin.

Im Spätsommer des zweiten Jahres nach dem unaufgeklärten Mord im Biikefeuer fuhr Holthaus nach Kiel. Unter dem Vorwand, beim Landeskriminalamt zu tun zu haben, was nicht stimmte. Er wollte die Ärztin besuchen, ja, er wollte die Frau treffen, fühlte sich fast verpflichtet, den in Aussicht gestellten Besuch bei ihr zu machen. Freya verschwieg er den wahren Grund seiner Fahrt zum Landeskriminalamt.

Zu einem Abstecher in das Rechtsmedizinische Institut kam es nicht. Dr. Tewes hatte als Treffpunkt ein Ausflugslokal an der Innenförde Kiels vorgeschlagen, und als Holthaus suchend durch die Blumenrabatten auf den Eingang der Restauration zuging, erhob sich Dr. Tewes an einem der Nebentische und winkte ihn mit halblautem Ruf zu sich.

„Keine Besichtigung des Instituts?“ fragte Holthaus und musterte ihre sommerliche Bekleidung. Die Sonne schien, es war früher Nachmittag, die Temperaturen angenehm. Sonnenschirme waren aufgestellt.

„Das wollte ich Ihnen nun doch nicht antun“, antwortete Dr. Tewes und lächelte ihr behutsames Lächeln, das er noch von ihrem gemeinsamen Besuch

288

beim Italiener in Erinnerung hatte, „vermutlich hätte Ihnen das auch nicht gefallen. Wir haben im Augenblick reichlich zu tun, an allen Tischen wird gearbeitet. Umgeben von Toten, eine Menge Leute dort, dazu noch ein halbes Dutzend Studenten, die auch was lernen sollen. Dabei gibt es schon mal Ausfälle, halbe Ohnmachten und Übelkeitsanfälle. Als Polizist sind Sie sicher da ziemlich robust, doch erbaulich ist das gewiß auch nicht für Sie." Einen Atemzug lang schwieg die Ärztin. „Außerdem haben Sie dergleichen doch schon gesehen, im Grunde ist es nichts Neues für Sie."

Erneut machte Holthaus die Feststellung, daß berufliches und privates Erscheinungsbild bei manchen Menschen himmelweite Unterschiede aufwiesen. Nicht die Ärztin, nicht die Rechtsmedizinerin saß vor ihm, sondern eine Frau, durchaus ansehnlich, vielleicht Mitte dreißig, nicht viel darunter und nicht viel darüber, schätzte er.

Das Gespräch begann zäh, nahm nur langsam Fahrt auf. Dr. Tewes ließ sich einen Weißwein kommen und erklärte, daß sie nicht weit von hier wohne, auch nicht mehr ins Institut zurückkehren werde, Alkohol also in diesem Fall nicht verwerflich sei. Dabei zuckte es belustigt in ihren Mundwinkeln. Holthaus beließ es bei Mineralwasser, bestellte kurz darauf noch ein Gedeck mit Kaffee und Kuchen, entledigte sich zwischendurch seines Jacketts, weil ihm unter dem Sonnenschirm warm wurde. Als immer mehr Leute in das Restaurant strömten, auch die Tische in ihrer unmittelbaren Nähe nicht mehr frei blieben und eine Unterhaltung in normaler Lautstärke kaum noch möglich war, schlug Dr. Tewes einen Ortswechsel vor. Sie könnten zu ihr überwechseln, sie wohne nicht weit entfernt, gut fußläufig zu erreichen. Dort sei es sehr viel ruhiger und da ihre Wohnung im ersten Stock liege, zum Osten hin, könnte man vor dort aus sogar auf die Förde schauen. Holthaus stutzte kurz, tausend Bilder fuhren ihm durch den Kopf, darunter auch Freyas Gesicht mit den ernsten Augen und die Gesichter anderer Frauen, die er in seinem Leben bisher gehabt hatte, dann nickte er mit dem Kopf und rief nach der Bedienung.

Es war eine geräumige, helle Wohnung, an einer Seite dicht von Bäumen gesäumt. Es gab einen Fahrstuhl, doch sie nahmen die Treppe. Alle Zimmertüren standen offen. Dr. Tewes ging voran und steuerte ohne Umschweife den Wohnraum am Ende des länglichen Korridors an, unterließ es dabei, Sinn und Zweck der übrigen Zimmer zu erklären, in die Holthaus beim Vorübergehen einen kurzen Blick warf. Vielleicht ein bißchen groß für eine einzelne Person, empfand er. Alles Inventar, alle Sachen wirkten geordnet, sauber, wie am dafür vorgesehenen Platz angeordnet. Doch ohne sterile, klinische Akkuratesse, die er haßte, in der man sich nicht ungezwungen bewegen konnte. Nichts wies auf einen Mann hin, der in dieser Wohnung lebte.

Es vergingen fast drei Stunden, die Sonne stand schon so tief hinter den Hochhäusern und dem ansteigenden Wald, daß der westliche Uferbereich der Förde bereits im Schatten lag und das Wasser um eine Spur dunkler erscheinen ließ, als Holthaus Dr. Tewes' Wohnung verließ und die Treppe hinabstieg. Sie war an der Tür stehen geblieben, zeigte ihr leichtes, Holthaus schon vertrautes Lächeln.

„Beim nächsten Mal wird es anders sein", sagte sie, „komm' bald wieder." Dann hob sie kurz die Hand und zog die Tür ins Schloß.

Durch den Wein, wiederum einen weißen, von dem sie drei Gläser leerte, hatte sie rasch einen kleinen Schwips, der sie ungewohnt redefreudig werden und mitunter lauthals auflachen ließ. Holthaus war bei Mineralwasser geblieben, zu dem sie ihm eine Karaffe mit Orangensaft reichte. Sie hatte ihm in einem niedrigen Ledersessel auf der anderen Seite des Tisches gegenübergesessen, in dem sie immer tiefer versank, wodurch sich ihr Rocksaum über die Knie schob und eine Handbreit der Oberschenkel freigab. Holthaus versuchte in ihren Augen zu lesen, was hinter ihrer Stirn vorging. Gestikulierte sie im Gesprächseifer mit Armen und Händen, öffneten sich mitunter ihre Beine ein wenig, die durchgängig erstaunlich gebräunt wirkten, und Holthaus konnte das Weiß ihres Slips wahrnehmen.

Als sie mit einem Buch an den Tisch zurückkehrte, das sie aus der Bücherwand hinter ihrem Rücken hervorgezogen hatte und vor ihm aufgeschlagen auf den Tisch legen wollte und sich dabei in den Fransen des Teppichs verfing, schwankte sie leicht, stieß erst gegen seine Beine, verlor das Gleichgewicht und landete unsanft rücklings neben ihm auf der Couch. Lachend machte sie sogleich Anstalten, sich zu erheben, versuchte sich hochzudrücken, was nicht gelang, weil ihre Hand von Holthaus' Knie, das sie als Stütze benutzte, abrutschte. Holthaus lachte nach der ersten Verblüffung nun ebenfalls. Er kam nicht dazu, helfend einzugreifen, da die Ärztin, wohl eine Folge des mißglückten Aufstehversuchs, sich auf ihn zudrehte. Sie lachte noch immer, ihr Gesicht war nun so nah vor dem seinen, daß er es nicht vollständig mit einem Blick erfassen konnte. Sie roch nach Wein, ihr Atem

fuhr über sein Gesicht, dann hielt sie mit dem Lachen
inne. Auch Holthaus verstummte. Sekundenschnell
erfaßte ihn eine heftige Erregung, die er nicht wollte
und gegen die er sich instinktiv wehrte. Er spürte ihre
Hände hinter seinem Kopf und ihre Lippen auf seinem
Mund. Sie bog sich zurück, um ihn zu betrachten, zog
ihn dann an sich und drückte sein Gesicht zwischen
ihre Brüste. Das Ganze währte nur wenige Augenblicke. Als Holthaus zu verstehen anfing, was und wie
ihm geschah, sich sein Erstaunen, seine Zweifel und
Bedenken zu legen begannen, überwältigte ihn umso
stärker das Verlangen nach dieser Frau, die nicht mehr
die Ärztin, die nicht mehr die Rechtsmedizinerin war,
sondern nur noch Frau. Doch als er ihren Körper er-
tastete, als er eine Hand zwischen ihre Beine schob
und sich an ihrer Bluse zu schaffen machte, stieß sie
ihn sanft, aber bestimmt zurück, so als besinne sie
sich.

„Nein, mein Lieber", flüsterte sie, „ein andermal,
nicht jetzt."

Sein ratloser, fragender Blick entging ihr nicht.

„Es gibt ein Geheimnis zwischen Mann und Frau.
Eine Spannung, ein Rätsel, ein erotisches Geheimnis.
Bei einer Frau ist das besonders ausgeprägt. Schläft
ein Mann mit einer Frau, zerstört sich dieses Geheim-
nis für immer. Der Zauber, der für den Mann um eine
Frau liegt, ist dann für immer dahin. Es gibt keine
Wiederholungsmöglichkeit."

Holthaus schwieg, wußte nichts zu sagen.

„Laß' uns dieses Geheimnis noch eine Weile auf-
rechterhalten. Ich bitte Dich darum", sagte sie und in
ihrer Stimme schwang ein flehentlicher, auch zärtli-
cher Unterton mit.

*

Einen Monat später, es war ein Dienstag, das vergaß Holthaus nie, stellte ihm Jochimsen ein Telefongespräch durch.

„Da ist einer aus Düsseldorf in der Leitung, es geht wohl um die Sache mit dem Biikefeuer, das Ding auf der Hallig. Übernehmen Sie mal. Hört sich ziemlich umständlich an, der Mann. Einer von der Düsseldorfer Kripo."

Neusel hieß der Mann, Bernd Neusel. Hauptkommissar, seit fünf Jahren pensioniert. Er habe da was erfahren bei seinem Besuch vor ein paar Tagen auf seiner alten Dienststelle bei den ehemaligen Kollegen. Auf einer der Halligen sei doch vor zwei, drei Jahren ein Mann verbrannt worden, der aus Düsseldorf stammen sollte. Mehr zufällig sei das Gespräch darauf gekommen. Die Sache wäre doch bislang nicht aufgeklärt worden. In Düsseldorf sei keiner vermißt gemeldet gewesen zu der Zeit, bis heute nicht, hätten ihm Kollegen gesagt, die sich an den Fall erinnern konnten. Irgendwie sei ihm dann die Sache mit dem Feuer auf der Hallig nicht mehr aus dem Sinn gegangen, erzählte Neusel weiter und als er noch hörte, daß zwei junge Leute spurlos verschwanden, als der Mann verbrannte, habe er sich an einen Fall erinnert, den er selbst vor Jahren aufgeklärt habe. In Düsseldorf.

Um was es denn da gegangen sei, fragte Holthaus, der sich wie von einem Stromschlag durchfahren fühlte und lauschte weiter gebannt in den Telefonhörer, machte eine abweisende Handbewegung Richtung Tür, als die Sekretärin dort auftauchte und sogleich wieder verschwand. Da sei eine Frau verbrannt, in einem Haus, mit einer Kette an die Heizung gefesselt.

Eine verwitwete Frau. Das Feuer wurde gelegt. Der Täter wurde gefaßt, er wurde verurteilt zu lebenslanger Haft. Ein Indizienprozeß, der Mann habe nicht gestanden.

„Und Sie haben ihn gefaßt?" fragte Holthaus.

„Ja, dauerte nicht lange", antwortete Neusel, „konnte ihn verhaften, noch im selben Jahr. Es gab erdrükkende Zeugenaussagen."

„Wann hat sich das abgespielt?"

„1962 geschah die Tat, da hat der Mann das Feuer in der Wohnung, im Haus der Frau gelegt."

„Motiv? Welches Motiv hatte er?"

„Er wollte die Frau, die Frau wollte ihn nicht. Gekränkte Eitelkeit, Eifersucht, das übliche Szenarium in solchen Fällen."

„Wie heißt der Mann, wie ist sein Name?"

„Herbert Breuer", antwortete Neusel ohne zu zögern, „den Namen werde ich so schnell nicht vergessen."

„Breuer", sprach Holthaus halblaut in den Hörer, „nicht Eduard Helzen?"

„Nein, Herbert Breuer heißt er." Neusel schien zu überlegen, ließ sich den Namen buchstabieren, sprach dann weiter: „Der Name Helzen fiel irgendwo mal, vielleicht bei einer Anfrage von Ihrer Dienststelle, als der Mann auf der Hallig verbrannte, er sollte wohl aus Düsseldorf stammen. Unsere Meldebehörden fanden aber nichts Verwertbares unter diesem Namen, erfuhr ich von den Kollegen. Sie sahen da wohl keinen Zusammenhang, verfolgten die Sache nicht weiter."

„Unter dem Namen Helzen hat sich der Mann, der im Biikefeuer verbrannte, in der Pension auf der Hallig angemeldet, nicht nur einmal. Mit einer Düsseldorfer Anschrift, die auf der Hallig von niemandem überprüft wurde. Ein Teil der Anmeldezettel ging verloren, von allen Gästen auf der Hallig, niemand hielt das für wichtig. Der Mann hat sich jedenfalls so bei der Pension angemeldet, wie auch immer, niemand kümmerte sich darum. Warum auch, wer konnte schon ahnen, welche Bedeutung solche Meldezettel bekommen sollten.“

Papierrascheln war zu hören. Neusel schien in Unterlagen zu blättern.

„Warum hat sich Ihnen der Name Breuer so eingeprägt?“ fragte Holthaus. „War doch bestimmt nicht Ihr erster Mordfall.“

„Da waren noch Kinder im Haus, zwei Kinder. Kinder der Frau. Junge und Mädchen.“

„Was war mit denen? Kamen sie auch ums Leben?“

„Nein, sie konnten sich aus dem Kinderzimmer die Treppe hinunter ins Freie retten.“

„Was geschah weiter mit Breuer? Sie sagten, er wurde verurteilt zu lebenslanger Haft.“

„Ja, die üblichen fünfzehn Jahre. Keine Feststellung der besonderen Schwere der Schuld. Eigentlich erstaunlich bei diesem Fall. Keine Berufung durch die Staatsanwaltschaft, auch nicht vom Pflichtverteidiger. Die beiden minderjährigen Kinder wurden nicht als Nebenkläger vertreten. Nach fünfzehn Jahren war er draußen. Es gab für uns keinen Grund, ihn weiter zu beobachten.“

„Wann kam er frei?“

Wieder vernahm Holthaus Papierrascheln.

„Seit 1978 ist er auf freiem Fuß, die fünfzehn Jahre waren ’rum“, antwortete Neusel und schien weiter in Unterlagen zu suchen.

„Wissen Sie, wo er abgeblieben ist, wohnt er noch in Düsseldorf?“

„Im Telefonbuch steht gut ein Dutzend Breuers, davon vier mit dem Vornamen Herbert, ein paar ohne Vornamen und wieder andere mit anderen Vornamen, darunter zwei Frauen." Er habe gestern das Suchen angefangen, intuitiv, einfach so, zum ersten Mal überhaupt. „Hätte mehr Breuers vermutet, ist ein gängiger Name im Rheinland. Nicht so stark vertreten wie Schmitz oder Müller, aber auch nicht so selten. Die Adressen müßte man abklappern, mit dem Einwohnermeldeamt abgleichen. Als ich ihn damals verhaftete, wohnte er jedenfalls in Düsseldorf, in einem Mietshaus, keine noble Adresse. Dort kann er nicht mehr wohnen, das Haus gibt es nicht mehr. Wo es stand, gibt es jetzt eine Straßenkreuzung. Das fand ich schon beim bloßen Vorbeifahren gestern heraus."

Holthaus schwieg, hörte Neusel atmen, der ebenfalls verstummt war.

„Warum interessiert Sie denn der Mann so sehr, was hat Sie veranlaßt, uns in der Sache anzurufen und von diesem Breuer zu berichten?" fragte Holthaus, in dem sogleich ein ungeheurer Verdacht aufstieg. Mühsam hielt er sich zurück, um Neusels Redefluß nicht zu unterbrechen.

„Der Mann hat seine Strafe abgesessen, der Fall ist doch abgeschlossen."

„Ja, schon", begann Neusel, „ es ist ..."

„Oder sehen Sie einen Zusammenhang mit dem verbrannten Mann auf der Hallig?"

„Ja, den sehe ich, da könnte ein Zusammenhang bestehen. Als ich von dem Feuer auf der Hallig hörte, in dem ein Mann verbrannte, vor allen Dingen davon hörte, daß gleichzeitig zwei jüngere Leute, ein Mann und eine Frau, die auch auf der Hallig waren, auf seltsame Weise verschwanden und nicht mehr auftauchten, wurde ich argwöhnisch. Mehr aus dem Bauch heraus. Geht mich als Pensionär im Grunde ja nichts mehr an. Aber Sie wissen doch, Herr Kollege“, redete Neusel weiter, „einmal Polizist, immer Polizist. Das läßt einen nicht los.“

„Sie halten es also für nicht ausgeschlossen, daß Helzen und Breuer dieselbe Person sind, derselbe Mann?“

„Ja“, sagte Neusel, „das halte ich für nicht wenig wahrscheinlich. Bauchgefühl.“

„In Ihren Breuer-Akten sind doch sicher die körperspezifischen Daten von ihm zu finden. Wenn er Täter und Opfer zugleich ist, wie Sie vermuten, müßte es eine Übereinstimmung mit den Daten des auf der Hallig verbrannten Mannes geben, die in der Rechtsmedizin in Kiel vorliegen. Die Leute in Kiel würden das sicher sehr schnell feststellen können.“

Neusel gab einen Laut von sich, der wie Zustimmung zu deuten war.

„Wenn Sie recht haben“, fuhr Holthaus fort, „wären die Kinder, die ehemaligen, jetzt erwachsenen Kinder als hauptsächlich Tatverdächtige anzusehen, die den Mann umbrachten, sie wären als Hauptverdächtige einzustufen, die dafür sorgten, daß er im Feuer umkam.“

„Ja, ich schließe nicht aus, daß es so gewesen ist.“

„Das hieße, daß Breuer oder Helzen, wie der Mann sich auf der Hallig nennen ließ und auch anmeldete, tot ist und nicht irgendwo in Düsseldorf noch wohnen kann.“

„Ja, dann könnte er nirgendwo mehr wohnen“, gab Neusel zurück.

„Wenn sich bestätigt, daß bewußter Herbert Breuer der Tote aus dem Feuer ist“, faßte Holthaus zusammen, „müssen wir die Kinder aufspüren. Dann waren es höchstwahrscheinlich die ehemaligen Kinder, dann könnten sie wohl tatsächlich die Täter sein."

Erneut schien Neusel mit Holthaus' Überlegungen einverstanden, gab ein widerspruchsloses kurzes „Mhm" von sich.

„Lebt der bewußte Herbert Breuer, der Verbrecher, der die Kinder damals zu Waisen machte, allerdings noch, wenn also die körperspezifischen Merkmale des Mannes im Feuer nicht auf ihn passen, dann fange ich wieder von vorne an."

„Ja", bestätigte Neusel, „dann gäbe es nicht mal mehr einen Tatverdächtigen für Sie. Wäre ziemlich übel. Doch ich bin mir jetzt noch sicherer, daß Herbert Breuer im Feuer auf der Hallig umkam. Bauchgefühl."

Bislang habe er weiter nichts unternommen, wollte die Kollegen nicht einbeziehen, er wäre ja auch pensioniert, habe da eigentlich nichts mehr zu suchen. Er wollte abwarten, bis einer der mit dem Fall befaßten Leute aus Nordfriesland käme.

„Ich werde kommen", sagte Holthaus, „will sehen, ob Sie recht haben." Er atmete hörbar durch. „Ich will wissen, wer der Mann ist, der bei uns verbrannte, will wissen, wer den Mann bei uns verbrannte."

„Die beiden Kinder", fuhr Neusel fort und seine Stimme wurde leiser, „die damals dem Feuer entkommen konnten, gehen mir bis heute nicht aus dem Kopf. Ich kann das einfach nicht vergessen. Sie waren bei den Gerichtsterminen zugegen, begleitet von einer Frau vom Jugendamt. Bei Fragen an die Kinder sprach nur der Junge, das Mädchen sagte kein Wort."

„Wie alt waren die Kinder, als das mit der Mutter passierte, als ihre Mutter verbrannte?"

„Der Junge zwölf Jahre, das Mädchen acht Jahre."

„Im Klartext", resümierte Holthaus, „wenn es tatsächlich Breuer ist, der auf der Hallig verbrannte, was von der weiteren rechtsmedizinischen Untersuchung bestätigt werden müßte, dann halten Sie die beiden jetzt erwachsenen Kinder für die wahrscheinlichen Täter."

„Ja, so sehe ich die Sache, so abenteuerlich das auch klingen mag."

„Dazu brauche ich unbedingt die seinerzeit festgestellten körperspezifischen Daten von Breuer", fuhr Holthaus fort, „am besten gleich, wenn ich ankomme. Sie müssen so schnell wie möglich in die Rechtsmedizin nach Kiel, um den Abgleich zu machen, den Vergleich mit den Daten des Mannes, der im Feuer lag und in der Pension wohnte. Die Kieler können in kurzer Zeit endgültig feststellen, ob Breuer dieser Mann ist oder nicht. Dort hat man ja schon herausgefunden, daß der Mann in der Pension und im Feuer derselbe ist. Fehlt nur noch der Nachweis, ob es Breuer ist oder nicht."

Neusel gab wieder einen Laut ab, der Bestätigung signalisieren sollte.

Beide Männer schwiegen dann für eine kurze Zeit. Zuvor hatten sie nichts voneinander gewußt, hatten sich noch nie gesehen.

„Wie ist das eigentlich mit Ihnen?" wollte Holthaus wissen. „Sie sind doch nicht mehr im Dienst. Sie können in der Sache eigentlich nicht mehr offiziell ermitteln."

„Ja, ist so", bestätigte Neusel, „doch ich kann Ihnen natürlich auch als Privatier helfen, Ihnen mit meinem Wissen um den Breuer-Fall zur Verfügung stehen, das ist keinesfalls untersagt."

Neusel machte eine kurze Pause.

„Eine Dienstwaffe habe ich natürlich auch nicht mehr", schob er noch nach und Holthaus hörte den unernsten Ton heraus.

„Das Beste ist, ich komme ziemlich rasch nach Düsseldorf. Es dürfte doch kein Problem darstellen, die Akte Breuer einzusehen. Die Tat, die es jetzt aufzuklären gilt, passierte in Schleswig-Holstein, bei uns in Nordfriesland. Das heißt, wir sind auch zuerst dafür zuständig. Ihre ehemaligen Kollegen könnten uns, könnten mich dabei per Amtshilfe unterstützen."

„Wir haben auch das Landeskriminalamt in Düsseldorf", warf Neusel ein, „wäre vielleicht auch eine Adresse für Sie."

„Nein, besser nicht. Die machen da zu rasch eine zu große Nummer daraus. Da möchte ich zunächst mal alleine ran, hab' den Fall vor Ort bearbeitet, war Ermittler und Spurensicherer in einer Person, kenne mich aus mit der Rechtsmedizin in Kiel. Nein, das sollten wir zunächst ohne das LKA machen."

Er könne ja seine Ex-Kollegen schon mal informieren, führte Holthaus weiter aus, am Montag nächster Woche könnte er wohl schon nach Düsseldorf kommen. Wäre phantastisch, wenn er dabei sofort in die Breuer-Akte einsteigen könnte. Ganz wichtig seien dabei die seinerzeit von ihm dokumentierten körperlichen Merkmale, er wisse schon, Blut, Haare, Schuppen, Fingerabdrücke und so weiter, die er für den Abgleich mit den vom Rechtsmedizinischen Institut in Kiel ermittelten Werten benötige.

Er selbst ginge mal davon aus, erwiderte Neusel, daß er aus dem Pensionszimmer, in dem die betreffenden jungen Leute wohnten, auch entsprechende Spuren sichern konnte, denn damit könnte doch ganz sicher festgestellt werden, ob sie tatsächlich zum fraglichen Zeitpunkt auf der Hallig und ganz in Breuers Nähe waren. Dann könnte sich der Kreis schließen. Vorausgesetzt natürlich, wovon er jedoch ausginge, daß der Mann im Feuer wirklich Breuer sei.

„Nein", antwortete Holthaus unüberhörbar frustriert, „damit kann ich nicht dienen. Da war nichts zu finden. Sie müssen ungemein gründlich zu Werke gegangen sein, mit größter Pedanterie alles abgewischt, aufgehoben und entfernt haben. Ich fand nichts, was man hätte verwerten können. Außerdem, das ist mein Verdacht, haben wohl die Vermieter vorher das Zimmer auch noch gründlich durchsucht, obwohl sie das bestritten. Wobei ich nicht glaube, daß sie vorhandene Spuren dabei ungewollt vernichteten, wonach auch immer sie gesucht haben."

„Das ist natürlich jammerschade, damit ist der mögliche Nachweis, daß sie in dem Zimmer wohnten, vom Tisch", beklagte Neusel, „ungemein schade. Damit hätte man sie, falls sie in derselben Pension wohnten, wirklich in die Enge treiben können, damit wäre schon ein Geständnis möglich geworden. Immer vorausgesetzt, Breuer hat in diesem Halligfeuer gelegen. Doch die Wahrscheinlichkeit, daß er dort verbrannt wurde, ist riesengroß, für mich spricht alles dafür, nicht nur mein Bauch, daß er dort verbrannt wurde, von den Kindern dort verbrannt wurde."

„Wenn Breuer im Feuer gelegen hat, wenn es die Kinder waren, werde ich es ihnen nachweisen, auch ohne Spurennachweise aus dem Pensionszimmer." Holthaus' Stimme klang verbissen. „Wir müssen sie finden, dann sehen wir weiter. Montag bin ich bei Ihnen."

Von Ex-Hauptkommissar Neusel war nur ein Räuspern zu vernehmen. Holthaus fragte, ob er sein Erscheinen in Düsseldorf ankündigen und ihn verständigen könnte, falls der Termin den Düsseldorfer Kollegen nicht passe. Neusel bejahte kurz und wünschte gute Fahrt. Er freue sich schon darauf, den Kollegen aus dem Norden kennenzulernen und wäre am Montag wohl spätestens gegen elf Uhr auf der Dienststelle anzutreffen.

Jochimsen zog die Augenbrauen hoch, als Holthaus ihm die geplante Dienstreise nach Düsseldorf ankündigte. Doch auch ihm lag der ungeklärte Fall mit dem verbrannten Mann auf der Hallig immer noch schwer im Magen.

„Dann sehen Sie mal zu, daß Sie in der Sache vorankommen", sagte er mit schrägem Blick nach oben zu Holthaus, der neben ihm am Schreibtisch stand und auf die unterschriebene Dienstreise-Genehmigung wartete, „hört sich interessant an, die Sache mit den Kindern. Könnte wirklich so passiert sein. Finden Sie's raus, Herr Holthaus, wenn's so war, finden Sie's raus."

*

Es regnete in Strömen, als Holthaus am Montagmorgen gegen sechs Uhr losfuhr. In Düsseldorf wußte man Bescheid, Jochimsen hatte ihn bereits angekündigt. Bis zur Autobahn ging es nur zäh vorwärts, viele LKWs auf der Strecke, kaum Überholmöglichkeiten. Er war auf übernachten eingestellt, ließ sich wohl nicht vermeiden. Freya kümmerte sich nie um sein Gepäck, wenn er über Nacht oder auch mal länger wegblieb. Genauso wenig sah er nach ihr, wenn sie sich zu ihrer Mutter aufmachte und ihre Reisetasche vollstopfte.

Auf der Autobahn ging es schneller voran, mit einmal tanken kam er durch und um die Mittagszeit hatte er die von Neusel beschriebene Kriminalpolizeidienststelle erreicht. Ein schmuckloser Kasten, aus einer Reihe vorgefertigter Betonelemente zusammengefügt. Nichts, bis auf ein kupferfarbenes, mit Ansätzen von Patina überzogenes Schild neben der Eingangstür verriet, daß hinter der Fassade polizeiliche Tätigkeiten stattfanden. Keinerlei Hinweis auf die Anwesenheit der Schutzpolizei, von Uniformen keine Spur.

Die Eingangstür war verschlossen. Holthaus kam nicht dazu, die Taste der Türglocke zu drücken, als er durch das fleckige Türglas einen rundlichen Mann mit fast haarlosem Kopf erblickte, der erstaunlich behende die letzten Treppenstufen nahm und ihm öffnete. Es war Neusel, der sich nicht lange mit Begrüßungsformalien aufhielt und ihn nach kollegialem Schulterklopfen gleich mitzukommen bat.

In einer Art von Besprechungsraum warteten drei Männer auf den Besucher aus dem Norden. Neusel hatte vorgearbeitet, die Männer wußten bereits, wer er war und warum er nach Düsseldorf gekommen war. Auf dem Tisch lagen vier grüne Plastikordner.

„Das sind die Breuer-Akten", sagte der ältere der Männer, der sich als Kriminalrat Dahmen vorstellte. „Sie können sie vorbehaltlos einsehen, auch Kopien anfertigen, die Ergebnisse der Spurensicherung registrieren, alles auch ins Hotel mitnehmen, falls Sie über Nacht hierbleiben. Was vielleicht das Beste ist."

Was er zu tun gedenke, wie er vorzugehen beabsichtige, wollte Dahmen dann wissen. Soweit er im Thema drinstecke, sei wohl zunächst festzustellen, ob Breuer noch in Düsseldorf wohne oder anderswo, ob er überhaupt noch lebe. Gefährlich sei diese Sache in diesem Stadium wohl nicht. Doch wenn Holthaus das anders sehe, könne er ihm einen jungen Polizeiobermeister zur Unterstützung zur Seite geben. Mit Blick auf Neusel bemerkte er, daß der sehr verdiente und ebenso gemochte, inzwischen pensionierte Kollege in die aktive Polizeiarbeit nicht mehr eingebunden werden dürfte, sei sicher ein allseits bekannter Umstand.

Dahmen sah sich in der Runde um. Natürlich könne jeder Bürger der Polizei helfen, wenn die Situation dies ermögliche oder sogar verlange.

Obwohl der Mann kaum eine Miene verzog, war Holthaus das ansatzweise erkennbare Lächeln nicht entgangen, mit dem der Kriminalrat seine Ausführungen begleitet hatte. Damit war klar, daß Neusel, wenn erforderlich, in gewissem Umfange mit im Rennen bleiben konnte.

In einem Zimmer ohne Namensschild, das ringsum mit halbhohen Schränken vollgestellt war, kam Holthaus unter. Das könne er für die Dauer seines Aufenthaltes nutzen, wurde ihm bedeutet, es sei für die Zwischenlagerung von Akten hergerichtet. Niemand würde ihm hier Stuhl und Schreibtisch streitig machen, gab ihm Dahmen noch mit auf dem Weg.

Neusel machte keinerlei Anstalten zu gehen, holte sich einen Stuhl aus einem der Nebenzimmer und setzte sich dem Besucher gegenüber an den vollständig leeren Schreibtisch, auf dem Holthaus die vier grünen Ordner aufgestapelt hatte.

Neusel griff sich einen der Ordner, schlug ihn kurz auf und reichte ihn dann an Holthaus hinüber. „Fangen Sie mit dem an, mit Ordner Nr. 1. Er ist offensichtlich noch vollständig, so, wie ich ihn anlegte. Das Konzentrat. Erspart Ihnen vielleicht eine Menge Leserei in den anderen Ordnern."

„Wie hieß die Mutter der Kinder?" fragte Holthaus, „und wie hießen, oder besser, wie heißen die Kinder eigentlich?"

„Elsbeth Ruhlander hieß die Mutter." Neusel zog Ordner Nr. 1 wieder zu sich und blätterte ihn kurz an. „Die Tochter heißt Esther Ruhlander, wenn sie inzwischen nicht durch Heirat einen anderen Namen hat, der Sohn heißt Daniel Ruhlander, beides leibliche Kinder von ihr."

„Esther, Daniel", sprach Holthaus halblaut mit sich selbst. „Klingt nach jüdischen Namen. War da was mit Antisemitismus in dem Fall? Antijüdischer Hintergrund vielleicht?"

Neusel verneinte. Das sei nicht der Fall gewesen. Er könne sich erinnern, daß genau wegen des Namens der Kinder der Fall darauf intensiv untersucht worden sei, ob in dieser Richtung etwas dran sei. War es aber nicht. Reiner Zufall, das mit den Vornamen der Kinder.

Auf Neusels Frage, unter welchem Namen der Mann und die Frau sich denn in der Pension angemeldet hätten, schüttelte Holthaus den Kopf. Meldezettel von ihnen seien nicht vorhanden, sie wären auf merkwürdige Weise aus dem Büro der Pension verschwunden, vermutlich von den beiden selbst entwendet. Und im Amt der Hallig, beim Bürgermeister, bei dem Kopien aller Meldezettel landen würden, wären sie auch nicht aufzufinden. Wie sich herausstellte, wären sie mit den übrigen Meldezetteln und allerlei anderen Unterlagen durch einen Fehler als Altpapier entsorgt worden. Die Pensionsgäste nicht, die Vermieter nicht, keiner könne sich genau an ihre Namen erinnern, wenn überhaupt, dann nur so ungefähr. Nichts Genaues, damit also unbrauchbar. Bergmann oder Brockmann oder so ähnlich habe es mal geheißen, doch damit wären sie auch nicht weitergekommen. Alles ziemlich übel, das Ganze.

Neusel schob den Ordner an Holthaus zurück, räusperte sich und sah auf die Zimmeruhr über der Tür und dann zu Holthaus hinüber. Er bliebe über Nacht, beantwortete dieser die nicht gestellte Frage, mindestens für eine Nacht, vielleicht noch länger.

„Und als erstes morgen die Suche nach Breuer, ob's ihn noch gibt oder nicht", fuhr Holthaus fort. „Lebt er noch, können wir uns die Suche nach den Geschwistern sparen."

Neusel nickte. Breuer habe eine Schwester, soweit könne er sich erinnern, doch wie die jetzt heiße, wisse er nicht. Und ob sie überhaupt noch lebe, wisse er auch nicht.

„Also steht als erstes die Suche nach Breuer an, nach allen Breuers in Düsseldorf", sagte Holthaus, „vielleicht erfahre ich dabei zufällig auch was über die Schwester von Breuer. Sie müßte doch wohl wissen, was mit ihrem Bruder ist, ob er noch lebt, wenn ja, wo er steckt. Vielleicht gibt's dabei zufällig auch schon was über die Kinder der ermordeten Frau zu hören."

Holthaus hielt einen Augenblick inne, schaute Neusel an, doch der rührte sich nicht.

„Ich stochere in einem Heuhaufen nach der sprichwörtlichen Nadel", fuhr Holthaus in zerknirschtem Tonfall fort, „nun ist Kommissar Zufall gefragt, alles hängt jetzt von Zufällen ab. Doch was bleibt uns, was bleibt mir anderes übrig?"

Erneut nickte Neusel. An den Einträgen im Telefonbuch habe sich nicht viel geändert. Damit sollten sie vielleicht anfangen. Und das Haus, in dem das alles passierte, gäbe es nicht mehr, gehörte nicht der Frau, sie wohnte mit den Kindern zur Miete, es war nicht besonders groß, wurde abgerissen nach dem Feuer, an derselben Stelle stünde jetzt ein Hochhaus, einer der seinerzeit üblichen Betonklötze mit lauter Mietwohnungen. Nichts erinnere mehr an den Brand. Und den Namen Ruhlander gebe es im übrigen im Düsseldorfer Telefonbuch überhaupt nicht. Wohl kein gebräuchlicher Name. So viel zu den Geschwistern. Wahrscheinlich weggezogen. Vielleicht sei die Schwester unter anderem Namen verheiratet, der Bruder woanders hingezogen. Vielleicht lebten sie auch nicht mehr. Oder nur noch einer von ihnen. Es gebe ja keine Garantie, nicht in jungen Jahren zu sterben.

Neusel geriet ins Reden. Das Mädchen hätte geschrien, als das Haus brannte, nur geschrien, hätte nicht mehr aufgehört zu schreien, berichteten Leute, die das alles miterlebten, Leute aus der Nachbarschaft. Im Haus hätte das Mädchen geschrien, wäre bis nach draußen zu hören gewesen, draußen hätte es weitergeschrien. Mit einer so schrillen Stimme, wie es wohl nur Kinder vermögen, wenn sie in höchster Not sind. Erst als sich einer der Feuerwehrmänner um das Mädchen kümmerte, sei es verstummt. Der Junge hätte um sich geschlagen, als Leute sie umringten, hätte nach ihnen getreten. Es hieß, er habe wieder ins Haus gewollt, um die Mutter zu holen. Von der Frau hätte dagegen niemand etwas gehört, keinen einzigen Laut.

In solchen Fällen, bei Bränden in geschlossenen Räumen, erstickten die Opfer ziemlich rasch durch den Rauch, ehe die Flammen sie erreichten, erwiderte Holthaus. Und noch viel früher seien sie dann bereits bewußtlos, betäubt vom Einatmen des Rauches. Im Freien könne das völlig anders verlaufen, weil der

Wind den Rauch dann unter Umständen zur Seite blies.

Stumm hatte Neusel zugehört, hin und wieder mit dem Kopf genickt und Holthaus war sich ziemlich sicher, daß er seinem Gegenüber nichts Neues erzählt hatte. Das seien seine Funde vom Tatort, erklärte er auf Neusels fragenden Blick, nachdem er seine Mitbringsel vor sich auf dem Tisch ausgebreitet hatte. Und er solle ihm die Daumen drücken, daß er bald zumindest einen der Schlüssel in ein Schloß stecken könnte, in das er hineingehöre. Neusel nahm alles prüfend in die Hand, fragte dabei nur, was es mit der Flasche auf sich habe.

Das von Neusel empfohlene Hotel war eines der Häuser, in denen Vertreter und Handwerker nächtigten, die auf Montage waren, gelegen in einem der Vororte, wie sie in allen Städten anzutreffen waren. Sauber, spartanisch möbliert, mit funzeligem Licht an der Decke und in den Nachttischlampen. Deswegen nahm Holthaus, wenn er unterwegs war, immer zwei starke Glühbirnen mit, damit er halbwegs vernünftig zum Lesen kam.

Bei einer kurzen Runde durch die wenig belebten Straßen ums Hotel herum stieß er auf einen der im Rheinland typischen Kioske, die dort „Bude" hießen und aß eine überwürzte Bockwurst, dazu noch eine Frikadelle, die ihm der Mann hinter dem Tresen, der ihn aufmerksam musterte, wortreich empfohlen hatte. Es war die einzige Mahlzeit, die Holthaus an diesem Tag zu sich nahm. Wenn er unterwegs war, vermochte er lange Zeit ohne Essen auszukommen. Dafür trank er viel, ohne Bedenken auch Wasser aus den Waschbecken in Hotels oder in öffentlichen Sanitärräumen.

Der durchgesessene Sessel und auch die Couch im

Zimmer paßten von der Höhe her mit dem Tisch nicht zusammen, so daß er sich aufs Bett setzte, um sich Neusels grünen Ordner mit der Nummer 1 vorzunehmen, den er bis zum Ende durchblätterte. Nicht alles las er im Detail, überflog die Vermerke und Zettel, rieb sich zwischendurch die Augen, weil ihn Müdigkeit übermannte und er einzuschlafen drohte. Einmal sprang er aus dem Bett, riß das einzige Fenster des Zimmers auf, das zur Straße hinausging. Stimmen drangen zu ihm herauf, Männerstimmen. Die hereinströmende Nachtluft machte ihn munter. Bislang hatte er in den Akten noch nichts unter die Augen bekommen, was ihn wirklich interessierte oder in irgendeiner Weise hätte weiterhelfen können. Doch dann war er sekundenschnell hellwach, setzte sich kerzengerade hin, das Kopfkissen im Rücken und gegen das hochgestellte Kopfteil des Bettes gepreßt.

Neusel hatte in einem Vermerk, der noch andere Dinge auflistete und beschrieb, erwähnt, daß sich die Frau heftig gewehrt hätte und zwar mit einer Schere, mit der sie um sich stach und den Täter, also Breuer, in der linken Hand traf. Dabei wurde, neben anderen Verletzungen, die eher geringfügig waren, die Kuppe des Mittelfingers so irreparabel in Mitleidenschaft gezogen, daß sie am Ende amputiert werden mußte. Neusel hatte sich besonders kundig gemacht und die Sache exakt als drittes Fingerglied am dritten Finger, dem Mittelfinger, in seinem Vermerk beschrieben. Die Amputation einer Fingerkuppe hatte auch Dr. Tewes in ihrem Obduktionsbericht erwähnt, diesen Umstand beim Besuch auf seiner Dienststelle ausdrücklich erwähnt. Holthaus hatte den Bericht dabei und fand nach kurzem Suchen die Formulierung, die Neusels Vermerk bestätigte: Amputation des 3. Fingergliedes am 3. Finger der linken Hand.

Holthaus sprang aus dem Bett und rannte im Zimmer ein paarmal hin und her, las erneut die Formulierungen in Neusels Vermerk und Dr. Tewes' Obduktionsbericht, sah dann auf die Uhr und stellte fest, daß es für einen Anruf bei Neusel eigentlich zu spät war. Die Uhr ging auf zwei Uhr in der Nacht zu. Doch es hielt ihn nicht, er rief den pensionierten Düsseldorfer Polizeibeamten an und es dauerte lange, bis auf der anderen Seite der Hörer abgenommen wurde und Neusel sich mit heiserer, ärgerlicher Stimme meldete.

„Er ist es", legte Holthaus ohne Vorrede gleich los, viel zu laut, im Stakkato-Tempo. „Er ist es. Breuer ist der Tote von der Hallig, er ist der Mann, der im Feuer auf der Hallig umkam!"

Neusel murmelte Unverständliches in den Hörer, doch Holthaus war nicht aufs Zuhören aus. „Tschuldigung", rief er noch hinterher, bevor er den Hörer wieder auflegte, „wollte Ihnen das nur noch sagen. Es war die Fingerkuppe, in beiden Berichten wird erwähnt, daß sie fehlt. Die Fingerkuppe war's. Jetzt wissen wir definitiv, daß Breuer umgebracht wurde. Die weiteren Ermittlungsergebnisse Ihrer Spurensicherung brauchen wir so gut wie gar nicht mehr. Der Mann im Feuer ist Breuer. Herbert Breuer. Später mehr! Ich bin um acht Uhr auf Ihrer Dienststelle."

*

Als erstes erfuhr Holthaus, daß Neusel erkrankt sei, sich abgemeldet habe. Husten, Schnupfen, erhöhte Temperatur. Kriminalrat Dahmen fing ihn ab, kaum daß er die Eingangstür erreicht hatte. Nun müsse er wohl zunächst mal alleine klarkommen, befand Dah-

310

men, aber er sei doch schon ziemlich gut im Thema drin, Kollege Neusel hätte ihn doch schon umfassend unterrichtet, außerdem verfügte er bereits über die Düsseldorfer Akten des Falles Breuer inklusive der Nachweise der Spurensicherung. Bei Ermittlungen vor Ort könnte er ihm, wie bereits angeboten, einen jungen Polizeiobermeister mitgeben, wenn er das wünsche. Holthaus lehnte ab und zog sich in das provisorische Zimmer vom Vortag zurück, in dem er gestern noch mit Neusel eine Weile gesessen hatte.

Dahmens Sekretärin, Frau Elwardt, die in seinem Vorzimmer geschäftig umherlief, besorgte ihm ein Telefonbuch und einen Straßenplan der Stadt, erledigte dazu noch den Abgleich der Breuer-Adressen mit dem Einwohnermeldeamt. Holthaus zeigte ihr die kleine Kette mit dem blanken Metallplättchen. Bei der kaum noch lesbaren Gravur könne es sich vielleicht um Hausnummern handeln. Vielleicht, mit etwas Phantasie, 3 oder 8. Doch sie schüttelte den Kopf, als sie ihm am Ende ihre Liste reichte. Weder die eine noch die andere Zahl fände sich bei den Adressen, allenfalls eine Hausnummer 82. Sie habe beim Telefonat mit dem Amt ausdrücklich auf die Bedeutung der Hausnummern hingewiesen, doch dort ginge es wie immer drunter und drüber, habe alles wieder ziemlich hektisch geklungen.

Auf der gegenüberliegenden Seite des Ganges, der zu seinem Zimmer führte, hing ein großdimensionierter Stadtplan an der Wand, an dem er sich grob orientierte, wie er zu fahren hatte, schrieb sich ein paar Straßennamen auf.

Doch bevor er losfuhr, rief er die Rechtsmedizin in Kiel an und hoffte inbrünstig, daß Merrit Tewes aufzufinden war. Doch das war sie nicht, jedenfalls nicht sogleich. Er solle seine Telefonnummer hinterlassen, wurde ihm beschieden, Frau Dr. Tewes würde ihn, wenn es wichtig sei, wohl bald zurückrufen, vielleicht in einer Viertelstunde. „Kriminalkommissar Holthaus aus Husum, momentan in Düsseldorf", wiederholte die Telefonstimme aus der Rechtsmedizin seine Angaben und verstummte.

Es dauerte nicht ganz eine Viertelstunde, dann rief Dr. Tewes an.

„Nun, mein Lieber", eröffnete sie das Gespräch nach einigen Sekunden, in denen beide schwiegen, „welche Überraschung. Und Du steckst in Düsseldorf? Laß' mich raten. Wegen des Mannes, der auf der Hallig verbrannt wurde?"

Holthaus bestätigte ihre Vermutung, kam rasch auf die in ihrem rechtsmedizinischen Gutachten angeführte und in den Unterlagen der Düsseldorfer Polizei gleichermaßen getroffene Feststellung hinsichtlich der amputierten Fingerkuppe des Mannes.

„Dann war er's also", bilanzierte die Ärztin kühl, „dann war der Mann im Feuer wohl der Mann, der die Frau umbrachte. Wenn es denn derselbe Finger ist an derselben Hand. Es gibt unglaubliche Zufälle. Hast Du das überprüft?"

„In beiden Berichten steht dasselbe: ‚3. Fingerglied am 3. Finger der linken Hand'."

Dann sei die Übereinstimmung der Identität des verbrannten Mannes und des Täters wohl mit mehr als großer Wahrscheinlichkeit geklärt, stellte Dr. Tewes wiederum sachlich fest und ob er ihr, um die Angelegenheit abzuschließen, die personenbezogenen Breuer-Daten der Düsseldorfer Polizei zusenden könne, dann würde die Übereinstimmung durch weitere Vergleiche abgesichert und dokumentiert. Außerdem könnte dann der Tote, der immer noch in einem Kühlfach liege, zur Bestattung freigegeben werden. Da müsse sich dann auch jemand drum kümmern. Wenn niemand aus Breuers Umfeld dafür in Frage käme, sei wohl die Stadt zuständig. Das sei dann wohl ein Thema für die Düsseldorfer.

„Du kannst mir die Unterlagen natürlich auch nach Kiel bringen", fuhr Dr. Tewes fort, „würde mich sehr freuen, wenn wir uns mal wiedersehen." Holthaus vernahm hörbar das Atmen der Frau. Bringen sei nicht so gut, wandte er ein, er wolle, wenn er schon in Düsseldorf sei, an der Sache dranbleiben, nach Herbert Breuers letztem Aufenthalt suchen, dabei vielleicht noch auf weitere Dinge stoßen, die seine Identität ein weiteres Mal bestätigten, vielleicht auch noch Hinweise auf den Verbleib der tatverdächtigen Kinder finden.

„Die Kinder zu finden, steht nun für mich an erster Stelle. Breuer ist tot, davon bin ich jetzt überzeugt. Der Datenabgleich zwischen Deinem rechtsmedizinischen Gutachten und den Unterlagen der Düsseldorfer Polizei ist eine reine Formalie, da wird sich nichts Neues ergeben können. Wenn ich Breuers letzte Bleibe finde, könnte ich vielleicht noch feststellen, was es mit den beiden Schlüsseln vom Tatort auf sich hat, ob beide zu ihm gehören oder zumindest einer davon. Paßt einer, passen vielleicht beide in ein Schloß von ihm, wird die Beweisführung seiner Identität als der Tote im Feuer nur noch untermauert. Doch wer ihn ins Feuer steckte, ist dann immer noch genauso wenig geklärt wie vorher. Dann blieben mir nur noch der Knopf und die kleine Flasche, die am Feuerplatz gefunden wurden."

Der resignierende Ton in Holthaus' Stimme war

unüberhörbar. Am anderen Ende der Telefonleitung
blieb es still.

„Die beiden Kinder sind jetzt natürlich sehr verdächtig“, setzte Holthaus seinen Monolog fort, „doch
ich muß sie erst mal finden. Aber wie? Vielleicht weiß
Breuers Schwester etwas darüber. Doch auch sie muß
ich erst mal finden. Wenn es sie denn noch gibt.“

„Was wirst Du denn nun als erstes machen?“ unterbrach ihn Dr. Tewes.

„Dir so schnell wie möglich die Düsseldorfer Breuer-Daten zusenden. Mit dem Kurierdienst.“

Wenn sich, wovon er ausginge, die Übereinstimmung mir ihrer Expertise bestätigte, solle sie ihn sogleich benachrichtigen. Ein anderes Ergebnis wolle er
gar nicht erst in Betracht ziehen. Anruf in seiner
Dienststelle würde genügen. Wenn er noch nicht da
sei, würden ihn die Kollegen informieren.

„Wenn er’s nicht wäre, wenn Du feststellst, daß die
Daten des im Biikefeuer Verbrannten und die vom
Pensionszimmer nicht mit den Düsseldorfer Breuer-
Daten übereinstimmen, dann gute Nacht, dann müßte
ich quasi wieder bei Null anfangen.“

Holthaus redete sich in Rage.

„Das darf einfach nicht sein. Das kann nicht sein.
Bleibt nur noch die Fingerkuppe. Denk’ an diese ver-
dammte Fingerkuppe. Das kann, das darf doch kein
Zufall sein. Es muß Breuer sein, der auf der Hallig im
Feuer umkam, kein anderer!“

„Er wird es sein, Dein Breuer. Holst Du Dir mein
zweites Gutachten, wenn ich’s zu Papier gebracht
habe, in Kiel ab oder soll ich’s Dir an die Westküste
senden?“

„Sende es mir zu, ich komme mal so nach Kiel,
ohne Dienstliches im Gepäck“, sagte Holthaus nach

kurzem Zögern, „Kiel ist eine schöne Stadt." Und wenn er vorher noch Breuers Wohnung fände und dort noch verwertbare Spuren zur bestätigenden Identifizierung, wäre sein Glück vollkommen. Fast vollkommen, fügte er noch an.

„Ja, Kiel ist schön und liebt Besuch von der Westküste", antwortete die Ärztin, „es gibt da Unvollendetes, das zu vollenden ist." Holthaus hörte sie atmen, zwei-, dreimal. Dann legte sie den Hörer auf.

Jochimsen hörte beim obligatorischen Anruf länger zu als gewohnt, fragte kaum nach, schien abgelenkt, beschied dem Polizeibeamten am Ende, daß er wohl wisse, was zu tun sei. Im Ernstfall keine Alleingänge. Er kannte Holthaus, wußte um die Vorgehensweise seines Mannes, der dazu neigte, eher zu spät als zu früh um Unterstützung nachzusuchen.

„Und", den Satz vergaß Jochimsen so gut wie nie, „geben Sie acht auf sich. Ich brauche Sie hier in Nordfriesland."

Als erstes fuhr Holthaus die vollständigen Breuer-Adressen mit Vornamen Herbert an. Vorheriges Anrufen unterließ er. Das persönliche Gegenüberstehen, der Überraschungsmoment hatten sich bei vergleichbarem Ermitteln als Vorteil erwiesen. Hatte er zuvor angerufen, wurde anschließend oft die Tür nicht geöffnet und es mußte aufwendig nachermittelt werden.

Sämtliche Adressen lagen fast wie in einem Kreis ziemlich gleichmäßig über das Stadtgebiet verteilt. Über die Außenbereiche, in den Randgebieten der Stadt. Der Innenstadtbereich fehlte völlig.

Die ersten zwei Versuche brachten nichts ein. Hinter der ersten Tür regte sich auch nach mehrmaligem Klingeln nichts, doch eine Frau aus der Nachbarwohnung im ersten Stock des düsteren Treppenhauses half weiter. Herbert Breuer wohne schon lange hier, lebe alleine, sei seit ein paar Jahren in Rente und habe mit dem Gehen Schwierigkeiten, sie habe ihn gestern noch gesehen. Zögernd fragte sie, um was es ginge. Ihre Augen weiteten sich, als Holthaus ihr seinen Dienstausweis zeigte und sie gleichzeitig informierte, daß nicht gegen diesen Mann ermittelt werde, daß sich die Sache erledigt habe. Sie sollte ihm das vielleicht nicht einmal erzählen, daß er nach ihm gefragt habe.

Die zweite Adresse führte über eine hölzerne Treppe, deren durchgetretene Stufen knarrten und knisterten, zu einer Wohnung unterm Dach eines ungepflegt wirkenden Altbaus. Fahrräder und Kinderwagen verengten den Durchgang ins Innere. Das Haus war laut. Auf allen Etagen drang Lärm durch die Türen ins Treppenhaus. Kinder waren zu hören, Männerstimmen, Geräusche von Radios und Fernsehern. Die Eingangstür war nicht verschlossen und Holthaus stieg, ohne zu klingeln, sogleich nach oben, dem Namen hinterher, der zuoberst am Klingelbrett in krakeliger Handschrift mit „Herbert und Renate Breuer" zu lesen war. Es gab keine weitere Wohnung auf dieser Etage, höher ging es nicht mehr. Nur eine einzige Tür, hinter der helles Kindergeschrei an- und abschwoll. An der Tür klebte ein angeschmutztes provisorisches Namensschild aus Papier, offensichtlich mit derselben Handschrift wie an der Eingangstür unten geschrieben, nur war hier der Name Herbert mit Schlangenlinien durchgestrichen. Eine Frau öffnete, zwischen zwanzig und fünfundzwanzig Jahre alt, schätzte Holthaus, an der sich zwei Kinder festklammerten und an ihr zerrten und schrien. Die Frau betrachtete ihn leichthin, ohne sonderliches Interesse, kümmerte sich mehr um die Kinder als um den Besucher. Daran änderte sich auch nichts, als Holthaus seinen Dienstausweis vorzeigte. Das Gespräch dauerte nicht lange. Diese Breuers waren auseinander, schon seit fast einem Jahr, die Scheidung stand bevor. Ihr Mann lebe mit einer anderen Frau zusammen. In Köln. Er sei vierundzwanzig Jahre alt, beantwortete sie Holthaus' letzte Frage und zeigte sich nicht sonderlich überrascht. Was er denn wieder angestellt habe, wollte sie wissen, wirkte kaum erleichtert, als Holthaus abwiegelte und versicherte, daß eine Verwechslung vorliege, gegen ihren Mann nicht ermittelt werde.

Ein kurzer, kräftiger Regenschauer begann, als Holthaus das Haus verließ, dem er mit einem kurzen Sprint zum Auto entging.

Die nächste Anschrift auf der Liste, die ihm Dahmens Sekretärin in die Hand gedrückt hatte, war eine von den Breuers ohne Vornamen, eine aus dem Telefonbuch abgeschriebene, denn vom Einwohnermeldeamt gab es nur vollständige Namensadressen. Sie lag entfernungsmäßig zwar am dichtesten zu seinem jetzigen Standort, doch er entschloß sich, zunächst die vollständigen Herbert-Breuer-Adressen anzufahren, von denen er eine mit der Hand geschriebene, wohl nachgetragene auswählte. Sie war durchgestrichen, doch offenbar mit geschlängeltem Unterstreichen wieder in den Kreis der aktuellen Adressen aufgenommen worden und mit der von Frau Elwardt erwähnten Hausnummer 82 versehen. Dorthin wollte Holthaus nun als nächstes fahren, mehr intuitiv, immerhin kam die Zahl 8 in der Anschrift vor. Vorher steuerte er aber noch eine Telefonzelle an, um von Frau Elwardt zu erfahren, was es mit der durchgestrichenen Adresse, die mit der Nummer 82, denn auf sich habe.

Gut, daß er sich melde, sprudelte es aus Frau Elwardt heraus, die vom Einwohnermeldeamt hätten
angerufen. Die Hausnummer 82 stimme nicht, da sei
was falsch gelaufen. Richtig sei die Hausnummer 8.

Holthaus ballte die Faust, schlug zweimal, dreimal
gegen die Plexiglasscheibe, daß das ganze Telefonhäuschen vibrierte und rannte zum Auto zurück. Nun
galt es, die Hausnummer 8 zu finden, das Haus, von
dem er vielleicht den Schlüssel in der Tasche hatte.
Bevor er losfuhr, nahm er die kleine Kette mit dem
kreisrunden Metallplättchen in die Hand, rieb mit der
angefeuchteten Fingerspitze über die schwindende
Gravur. Sollte es wirklich die Zahl 8 sein, nicht die 3?
Oder weder das eine noch das andere? Er holte den
Ring mit den beiden Schlüsseln hervor, hielt ihn neben die Verschluß-Öse der Kette, deren Mechanik
defekt war und offenstand. Hatte beides zusammen-
gehört, gehörte der Schlüsselring zu dieser Kette?

Als er den Beginn der gesuchten Straße erreichte,
wurde die Bebauung sichtlich spärlicher. Große Zwi-
schenräume taten sich auf, mehr Bäume, mehr grünes
Brachland nahmen die Landschaft ein. An manchen
Stellen standen große, schmutzige Wasserpfützen auf
der schmaler werdenden, holprigen Straße, die in
langgezogenen Windungen weiter aus der Stadt hin-
auszuführen schien. Schilder mit dem Straßennamen
blieben aus, nur hin und wieder tauchten mühsam
ablesbare Hausnummern an dunklen Wänden auf;
manche fehlten oder waren so versteckt, daß er sie
beim Vorbeifahren nicht entdeckte. Die geraden Zahlen lagen auf der linken Seite. Nach dem Passieren der
Hausnummer 68 fuhr er langsamer, so langsam, daß
ein alter Ford mit aufheulendem Motor an ihm vorbei-
stob und der Fahrer ihm eine obszöne Geste zeigte, als

er wieder vor ihm einscherte. Nur vereinzelt entdeckte er Menschen an der Straße, hin und wieder mal ein Auto, das in die eine oder die andere Richtung unterwegs war. Dann gab es keine Nebenstraße mehr, keine Kreuzung, keine Möglichkeit abzubiegen.

Es hatte aufgehört zu regnen, letzte Tropfen schlugen gegen die Autoscheibe. Eine grüne Wand aus hohen Bäumen wuchs in der Ferne in die Höhe, so als ob die Straße dort endete. Doch sie schwenkte nach links und führte in einen dichten Wald hinein, verließ offenbar hier das Stadtgebiet. Als er die Hausnummer 12 an einer torähnlichen Grundstückseinfahrt passierte, wendete er den Wagen und stellte ihn auf dem sandigen Randstreifen ab. Einen Bürgersteig oder etwas Ähnliches gab es nicht. Ein paar Minuten verharrte er im Auto, bevor er ausstieg. Eine ungewohnte Stille empfing ihn, so als ob niemand hier wohnte. Nach längerem Suchen fand er schließlich die Hausnummer 4, dann die 6 und die 10 mit den dazugehörigen Häusern, allesamt kleingeraten, spitzgiebelig, mit düsterem Mauerwerk, auf dem sich grüner Algenbewuchs ausbreitete, eingerahmt und teilweise verdeckt durch Bäume und Sträucher. In zwei Häusern glimmte schwaches Licht hinter den Fenstern.

Das Haus mit der Nummer 8 konnte er nur erahnen, denn dort, wo es zu finden sein sollte, tat sich ein noch größerer Abstand auf, als er zwischen den übrigen Häusern herrschte. Ein mit Buschwerk und Sträuchern verwildertes Gelände, das auf den ersten Blick undurchdringlich wirkte und das gesamte Grundstück einzunehmen schien. Bei flüchtigem Blick wies nichts darauf hin, daß sich dort ein Gebäude befand.

Holthaus hätte nicht erklären können, warum er sich nach wenigen Augenblicken ziemlich sicher war, daß hier Herbert Breuer gewohnt hatte, daß vor ihm das Haus stand, in dem jener Breuer zuletzt gelebt hatte. Breuer, der Mörder. Breuer, der Ermordete. Dabei war von dem Haus noch nichts zu sehen. Erst als ein Windstoß die Kronen der Bäume und die Büsche auseinanderdrückte, zeigte sich kurz ein Stück graues Mauerwerk. Er wandte sich nach rechts, wo sich der verwilderte Bewuchs, der bis auf wenige Meter an die graue Wand heranreichte, erkennbar lichtete, die Umrisse eines flachen Hauses mit wenigen Fenstern sichtbar wurden, an dessen Stirnseite ein mit Platten ausgelegter Weg offensichtlich zur Rückseite des Hauses führte. Holthaus stellte erstaunt fest, daß er es wohl mit zwei Häusern zu tun hatte, beide nur aus einem Erdgeschoß bestehend, voneinander jedoch so gut wie nicht getrennt, wie Bauklötze eng nebeneinandergestellt. Zwei Häuser mit zwei Hauseingängen. Doch nur eine Hausnummer. Die 8 in Weiß auf blauer Emaille, leicht ramponiert, aber gut lesbar, am ersten Eingang an die Mauer geheftet, den er erreichte, weniger heruntergekommen als der Eingang nebenan. Drei Namensschilder steckten untereinander hinter verkratzten Plexiglasschildchen, auf einem Holzkreuz in der Mitte der Tür angebracht, das von matten, stumpfen Glasflächen unterteilt war. Holthaus mußte nahe herantreten, um die Namen zu lesen: „Irmgard Küppers“, „Herbert Breuer“, „Eduard Helzen“, die beiden unteren Namen in einer anderen Handschrift geschrieben als zuoberst der Name der Frau.

Holthaus atmete tief durch, unbewußt lächelte er vor sich hin. Treffer! Es durchfuhr ihn wie ein Blitz. Treffer! Treffer! Treffer! Herbert Breuer alias Eduard Helzen. Er sprach die Namen mehrmals halblaut vor sich hin. Das war der Mann, den er suchte, der Mann, der die Mutter von zwei Kindern wehrlos in ihrem Haus verbrannte. Er stand vor dem Haus des Mannes, der schließlich selbst verbrannte, auf der Hallig verbrannt wurde von den Kindern, denen er die Mutter nahm, die er zu Waisen machte. Und die dafür eine schreckliche Vergeltung an ihm vollzogen. Für Holthaus gab es daran keine Zweifel mehr. Breuer war tot, er konnte nicht mehr in diesem Haus sein. Der Datenabgleich, den Dr. Tewes noch mit den seinerzeit von den Düsseldorfer Kollegen aufgenommenen Breuer-Daten vornehmen würde, waren für ihn inzwischen nur noch Formsache und konnten zu keinem anderen Ergebnis mehr führen. Die Erleichterung, Breuers Haus gefunden zu haben, wurde schon wenige Sekunden später überlagert von dem Gedanken an die nun anstehende Suche nach den Kindern der ermordeten Frau. Sie waren selbst zu Mördern geworden.

Keine Tat, mochte sie noch so furchtbar, noch so grausam, noch so entsetzlich gewesen sein, rechtfertigte in einem geordneten Gemeinwesen die Selbstjustiz. Kein Rechtsstaat dürfe Verbrechen dulden, die aus Rache begangen wurden. All das hatte Holthaus während seiner Ausbildung zum Polizisten gelernt, hatte mit zum Unterrichtsstoff auf der Polizeischule gehört. Und die Geschwister begingen ein nicht minder verabscheuungswürdiges Gewaltverbrechen, für das sie bestraft werden mußten. Und er, Kommissar Holthaus, würde alles daransetzen, sie zu überführen, zu verhaften und der Justiz zu überantworten.

Mehrere Sekunden hielt er inne, tat er nichts, verhielt in absoluter Ruhestellung, lauschte, nahm beiläufig drei blecherne Briefkästen wahr, einen links und zwei rechts der Tür. Von der Straße her hörte er ein Auto, kurz danach ein zweites. Ein Hund schlug an, ein weiterer Hund antwortete, dann lautes Gebell, das wieder verebbte.

Fast wie ein Ruck durchfuhr es den Kriminalisten, das Gespür, die Sinne des Polizisten erwachten in Holthaus. Er war alleine. Zwar sah er diesen Einsatz nicht als gefährlich an, doch ein gewisses Maß an Selbstsicherung beherzigte er immer. Er entsicherte seine Pistole so leise wie möglich, schob sie dann in den Schulterholster zurück.

Der Knopf für eine Klingel, für eine Schelle fehlte, dafür gab es oberhalb eines grob ins Holz angeschraubten Metallplättchens einen angerosteten Eisenring als Türklopfer, der durch eine vorstehende Löwennase gezogen war. Die messingfarbene Türklinke oberhalb des Schlüssellochs hing leicht durch. Auch an den Briefkästen waren handgeschriebene Namensschilder angebracht, wohl durch Nässe und Feuchtigkeit teilweise stark verwischt. Doch mit denselben Handschriften versehen wie die Namensschilder auf der Tür. Links „Irmgard Küppers", rechts „Herbert Breuer" und daneben „Eduard Helzen". Wohnte Breuers Schwester auch in diesem Haus? War Irmgard Küppers die Schwester von Herbert Breuer?

Holthaus trat ein paar Schritte zurück und musterte die Fassade beider Häuser. Bislang hatte er keinerlei Geräusche aus dem Innern vernommen.

An der Tür des zweiten Hauses, vielleicht zehn Meter entfernt, gab es keine Türklinke, sondern einen rundlichen eisernen Knauf, der sich nicht drehen ließ. Sie wies keine Glasflächen auf, nur unterhalb des Knaufs ein schmales Schlüsselloch. Die Tür war offensichtlich längere Zeit nicht mehr geöffnet worden, war verstaubt und verschmutzt, Spinnfäden zogen sich an ihr entlang. An ihrem unteren Rand lagen von

Wind angetriebene kleine Äste und verwelkte Blätter.

Auf der anderen Seite des Weges, der an den beiden Häusern vorbeiführte, lag ein länglicher Holzschuppen, der ziemlich nahe an den dahinter beginnenden Wald heranreichte. Wohl keine Garage, denn von Fahrspuren war nichts zu sehen.

An dem Fenster neben der Eingangstür bewegte sich eine weißliche Gardine, die wie beim zweiten Fenster vollständig den Blick ins Innere verdeckte. War es Zugluft im Haus? Oder wollte jemand nicht öffnen, nur beobachten?

Holthaus wartete noch zwei, drei Minuten, lauschte, ließ dann, als sich weiterhin nichts im Haus tat, den Türklopfer-Ring zweimal auf das kleine Metallplättchen fallen. Weiterhin blieb alles still. Er suchte das zweite Fenster ab, auch die Fenster im zweiten Haus, die gleiche Gardinen aufwiesen, Nur waren sie unansehnlicher, eine Spur dunkler, wiesen Flecken auf, eine hing schräg herunter. Bevor er den Ring mit den beiden Schlüsseln aus der Jackentasche zog, sah er sich um. Die Rückseite der Häuser war von der Straße aus nicht einsehbar, von keinem der Nachbarhäuser, auch nicht von Häusern auf der anderen Straßenseite.

Der erste Schlüssel, den Holthaus versuchte, paßte nicht, auch das übliche Hineinrütteln half nicht. Spannung baute sich in ihm auf, auch Nervosität. Es hakte auch beim zweiten Schlüssel, er drang kaum bis über die Spitze in den schmalen Schlitz ein. Holthaus zog ihn heraus, rieb ihn mit den Fingern ab, startete einen zweiten Versuch. Wieder traf er auf Widerstand, wieder rüttelte er den Schlüsselbart hin und her, nicht zu heftig, um ihn auf keinen Fall abzubrechen, hob die Tür mit Hilfe der Klinke an, zog sie auf sich zu, drückte sie fester ins Schloß. Nun rutschte der Schlüssel weiter, bis zum Anschlag. Doch er ließ sich in keine Richtung drehen. Holthaus besann sich auf die üblichen derartigen Öffnungsversuche und wählte erneut das Anheben der Tür, diesmal noch kräftiger. Und es gelang. Die Tür war abgeschlossen. Als er den Schlüssel nach links drehte und die Klinke herabdrückte, sprang sie auf.

Sekundenlang rührte sich Holthaus nicht. Zwei-, dreimal atmete er tief durch, lauschte ins Innere des Hauses, sah sich nach Beobachtern um. Dann zog er den Schlüssel wieder aus dem Schloß und trat vorsichtig in den dunklen Flur des Hauses. Blitzschnell schossen ihm Gedanken durch den Kopf. Das Passen des Schlüssels, die Öffnung der Tür, er hatte es erhofft, doch nicht damit gerechnet, daß es auf Anhieb klappte. Er war in Breuers Haus gelangt, es war dessen Schlüssel, der Schlüssel aus dem Feuer. Breuer war tot, war im Feuer verbrannt. Jetzt stand es endgültig und unanfechtbar fest, ein weiteres Beweismittel lag vor. Doch er würde zunächst niemandem, den er vielleicht hier im Haus oder in dessen Nähe anträfe, vielleicht die Schwester, davon erzählen. Wenn Breuers Feuertod zu früh bekannt würde, wenn bald die Presse davon erführe und die Nachricht die Runde machte, würde das seine weiteren Ermittlungen erschweren. Falls die Geschwister noch irgendwo hier in der Nähe, vielleicht in einer der Nachbarstädte oder einer der vielen Umlandgemeinden lebten, wären sie vielleicht vorgewarnt. Das wollte er unbedingt vermeiden.

„Hallo", rief Holthaus mit lauter Stimme. „Hallo, ist jemand hier? Ist jemand im Haus?"

Kein Geräusch, nichts regte sich. Rasch trat der Polizeibeamte nach draußen und schloß die Tür wieder ab. Der Schlüssel ließ sich nun überraschend leicht ins Schloß stecken und wieder abziehen. Ein paar Regentropfen fielen. Noch immer fühlte er sich unbeobachtet. In den beiden Häusern regte sich weiterhin nichts, das Grundstück lag einsam und verlassen. Als er die andere Eingangstür inspizierte, um den zweiten Schlüssel zu versuchen, vernahm er ein leises Geräusch. Eine Frau bog um die Hausecke und blieb, als sie ihn erblickte, wie angewurzelt stehen.

Holthaus ließ den Schlüsselring, den er schon in der Jackentasche umfaßt hatte, wieder zurückgleiten.

„Sind Sie Frau Küppers? Irmgard Küppers?" fragte Holthaus und ging auf die schmale, mit einem grauen Tuchmantel bekleidete Frau zu, die kurz über ihre Schulter sah, als ob sie nach jemandem Ausschau hielt. Sie verharrte auf der Stelle, sah ihn mit mißtrauischer Miene an, machte Anstalten, sich umzudrehen und zurückzugehen, blieb dann jedoch stehen.

„Und?" fragte sie, als der Polizist herangekommen war. Ihre Stimme war hart, abweisend, klang nach Alkohol- und Zigarettenkonsum.

„Sind Sie Frau Küppers?" wiederholte Holthaus.

„Ja, bin ich. Und?"

„Sind Sie die Schwester von Herbert Breuer?"

Als ob sie nachdenke, sah die Frau den ihr gegenüberstehenden Mann an.

„Sind Sie die Schwester von Herbert Breuer?"

Nun antwortete sie: „Wer sind Sie? Was wollen Sie?" Drohend fügte sie in barschem Ton hinzu: „Ich rufe gleich die Polizei."

„Nicht nötig." Holthaus zog seinen Dienstausweis heraus. „Ich bin Polizist. Kriminalpolizei Husum, Nordfriesland. Kriminalkommissar Jasper Holthaus. Ich möchte mit Ihnen über Ihren Bruder sprechen."

Die Frau mochte um fünfzig Jahre alt sein. Ein Augenlid zuckte in unregelmäßigen Abständen. Wirre, graumelierte Haarstränge hingen ihr auf die Schultern herab.

Holthaus wartete. Wenn Stille quälend lange andauerte, wurden Menschen nervös, unruhig, unsicher, traten von einem Bein aufs andere. Und fingen oft an zu reden. Das wußte Holthaus.

„Ja“, begann die Frau, „Herbert ist mein Bruder.“ Einen Augenblick schwieg sie, sprach dann weiter: „Was wollen Sie von ihm? Was hat er dieses Mal angestellt?“

Wieder machte sich eine Art Triumphgefühl in Holthaus breit. Er war in Breuers Bleibe gelandet, hatte tatsächlich sein Haus, seine Wohnung gefunden.

Als er die Tat, den Mord erwähnte, den ihr Bruder begangen hatte, winkte die Frau unwirsch ab. Das kenne und wisse sie längst alles, dafür habe er seine Strafe bekommen und die Jahre im Gefängnis abgesessen. Um was es denn jetzt ginge. Ob er wieder was angestellt habe. Außerdem habe sie schon lange keinen Kontakt mehr zu ihm.

„Aber er wohnt doch offensichtlich im Haus nebenan“, stellte Holthaus fest. „Und dann keinen Kontakt mehr? Das paßt doch nicht zusammen.“

Das, was Holthaus sich gewünscht hatte, geschah. Er schwieg erneut, die Frau ebenfalls. Das Stehen schien ihr Probleme zu bereiten, sie wechselte das Gewicht von einem Fuß auf den anderen. Dann ließ sie sich noch mal Holthaus’ Dienstausweis zeigen und beschied ihm, daß sie nun ins Haus ginge, sie müsse sich setzen. Wenn er mehr wissen wollte, könnte er mitkommen.

„Nun legen Sie mal los, Frau Küppers“, ermunterte

Holthaus die Frau, nachdem sie rauchend aus einem
dunklen Gang in das karg möblierte Zimmer zurückkehrte, in das sie ihn geführt hatte.

In der nächsten halben Stunde erfuhr der Polizist
eine ganze Menge, viel mehr, als er erwartet hatte.
Seit gut zwei Jahren hätte sie ihn nicht mehr gesehen,
nichts mehr von ihm gehört. Ja, er wohne nebenan, die
Doppelhäuser habe sie von einer Tante geerbt, ihr
Bruder sei erst nebenan eingezogen, als er aus dem
Gefängnis kam. Dem Vormieter habe sie gekündigt.
Warum? Es sei halt der Bruder, deshalb. Später habe
sie das bereut, weil er nicht gut zu ihr gewesen sei.
Immer schon, auch als sie noch Kinder waren. Ob-
wohl sie älter sei als er, ganze drei Jahre.

Ob es ihr nicht seltsam vorgekommen sei, daß ihr
Bruder eine so lange Zeit nicht mehr aufgetaucht sei,
wollte Holthaus wissen. Nein, er sei immer ein selt-
samer Mensch gewesen, nie habe sie engen Kontakt
zu ihm gehabt. Er habe sie sogar ein paarmal geschlagen. Sie habe dann den Durchgang zwischen den
Häusern verriegelt, daß er nicht mehr einfach rüberkommen konnte. Sie sei froh gewesen, daß er nicht
mehr kam, einfach verschwunden sei, bis heute.

„Und hoffentlich kommt er nie, nie wieder“, sagte
die Schwester nun, atmete schwer und zündete sich
die nächste Zigarette an, ohne dem Polizeibeamten
eine anzubieten. Und niemand habe ihn vermißt, nach
ihm gefragt? Nein, er habe keine Freunde gehabt, und
hier draußen interessierten sich die Leute nicht für die
Nachbarn, jedenfalls nicht für den Bruder und eigentlich auch kaum für sie. Irgendwann habe mal einer
nach ihm gefragt, das war aber auch schon alles. Was
mit der Post gewesen sei, mit anderen Unterlagen, die
einem doch so zugestellt würden? Von der Stadt und

so weiter? Die Häuser liefen auf ihren Namen, Strom
und Wasser und so was bezahle sie, ihr Bruder hätte
ihr das erstattet. Miete hätte er nicht bezahlt. Sie habe
einen Schlüssel für seinen Postkasten gehabt, den
habe sie mal an sich genommen, einen Zweitschlüssel,
er hätte davon gewußt. Damit hätte sie die Post aus
dem Kasten rausnehmen können. Die habe sie in seinem Haus auf den Küchentisch gelegt, sei aber nicht
viel, könne er sich gerne anschauen. Durch den
Durchgang könne sie in sein Haus gehen, dafür habe
sie einen Schlüssel. Der Bruder hätte dafür keinen
Schlüssel. Und sie wäre froh, wenn er überhaupt nicht
mehr käme, wiederholte sie. Vielleicht wäre er ja tot.
Ob er wisse, ob ihr Bruder tot sei oder ob er wisse, wo
er sich jetzt aufhielte.

„Nein", log Holthaus, „ich weiß nicht, wo er sich
aufhält, ich weiß auch nicht, ob er noch lebt."

„Warum fragen Sie dann nach ihm, warum sind Sie
überhaupt hergekommen?"

„Es geht um die beiden Kinder der Frau, die durch
ihren Bruder im Feuer umkam. Deshalb bin ich hier.
Vielleicht weiß er ja, wo ich sie finden kann, wo sie
sich aufhalten, wo sie abgeblieben sind. Inzwischen
sind das ja erwachsene Menschen. Doch wenn er nicht
da ist, vielleicht für längere Zeit, hilft mir das nicht
weiter."

Ungläubig sah ihn die Frau an.

„Was wollen Sie denn noch von denen?"
Holthaus setzte seine falschen Ausführungen fort.

„Es geht um Nachermittlungen im Zusammenhang
mit dem damaligen Verbrechen."

„Und damit hat Herbert auch zu tun? Ich dachte, die
Sache ist zu Ende."

„Mehr kann und darf ich Ihnen zur Zeit dazu nicht

sagen", entgegnete Holthaus, „aber ich muß unbedingt mit den Kindern der Frau sprechen, die Ihr Bruder zu Waisen machte. Wissen Sie vielleicht, was aus ihnen geworden ist, wo sie abgeblieben sind, wo sie jetzt wohnen?"

Nun bot ihm die Frau eine Zigarette an, die Holthaus ablehnte, dagegen in einen Kaffee einwilligte. Irgendwo im Haus hörte er ihre Schritte und Geschirr klapperte. Milch hatte sie keine dabei, als sie zurückkam, sie brauche keine zum Kaffee, auch keinen Zucker. Und Besuch bekäme sie so gut wie keinen.

Das mit den Kindern sei so eine Sache gewesen, begann sie dann, und es klang bei ihr wie der sachliche Bericht über irgendeine Angelegenheit, ein Ereignis, das sich irgendwann einmal zugetragen hatte, sie aber nicht sonderlich interessierte.

Da sei ein Vormund bestimmt worden, habe sie damals gehört, beide seien in ein Heim gekommen, es gab wohl keine weiteren Angehörigen, die sich um die Kinder hätten kümmern können. Das Mädchen würde kein Wort reden, hätte sie auch gehört, total stumm sei es gewesen. Der Bruder sei auch nicht viel besser gewesen, hätte sich von keinem anfassen lassen. Die beiden seien auch mal abgehauen, dann aber bald wieder ins Heim zurückgebracht worden. Mehr wisse sie eigentlich nicht davon, inzwischen sei da Gras drüber gewachsen und das wäre auch gut so.

„Wo die Geschwister abgeblieben sind, später, als sie erwachsen wurden. Vielleicht wissen Sie es ja zufällig? Ob sie in Düsseldorf blieben oder woanders hinzogen?"

„Woher soll ich das denn wissen?" gab die Frau schroff zurück, „ist doch alles so lange her." Doch dann schien sie sich zu besinnen, blies geräuschvoll ihren Zigarettenrauch in den Raum.

„Irgendwo erzählte mal einer, die wohnten jetzt zusammen in Erkrath, gar nicht so weit weg von hier. Aber ob das alles noch stimmt, ob die da noch wohnen, ist ja auch schon ein paar Jahre her."

Holthaus holte sein Notizbuch heraus, schrieb sich den Namen auf. Er hatte, wenn er draußen unterwegs war, immer etwas zum schreiben dabei.

„Kann auch Meerbusch gewesen sein, weiß ich nicht mehr so genau, aber auch nicht so weit weg jedenfalls", schob die Frau noch nach, „war irgendwie ein dummes Gefühl, wenn ich daran dachte, daß die vielleicht in unserer Nähe wohnen."

Holthaus notierte.

„Ihr Bruder weiß das auch? Daß die erwachsenen Kinder nicht weit weg leben, deren Mutter er umbrachte?"

„Nee", antwortete die Frau, „dem macht das nichts aus, ist ihm egal."

Die Verbindung zum Nebenhaus verschloß eine stabile Eisentür, hinter der sich ein mit Betonplatten ausgelegter Gang auftat, nicht viel mehr als einen Meter lang, der rundum aus dicken Glasbausteinen bestand. Die Eisentür ließ sich leicht öffnen und die Frau, die voranging, schwenkte ihren Schlüsselbund um den Finger. Auf der anderen Seite des kurzen Ganges gab es keine Tür, sondern einen Vorhang aus schwerem lilafarbenem Stoff, wie man ihn auf Theaterbühnen verwendet.

Im Haus des Bruders roch es nach Staub, nach abgestandener Luft. Halbblinde Fensterscheiben wirkten wie von Feuchtigkeit beschlagen, verwehrten den klaren Blick nach draußen. Spinnweben hingen in Ecken und Winkeln. Unter den Fußsohlen knirschte es.

Die Frau steuerte ohne Umschweife durch offenstehende Türen einen Raum an mit einem Tisch in der Mitte, der von ein paar Holzstühlen umstanden war. Eine dicke Staubschicht überzog die Tischplatte, in deren Mitte ungeordnet eine größere Anzahl von Briefumschlägen lag, einige davon mehr aufgerissen als aufgeschlitzt.

Sie habe seine Post, seitdem er verschwunden sei, aus dem Kasten geholt und auf den Tisch gelegt. Da seien ein paar Sachen angekommen, aber nicht so viel, in letzter Zeit so gut wie gar nichts mehr. Alles läge auf dem Tisch.

Holthaus schob die wenigen Umschläge auseinander, löste damit kleine Staubwolken aus, öffnete mit seinem Messer einige der noch ungeöffneten Umschläge.

„Dürfen Sie das denn, so einfach Briefe aufmachen?" fragte die Frau und griff selbst nach einem der Umschläge.

Der Kommissar bejahte, er dürfe das, obwohl er wußte, daß das nicht stimmte, jedenfalls nicht bei lebenden Personen. Doch Breuer war tot. Schreiben von zwei Sportvereinen fanden sich an, die um erneuten Eintritt warben, ein paar Werbebriefe, ein paar Zeitschriften. Es gab mehrere Briefe der örtlichen Sparkasse, einige mit Kontoauszügen, die auffallend geringe Guthaben aufwiesen. Nur vereinzelt zeigten sich Bewegungen auf dem Konto, darunter Bareinzahlungen in runden Beträgen und hin und wieder Überweisungen kleiner Beträge, unter anderem an Zeitschriftenverlage und eine Lotteriegesellschaft. Schon vor einem Jahr wurde das Konto aufgelöst, existierte offenbar nicht mehr.

Sich näher damit und auch mit der übrigen Post zu befassen, ergab für Holthaus keinen Sinn. Der Mann war tot, diese Hinterlassenschaften spielten für ihn so gut wie keine Rolle mehr. Er schob die Umschläge wieder in die Mitte des Tisches zurück.

„Hat sich denn niemand mal gemeldet, nach Ihrem Bruder gefragt, mal angeklingelt?"

„Nee, nicht richtig. Kamen mal ein paar Anrufe bei mir an, er hat ja kein Telefon. Dann hab' ich gesagt, daß er weg ist und daß ich nicht weiß, wann er wiederkommt. Sonst war nichts. Ist ja auch noch keine zehn Jahre weg, nur zwei."

Wovon ihr Bruder denn gelebt hätte, wollte Holthaus noch wissen. Auf das Bankkonto seien keine Beträge überwiesen worden, nur ein paar Einzahlungen, höchstwahrscheinlich von ihm selbst. Eine richtige Arbeit hätte er wohl nicht ausgeübt.

„Er pitschert so 'rum, genau weiß ich das nicht, hat ja nie was erzählt. Arbeitet schwarz, ja, ganz bestimmt arbeitet der schwarz, so nebenbei. Hat irgendwie immer Geld gehabt, weiß nicht, wie er das macht. Hat mich nie um Geld angebettelt."

„Hatte er ein Auto? Am Haus hier gibt es keine Garage."

„Nee, ein Auto hatte der nicht. Ganz früher mal, bevor sie ihn einbuchteten. Doch als er rauskam aus dem Knast, nicht mehr. Konnt' er sich wohl nicht mehr leisten."

„Und wovon leben Sie, wie kommen Sie so über die Runden?"

„Geht Sie nichts an, eigentlich!" Die Frau hob die Stimme. „Will's Ihnen trotzdem sagen. Unterhaltszahlung von meinem geschiedenen Mann. Und arbeiten tu' ich auch, vier Tage in der Woche, bei 'nem Groß-

händler im Lager. Und geerbt hab' ich auch was."
Herausfordernd sah sie den Polizeibeamten an.

„Was hat es denn mit dem dritten Postkasten auf
sich? Da ist kein einziger Brief dabei für diesen Namen, für Eduard Helzen."

Holthaus hatte den Namen nicht vergessen, würde
ihn wohl nie mehr vergessen. So hatte sich Breuer auf
der Hallig angemeldet.

„Nee, da kommt so gut wie nichts an. Vielleicht
zwei- oder dreimal ein Brief in der ganzen Zeit, seitdem er raus ist. Genau weiß ich das nicht, hat er mir
nie gezeigt. War mal ein Brief von 'ner Pension von
'ner Insel dabei, hab' ich mal gesehen. Was drinstand,
hab' ich nicht gesehen, konnt' ich ja nicht aufmachen,
da hätt' er mich geschlagen. Als er raus war, hat er
den Kasten an die Wand gemacht. Tat geheimnisvoll.
Nicht alle Leute müßten seinen richtigen Namen kennen. Wegen dem Prozeß und weil er so lange im Gefängnis war. Hat nicht viel drüber geredet. Und mir
ist's egal. Dem Postboten auch, wenn denn mal was
ankommt für Eduard Helzen. Tut's aber nicht mehr.
Von den Leuten um uns rum kommt ganz, ganz selten
mal einer bis vor die Tür und wenn, dann interessiert
das keinen, daß da der Kasten hängt."

„Kam denn schon mal Post, seitdem Ihr Bruder weg
ist?"

„Nur 'n bißchen. Liegt ja auch da, können Sie ja
sehen, da auf dem Tisch."

„Auch nicht mehr von der Pension, von der Sie
sprachen?"

„Nee, kam auch nichts."

Holthaus sah auf die Uhr. Irgendwie wollte er noch
an ein zusätzliches, leibhaftiges Beweismittel herankommen, daß Breuer hier tatsächlich gewohnt hatte,

obwohl er daran nicht mehr im geringsten zweifelte. Überflüssig, falscher Ehrgeiz, sagte er zu sich selbst. Doch er fragte nach dem Badezimmer. Die Frau verwies ihn auf einen Gang im hinteren Bereich des Hauses. Die Toilette sei aber länger nicht benutzt worden, vielleicht nicht ganz sauber, doch das Wasser müßte fließen, das kontrolliere sie öfter, auch in der Küche. Sie blieb sitzen, sah ihm nach, als er den Raum verließ.

Der Gang wirkte düster. Von der Straßenseite her drang an dieser Stelle durch die nahe ans Haus reichenden Bäume und Sträucher nur wenig Tageslicht in die Räume. Im Spiegelschrank über dem Waschbecken fand Holthaus, was er zu finden gehofft hatte. Zwei Kunststoffkämme in unterschiedlichen Größen, beide mit dunklen Haar-Resten zwischen den Zinken, wovon er einen Teil in den mitgeführten Briefumschlag steckte. Die graumelierten Haare der Schwester waren es jedenfalls nicht. Zahnputzbecher, Zahnbürste, Handtuch, Waschlappen, ein Stück Seife, das übliche Inventar in solchen Räumen, verteilt im Schrank und auf dem Rand des Waschbeckens, rührte er nicht an. Alles offensichtlich längere Zeit nicht benutzt, fleckig, mit Staub überzogen, auch die Kämme. In den oberen Ecken des weißlich blinden Fensters breitete sich Schimmel aus. Die Haare würden wohl genügen, es gab Vergleichsmöglichkeiten mit den Haaren aus dem Pensionszimmer und mit den Haarproben, die bei der Festnahme Breuers genommen wurden. Vielleicht ergab sich selbst noch ein Abgleich mit der Rechtsmedizin bei Dr. Tewes.

Als Holthaus in den mit Zigarettenrauch geschwängerten Raum zurückkehrte, fuhren die Augen der Frau an ihm herauf und herunter. Sie musterte ihn neugierig. Ob sie erfahre, wenn etwas mit ihrem Bruder wäre, wenn der tot sei oder sonst was mit ihm sei, wollte sie wissen.

„Ja", antwortete Kommissar Holthaus, „das werde ich veranlassen, obwohl ich nicht nach Ihrem Bruder suche, sondern nach den Kindern." Sie könne ihn aber gerne anrufen, wenn ihr Bruder wieder auftauche. Am besten bei der Kripo in Husum. Er wunderte sich manchmal über sich selbst, daß er sich mitunter immer noch unwohl dabei fühlte, wenn er aus ermittlungstaktischen Gründen nicht bei der Wahrheit blieb. Als er aufstand und der Frau die Hand gab, hatte er den Eindruck, daß sie es bedauerte, daß er schon ging. Hinter ihr kehrte er durch den Verbindungsgang zurück in das Haus, das sie selbst bewohnte. Zur Haustür begleitete sie ihn nicht. Sie blieb zurück und hob kurz die Hand, als er die Tür hinter sich ins Schloß zog. Er war sich sicher, daß sie ihn durch eines der vorderen Fenster beobachtete, als er um die Hausecke bog.

Es war schon früher Nachmittag. Holthaus fuhr die erste Bude an, die danach aussah, daß es dort Wurst, Frikadellen oder etwas Ähnliches gab. Unweit von seinem wackeligen Stehtisch entdeckte er ein gelbes Telefonhäuschen an der Straßenecke, in dem er in vergilbten, teilweise zerrissenen Telefonbüchern vergeblich nach Anschlüssen von Erkrath und Meerbusch suchte. Er rief Dahmen an, landete in dessen Vorzimmer bei Frau Elwardt, die ihn schon am Morgen mit dem Düsseldorfer Telefonbuch versorgt hatte. Die Sekretärin reagierte rasch und zielstrebig, kramte schon, als er noch mit ihr sprach, bereits hörbar in irgendwelchen Unterlagen herum. Er solle in fünf Minuten wieder anrufen, dann wisse sie, ob es den genannten Namen in den Telefonbüchern von Erkrath und Meerbusch gebe.

Holthaus räumte ihr zehn Minuten ein. Und sie war fertig, als er wieder anrief. In Meerbusch gebe es einen Eintrag D. Ruhlander, in Erkrath zwei, Robert Ruhlander und Ute Ruhlander. Die Anschriften lieferte sie gleich dazu und Holthaus schrieb mit, den Hörer zwischen Ohr und Schulter eingeklemmt. Und sie habe noch Glück gehabt, im Einwohnermeldeamt Meerbusch noch erfahren, daß bewußter D. Ruhlander mit vollem Namen Daniel Ruhlander heiße, sein Geburtsdatum stimme mit dem Datum aus der bei ihnen geführten Akte überein, mehr habe sie in der Eile nicht herausfinden können. Holthaus stieß einen dankbaren Jubellaut aus und kündigte an, morgen früh auf der Dienststelle zu erscheinen, er müsse unbedingt mit Dahmen reden, da seien einige Dinge zu regeln.

Meerbusch läge gar nicht so weit weg, wie ihm der Mann von der Bude gestenreich darlegte und mit dem Finger auf eine fleckige Karte klopfte. Nur wenige Kilometer. Die Straße kenne er nicht, er blickte zum Himmel, zur milchigen Sonne und wies mit der Hand dann schräg hinter sich. Dort, in dieser Richtung müsse die wahrscheinlich liegen, mehr am Rand, so am südlichen Rand.

Der Buden-Mann lag ziemlich richtig in seiner Vermutung. Die nächste Tankstelle, die Holthaus anfuhr, hatte keine Stadtpläne, dafür aber ein nicht weit entferntes Schreibwarengeschäft.

Die Straße mit der Postanschrift D. Ruhlander war nicht sehr lang, zog sich in einem leichten Bogen durch einen Außenbezirk der im Vergleich mit Düsseldorf sehr viel kleineren Stadt, wies als typische Vorstadtstraße mancherorts eine dichte, an anderen

Stellen eine eher spärliche Bebauung auf. Sie lag nicht sehr weit entfernt vom Haus der Breuers, vielleicht so um zehn Kilometer, in Luftlinie dagegen noch beträchtlich näher.

Als er das Ortsschild Meerbusch passierte, gestand Holthaus sich eine gewisse Nervosität ein. Er wollte, das war sein Plan, am heutigen Tag noch keinen Kontakt aufnehmen, auch wenn vieles dafür sprach, daß es die Anschrift von dem Daniel Ruhlander war, den er suchte, sondern mit einer vorsichtigen Observation beginnen, sich zunächst auf die Beobachtung des Hauses oder der Wohnung beschränken. Verdichtete sich die Vermutung, daß es der Gesuchte war und kein Namensvetter und ein Irrtum so gut wie ausgeschlossen schien, dann würde er morgen den Zugriff vornehmen. Ohne Neusel, auch wenn der vielleicht wieder auf den Beinen war, aber mit dem von Dahmen ins Spiel gebrachten Polizisten oder besser deren zwei. Er stufte das Risiko der Festnahme zwar eher gering ein, doch genau konnte man nie wissen, wie Menschen in solcher Situation reagierten, zumal er es mit zwei Personen zu tun hatte, wenn die Schwester auch zugegen war.

Ohne großes Suchen fand Holthaus die Ruhlander-Adresse. Aus beiden Richtungen fuhr er daran vorbei. Wie bei den Breuers ein Flachbau, unscheinbar, grau verputzt, ein Haus mit vermutlich nur einer Wohnung, etwas von der Straße entfernt, in größerem Abstand umgeben von grünem Maschendrahtzaun mit eingelassener Pforte, die zum Hauseingang führte und wenige Schritte links daneben die Grundstückseinfahrt, deren Tor offenstand und eine Fahrspur auf die zurückliegende Garage aufwies.

Mehr Wiesenfläche als gepflegter Rasen umgab das

schmale, längliche Gebäude, nicht ungepflegt, aber auch nicht die Penibilität verströmend, wie sie oft in Vorstadtbezirken anzutreffen war. Hohe, dichte Lebensbaumhecken umstanden den seitlichen Maschendrahtzaun und schirmten das Anwesen zu den Nachbargrundstücken ab, auch diese großzügig geschnitten, die Häuser mit großen Zwischenräumen zu den Grundstücksgrenzen. Rückseitig kam ein Wald ziemlich nah an das Haus heran, mehr ein angelegter Forst, in dem die Bäume wie in Linien ausgerichtet standen, verwildertes Buschwerk zwischen den Stämmen.

Auf der rechten Seite war die Lebensbaumhecke um mehrere Meter verkürzt und gab an dieser Stelle von der Straße aus den Blick auf den vorderen Grundstücksbereich und den Eingangsbereich des Hauses frei, in dem Holthaus zumindest Daniel Ruhlander, vielleicht auch die Schwester vermutete. Hier parkte er, nachdem er das Haus in großem Bogen durch das Viertel umrundet hatte, den Wagen auf der rechten Straßenseite, durch üppige Sträucher und Büsche zumindest grob gegen Blicke vom Nachbargrundstück verborgen.

Auf der anderen Seite der Straße erstreckte sich weitläufig landwirtschaftlich genutztes Gelände, auf dem ein paar Kühe weideten. Die nächsten Häuser dort grenzten an die Straße heran, wohl gut achtzig bis hundert Meter entfernt, gut einsehbar.

Der Blick durchs Fernglas verriet nicht, ob jemand im Haus war. Nichts rührte sich, nichts bewegte sich, keinerlei Licht am oder im Gebäude. Holthaus wartete. Es waren mehr Autos unterwegs, als er in diesem Stadtviertel erwartet hatte, ein Umstand, der ihm gefiel. Umso weniger fiel sein Wagen auf. Die Kennzeichen für Düsseldorf und für Neuss, zu dem Meerbusch gehörte, dominierten das Geschehen. Doch warum sollte sein Nordfriesland-Kennzeichen überhaupt Argwohn wecken? Seltene Auto-Kennzeichen waren selbst auf dem Land, erst recht in Städten, längst kein ungewöhnlicher Anblick mehr.

Wenige Autos standen vor ihm oder hinter ihm am rechten Straßenrand. Der nächste Wagen vor ihm vielleicht fünfzig oder sechzig Meter entfernt, noch jenseits des Ruhlander-Grundstücks, mit Düsseldorfer Kennzeichen. In seinem Rücken parkte ein weiteres Auto mit Düsseldorfer Kennzeichen, nicht weniger weit entfernt.

Langes Oberservieren war Holthaus' Stärke, denn er verfügte über die Gabe, sich lange Zeit ohne Ermüdung zu konzentrieren, aufmerksam und gegenwärtig zu bleiben. Gleichwohl haßte er das mitunter stundenlange Sitzen im Auto, das nicht mit Zeitungslektüre oder einem Buch erträglicher gemacht werden konnte. Das Radio war tabu, denn auch die Geräusche draußen konnten wichtig sein. Seine Kollegen schätzten diese Fähigkeit an ihm, von der sie profitierten, wenn sie gemeinsam mit ihm im Einsatz waren. Sie schliefen mitunter ein bißchen, er schlief so gut wie nie.

Es blieb alles ruhig am Haus, eine halbe Stunde verstrich. Doch als Holthaus die Warterei schon in Frage stellen wollte, bewegte sich in einem der Fenster zur Straße hin, neben der Eingangstür, die Gardine leicht, eine Hand war kurz zu sehen und wurde sogleich wieder zurückgezogen.

Weiterhin fuhren in unregelmäßigen Abständen Autos in beiden Richtungen an Holthaus vorbei. Schließlich näherte sich ein Wagen von vorne, der die auf der linken Straßenseite abgestellten Autos umkurvte, die Fahrt verlangsamte und durch das geöffnete Tor auf das Ruhlander-Grundstück fuhr und vor der Garage stoppte. Noch bevor sich die Fahrertür öffnete, flog die Haustür auf und eine Frau stürzte wie auf der Flucht heraus und hastete zum Auto, aus dem inzwischen ein Mann ausgestiegen war. Sekunden später warf sich die Frau an den Mann, umschlang ihn mit beiden Armen und drückte ihren Kopf an seine Brust. Er war wesentlich größer als sie, blickte auf sie hinab und legte eine Hand auf ihren Haarschopf. Minutenlang verharrte das Paar in dieser Weise, bevor der Mann begann, sich aus der Umarmung, die mehr einer Umklammerung glich, zu lösen. Immer wieder streckte die Frau die Hände nach ihm aus. Schließlich ergriff der Mann eine Hand der Frau und zog sie mit sich zum Haus hinüber. Wie Hänsel und Gretel, schoß es Holthaus durch den Kopf, als er die beiden so gehen sah.

Auf dem Weg zur Haustür waren die Gesichter schräg in Holthaus' Richtung gewandt. Ja, es waren die Kinder, die Geschwister der ermordeten Frau. Vom Alter her paßte das, rekapitulierte er in Gedanken, es gab keine Zweifel mehr für ihn. Er hatte es mit Daniel und Esther Ruhlander zu tun, die nun wohl zwischen dreißig und fünfunddreißig Jahre alt sein mochten. Während der Mann nach vorne schaute, auf den Weg, der zum Haus führte, sah die Frau unverwandt zu ihm auf, stolperte mit ihren kurzen Schritten dabei ein paarmal, so daß der Mann sie vor einem Sturz bewahren mußte.

Ferngläser, mit denen aus Autos heraus beobachtet wurde, erregten rasch Aufmerksamkeit, zugleich oft auch Argwohn. Holthaus, der das Geschehen durch ein relativ kleines Glas beobachtete, vergewisserte sich mehrmals, ob Personen auf der Straße oder den näherliegenden Grundstücken zu sehen waren. Er hatte darauf gedrungen, die Heck- und Seitenscheiben der Einsatzwagen mit getönten Sonnenschutzfolien zu versehen, um zumindest halbwegs vor Blicken von außen geschützt zu sein.

Die Einschätzung der Situation mit ersten Schlußfolgerungen für das Vorgehen am nächsten Tag mußte rasch erfolgen, denn der Weg zum Haus war nicht sehr lang. Als erstes taxierte der Polizist den Mann. Mittelgroße Statur, leicht vornübergebeugter Gang, normales Gewicht für dieses Alter, vielleicht um fünfundsiebzig Kilogramm, hohe Stirn, doch volles Haar mit vereinzelten grauen Ansätzen an den Seiten, schlecht ausrechenbar, was die körperliche Konstitution anging. Durchaus elastischer Gang, vermutlich nicht überdurchschnittliche athletische Ausprägung, kein Leistungssport. Die Verhaftung dürfte voraussichtlich keine großen Probleme machen, erst recht nicht mit zwei Beamten im Rücken. Hin und wieder sah der Mann zur Straße, auch in die Richtung, wo Holthaus' Wagen stand, doch er sah nur geradeaus, der Blick suchte kein bestimmtes Ziel.

Gänzlich anders war das Verhalten der Frau. Ihr Kopf hielt kaum einmal still, das Gesicht war in einer merkwürdigen Unruhe begriffen, um die Mundwinkel und den Wangenansatz zeigten sich unregelmäßige, zuckende Bewegungen, die das an sich ansehnliche Gesicht entstellten. Ihre Umwelt schien sie nicht wahrzunehmen. Sie hatte nur Augen für den Mann neben sich, für den Bruder.

Eine halbe Stunde, in der sich nichts ereignete, wartete Holthaus noch ab, nachdem sich die Tür hinter den Geschwistern geschlossen hatte und kurz darauf, verdeckt von Gardinen, in zwei Fenstern Licht aufleuchtete.

Beim Wegfahren warf er noch einen letzten Blick auf das Haus und das Grundstück. Die jahrelange Polizeiarbeit hatte ihn in gewisser Weise hart gemacht. Emotionen im Zusammenhang mit seiner Arbeit und den Menschen, mit denen er es dabei zu tun bekam, versuchte er zu unterdrücken. Daran hatte er immer gearbeitet, hatte es als dauerhafte Herausforderung betrachtet, mitfühlende Empfindungen nicht an sich herankommen zu lassen. Er verglich das mit dem Chirurgen, der das Schicksal seiner Patienten nicht mitempfinden sollte, wenn er nicht Gefahr laufen wollte, durch den Beruf psychischen, womöglich auch physischen Schaden zu erleiden.

Kognitive, keine emotionale Empathie seien die Schlüsselbegriffe, hatte ein älterer Professor, dem er gerne zuhörte, auf der Polizeischule anschaulich dargestellt. Nicht mitfühlen sollte man, doch zu verstehen versuchen, warum eine Handlung erfolgte, verstehen, was im Kopf der Menschen vorging, wenn sie straffällig wurden. Seitdem Holthaus im Polizeidienst war, versuchte er danach zu verfahren. Keine Wut, keinen Haß, keinen Zorn zulassen bei der Suche nach Straftätern, ganz gleich, was man ihnen vorwarf, selbst dann nicht, wenn sie am Ende als überführt galten oder die Tat gestanden und verurteilt wurden. Doch nicht immer gelang ihm das. Dann war er unzufrieden mit sich, hörte Musik und griff nach einem Buch oder schlug im Keller der Dienststelle wie ein Wilder auf den Sandsack ein, um sich abzulenken.

Als Holthaus das schmale Grundstück passiert hatte und auf die Hauptstraße einbog, um ins Hotel zurückzufahren, wußte er, daß sich das Leben der Geschwister morgen abrupt und auf Dauer verändern würde.

Durch sein Vorgehen. Morgen würde der Zugriff erfolgen, würde er sie verhaften für eine Tat, der zurecht nach den geltenden Gesetzen eine Strafe folgen mußte. Zwei Jahre waren seit Breuers Tod im Halligfeuer vergangen, zwei lange Jahre hatte er versucht, das Verbrechen an diesem Mann aufzuklären. Breuer war ein Mörder, hatte dafür gebüßt. Doch auch die Geschwister hatten gemordet. Aus Rachsucht einen Akt der Selbstjustiz vollzogen, den der Rechtsstaat unter keinen Umständen ungesühnt lassen durfte. War ihre Tat weniger schrecklich, weniger verabscheuungswürdig, weil sie den Mörder ihrer Mutter richteten? Auf eine eher noch unbarmherzigere Weise?

Holthaus machte das Radio an und klopfte zum Takt der Musik mit den Fingern auf das Lenkrad, um auf andere Gedanken zu kommen.

Die Uhr zeigte kurz vor halb vier, als Holthaus vom Hotel aus bei den Düsseldorfern anrief. Dahmen war noch da, auch Frau Elwardt, den Geräuschen aus dem Hörer entnahm er, daß im Kommissariat Betriebsamkeit herrschte. Neusel hatte sich erkundigt, wie die Sache bei ihm stand, fiel aber weiter aus, hatte Fieber, Husten, ließ grüßen.

Er könne ihm zwei junge Polizisten mitgeben, sagte Dahmen nach kurzem Zögern, nachdem Holthaus den Sachverhalt und sein geplantes Vorgehen geschildert hatte, die könne er sich morgen bei ihm abholen. Voll ausgebildete, trainierte Polizeiobermeister, allerdings mit Streifenwagen, nicht mit neutralem Fahrzeug. Und das Haus in Meerbusch gehöre übrigens Daniel Ruhlander, das habe Frau Elwardt noch über das Grundbuchamt herausgefunden.

„Dringender Tatverdacht, sagen Sie? Das heißt, Sie werden die beiden Leute verhaften."

„Ja, voraussichtlich ja. Und dafür benötige ich vorsorglich einen Durchsuchungsbeschluß fürs Haus und einen Haftbefehl für Daniel und Esther Ruhlander“, antwortete Holthaus, „und zwar für morgen Mittag. Bekommen Sie das hin in der Kürze der Zeit? Am Nachmittag werde ich die Geschwister wahrscheinlich verhaften, wenn's normal verläuft. Ihre beiden Beamten werden da zum Einsatz kommen, werden mich dabei unterstützen.“

Dahmen zeigte sich überraschend als Mann schneller Entscheidungen und raschen Handelns. Er sei bei Gericht kein Unbekannter, ließ er Holthaus wissen, die Erwirkung solcher Vollstreckungsvollmachten gingen normalerweise problemlos in Düsseldorf über die Bühne. Wenn sich nichts Unvorhersehbares ereignete, lägen morgen um die Mittagszeit beide Titel vor. Und er werde, rein förmlich, noch Jochimsen informieren, bevor dieser sich übergangen fühlte.

„Ihr Vorgesetzter berichtete mir am Telefon, daß Sie wissen, was Sie tun, daß Sie ein erfahrener Mann sind, der mit schwierigen Situationen umgehen kann“, sagte Dahmen am Ende.

Holthaus ließ den Satz unkommentiert und kündigte an, daß er morgen um acht Uhr auf der Dienststelle zu erscheinen beabsichtige. Da könne man alles Weitere besprechen, auch mit den beiden Polizeiobermeistern, und um die Mittagszeit losfahren. Auf jeden Fall benötige er ein Funkgerät, mit dem er mit den Beamten kommunizieren könne.

Mit dem Anruf in Husum ließ Holthaus sich etwas Zeit, sprang unter die Dusche und verzehrte anschließend die zwei belegten Brötchen, die er unterwegs von einer Bude mitgenommen hatte.

Hörbar blies Jochimsen Rauch aus, als er den Hörer

aufnahm und seinen Mitarbeiter sofort davon in Kenntnis setzte, was er vor wenigen Minuten bereits aus Düsseldorf erfahren hatte. Er klang anders, als Holthaus das von seinem Vorgesetzten gewohnt war, wenn er sich mit dem üblichen Dienstallerlei von außerhalb bei ihm meldete. Natürlich erfolgte sein regelmäßiger Ausruf und zugleich Vorwurf, daß er ihn ja nun endlich mal anrufe. Doch dann wurde er leiser und sachlich.

„Zwei Verhaftungen, Kinder hin, Kinder her, jetzt sind es Erwachsene", sagte Jochimsen und es klang, als ob er sich selbst etwas erzählte, „und die wissen, wenn Sie bei ihnen auftauchen, was ihnen blüht, was ihnen bevorsteht."

Wieder hörte Holthaus, wie Jochimsen Rauch ausstieß.

Mit Widerstand müsse er rechnen, fuhr er dann fort, selbst wenn die äußeren Anzeichen vielleicht nicht auf typische Verhaltensweisen von Gewaltverbrechern hindeuteten, und von der vielleicht kränklichen Frau dürfe er sich nicht täuschen lassen.

Am Ende sagte Jochimsen den Satz, den Holthaus wußte und kannte und doch immer noch schätzte, obwohl er seinen Redefluß bei anderer Gelegenheit oftmals verwünschte: „Geben Sie acht auf sich, Herr Holthaus."

Bis Freya den Hörer abnahm, dauerte es eine Weile und sie meldete sich schließlich heftig atmend. Vor dem Haus hatte sie sich aufgehalten, das Telefon nicht sogleich wahrgenommen.

Spätestens am Wochenende sei er wohl wieder zurück, müsse noch etwas erledigen in der Halligfeuer-Sache. Der Fall könne als gelöst betrachtet werden. Morgen stehe mit den Düsseldorfer Kollegen die Verhaftung bevor. Anschließend sei dann das Übliche zu erledigen, sie wisse schon. Protokolle, Verhöre, Haftrichter, Staatsanwalt und so weiter. Vielleicht sei er auch schon am Freitag zurück, je nachdem, wie sich die Dinge entwickelten. Er werde sie wieder anrufen. Freyas Atem hatte sich beruhigt. Als sie nach Einzelheiten fragte, redete er sich heraus. Es sei jetzt nicht die Zeit dafür, er werde ihr alles erzählen, wenn er wieder zurück sei.

„Ist es gefährlich, was Du morgen machst?"

„Nein", beschied Holthaus kurz und bündig, „das ist es nicht."

*

Dahmen erwartete Holthaus bereits, als er kurz vor acht Uhr vorfuhr. Einer der beiden Polizeiobermeister machte ihm die Eingangstür auf, sein Kollege hielt sich in einem der Besprechungszimmer auf, in dem Dahmen auf- und abging und rasch zur Sache kam. Seine joviale Art hatte er abgelegt, machte klare Ansagen, was Holthaus gefiel, dem er kurz die jungen Polizisten vorstellte und ihm dann die weitere Gesprächsführung übertrug. Er verließ den Raum, um kurz darauf zurückzukehren. Die Geschäftsstelle des Gerichts habe mitgeteilt, daß Durchsuchungsbeschluß und Haftbefehle erstellt seien und abgeholt werden könnten. Er habe schon einen Boten losgeschickt. Wenige Minuten blieb er dann noch zugegen und hörte aufmerksam zu, bis er wegen eines Telefonats weggerufen wurde. In der Tür wandte er sich noch einmal um.

„Gutes Gelingen", sagte er und hob den Daumen, „Sie wissen alle, was zu tun ist."

Bevor er das Licht gestern Abend löschte, hatte Holthaus den geplanten Ablauf auf einem Blatt Papier skizziert, den er nun den beiden Beamten vortrug. Auf dem Stadtplan zeigte er ihnen, wo sie ihren Wagen parken und in Bereitschaft gehen sollten. Er erwarte, daß der gesuchte Mann in der Mitte des Nachmittags auf das betreffende Grundstück vorfahren und das Haus betreten werde. Ihr Polizeiwagen stünde an einer Stelle, an der er nicht unbedingt Verdacht erwecken sollte. Von dort wäre aber das Haus nicht einzusehen. Ihr Kontakt erfolge über die Funkgeräte. Er stehe mit seinem Auto so postiert, daß er den herannahenden Wagen des Gesuchten und das Grundstück samt Haus beobachten könnte. Der Gesuchte sei vermutlich völlig ahnungslos und rechne nicht mit dem Zugriff. Höchstwahrscheinlich hielte sich tagsüber eine Frau im Haus auf, die Schwester des Mannes. Er werde zunächst alleine vorgehen, alleine das Grundstück und das Haus betreten, rechne damit, daß er ohne Vorzeigen des Durchsuchungsbeschlusses eingelassen und durch den Überraschungsmoment keinen nennenswerten Widerstand antreffen werde, eher eine gewisse Gesprächsbereitschaft, da Widerstand einem Schuldeingeständnis gleichkäme. Auch habe man es wohl nicht mit einem typischen kriminellen Milieu zu tun. Er werde gleich zu Beginn auf die Anwesenheit der Polizei in der Nähe des Hauses hinweisen, um auch dadurch Widerstand und Fluchtüberlegungen im Keim zu unterbinden. Er werde einen kurzen, mithörbaren Funkkontakt mit ihnen im Wagen durchführen. Er veranschlage eine Gesprächsdauer mit dem Mann und der Frau von rund einer Stunde, vielleicht auch etwas länger. Alle dreißig Minuten sollten sie ihn anfunken, das Funkgerät werde er offen und betriebsbereit in seiner Nähe auf einer geeigneten Fläche abstellen. Wenn die Verhaftung anstehe, werde er sie per Funk anfordern. Er führe seine Dienstwaffe mit sich, sei sich aber ziemlich sicher, daß er sie nicht einsetzen müßte. Handschellen habe er nicht dabei, das sei ihre Sache. Handschellen müßten in jedem Falle angelegt werden, das hätten sie sicher in ähnlichen Fällen bereits durchgeführt.

Kramer und Schumacher nickten, sahen sich kurz an. Auf ihrem Stadtplan hatten sie die Standorte der Fahrzeuge und das Haus gekennzeichnet.

Ob es sich um das Geschwisterpaar handele, das verdächtigt werde, den Mann umgebracht zu haben, der ihre Mutter ermordete, wollten sie wissen. Holthaus stellte das richtig. Sie seien der Tat nicht verdächtigt, sondern als Täter beweiskräftig überführt. Als er das sagte, wußte er, daß er zur Zeit noch keinen einzigen gerichtsfesten Beweis in der Hand hatte. Wenn die Geschwister alles abstritten, alles leugneten, müßte er Beweise heranschaffen. In dieser Zeit U-Haft wegen Fluchtgefahr? Zweifelhaft, ob das ein Haftrichter billigte. Welche Beweise sollten es sein? Personenspezifische, beweiskräftige Nachweise gab es nicht. Gegenüberstellungen mit den Pensionsleuten? Nach inzwischen mehr als zwei Jahren? Höchst unsicher. Was blieb, war der Metallknopf. Doch der mußte gar nichts mit den beiden zu tun haben. Oder das dazugehörige Kleidungsstück war längst vernichtet. Es blieb nur die Überführung durch ein Geständnis, das er durch die Behauptung einer gerichtsfesten Beweislage herbeiführen wollte. Den gedanklichen Vorwurf, sie zu täuschen oder mit einem Bluff zu überrumpeln, ließ er nicht zu. Um der Gerechtigkeit und Wahrheitsfindung willen hielt er sein Vorgehen für zulässig und angebracht. Sie waren die Täter, davon war er felsenfest überzeugt, alle äußeren Umstände ließen keinen anderen Schluß zu. Es ging nur noch um ihr Geständnis, die Tat begangen zu haben. Danach war ein Gericht für sie zuständig, seine Arbeit war dann getan.

Um elf Uhr hielt Holthaus die Vollstreckungstitel in den Händen, um kurz nach zwölf gab er das Aufbruchsignal. Die Polizisten fuhren vorneweg, steuerten zielgenau den auf der Karte markierten Platz an, der ihnen zugewiesen war. Holthaus stieg aus, gab letzte Instruktionen, klopfte mit der Hand aufs Wagendach, fuhr am Ruhlander-Haus vorbei, umkurvte das Viertel und stellte das Auto dort ab, wo er gestern gestanden hatte. Beide Standorte waren frei geblieben, was er als gutes Omen betrachtete. Er lächelte in sich hinein, denn solcherlei Gedanken waren ihm eigentlich fremd. Er funkte die Polizisten probehalber wie besprochen an, die Verständigung war zufriedenstellend gut. Dann kehrte Stille im Wagen ein, nur unterbrochen vom Geräusch der vorbeifahrenden Autos. Nun hieß es warten. Seine Uhr zeigte zehn vor eins an.

Um zwanzig nach zwei Uhr erschien das gestern observierte Auto, in dem wieder nur der Fahrer saß, und bog auf das Ruhlander-Grundstück ab und fuhr bis vor die geöffnete Garage. Derselbe Mann stieg aus, wieder flog die Haustür auf und die Frau stürzte auf ihn zu, wieder zog er sie mit sich zum Haus hin. Es waren die Geschwister, Holthaus hatte nicht den leisesten Zweifel. Er funkte den Polizisten, daß die Gesuchten eingetroffen und nun im Haus seien.

„Jetzt gehe ich los. Bleiben Sie in Bereitschaft", war sein letzter Funkspruch.

„Roger", tönte es nur Sekunden später zurück.

Holthaus nahm das Funkgerät, steckte sein für besondere Fälle stets mitgeführtes und zum bloßen Aufnahmegerät umfunktioniertes Diktiergerät eingeschaltet in seine Gürteltasche, die er bisweilen umband, um die Hände freizuhalten und stieg aus, ging am niedrigen Jägerzaun des Grundstücks entlang, öffnete die kleine Tür und ging über den unbefestigten Weg auf das Haus zu. Er hatte knapp anderthalb Stunden Zeit für das Diktiergerät, das sich sehr gut für verdeckte Tonaufnahmen eignete. Er wußte, daß dessen Einsatz juristisch umstritten war. Doch selbst Staatsanwaltschaft und auch Gerichte blieben oft nicht unbeeindruckt von dem, was er im Zeugenstand als aufgenommen mündlich vortrug, auch wenn sie es als offizielles Beweismittel verwarfen. Doch als Druckmittel gegenüber mutmaßlichen Tätern, gegen die keine gerichtsfesten Beweise vorlagen, führten solche Aufnahmen nicht zum ersten Mal zum Eingeständnis der Tat. Das Gerät war in der Gürteltasche nicht zu hören, zumal nur das Mikrofon und der Schiebeschalter freilagen, während alles Übrige mit schalldämpfendem Schaumstoff umwickelt war.

An den Fenstern regte sich nichts. Bis auf ferne Autogeräusche blieb es still um Holthaus. Die Nachbargrundstücke wirkten wie unbewohnt, obwohl vor ihnen einige Autos auf der Straße standen. Als er auf dem kleinen Schild unter dem Klingelknopf den Schriftzug „D. u. E. Ruhlander" las, machte sich in ihm für Sekunden ein eigenartiges Gefühl breit. Er war am Ziel, die Jagd war für ihn zu Ende, ein Verbrechen aufgeklärt, die Täter mit größter Wahrscheinlichkeit in Kürze überführt. Aber er verspürte keine Befriedigung, keinen Triumph. So hatte er bislang noch nicht empfunden, wenn eine Verhaftung stattfand. Doch heute stand er alleine vor einer Tür, auch wenn das ein Umstand war, den er unbedingt so gewollt, auf den er gezielt hingearbeitet hatte. Jochimsen war mit den beiden Polizisten im Hintergrund einverstanden, hatte so gut wie keine Fragen gestellt. Und Dahmen fühlte sich für den Fall wohl eher weniger verantwortlich, sah sich mit der Beschaffung des Durchsuchungsbeschlusses und der Haftbefehle genügend beteiligt und ließ die Kollegen aus Nordfriesland ihre Sache machen.

Erst nach dem zweiten Klingeln bewegten sich im Fenster neben dem Eingang die Gardinen, kurz darauf wurde die Haustür zur Hälfte fast geräuschlos geöffnet. Holthaus stand unterhalb der zwei Treppenstufen, gut einen Meter von der Tür entfernt. Er baute sich nie zu nah vor einer Tür auf, weil das in aller Regel bedrohlich wirkte. Auch wollte er einen gewissen Abstand wahren, der ihm eine rasche Reaktion bei einem körperlichen Angriff einräumte.

Der Mann, der den Wagen gefahren hatte, zeigte sich, trat nicht hinaus durch die Tür, sondern blieb innen, noch vor der Schwelle, stehen.

„Sind Sie Daniel Ruhlander?" fragte Holthaus.
Er wußte, daß Gesichter in den ersten Sekunden eines urplötzlichen Überraschungsmoments oft Dinge verrieten, preisgaben, wie es danach nie wieder möglich war.

Der Mann sah Holthaus an, bewegte sich nicht, die verschlossenen Lippen öffneten sich einen Spalt, doch sekundenlang atmete er nicht mehr.

„Sind Sie Daniel Ruhlander?" wiederholte Holthaus seine Frage.
Noch immer sagte der Mann kein Wort, sah kurz

über die Schulter nach hinten, wo sich ein dunkler Flur anschloß, drehte sich dann wieder um. Aus den Augenwinkeln gewahrte Holthaus, daß sich erneut die Gardinen neben dem Eingang bewegten.

„Wer sind Sie und was wollen Sie?" fragte nun der Mann mit einer für seine Statur auffallend hellen Stimme. Noch immer rührte er sich kaum, das Gesicht blieb unbewegt wie eine Maske, mit einer hohen Stirn, durch die sich mehrere wie mit dem Lineal gezogene Falten von einer Seite zur anderen zogen.

„Ich bin Kriminalkommissar Jasper Holthaus von der Kriminalpolizeidienststelle in Husum", antwortete Holthaus, zog seinen Dienstausweis aus der Tasche und hielt sie dem Mann dann stumm hin, ihn dabei unverwandt musternd. Er spürte förmlich, wie es hinter der Stirn des Mannes arbeitete.

„Was wollen Sie von mir?"

„Sind Sie Daniel Ruhlander?" fragte Holthaus erneut. „Der Ruhlander, der auf der Schelle steht?"

„Ja, das bin ich", antwortete der Mann, mit einem Blick das Funkgerät in Holthaus' Hand streifend, „was wollen Sie von mir?"

„Mit Ihnen über das Feuer auf der Hallig Uthoog sprechen, über das Feuer vor zwei Jahren."

Bewußt machte Holthaus wieder eine Sprechpause, um Ruhlanders Verhalten zu beobachten. Es war vielleicht der entscheidende Satz, der über den Fortgang des Geschehens entschied.

Auf der Straße fuhren einige Autos vorüber, die Ruhlander nicht beachtete. Holthaus schwieg weiter, versuchte im Gesicht des Mannes zu lesen, welche Reaktionen als nächstes von ihm zu erwarten sein könnten.

Quälend langsam verstrichen die nächsten Sekunden, und mit jeder dieser Sekunden zog sich das Netz um den Mann, der in der Tür vor Holthaus stand, enger und enger. Ruhlander schien das zu begreifen, die Starre in seinem Gesicht begann sich zu lösen, er holte hörbar Luft, löste die Hand vom Türgriff und ließ beide Arme sinken, preßte dann die Hände zusammen, so daß Sehnen und Adern darauf hervortraten.

„Ich weiß nichts von einer Hallig, kenne keine Hallig, weiß nichts von einem Feuer", fuhr es aus ihm heraus, „was soll das Ganze überhaupt, was habe ich damit zu tun? Um was geht es eigentlich?"

„Es geht nicht nur um Sie, es geht auch um Ihre Schwester."

Ruhlander drehte wieder den Kopf zur Seite, schien ins Haus zu lauschen. Holthaus spürte, daß er dem Mann wehtat, ihm Schmerzen zufügte. Doch das war nun unvermeidlich. Aus dem rückwärtigen Bereich des Hauses drangen Geräusche, die wieder verstummten.

„Meine Schwester? Was soll die mit einer Hallig zu tun haben? Mit einem Feuer? Was erzählen Sie da? Was soll das?" Ruhlanders Stimme klang jetzt aggressiver und lauter. Es schien, daß er sich dazu zwingen mußte, daß ihm diese Art zu sprechen nicht lag.

„Wissen Sie, was eine Hallig ist?" fragte Holthaus.

Sekunden vergingen. Ruhlander antwortete nicht. Er wirkte unruhig, atmete unregelmäßig. Er löste die verkrampften Hände und schob sie an den Hosenbeinen entlang nach unten.

„Eine Insel, eine Art Insel", sagte Ruhlander dann, „was soll diese Frage?"

„Waren Sie schon mal auf einer Hallig?"

Erneut schwieg der Mann. Holthaus wartete, ließ ihn nicht aus den Augen. Seine Art und Weise, gegen den

Mann vorzugehen, mißbilligte er selbst, doch er wußte keine andere Möglichkeit, an ihn heranzukommen, ihn zu einem Geständnis zu bewegen. Ruhlander wirkte wie ein in die Enge getriebenes Wild, dem der Jäger immer näher kommt. Und Holthaus fühlte sich in diesem Augenblick auch wie ein Jäger.

„Nein. Ich war noch auf keiner Hallig.“

„Und Ihre Schwester? War sie schon auf einer Hallig?“

„Nein“, antwortete der Mann, „sie war auch noch nicht auf einer Hallig.“

Ein Wagen hielt auf der Straße, Türen wurden geschlagen, Stimmen waren zu hören.

„Wir sollten ins Haus gehen“, sagte Holthaus, „dort können wir uns in Ruhe unterhalten.“

Der Mann sah kurz hinter sich ins Dunkel des Hauses, drehte sich dann wieder um.

„Nein. Sie sollten wieder gehen, ich lasse Sie nicht ins Haus rein, Sie haben darin nichts zu suchen. Gehen Sie wieder. Wir haben mit der Polizei nichts zu tun. Sie haben uns nichts vorzuwerfen.“

Ruhlander machte Anstalten, die Tür zuzudrücken. Doch Holthaus trat nun näher an die Treppe heran.

„Sie sollten mich besser hineinlassen, Herr Ruhlander. Ich habe einen gerichtlichen Durchsuchungsbeschluß gegen Sie und Ihr Haus dabei. Ich könnte Ihnen ein Dutzend Beamte ins Haus holen. Ein Funkspruch genügt und sofort sind schon mal zwei meiner Kollegen hier, sie warten in ihrem Wagen unweit von hier, sind in Bereitschaft. Das sollten Sie sich ersparen. Lassen Sie uns drinnen in Ruhe die Dinge besprechen, um die es geht.“

Erneut verstrichen Sekunden, in denen sich die beiden Männer stumm gegenüberstanden. Dann trat Ruh-

lander zurück, um den Polizeibeamten an sich vorbei-
zulassen.

Bevor Holthaus eintrat, schaltete er das Funkgerät
ein.

„Ich geh' jetzt rein. Melde mich wieder."

„Verstanden", kam nur wenige Augenblicke später
hörbar die Rückmeldung.

Sein Funkspruch diente Holthaus auch als Eigensi-
cherung, denn er machte deutlich, daß er tatsächlich
nicht alleine unterwegs war.

Wortlos ging Ruhlander voraus durch einen unbe-
leuchteten Flur, von dem rechts und links einige Türen abgingen und Kleidungsstücke an Garderobenha-
ken hingen. Ein Kleidungsstück, auf das der gefundene Metallknopf vielleicht gepaßt hätte, konnte Holthaus beim Vorbeigehen nicht entdecken. Durch das
Milchglas der Tür am Ende des Flures drang gedämpftes Tageslicht. Dahinter tat sich ein größerer
Raum auf, der erkennbar das Wohnzimmer des Hauses darstellte.

Ruhlander überließ dem Polizisten den Vortritt.
Instinktiv steuerte Holthaus als mögliche Sitzgelegen-
heit die Couch an der fensterlosen linken Wand an,
um sich den Rücken freizuhalten und die Stirnseiten
des Raumes im Blick zu haben. Da war die Tür, durch
die sie den länglichen Raum betreten hatten, auf der
gegenüberliegenden Seite gab es eine Glastür, die auf
eine terrassenähnliche Freifläche hinausführte, daneben ein zweiflügeliges Fenster mittlerer Größe. Tür
und Fenster waren mit einer bodenlangen Gardine
verhängt, durch deren grobe Maschen die Silhouette
des Waldes zu erkennen war, den er schon von der
Straße aus wahrgenommen hatte, an den ein nicht
eingezäuntes, wiesenartiges Gelände heranreichte, das

zum Haus hin eine gartenähnliche, leicht verwilderte
Nutzung aufwies. An der rechten Wand, ihm gegenüber, verdeckte ein zugezogener tiefbrauner Vorhang
zwei Fenster, durch die nur schwach das Tageslicht
drang und den Blick auf eines der Nachbargrundstücke erahnen ließen.

Unschlüssig, mit ratlosem Gesichtsausdruck, blieb
Ruhlander in der Mitte des Raumes neben dem Tisch
stehen, bot nach kurzem Zögern mit einer linkischen
Geste dem Polizisten einen Platz auf der Couch an
und ließ sich dann in einem der Sessel gegenüber nieder. Holthaus legte seine Gürteltasche vor sich auf den
Tisch, daneben das Funkgerät. Ihm entging nicht, daß
die Tür, durch die sie in den Raum getreten waren,
einen kleinen Spalt geöffnet war. Er schwieg, setzte
wieder die eintretende quälerische Stille ein, um Ruhlander zu vielleicht unbedachtem, verräterischem
Verhalten zu bewegen. Die Dienstwaffe führt er wie
immer im Schulterholster mit sich. Bei nicht zu engen
Jacken trug sie kaum auf, störte weniger beim Sitzen,
und der Griff zur Waffe kam ihm leichter und schneller vor als beim Einsatz aus dem Gürtelholster heraus.

In Ruhlanders Gesicht stand noch immer die gren-
zenlose Verwirrung geschrieben, was nun um ihn und
mit ihm geschah. Er saß wie versteinert im Sessel, die
Hände auf den Oberschenkeln abgelegt.

„Was wollen Sie denn mit mir besprechen?" fragte
er schließlich, nachdem der Polizist ihn weiterhin
nicht aus den Augen ließ, dabei das Funkgerät ein
paar Zentimeter auf dem Tisch verschob.

„Sie haben keine Vorstellung, warum ich Sie aufsu-
che, warum ich als Polizist zu Ihnen gekommen bin?
Mit einem richterlichen Durchsuchungsbeschluß in
der Tasche?"

Aus dem Innern des Hauses, von der einen Spalt breit geöffneten Tür her, waren erneut Geräusche zu vernehmen, die aber sogleich wieder verstummten. Holthaus hatte kurz den Kopf dorthin gewandt, sah dann Ruhlander fragend an.

„Nein, habe ich nicht. Keine Ahnung, was Sie von mir wollen."

„Wirklich nicht?"

„Nein!"

„Sie sind sich da ganz sicher?"

„Ja!"

Holthaus wußte, daß jetzt ein wichtiger Augenblick gekommen war, daß er nun auf den Mann losgehen mußte, ihm seine ausweglose Lage klarmachen, ihn im Grunde überrumpeln mußte.

Da ertönte der Ruf des Funkgerätes.

„Alles ok bei Ihnen?" krächzte eine Stimme.

„Alles ok bei mir", quittierte Holthaus und stellte fest, daß der Kontrollruf gut zehn Minuten zu früh erfolgte, was er der Nervosität der jungen Beamten zuschrieb. „Das waren die aus dem Auto", ließ er Ruhlander wissen, der mit den Handflächen nervös über die Tischplatte strich, sie dann wieder auf den Hosenbeinen ablegte.

Holthaus holte Luft, nahm innerlich Anlauf. Die nächsten Minuten, die nächsten Sätze, die gesprochen wurden, waren entscheidend. Sekundenschnell legte er sich seine Vorgehensweise zurecht. Mit Fragen, die immer insistierender würden, wollte er Ruhlander in die Enge treiben, ihn zu zornigen, wütenden Äußerungen bewegen, ihn so herausfordern, daß er alle Beherrschtheit verlor, zu der er sich bis jetzt offenbar gezwungen hatte. Er sah auf die Uhr. Etwa zwanzig Minuten waren vergangen, von der Kapazität des

Aufnahmegerätes blieb noch etwas mehr als eine Stunde. Das müßte auf jeden Fall reichen. Im Gegenteil, er wollte sehr viel früher mit der Sache fertig werden.

„Waren Sie am 21. Februar 1982 auf der Hallig Uthoog?“

„Nein, ich war noch auf keiner Hallig, sagte ich bereits.“

„Sagt Ihnen das Datum 21. Februar etwas?“

„Nein.“ Ruhlanders Stimme klang gereizt. „Sollte es das?“

„An diesem Tag findet alljährlich das Biikefeuer statt. Auf allen Halligen, Inseln und auch an der Nordseeküste.“

Ruhlander schob die Hände ineinander, verschränkte die Finger.

„Ja, interessant. Was habe ich damit zu tun?“ Holthaus gab sich unbeeindruckt, sachlich, gespielt emotionslos.

„Haben Sie und Ihre Schwester am 21. Februar 1982 auf der Hallig Uthoog in der Pension ‚Japsand’ gewohnt?“

„Warum fragen Sie das? Ich war noch auf keiner Hallig.“

„Haben Sie am Abend vor dem Biikefeuer in der Dunkelheit Herbert Breuer bewußtlos gemacht und ihn dann gemeinsam mit Ihrer Schwester geknebelt unter das aufgetürmte Holz des Biikefeuers geschafft? Ihn mit Zeltheringen dabei fixiert? Mit Seilstücken?“

„Wie oft soll ich Ihnen noch sagen, daß ich noch auf keiner Hallig war, auch nicht die Absicht habe, das in Zukunft zu tun. Was soll diese Fragerei?“ Ruhlanders helle Stimme hatte sich noch mehr gehoben, war immer lauter geworden.

Holthaus setzte nach mit Fragen, die ihn inzwischen stärker zu beschäftigen begonnen hatten. „Half Ihnen womöglich jemand dabei? Ein Gast? Oder einer von der Hallig? Muß doch eine elende Schufterei gewesen sein zu zweit."

Bevor Ruhlander, der heftiger zu atmen begann, etwas sagen konnte, fuhr Holthaus scheinbar ungerührt fort: „Haben Sie nicht Herbert Breuer, den Mörder Ihrer Mutter, heimlich ausspioniert und herausgefunden, daß er regelmäßig zum Biikefeuer auf die Hallig Uthoog fährt? Sind Sie nicht anschließend selbst zwei oder drei Jahre lang dorthin gefahren, in dieselbe Pension wie Breuer? Ohne zu sagen, wer Sie wirklich sind?" Holthaus bluffte: „Mit verändertem Aussehen?"

Die Augen Ruhlanders verloren ihre Starre, mit der sie bisher auf den Polizisten gerichtet waren und irrlichterten nun im Raum umher, als ob sie nach Antworten, nach Auswegen suchten. Unruhig rutschte er im Sessel hin und her, bewegte den Oberkörper nach vorne, dann wieder zurück.

„Versuchten Sie nicht, alle Spuren, die auf Sie hinwiesen, zu beseitigen?" führte Holthaus seine Fragen fort. „Haben Sie nicht die vorgeschriebenen Meldezettel für den Halligaufenthalt in der Pension entfernt, für 1982 bewußt keinen Meldezettel ausgefüllt?"

Als ob er beten wollte, verhakte Ruhlander wieder die Finger ineinander, ein schmerzlicher Ausdruck überschattete das Gesicht.

Holthaus wußte, als er den Mann betrachtete, mit absoluter Gewißheit, daß die Geschwister die Tat verübt hatten. Doch er mußte Daniel Ruhlander dazu bringen, es nachweislich einzugestehen.

„Haben Sie sich nicht eine Substanz, ein Mittel besorgt, mit dem man einen Menschen vollkommen wehrlos machen, ihn völlig betäuben kann, auch über einen ziemlich langen Zeitraum?"

Es wurde still im Raum, nachdem Holthaus schwieg und abwartete. Die schnelle, kurze Atemfolge Ruhlanders war nicht zu überhören, von gelegentlichen tiefen Atemzügen unterbrochen.

„Waren Sie nicht überzeugt davon, daß nichts auf Sie und Ihre Schwester als Täter hinwies?" fuhr Holthaus fort. „Daß kein Beweis für Ihre Täterschaft zu finden sei?"

Erneut kehrte Stille ein, die abrupt vom Rufton des Funkgerätes unterbrochen wurde, wiederum vor Ablauf der abgesprochenen dreißig Minuten.

„Alles klar bei Ihnen?" fragte die Stimme. Holthaus tippte auf Kramer und bestätigte: „Alles klar."

In Ruhlanders Mundwinkeln zuckte es, als ob er sprechen wollte, doch er räusperte sich nur, hielt sich dann beide Handflächen vor das Gesicht, so daß sie Mund und Nase bedeckten. Er senkte den Kopf und sah zu Boden, hob dann den Kopf und blickte stumm über die Fingerspitzen hinweg den Polizeibeamten an.

„Wollen wir jetzt nicht zu einem Ende kommen, Herr Ruhlander?" fragte Holthaus, dem die Qual des Mannes nicht entging. „Und rufen Sie Ihre Schwester hinzu. Sie ist im Haus, ich weiß es."

Ruhlander antwortete nicht, sah den Polizisten nur an.

„Sie haben nicht alle Spuren beseitigt, obwohl Sie sich damit so viel Mühe gaben", sprach Holthaus nun weiter, „Spuren, die eindeutig beweisen, daß Sie und Ihre Schwester 1982 die Tat auf der Hallig begingen. Sie gelten als überführt."

Der Mann senkte den Blick, sah zur Tür, die ins

Freie führte, dann zu der leicht geöffneten Tür, durch die sie den Raum betraten, sah dann wieder den Polizisten an, sprach aber kein Wort.

Die Zeit verstrich, Holthaus blickte auf seine Uhr. Noch immer konnte er den Mann nicht entscheidend aus der Reserve locken.

„Herbert Breuer hat Ihre Mutter ermordet, er ist ein Mörder, er hat eine entsetzliche Tat begangen. Doch er wurde dafür bestraft, wurde wegen Mordes zu einer langjährigen Gefängnisstrafe verurteilt, die er vollständig abgebüßt hat.“

Ruhlander hatte die vors Gesicht gehaltenen Hände herabgenommen, wirkte nun ruhiger. Seine Augen waren weit geöffnet und regungslos auf den Polizeibeamten gerichtet.

„Die schreckliche Tat von Breuer rechtfertigte aber in keiner Weise, was Sie und Ihre Schwester getan haben“, fuhr Holthaus fort. „Sie haben diesen Mann ermordet. Nicht weniger entsetzlich. Sie wurden auch zu Mördern. Dafür werden Sie bestraft werden müssen. Sie haben aus Rache gehandelt, haben eine nachträgliche Selbstjustiz vollzogen. Und das darf der Rechtsstaat nicht dulden, dagegen muß er vorgehen, das muß er unter Strafe stellen.“

Eine Minute oder auch zwei ließ Holthaus verstreichen, um Ruhlander Gelegenheit zu geben, etwas zu sagen. Dessen Lippen zitterten leicht und er fuhr nervös mit der Zungenspitze darüber. Er schien in großem innerlichem Aufruhr begriffen zu sein.

„Es wird zu einer Anklage gegen Sie wegen gemeinschaftlichen Mordes kommen. Ihre Schwester ist genauso schuldig wie Sie. Nichts rechtfertigt die Tat, die Sie beide begingen.“

Wieder legte Holthaus eine Pause ein, beobachtete

Ruhlander nach Anzeichen eines Einlenkens, nach der Bereitschaft, ein Geständnis abzulegen. Doch der Mann blieb stumm, sah in immer kürzeren Abständen zur leicht geöffneten Zimmertür hin.

„Sie kommen da nicht mehr raus, Herr Ruhlander, die Beweislage ist eindeutig, glauben Sie's mir. Wir haben zum Beispiel Ihre unverwechselbaren Spuren von damals und heute, auch die von Ihrer Schwester. Es gibt ...“

Holthaus hielt inne. Ruhlander hatte sich im Sessel aufgerichtet, holte sichtlich Luft.

„Seine Strafe abgebüßt? Der Mann lief frei herum. Nach allem, was er uns angetan hat“, stieß Ruhlander erregt aus.

„Dafür wurde er bestraft, für die Tat hat er gebüßt“, antwortete Holthaus.

„Er hat unser Leben zerstört. Das unserer Mama. Und er hat auch mein Leben und das meiner Schwester zerstört.“

„Das gab Ihnen nicht das Recht, Breuer zu töten, ihn zu ermorden, ihn quasi hinzurichten“, erwiderte der Polizeibeamte, „er hatte für seine Tat gebüßt.“

Holthaus ließ sich nichts anmerken. Nun hatte er den Mann so weit. Doch in das Triumphgefühl, das ihn sekundenschnell überkam, mischte sich sogleich ein eigenartiges Mitleid mit Ruhlander, als er dessen beginnenden Zusammenbruch beobachtete.

„Dieser Mann lief frei herum, als sei nichts geschehen. Nachdem er uns alles genommen hatte, war er ein freier Mann, lebte, als sei nichts geschehen.“

„Und Sie wollten nicht, daß er Ihnen so davonkommt, einfach so als freier Mann weiterlebt? Sie wollten sich an ihm rächen, ihm heimzahlen, was er Ihnen angetan hat?“

Das Gesicht Ruhlanders hatte sich gerötet, er begann zu schwitzen, Schweißtropfen traten auf seine Stirn.

„Ich weiß nicht, ob Sie wissen, ob Sie sich vorstellen können, was es bedeutet, als Kind den einzigen Menschen zu verlieren, den man auf der Welt hat“, sprach Ruhlander nun weiter, erst zögerlich, dann immer rascher, mit leiser Stimme. „Wir waren noch Kinder. Esther war acht Jahre alt, ich zwölf Jahre, als unsere Mama von diesem Mann verbrannt wurde. Als wir wach wurden, alles voller Rauch, wir rannten die Treppe runter, ich riß die Tür auf, wo Mama schlief. Rauch und Flammen, und wir sahen dann Mama neben dem Bett am Fenster, sie sah zu uns, ihre Arme, ihre Hände waren an die Heizung gebunden, mit einer Kette, die klirrte, weil Mama daran riß und zerrte. Sie sah uns, doch sie schrie nicht, sie rief nicht. Dann war der Qualm, der Rauch so dicht, daß wir sie nicht mehr erkennen konnten. Ich packte Esther an der Hand und zerrte sie weiter die Treppe runter bis ins Freie.“

Bei den letzten Sätzen war Ruhlanders Stimme brüchig geworden, es zuckte um seine Mundwinkel. Mit den Fingerspitzen rieb er sich über die für Sekunden geschlossenen Augenlider.

„Ja, schrecklich, ganz schrecklich, was der Mann Ihrer Mutter und Ihnen angetan hat“, sagte Holthaus, „ich verstehe Ihre Gefühle. Doch Sie hatten nicht das Recht, ihn nach Verbüßung seiner Strafe zu töten. Noch dazu auf diese fürchterliche Weise. Damit haben Sie sich auf eine Stufe mit ihm gestellt, die gleiche Grausamkeit an den Tag gelegt wie dieser Mann.“

Doch Ruhlander schien nur noch bei sich selbst zu sein, schien in sich hineinzuhören, als ob er auf Gedanken stieße, die ihn eine lange Zeit nicht mehr berührt hatten und sich nun wieder Luft verschafften.

„Unsere Mama war alles in unserem Leben, für uns gab es nur sie, wir kannten nur sie, niemand sonst stand uns so nahe. Unser Vater starb ganz früh, da war ich fünf Jahre alt, Esther ein Jahr. Es gab nur Mama für uns und dieser Mann nahm sie uns weg. Für immer. Wir waren Kinder, doch wir wußten, daß Mama nie wiederkommen würde. Wir waren alleine, kamen ins Heim, liefen fort, man fing uns wieder ein." Die Stimme des Mannes drohte zu versagen. Er schluckte. „Nicht genug. Mir nahm er nicht nur die Mutter, mir nahm er auch noch die Schwester."

„Was ist mit Ihrer Schwester? Sie ist im Haus, heute und auch gestern sah ich das. Auf dem Türschild steht ihr Name. Was ist mit ihr?"

„Sie ist krank, wird nie wieder richtig gesund werden, hat nie den Anblick vergessen, als das Haus brannte, als wir die Treppe herunterliefen, ich sie an der Hand mitriß und sie mitkriegte, daß unsere Mama in diesem Augenblick verbrannte."

„Sie wohnt mit Ihnen in diesem Haus?"

Der Blick Ruhlanders ging sekundenlang ins Leere, bevor er weitersprach.

„Sie ist in einem Heim, dort wird sie betreut, erledigt leichte Arbeiten. An bestimmten Tagen ist sie hier bei mir, wohnt dann tageweise hier. Morgen wird sie wieder für zwei Wochen ins Heim zurückkehren."

Das wird wohl kaum noch möglich sein, dachte Holthaus, wenn er sich den weiteren Ablauf des Tages vorstellte.

„Wollen Sie wissen, was Breuer aus ihr, was er aus Esther gemacht hat? Wollen Sie das wirklich wissen?"

Ruhlander wartete die Antwort des Polizisten nicht ab.

„Sie studierte Medizin, ihre Abiturnote ermöglichte ihr das, so gut war sie noch auf der Schule. Doch nach dem vierten Semester war sie am Ende, sie zerbrach an dem, was sie gesehen, was sie erlebt hatte. Seitdem ist sie krank, psychisch krank. Chronische posttraumatische Belastungsstörung, sagen die Ärzte, das würde nichts mehr so richtig mit ihr. Sie war sehr musisch begabt, nahm Klavierunterricht, las viele Bücher. Und das alles hat Breuer angerichtet, dieser Mann hat alles zunichte gemacht, hat alles zerstört. Jeden Tag geht sie zum Friedhof zu Mamas Grab, so gut wie jeden Tag.“

Heftig atmend lehnte Ruhlander sich im Sessel zurück, nahm wieder die Handflächen vor den Mund, als ob er sich am Weitersprechen hindern wollte.

„Und das können Sie nicht vergessen“, sagte Holthaus, „deshalb haben Sie ihn getötet, deshalb haben Sie ihn ermordet, deshalb haben Sie ihn verbrannt. So, wie er es mit Ihrer Mutter getan hat.“

Ruhlanders Atmung hatte sich kaum beruhigt. Er fuhr sich an den Hemdkragen und öffnete einen weiteren Knopf.

„War es nicht so? War es nicht so?“ Holthaus änderte seine Sprache, redete wie beschwörend auf den Mann ein: „Haben Sie ihn deshalb umgebracht? Ihn getötet, weil er alles zerstört hatte in Ihrem und im Leben Ihrer Schwester. Haben Sie Breuer deshalb ermordet?“

„Ja“, schrie Ruhlander und richtete sich wieder im Sessel auf, „deshalb haben wir ihn getötet, genau deshalb. Er sollte genauso sterben wie unsere Mutter, genauso qualvoll. Er sollte am eigenen Leib erleben, was er mit ihr gemacht hat, genau das sollte er!“

Holthaus unterbrach ihn nicht, hatte den Mann nun

in der Verfassung, daß er sich nicht mehr unter Kontrolle zu haben schien und sah nach seiner Gürteltasche mit dem Aufnahmegerät. Das Geständnis war da, er mußte es nur noch heil in die Dienststelle schaffen, einerlei, ob anerkanntes Beweismittel oder nicht. Der Täter hatte jedenfalls die Tat nachprüfbar gestanden.

„Er sollte nicht einfach so weiterleben, als wäre überhaupt nichts geschehen. Fünfzehn Jahre hat er im Gefängnis gesessen? Na und? Was ist das denn? Er war fünfundvierzig Jahre alt, als er entlassen wurde. Ein freier Mann. Vielleicht hätte er noch weitere Verbrechen begangen. Er durfte nicht einfach so weiterleben. Nein, nie, das durfte nicht sein. Deshalb haben wir ihn getötet. Und es war richtig, daß wir das taten. Und wie wir es taten. Und ich bereue es nicht, würde es wieder machen. Genau so! Genau so!“

Ein weiteres Mal bedeckte Ruhlander für ein paar Sekunden sein Gesicht mit den Händen, sein Atem wurde wieder flacher.

„Wer hat Ihnen dabei geholfen? Zu zweit? Sie nur mit Ihrer Schwester? Unmöglich, das war doch unmöglich. Wer hat Ihnen geholfen? Einer von der Hallig? Oder einer der Gäste?“

„Keiner hat geholfen. Niemand. Nur meine Schwester und ich. Sonst niemand! Das ging nur Esther und mich etwas an. Und sie war lange Zeit stark, stark und kräftig.“ Einige Augenblicke lang atmete Ruhlander hörbar durch. „Nicht so, wie sie jetzt ist.“

Die einsetzende Stille währte nur wenige Augenblicke, dann gab es ein leises Geräusch von der Zimmertür her. Ruckartig wandte Ruhlander den Kopf dorthin. Die Tür war nun weit geöffnet. Eine junge Frau stand auf der Schwelle, wo sie reglos verharrte.

„Ihre Schwester?“ fragte Holthaus, obwohl daran

keine Zweifel mehr bestehen konnten.

„Komm', Esther", sagte Ruhlander, „setz' Dich bitte neben mich, komm' bitte zu mir, komm' bitte."

Fast geräuschlos trat Esther Ruhlander, die Holthaus nun zum dritten Mal sah, aus der Dämmerung des Flures in den Raum, barfuß, wie lose übergeworfen ein graues, gürtelloses Kleid, das ihr bis zu den Knöcheln reichte. Sie hob nicht den Kopf, sah nur nach unten, bis sie den Sessel neben ihrem Bruder erreichte und sich rasch niedersetzte. Strähniges, glattes, fast schwarzes Haar fiel ihr bis auf die Schultern, umfloß ihr Gesicht und ließ es wie eine weiße Maske erscheinen. Fragend sah sie ihren Bruder an.

„Das ist jemand von der Polizei, der die Sache mit dem Feuer auf der Hallig untersucht", erklärte Daniel Ruhlander, „das muß er tun, da ist weiter nichts dabei."

Zum ersten Mal richtete die Frau ihre Augen auf Holthaus, doch nur kurz, sah zu ihrem Bruder auf und fragte mit einer kindlich anmutenden Stimme: „Wegen des Feuers?" Ihre Hände hatte sie in die Schoßmulde ihres Kleides gelegt. Die Handflächen wiesen nach oben, ihre Hände zitterten in unregelmäßigen Abständen.

Da erklang erneut der Rufton des Funkgeräts. Erschrocken fuhr die Frau zusammen, sah wieder ihren Bruder an, der beruhigend seine Hand auf ihren Arm legte.

„Alles in Ordnung?" fragte die Stimme aus dem Funkgerät, dieses Mal war es wohl Schumacher.

„Alles in Ordnung. Ich melde mich", quittierte Holthaus. Er war tief in die durchgesessene Couch eingesunken und als er sich vorbeugte, um das Funkgerät wieder auf den Tisch zu legen, öffnete sich seine

Jacke und er spürte, wie die Pistole ein Stück nach oben aus dem Holster herausgedrückt wurde. Er schob sie zurück. Als er aufsah, schaute er in Ruhlanders Augen, der ihn dabei beobachtet hatte.

„Muß ich mitführen, ist Vorschrift“, sah Holthaus sich gemüßigt zu erklären, setzte dabei ein dünnes Lächeln auf.

Ruhlander beachtete den erneut fragenden Gesichtsausdruck der Schwester nicht.

„Sie sehen, was dieser Mann, was Breuer angerichtet hat“, sagte er und warf einen kurzen Seitenblick auf die Schwester, „er hat sie zerstört und er hat auch mich zerstört. Wir beide haben nur noch uns, es gibt keine anderen Menschen mehr in unserem Leben, denen wir vertrauen können. Wir sind alleine.“

Wiederum kehrte Schweigen ein. Holthaus überlegte die nächsten Schritte, die nun zu tun waren.

„Geh’ jetzt bitte zurück in Dein Zimmer, Esther“, sagte Ruhlander, „ruh’ Dich ein bißchen aus. Ich komme gleich zu Dir, muß erst die Sache mit dem Polizisten zu Ende besprechen.“

Wortlos, den Blick auf den Boden gerichtet, ging Esther Ruhlander mit kleinen Schritten aus dem Raum, zog die Tür hinter sich ins Schloß.

Wieder wurde es still im Raum. Doch es war eine andere Stille, die sich nun ausbreitete. Ruhlander sah den Polizisten an, machte aber keine Anstalten, etwas zu sagen.

Holthaus spürte die Spannung, die das Zimmer ausfüllte, die Luft kam ihm vor wie elektrisch aufgeladen. Er sah den Zeitpunkt zum Handeln gekommen und ging zur Offensive über.

„Ich kann Ihnen nur den Rat geben, daß Sie beide ein offizielles Geständnis ablegen. Die Staatsanwaltschaft könnte wegen des Geständnisses eine geringere Strafe beantragen. Und das erst recht, weil Breuer Ihre Mutter ermordete. Auch wenn Selbstjustiz ein Verbrechen ist und bleibt, wird das eine Rolle spielen beim Urteil, wird sich das nach meiner Einschätzung strafmildernd auswirken. Besonders bei Ihrer Schwester.“

„Wie würde das denn vor sich gehen, wie würde das ablaufen? Sie haben doch dann nichts mehr damit zu tun“, sagte Ruhlander mit lauter werdender Stimme.

„Ja, am Ende bin ich draußen, bin ich raus aus dem Verfahren. Doch das Gericht wird mich als Zeugen laden, ich werde aussagen. Ich werde auf Ihre Geständnisbereitschaft hinweisen, auf Ihr Einlenken, auf Ihre Motive für die Tat. Auch auf den Zustand Ihrer Schwester, auf die Art und Weise, wie Sie sich um sie kümmern. Vorausgesetzt, daß alles stimmt, was Sie mir erzählt haben.“

„Und was bringt das am Ende? Was macht das Gericht daraus? Was geschieht dann?“

„Das weiß ich natürlich nicht“, antwortete Holthaus, „weniger Gefängnisjahre, vorzeitige Entlassung, einen Teil der Haftzeit zur Bewährung aussetzen. Sie haben Breuer getötet, keine Frage, dafür müssen Sie bestraft werden, das sehen Sie hoffentlich ein. Für die strafrechtliche Einstufung als Mord gibt es bestimmte Merkmale, die in Ihrem Fall vermutlich nicht alle zutreffen. Das muß das Gericht feststellen.“

„Aber wir werden verurteilt werden“, erwiderte Ruhlander und die Verzweiflung in seiner Stimme war unüberhörbar, „so wird es doch kommen. Oder etwa nicht?“

„Ja, es wird ein strafbewehrtes Urteil geben. Einen Freispruch kann es nicht geben.“

Ruhlander schwieg eine Weile, sah sekundenlang zur Tür, hinter der seine Schwester verschwunden war. Nervöse Unruhe erfaßte ihn.

„Wir werden getrennt sein", sprach er laut vor sich hin, als sei nur er im Raum, „Esther wird alleine sein im Gefängnis, ich kann ihr nicht helfen, kann sie nicht beschützen, kann sie nicht mal besuchen." Er schüttelte den Kopf, führte das Selbstgespräch weiter: „Nein, nein, ich kann sie nicht allein lassen, das geht einfach nicht, das darf ich nicht." Heftig atmend sah er den Polizeibeamten an. Unübersehbar machte sich große Verunsicherung in seinem Gesicht breit, doch dann verengten sich die weitgeöffneten Augen zu einem strengen, mißtrauischen Blick.

„Was für Beweise haben Sie denn eigentlich gegen uns?"

Ruhlanders Stimme veränderte sich, klang hart, mit unüberhörbar aggressivem Unterton.

„Bisher erzählten Sie nur, daß Sie welche haben. Was sind das denn konkret für Beweise?"

„Zeugen, die Sie und Ihre Schwester bei einer Gegenüberstellung wiedererkennen werden", antwortete Holthaus.

„Ist das alles? Nur Zeugen, weiter nichts?"

„Doch, haben wir. Entscheidende Beweise. Unverwechselbare Spuren."

„Was denn für welche?"

„Zum Beispiel, wie ich schon erwähnte, Fingerabdrücke, mit denen Sie beide identifiziert werden können."

Holthaus griff zur Unwahrheit, eine Vorgehensweise, die er nur ungern anwandte. Doch in diesem Fall bezog er sich zur eigenen Rechtfertigung auf das Sprichwort, daß mitunter der Zweck die Mittel heiligt.

„Im Pensionszimmer auf der Hallig fanden wir Fingerabdrücke von Ihnen und auch von Ihrer Schwester. Nicht alle konnten Sie entfernen, obwohl Sie sich alle Mühe gaben, keine Spuren zu hinterlassen. Von damals, als das mit Ihrer Mutter passierte, gibt es ebenfalls noch entsprechende Unterlagen. Sagte ich ja schon. Damals wurden von Ihnen und Ihrer Schwester bereits Fingerabdrücke genommen, wohl rein routinemäßig. Sie passen mit denen im Pensionszimmer auf der Hallig überein und denen hier im Haus, auf die es aber gar nicht mehr ankommt. Fingerabdrücke ändern sich im Leben nicht mehr.“

Den Trumpf des aufgenommenen Gesprächs hielt Holthaus zurück. Die heimliche Tonaufnahme würde den Mann wohl so gegen ihn aufbringen, daß nicht mehr mit ihm zu reden wäre. Den Metallknopf erwähnte er nicht, in der gegenwärtigen Situation half er nicht weiter und ob er überhaupt als Beweis dienen konnte, stand noch in den Sternen.

„Und jetzt?“ fragte Ruhlander, der sich wieder gefaßt zu haben schien, „was passiert jetzt?“

„Ich werde Sie und Ihre Schwester verhaften müssen, werde meine Kollegen im Auto hinzuziehen. Außer dem Durchsuchungsbeschluß habe ich auch einen vollstreckbaren Haftbefehl gegen Sie und Ihre Schwester dabei. Sie kommen in Untersuchungshaft. Das weitere Verfahren bestimmt dann der Untersuchungsrichter. Sie werden ein faires Verfahren bekommen, wir leben in einem Rechtsstaat.“

Mit schreckensgeweiteten Augen starrte Ruhlander den Polizeibeamten an, als ob er diese Möglichkeit bisher noch nicht in Betracht gezogen hatte.

„Jetzt gleich wollen Sie uns verhaften? Jetzt? Hier?“

„Ja, deshalb bin ich hier. Ich kann Ihnen das nicht

ersparen."

„Auch Esther wollen Sie verhaften? Sie sehen doch, daß sie krank ist. Sie ist hilflos, sie ist wehrlos."

„Darüber habe ich nicht zu befinden, über die weitere Behandlung Ihrer Schwester wird ein amtsärztliches Verfahren entscheiden. Alles wird seine Ordnung und Richtigkeit haben."

Ein paar Sekunden lang schwieg Ruhlander, schien sich zu sammeln.

„Und wenn ich mich weigere, mich zur Wehr setze? Erst mit einem Anwalt sprechen will?" sagte er dann mit gepreßter Stimme.

„In der Untersuchungshaft werden Sie die Möglichkeit haben, einen Anwalt einzuschalten", sagte Holthaus, „wenn Sie einen Anwalt nicht bezahlen können, bekommen Sie einen Pflichtverteidiger zugeteilt. Der Untersuchungsrichter entscheidet übrigens kurzfristig, ob Sie überhaupt in U-Haft bleiben müssen. Das ist nicht die Sache der Staatsanwaltschaft, auch nicht die der Polizei. Vielleicht sind Sie morgen schon wieder auf freiem Fuß bis zur Gerichtsverhandlung."

Ruhlander hob den Blick zur Decke, atmete hörbar tief ein, beugte sich nach vorne und stierte durch die geöffneten Beine auf den Fußboden.

„Ich werde nun meine Kollegen herbeirufen", sagte Holthaus und langte nach dem Funkgerät, das vor ihm auf dem Tisch lag. „Sie können die für die U-Haft notwendigsten Sachen einpacken und mitnehmen. Die Beamten werden Ihnen Handschellen anlegen. Reine Formsache, sie werden Ihnen bald wieder abgenommen." Holthaus wußte, daß Handschellen situationsabhängig eingesetzt wurden, nicht vorgeschrieben waren. Doch er wollte kein Risiko eingehen. Ruhlanders erkennbare Wesensveränderung in den letzten

Minuten mahnten ihn zur Vorsicht.

„Verhaften? Mit Handschellen?" schrie Daniel Ruhlander auf und hob entsetzt die Hände. „Esther mit Handschellen? Sind Sie verrückt? Sie sind ja verrückt." Mit einem Ruck erhob er sich so heftig, daß der Sessel auf dem stumpfen Teppich nach hinten umschlug und griff nach dem Funkgerät auf dem Tisch. Holthaus' Überraschung dauerte nur einen Atemzug lang, dann sprang er auf, packte Ruhlanders Handgelenk, hielt es umklammert in der Absicht, um den Tisch herum an ihn heranzukommen und seinen Widerstand zu brechen. „Lassen Sie das", keuchte er, „Sie verschlimmern Ihre Situation nur." Er verstärkte den Handgriff, spürte verblüfft die Kraft des Mannes, der sich aus dem Griff befreien wollte.

„Ich muß Ihnen gleich ziemlich wehtun, wenn Sie Ihren Widerstand nicht aufgeben", rief Holthaus und rang nach Luft. Doch Ruhlander versuchte jetzt mit der anderen Hand das Funkgerät zu erreichen. Holthaus gelangte bis vor die Schmalseite des Tisches, damit noch näher an den Mann heran, lockerte für eine Sekunde den Griff, als er festen Stand gewinnen wollte. Doch das erwies sich als unglückliche Aktion. An der Teppichkante blieb er mit einem Fuß hängen und taumelte nach hinten. Ruhlander riß blitzschnell seine Hand frei und stieß seine Faust mit ausgestrecktem Arm mit Wucht gegen die Brust des Polizisten. Holthaus stürzte rücklings zu Boden, schlug dabei mit dem Hinterkopf auf den Randbereich eines dreibeinigen hölzernen Blumentisches, der auseinanderbrach und zur Seite kippte. Einer der beiden Blumentöpfe fiel auf Holthaus' Brust und rollte dann zur Seite, blieb neben seinem Kopf liegen, unter dem und neben dem sich eine Blutlache zu bilden begann.

Ein Luftzug war das erste, was Holthaus wahrnahm, nachdem er wieder zu sich kam. Verwirrt richtete er sich auf, spürte starke Schmerzen im Nackenbereich und sah das Blut auf dem Teppichboden. Doch nur wenige Sekunden genügten ihm, um die Situation zu erkennen, in der er sich befand. Er schrie wütend auf und ließ einen derben Fluch folgen, wie er ihn nur selten benutzte. Das mußte ihm, ausgerechnet ihm passieren! Jochimsens Vorzeigepolizist, wie der schon mal gesagt hatte. Ruhlander war verschwunden, war offensichtlich geflohen. Beim schnellen Aufstehen schwankte Holthaus, mußte sich an einem der Sessel abstützen. Als er seinen Nacken befühlte, war seine Hand blutverschmiert. Mit einem Rundumblick versuchte er, sich rasch einen Überblick über das Geschehen zu verschaffen. Beide Zimmertüren standen offen. An der rückwärtigen Tür, die hinter das Haus führte, bewegten sich die Gardinen im Luftstrom. Unter dem Tisch lag seine Dienstwaffe. Sofort erkannte er, daß das Magazin fehlte. Das Funkgerät lag auf dem Tisch, offensichtlich mit Gewalt zerstört, vermutlich auf dem Tisch zerschlagen, der entsprechende Spuren aufwies. Seine Gürteltasche lag zwischen Tisch und Couch auf dem Boden. Er sah auf seine Uhr. Wie lange war er bewußtlos gewesen, wieviel Zeit war verstrichen? Wo war Ruhlander? Länger als vielleicht zehn Minuten, vielleicht eine Viertelstunde war er wohl nicht außer Gefecht gewesen, hatte er nicht auf dem Boden gelegen. Die Gürteltasche war ungeöffnet, war vielleicht beim Kampf mit Ruhlander vom Tisch gerutscht und von ihm nicht weiter beachtet worden. Erleichtert schaltete er das noch laufende Aufnahmegerät aus. Zumindest dieses Beweismittel schien gesichert zu sein. Doch wo war

Ruhlander? Rasch ergriff er die Pistole und setzte das Reservemagazin ein, das er bei jedem Einsatz mit sich führte. An diesem Tag hatte er es in einem Seitenfach der Gürteltasche verstaut.

Erneut streifte ein Luftzug sein Gesicht. Im Nu war er an der Tür, die ins Freie führte, in die Richtung des nahegelegenen Waldes, für die beiden Ruhlanders vermutlich der geeignetste Fluchtweg. Vorausgesetzt, sie waren nicht noch im Haus. Mit seiner Einschätzung lag er richtig. Noch durch die wehenden Gardinen, in die er sich verfangen hatte und sich mühsam von ihnen befreite, entdeckte er Ruhlander mit seiner Schwester an der Hand. Sie eilten durch das gartenähnliche Gelände und die angrenzende verwilderte Wiesenlandschaft auf den Wald zu, verfielen zwischendurch in Laufschritte, die jedoch die Schwester nur kurz durchzuhalten vermochte, so sehr auch ihr Bruder an ihr zerrte. Beide trugen einen Rucksack, Ruhlander dazu noch in der freien Hand eine kleine Reisetasche.

Holthaus stürzte nach draußen, entsicherte die Waffe und schrie den Flüchtenden den vorgeschriebenen Warnruf nach: „Halt! Polizei! Halt oder ich schieße!" Nachdem das Geschwisterpaar nicht reagierte und die Flucht fortsetzte, gab er einen Warnschuß in die Luft ab, rannte dann los, um die Verfolgung aufzunehmen. Zwar kam er näher an die beiden heran, doch die verbleibende Strecke reichte sichtlich nicht mehr aus, um sie ohne Schußwaffengebrauch zu stellen, bevor sie in den Wald eintauchten und ihre Flucht kaum noch zu verhindern war. Er blieb stehen und feuerte einen weiteren, wiederum vergeblichen Warnschuß ab. Obwohl er heftig atmete, legte er dann auf Ruhlanders linken Oberschenkel an, unterstützte den ausgestreckten Arm mit der anderen Hand in Höhe des Ellenbogens. Die Zielentfernung schätzte er auf rund fünfzig Meter ein, das Schußfeld war frei von Hindernissen. Kein leichter Schuß, das wußte er, aber er war machbar. Auf dem Schießstand trainierten sie auf Fünfundzwanzigmeter–Bahnen, mitunter schoß er auch auf größeren Anlagen und traf auch dort ziemlich gut.

Ruhlander bildete den Umständen entsprechend ein relativ akzeptables Ziel, da der Wiesenweg ohne Kurven schnurstracks auf den Wald zuführte und der Mann so gut wie keine Richtungsänderungen durchführte. Seine Schwester hatte er an der Hand auf der rechten Seite und zog sie ungestüm mit sich.

Doch dann geschah etwas Seltsames. Sekundenlang hatte der Polizist Ruhlanders Bein klar in der Visierlinie. Auf dem Schießstand hätte er bei dieser Zielerfassung sogleich abgedrückt. Jetzt wich er mit dem Lauf der Waffe minimal, vielleicht einen oder zwei Millimeter, nach links von der Visierlinie ab, bevor er den Schuß abfeuerte. Die Kugel fuhr ins Unterholz des Waldes, von den beiden Flüchtenden entweder nicht wahrgenommen oder von ihnen ignoriert, denn sie strebten weiterhin auf die kleine Öffnung im dichten Sträuchergewirr zu, die in den Wald hineinzuführen schien. Holthaus schoß ein zweites Mal, nun etwas tiefer zielend. Das Projektil schlug links nahe Ruhlanders Füßen ins hohe Gras ein, das sich daraufhin leicht bewegte. Der Mann mußte das Geräusch des Schusses und den Einschlag der Kugel dicht neben sich wahrgenommen haben. Ein paar Sekunden später erreichten Daniel und Esther Ruhlander den Waldrand und waren sogleich darin verschwunden.

Holthaus lief weiter auf den Wald zu, wurde nach kurzer Strecke von zwei Männern aufgehalten, die von Nachbargrundstücken aus halbwegs sicherer Deckung heraus aufgeregt herübergestikulierten und schrien, daß gleich die Polizei käme, die sie schon verständigt hätten. Er sei selbst Polizist, rief Holthaus ihnen zu, fingerte seinen Dienstausweis aus der Jacke, hielt ihn in die Luft und rannte mit gezogener Waffe weiter. Vor der kleinen, schneisenartigen Einbuchtung, die offenbar weit und breit den einzigen Zugang zu diesem Waldstück bildete, blieb er stehen und lauschte, bevor er über den schmalen Weg in das dichte Grün der Sträucher und Bäume eindrang. Bald erkannte er, daß seine Suche in dieser Weise völlig sinnlos war. Der wohl wenig begangene Weg zog in zahlreichen Windungen durch dickichtartiges Gesträuch, das sich zwischen den zumeist dicken Stämmen der Bäume ausbreitete. Von vorne vernahm er typische Geräusche, wie sie von Häusern und deren Bewohnern und von Straßen von weitem wahrzunehmen sind. Die Ruhlanders konnten überall stecken. Vielleicht nur wenige Schritte von ihm entfernt im Gebüsch oder schon in einem der entfernten Häuser oder auch bereits in einem Bus sitzend und davonfahrend.

Holthaus gab die Suche auf und kehrte um. Auf dem Rückweg, kaum hatte er den Wald verlassen, stieß er auf Kramer und Schumacher, die ihn anzufunken versucht hatten, dann die Schüsse vernahmen und seitlich am Haus und Ruhlanders Auto und Garage vorbei hinter das Haus gelangten. Als sie seine blutverfärbte Hals- und Kragenpartie bemerkten und den Verbandskasten herbeiholen wollten, winkte er ab. Sie boten an, die Suche im Wald und dahinterliegendem Wohngebiet fortzusetzen, doch Holthaus hielt sie davon ab. Inzwischen sei mehr als eine halbe Stunde verstrichen, und die beiden Flüchtigen, die ihnen zudem vom Äußerlichen nicht bekannt wären, unter den gegebenen Umständen so gut wie nicht mehr aufzuspüren. Ohne Hund wäre da sowieso ernsthaft nichts zu machen, und ein Hundeführer wäre wohl auf die Schnelle auch nicht ranzukriegen.

Kurz darauf trafen noch zwei Streifenwagen der Düsseldorfer Polizei ein, die Kramer und Schumacher angefordert hatten und sich nun mit anschwellendem Martinshorngeräusch ankündigten. Holthaus schilderte den Männern kurz die Situation und die Vergeblichkeit einer weiteren Suche. Gleichwohl ließen sie sich eine kurze Personenbeschreibung geben, wollten eine Kontrollfahrt durch das Wohngebiet hinter dem Wald machen, man könne ja nie wissen. Manchmal helfe eben der Zufall. Sie bahnten sich den Weg durch ein Dutzend Leute, zumeist Anwohner, die sich inzwischen auf der Straße eingefunden hatten, stiegen in ihre Fahrzeuge und fuhren davon.

Als erstes überprüfte Holthaus das Diktiergerät, ließ das Band zurücklaufen und hörte den Beginn der Aufnahme ab. Bis auf anfängliches Knistern schien die Aufnahme einwandfrei funktioniert zu haben. Ruhlanders Stimme und seine eigene waren ausreichend deutlich zu verstehen. Wie nach einem erfolgreichen Boxkampf ballte er kurz die Faust.

Im Haus standen alle Schränke offen. Die Schubladen waren teilweise oder ganz herausgezogen, lagen auf dem Boden. Die Geschwister hatten offensichtlich während seiner Bewußtlosigkeit in höchster Eile alles zusammengerafft, was sie für ihre überstürzte Flucht mitnehmen wollten. Herausgerissene, doch überflüssige Sachen lagen in den Zimmern auf den Fußböden. Im Badezimmer nahm er aus einem der kleinen Schränke ein Handtuch, feuchtete es an, um sich das fast getrocknete Blut im Nacken abzuwischen und steckte es in die Gürteltasche, um die Leute der Spurensicherung nicht vor Rätsel zu stellen. Die beiden Zahnputzgläser samt Zahnbürsten und ein halbes Dutzend Kämme und zwei Haarbürsten ließ er unangetastet. Er hatte keinerlei Zweifel, daß die Übereinstimmung mit den seinerzeit von den Ruhlander-Kindern dokumentierten körperspezifischen Merkmalen von den Düsseldorfern bestätigt werden würde.

Kramer und Schumacher liefen auch durch das Haus, nachdem Holthaus ihnen Handschuhe ausgehändigt hatte. Doch es gab für sie dort im Grunde nichts Wichtiges zu tun. Er ließ sich von ihnen ihr Funkgerät geben und versuchte an Dahmen heranzukommen, was ihm nach mehreren Versuchen auch gelang. Holthaus schilderte im Telegrammstil das Scheitern der Verhaftung und die Umstände, wie es dazu kam und kündigte für morgen sein Erscheinen um acht Uhr auf der Dienststelle an.

Dahmen hielt sich auffällig bedeckt mit Äußerungen, erkundigte sich nach seinem Befinden nach dem Sturz im Haus. Er werde sofort eine Fahndung nach den beiden Flüchtigen veranlassen, noch ohne Fotos, weil ja wohl keine brauchbaren vorhanden seien. Auch Jochimsen wollte er verständigen, wie es um den Fall nun stehe. Morgen werde man dann weitersehen. Auch werde er sogleich die Spurensicherung losschicken, um sich in Haus und Garage umzusehen und das Auto sicherzustellen. Diese Leute könnten auch Haus und Garage versiegeln, so lange sollten Kramer und Schumacher auf jeden Fall noch vor Ort bleiben.

Als Holthaus zu seinem Wagen ging, traten drei der Männer an ihn heran, die zuvor mit anderen Leuten am Grundstückszaun zusammengestanden und das Geschehen beobachtet hatten. Er könne nichts dazu sagen, was man den aus dem Haus geflüchteten Menschen vorwerfe, beschied er die Fragesteller und öffnete die Autotür, es handele sich um ein laufendes Verfahren. Vielleicht kämen in den nächsten Tagen Polizeibeamte bei ihnen vorbei und würden sie befragen, das sollten sie abwarten.

Doch so rasch gaben die Männer nicht auf. Die Geschwister hätten sehr zurückgezogen gelebt, bekam er zu hören, man wisse nicht viel über sie. Nur, daß ihre Mutter umgebracht wurde, als sie noch Kinder waren. Ganz schrecklich. Sonst seien sie ganz ruhig und unauffällig gewesen. Sie hätten doch bestimmt nichts Schlimmes getan, das könne man sich von den beiden eigentlich nicht vorstellen. Doch andererseits seien Schüsse gefallen, er habe wohl geschossen, was es denn damit auf sich habe?

Holthaus winkte ab, saß schon im Auto. Sie sollten warten, bis die Kollegen kämen, vielleicht auch in die Zeitung schauen, vielleicht erschiene da in den nächsten Tagen ein Bericht über die Sache.

Auf der Rückfahrt hielt er an derselben Bude mit dem Mann an, der ihm etwas über Meerbusch gesagt hatte und ihn gleich wiedererkannte. Eine fidele, freundliche Natur. Ob alles geklappt hätte, wollte er wissen, sich die Hände an seiner Schürze abreibend, ob er ihm das Richtige gesagt habe. Holthaus' gerötete Nackenpartie bedachte er mit einem fragenden Blick. Der Polizist hob stumm den Daumen, nickte kauend. Das sei nicht der Rede wert, sinnierte dann darüber, was alles um einen Menschen herum so passieren konnte, ohne daß man davon etwas wußte oder ahnte. So wie bei diesem Mann von der Bude, der gewiß in seiner kleinen Welt lebte wie in einem Kokon. Wie es eigentlich bei jedem Menschen der Fall war, auch bei ihm selbst, nur unterschieden sich die Kokons in Größe und Verschiedenheit, ähnelten sich aber im Grunde. Der Buden-Mann wußte nichts von Breuer, nichts von den Ruhlanders, nichts von dem, was sich vor kurzem in seiner Nähe abgespielt hatte. Dafür trieben ihn gewiß andere Dinge um. Beim Weggehen hob Holthaus wieder den Daumen und rief „Tschüss". Aus der Bude echote es „Tschö" und eine winkende Hand fuhr aus dem geöffneten kleinen Fenster. Rheinländischer und Norddeutscher Abschiedsgruß kreuzten sich.

Vom Hotel aus rief Holthaus Jochimsen an, der, so schien es, auf ihn gewartet hatte und bevor er zu reden anfing, nach den Geräuschen zu Urteilen, erst seine Bürotür zumachte. Als erstes fragte er, wie es ihm ginge und seine Stimme klang ernsthaft besorgt. Das änderte sich, als er Holthaus ein paar Sätze zugehört hatte und selbst zur Sache kam. Der Fall sei nun für ihn, sei für Husum erledigt, das habe er auch mit Dahmen so besprochen. Nun müßten die Düsseldorfer ran, sie müßten die Fahndung anlaufen lassen. Inzwischen hätten sie über das Meerbuscher Einwohnermeldeamt oder deren Personalausweisstelle auch schon aktuellere Fotos angefordert, damit würde die Fahndung natürlich viel erfolgversprechender. Morgen früh sei er ja mit Dahmen verabredet, habe er erfahren, um den Fall abzugeben.

„Und Sie haben wirklich nichts abgekriegt bis auf den unglücklichen Sturz über den Teppich im Haus?" fragte Jochimsen zum Schluß. „Immerhin waren Sie eine Zeitlang weggetreten."

„Nein", antwortete Holthaus und befühlte die

schmerzende Stelle im Nacken, „nichts abgekriegt."

„Ich erwarte Sie am Freitagmorgen zum Dienst in Husum. Wir brauchen Sie hier", sagte Jochimsen und legte auf.

Dann rief Holthaus Freya an und kündigte seine Rückkehr an. Sie fragte nicht viel, hörte an seiner Stimme, daß ihm der Fall über das übliche Maß hinaus zu schaffen machte und die ihm ohnehin zugeschriebene Wortkargheit noch verstärkte. Die Verhaftung sei mißglückt, die Geschwister seien geflohen und auf der Flucht. Morgen werde er ihr alles erzählen, ließ er sie wissen und ja, sie brauche sich keine Sorgen zu machen, es gehe ihm gut.

An diesem Abend fand Holthaus schlecht in den Schlaf. Wo mochten die Geschwister in diesem Augenblick stecken, in welcher Situation befanden sie sich, wo schliefen sie in dieser Nacht, wo in den folgenden Nächten, wo in der nächsten Zeit? Der gescheiterte Verhaftungsversuch lief wie ein Film mehrfach vor seinem geistigen Auge ab. Daniel Ruhlander hatte seine Waffe nicht eingesteckt, nur das Magazin entnommen, hatte das Funkgerät zerstört, ihm einen Stoß vor die Brust versetzt, doch weiter nichts gegen ihn unternommen, als er offensichtlich bewußtlos auf dem Teppich lag und nicht abzusehen war, wann er wieder zu sich kommen würde.

Holthaus stellte sich vor, wie Esther Ruhlander das Geschehen erlebt haben mochte, in welchem Zustand sie sich jetzt vielleicht befand in ihrer offensichtlichen Erkrankung, in ihrer unübersehbaren Hilflosigkeit.

Gegen seinen Willen kehrten seine Gedanken immer wieder zum Einsatz seiner Dienstwaffe zurück. Mit einem der beiden scharfen Schüsse hätte er treffen können, hätte er treffen müssen, da war sich Holthaus ziemlich sicher. Andererseits war die Entfernung schon ziemlich groß. Und das bei einem bewegten Ziel. Die Gefahr bestand, daß er bei einem Fehlschuß nicht Ruhlanders Bein, sondern ihn im Rückenbereich traf. Doch warum er schließlich im entscheidenden Moment die bestehende, zutreffende Visierlinie aufgab, diese Frage stellte sich ihm im bewußten Augenblick nicht. Es war wohl eine Art von intuitivem Reflex, der sich seiner Kontrolle entzog, unternahm Holthaus den Versuch, sein Handeln sich selbst zu erklären. Doch er kam darüber nicht zur Ruhe. Seinen Auftrag, zwei Menschen, die einer schweren Straftat überführt waren, an der Flucht zu hindern und der Justiz zu übergeben, hatte er nicht ausgeführt, obwohl er dazu wohl in der Lage gewesen wäre. Im Grunde hatte er damit gegen seinen Diensteid verstoßen. Doch hatte er das wirklich? Immer wieder schreckte er aus dem Schlaf hoch, von seinen Gedanken überwältigt. Er erinnerte sich an den alten Professor von der Polizeischule: Weder Haß noch Rachegefühle gegenüber Tätern zulassen, ebenso kein Mitleid und kein Mitgefühl. Der Polizist wertet nicht die Tat, er klärt sie auf.

*

Kramer öffnete Holthaus die Außentür der Dienststelle, lächelte dabei leicht verlegen. Er hatte sein Kommen offenbar beobachtet. Noch bevor er Dahmens Vorzimmer erreichte, kam dieser ihm schon entgegen und komplimentierte ihn in sein Zimmer. Erst hier drückte er ihm kräftig die Hand und sah ihn forschend mit ernstem Gesicht an. Nichts erinnerte mehr an seine heitere rheinländische Art der ersten Begegnung.

„So was kann passieren. Geht erst mal was schief, dann geht oft noch mehr schief", sagte Dahmen und versetzte Holthaus einen Klaps auf die Schulter, warf dabei einen schnellen Blick auf die gerötete Nackenpartie. „Erst mit dem Kopf gegen den Blumentisch, dann das Problem mit der Schußentfernung."

Holthaus war nicht groß nach reden zumute und nickte nur mit dem Kopf.

„Wie ist das denn mit den beiden Schüssen, den scharfen Schüssen, gelaufen?" wollte Dahmen dann noch wissen. „Konnten Sie sehen, wie die Schüsse lagen?"

„Der erste knapp links vorbei, der zweite zu kurz", war Holthaus' Antwort. „Werde ich auch protokollieren."

Um die Mittagszeit hatte Holthaus den Bericht über den Ablauf des gestrigen Geschehens im Ruhlander-Fall fertig. Dahmen überflog ihn nur, stutzte und zog die Augenbrauen hoch, als er die Passagen über die Tonaufnahmen las. Die Geschwister hätten die Tat gestanden und er habe alles aufgenommen? Holthaus bejahte, der Bruder habe alles gestanden, die Schwester sei, als es so weit war, nicht mehr im Zimmer gewesen, wäre irgendwo im Haus verschwunden. Sie sei wohl sehr krank, psychisch, vermutlich Spätfolge des Verbrechens an ihrer Mutter, das sie miterlebte, im Heim untergebracht, nur hin und wieder beim Bruder. Das stünde alles im Bericht. Tonaufnahmen würden vor Gericht als Beweismittel nicht selten beanstandet, bemerkte Dahmen dazu, aber das sei ihm sicher bekannt. Gleichwohl solle er das Aufnahmeband zu den Akten nehmen. Doch wenn die Ruhlanders gefaßt würden, wovon er ausgehe, dürfte ein regelkonformes Geständnis wohl kein Problem mehr sein. Die Fahndung nach ihnen sei angelaufen, bisher gebe es noch keine Spur von ihnen. Die Presse sei bereits informiert. Morgen oder übermorgen würden die Artikel in zwei oder drei örtlichen Tageszeitungen erscheinen, noch dazu in einem Anzeigenblatt. Wenn noch etwas zu besprechen sei in der Angelegenheit, gebe es ja das Telefon. Über den Fortgang der Fahndung oder wenn sich sonst etwas Wichtiges in der Ruhlander-Sache täte, würde Düsseldorf ihn informieren, das habe er auch Jochimsen zugesagt. Neusel sei noch immer krank, hätte ihn gerne unterstützt und ließe Grüße ausrichten.

Erst als Holthaus auf die Autobahn einbog, hatte er das Gefühl, Düsseldorf wirklich hinter sich zu lassen. Ihm kam es vor, von einer Welt in eine andere überzuwechseln. Es dauerte eine geraume Zeit, bis er mehr wahrzunehmen begann, was um ihn herum geschah, was um ihn herum zu sehen und wahrzunehmen war. Und wohin er fuhr.

Ursprünglich beabsichtigte er, da er besser als erwartet vorankam, noch seine Dienststelle aufzusuchen, dabei vielleicht auch Jochimsen anzutreffen. Doch diesen Gedanken verwarf er kurz hinter Hamburg, als er fast so ein Gefühl wie Heimkehr oder auch Heimat verspürte. Als er sich der Kreisstadt näherte, verließ er die Bundesstraße und rollte über kleine Straßen und Wege, die nur Ortskundige kannten, zu einem der Köge und stieg auf den Deich, wo ihm sogleich der Wind ins Gesicht fuhr. Ohne daß er hätte erklären können, warum jetzt und hier, zog er den Briefumschlag mit der Breuer-Haarprobe, die er aus dessen Haus mitnahm, aus der Tasche, öffnete ihn, zog die wenigen Haare heraus und warf sie in den Wind.

Es herrschte Niedrigwasser, die See lief auf, war jedoch noch weit entfernt. Nur die Priele, in denen das Wasser der Flut vorauseilte, füllten sich bereits. Sie glänzten im Nachmittagslicht, wirkten im Grau des Wattbodens wie die geäderten Linien auf Blättern. Er stieß beide Arme in die Höhe und atmete tief durch.

Obwohl er nicht daran denken wollte, gingen ihm die Ruhlander-Geschwister nicht aus dem Kopf. Wo waren sie jetzt? In das Haus konnten sie nicht zurück. Was passierte mit dem Haus, das ihnen gehörte? Wo nächtigten sie, wie verlief ihr Leben jetzt? Was hatte die Fahndung ergeben? Hatte man sie vielleicht schon gestellt und verhaftet?

Freya war nicht da. Auf dem Küchentisch lag ein säuberlich beschrifteter Zettel. Sie sei mit einer Freundin unterwegs, käme etwas später. Im Kühlschrank seien ein paar Gerichte, für schnelles Aufwärmen geeignet.

Es dauerte bis zum frühen Abend, bis sie zurückkam. Er hörte sie auf der Treppe. Kaum hatte sie die Wohnung betreten, fiel ihr sein lädierter Nackenbereich auf. Er wehrte ab, als sie sich darum kümmern wollte. Unachtsam über einen Teppich gestolpert und gefallen, nicht der Rede wert. Ihr fiel seine Wortkargheit auf, die ihr noch ausgeprägter als sonst vorkam. Ob das mit der fehlgeschlagenen Verhaftung zu tun habe, wollte sie mit wachsender Sorge in der Stimme wissen. Und dann erzählte er, was sich am Vortag in jenem Haus in Meerbusch zugetragen hatte. Sie unterbrach ihn nicht und als er endete, stand sie auf und kam mit zwei Tassen Friesentee und Milch und Kandis zurück.

„Und jetzt sind die beiden auf der Flucht?"

„Ja, ich denke, daß man sie in der kurzen Zeit noch

nicht aufspüren konnte.“

„Glaubst Du, daß man sie fassen wird?“

„Auf Dauer können sie sich nicht verstecken. Man wird sie wohl bald finden, vermute ich.“

„Bist Du bei der Fahndung mit eingeschaltet, wirst Du auch nach ihnen suchen?“

„Nein, das machen die Düsseldorfer alleine, ich bin daran nicht mehr beteiligt. Mit Sicherheit werde ich aber als Zeuge beim Prozeß angehört werden.“

Ein paar Atemzüge lang schwieg Freya, forschte in seinem Gesicht.

„Wünschst Du, daß sie gefaßt werden? Oder wünschst Du, daß man sie nicht findet?“

Überrascht sah er sie an, ließ ein paar Sekunden verstreichen. „Sie haben ein Verbrechen begangen“, sagte er betont sachlich, „sie müssen vor Gericht gestellt werden. Also müssen sie aufgespürt und verhaftet werden.“

Früher als sonst gingen sie zu Bett. Sie sah ihm seine Müdigkeit an. Mehrfach reckte und streckte er sich, konnte das Gähnen nur mit Mühe unterdrücken. Beim Umdrehen murmelte er den ihr geläufigen Ausspruch „Morgen ist auch noch ein Tag“ vor sich hin, den er sehr mochte. Manchmal sagte er ihn nur zu sich selbst, mitunter galt er auch denjenigen, die ihm zuhörten und wohl häufig den Ursprung dieser Redewendung nicht kannten. In jungen Jahren sah er den Film „Vom Winde verweht“, in dem am Ende eine Frau jene Worte sprach, die sich ihm einprägten.

*

Es regnete, als Holthaus am nächsten Morgen ungewohnt früh losfuhr, um als erster auf der Dienststelle zu sein. Damit sein Nackenbereich, der noch schwache Spuren des Sturzes aufwies, keine Aufmerksamkeit erregte, trug er einen Rollkragenpullover. Natürlich wußten alle, daß er an diesem Tag aus Düsseldorf zurückkehrte. Und alle wußten auch, wie die Sache dort abgelaufen war, dafür hatte Jochimsen gesorgt. Das Zimmer füllte sich, man stand dicht beisammen, wie es sonst bei runden Geburtstagen, der Weihnachtsfeier oder bei Beförderungen ablief. Holthaus, Jochimsens Favorit und möglicher Nachfolger, war im Grunde gescheitert, hieß es hinter vorgehaltener Hand. Doch nur gescheitert bei der Festnahme der Täter. Denn die hatte er schließlich ermittelt und gestellt. Der Sturz, na ja, das war Pech, so was kann passieren, hätte noch schlimmer kommen können. Und daß er sie bei den zwei scharfen, fluchtverhindernden Schüssen verfehlte, wobei er ja ansonsten als sehr guter Schütze galt? Wer wollte das beurteilen? Was war mit dem Sturz? Wer wußte, wie die Sicht war, wie übel die Zielansprache war, denn die Täter rannten ja wahrscheinlich im Zickzack davon? Und dann nur ein Bein treffen? Mit einem Schuß, der ungewollt zum finalen Schuß hätte werden können? Da mochte niemand in Holthaus' Haut gesteckt haben. Fragen über Fragen prasselten auf ihn ein. Schulterklopfen gab's, auch anerkennendes Kopfnicken. Und auch nichtssagendes stummes Abwarten.

Als Jochimsen endlich erschien, ebbte der Geräuschpegel merklich ab. Durch die sich bildende Gasse ging er zu Holthaus, baute sich neben ihm auf, fuhr einmal im Rundumblick seine Leute ab und verkündete, daß es nun genug sei, ihr Kollege kehre ja nicht von einer Weltreise zurück. Zu informieren gäb's wohl nichts mehr, sie wüßten inzwischen ja sicher alles über den Düsseldorfer Einsatz. Und nun wieder alle ab an ihre Arbeit. In einer halben Stunde in seinem Zimmer, raunte er dann Holthaus beim Hinausgehen zu.

Jochimsen erwartete ihn schon an seinem ziemlich aufgeräumten Schreibtisch. Frau Meyer bugsierte Kaffee und ein paar Kekse herein und bedachte Holthaus mit einem aufmunternden Lächeln. Kaum war sie draußen, kam Jochimsen auch schon auf die Düsseldorfer Ereignisse zu sprechen. Wie es denn gewesen sei, wie sich das Ganze wirklich abgespielt habe. Das Telefonat vorgestern sei ja sehr kurz gewesen.

Gewohnt sachlich begann Kriminalkommissar Holthaus nun vorzutragen, was sich in Düsseldorf und mehr noch in Meerbusch zugetragen hatte, nahm dabei den Bericht zur Hand, den er für Dahmen erstellt hatte. Jochimsen rührte ab und zu in seinem Kaffee und knabberte ein paar Kekse, hörte minutenlang zu, ohne seinen Mitarbeiter zu unterbrechen. Irgendwie kam ihm Holthaus' Stimme verändert vor. Aufmerksam studierte er dessen Gesicht, während er die Vorkommnisse schilderte. Als Holthaus mal von seinem Bericht aufschaute, begegneten sich ihre Blicke kurz. Nach gut zwanzig Minuten war er fertig, drehte das letzte Blatt um und schob das Papierbündel über den Tisch auf seinen Chef zu.

Für Jochimsens übliches Gebaren fragte er erstaunlich wenig nach, ließ die gehörten Ausführungen mehr oder weniger kommentarlos im Raume stehen, wobei Holthaus rätselte, ob das zustimmend oder hinnehmend zu werten war.

„Das war's dann?" fragte Holthaus am Ende.

„Das war's", antwortete Jochimsen, „jedenfalls das, was Düsseldorf im Augenblick angeht. Sie halten mich da auf dem Laufenden, wenn's was Neues in der Sache gibt. Das mit dem Aufnahmegerät, den Tonaufnahmen, na ja, die Probleme sind bekannt, auch den Düsseldorfern, doch helfen können sie trotzdem, wissen wir doch." Für ihn schien die Sache damit genügend abgehandelt. Er zog ein paar Schriftstücke aus der Schublade und reichte sie Holthaus herüber. Diese Fälle warteten auf ihn, seien von Kollegen angefangen worden, er sollte sie übernehmen, könnte sich übers Wochenende vielleicht schon ein bißchen einlesen.

*

Die nächsten Tage gingen so dahin. Holthaus hatte genug um die Ohren, allesamt kleinere Delikte, nichts wirklich Aufregendes darunter. Dr. Tewes habe angerufen und nach ihm verlangt, informierte ihn dann Jochimsen, als er von einem Außeneinsatz zurückkam. Schönen Gruß und die Düsseldorfer Breuer-Daten stimmten mit den Daten aus dem Feuer und dem Pensionszimmer überein. Alles eindeutig. Der Mann, der auf der Hallig verbrannt wurde, sei Breuer. Das Gutachten sei schon per Post unterwegs. Und er solle sie anrufen. Er habe die Ärztin in Kurzform informiert. Auch darüber, daß die Breuer-Leiche nun endlich polizeilich freigegeben werde. Die Freigabe-Bescheinigung werde sie aus Düsseldorf oder Husum erhalten, er werde das klären. Es gäbe da im übrigen eine Schwester von Breuer, die vielleicht für die Übernahme und Bestattung herangezogen werden könnte und nahe Düsseldorf wohne.

„Herr Jochimsen hat mir alles erzählt", eröffnete die Ärztin ihm, als Holthaus sie anrief. „Du hättest Dich bei diesem Einsatz verletzt", erklärte er mir. „War es sehr schlimm?" Holthaus verneinte, fragte nicht nach, wieweit Jochimsen sie im Detail unterrichtet hatte. Ihm stand nicht der Sinn danach. Die Fahndung nach den Geschwistern sei in vollem Gange, vielleicht würde man sie schon bald fassen.

„Der Bruder hat die Tat gestanden?"

„Ja, die Sache ist aufgeklärt. Die Geschwister haben Breuer getötet."

Eine kurze Pause entstand. Holthaus war in Gedanken wieder bei diesem Fall.

„Wann kommst Du wieder mal nach Kiel?" fragte Dr. Tewes. „Wir wollten uns doch noch mal treffen." Ihre Stimme wurde leiser. „Ich möchte es jetzt."

„Ich melde mich", antwortete Holthaus, „ich melde mich, sobald es paßt."

„Vergiß es nicht. Und komm' nicht zu spät", sagte sie und schwieg für einen Augenblick. „Alles hat so seine Zeit."

Fast täglich telefonierte er mit den Düsseldorfer Kollegen, auch schon mal mit Dahmen. Selbst Neusel, der wiederhergestellt war und von dem Fall offenbar nicht lassen konnte, meldete sich. Daniel und Esther Ruhlander blieben verschwunden. Dabei hatte Dahmen wirklich ein großes Rad gedreht. Außer der angelaufenen Fahndung gab es noch Zeitungsartikel, Fernseh- und Radioberichte. Da es noch nicht geregnet hatte, beorderte er gleich am nächsten Morgen eine Hundestaffel in das Waldstück. Die Hunde fanden auch Spuren von den Flüchtigen, deren Geruch sie von Kleidungsstücken im Haus in der Nase hatten, doch zwischen den Häusern hinter dem Wald und auf den Gehwegen wurden sie schwächer und schwächer, bis sie ganz versiegten. Die Hundeführer zuckten die Achseln, vielleicht waren die Gesuchten in einem der

Häuser untergekommen oder – was sie für viel wahrscheinlicher hielten – in einen Linienbus gestiegen. An ausgesuchten Stellen im Viertel hängte man Zettel mit Fotos der Geschwister auf, befragte die Bewohner evon gut einem Dutzend der in besonderer Nähe zum Waldstück liegenden Häuser, erkundigte sich bei den Busfahrern, die zur dieser Zeit dort gefahren waren. Nichts von allem half weiter, keine der Maßnahmen war erfolgreich. Es gab nicht die geringste Spur der Gesuchten.

*

Vier Wochen später, es war an einem Dienstagmorgen, rief Dahmen an, verlangte nach Holthaus. Man habe Esther Ruhlander gefunden. Sie sei tot. In einer Pension an der holländischen Küste. Die Umstände wiesen auf Suizid hin. Wohl mit einer Überdosis eines Medikaments. Die beiden Ruhlanders hätten dort zusammen gewohnt. Unter falschem Namen. Im Augenblick befinde sich die Tote in der Rechtsmedizin. Von Daniel Ruhlander fehle weiterhin jede Spur.

Vielleicht eine Art Sterbehilfe durch den Bruder, mutmaßte Holthaus, als er Jochimsen über die Situation informierte, der ihn verblüfft ansah.

Einen Tag später war Neusel in der Leitung. Die Dinge im Ruhlander-Fall würden immer merkwürdiger. Es gebe bereits ein Grab für Esther Ruhlander. Neben dem Grab, in dem die Mutter begraben liege. Das sei von Anfang an für zwei Tote angelegt worden. Wer das damals geregelt habe, sei in Kürze nicht rauszufinden, sei auch nicht wichtig, wahrscheinlich vom Vormund, wie auch immer. Daniel Ruhlander habe dann irgendwann das Nutzungsrecht dieser Gräber übernommen und immer wieder verlängert, momentan betrage es noch neun Jahre. Und nicht nur das, er habe schon vor Jahren noch ein Grab dazugekauft, und das könne dann wohl nach Lage der Dinge nur sein eigenes sein. Es gebe auch einen Friedhofsgärtner, den Daniel Ruhlander all die Jahre bezahlte. Wie und wann die Schwester beigesetzt werde, sei noch nicht bekannt. Zuerst müsse ja die Rechtsmedizin die Tote freigeben. Eigentlich – Neusel lachte, als er das sagte – müßten aktive Düsseldorfer Kollegen diese Nebensächlichkeiten bearbeiten, doch die seien froh, wenn das ein Pensionär wie er erledige.

Neusel verfolgte die Sache weiter, rief wenige Tage danach erneut an. Nun gebe es auch einen Beisetzungstermin und ein Bestattungsunternehmen. Sei nicht schwer gewesen, das über die Friedhofsverwaltung zu erfahren. Daniel Ruhlander müsse sich in der Nähe aufhalten, zumindest aufgehalten haben, denn er habe den Bestatter mit Bargeld bezahlt, von der Telefonzelle aus angerufen, das Geld im Briefumschlag in den Postkasten der Bestattungsfirma eingeworfen. Niemand habe ihn zu Gesicht bekommen. Die Schwester sei übrigens an einer Überdosis Barbiturate gestorben, das habe die Rechtsmedizin festgestellt und protokolliert.

Holthaus verneinte nach kurzer Überlegung Neusels Frage, ob er zur Beisetzung nach Meerbusch kommen wolle, vielleicht werde Daniel Ruhlander in irgendeiner Weise verdeckt daran teilnehmen, vielleicht könnte man ihn dabei festnehmen. Jochimsen zeigte sich überrascht, als er von Holthaus' Reiseunlust erfuhr, ließ es aber dabei bewenden, als der die Düsseldorfer Kollegen für zuständig erklärte.

Am Tag der Beisetzung dachte Holthaus kurz an die

barfüßige, verstörte junge Frau, er hatte sich den Termin in seinem Kalender vermerkt. Nach dem Abendessen fragte Freya unvermittelt, wie es um das Geschwisterpaar stehe, ob ihre Flucht schon beendet sei. Sie befand sich immer in einem Zwiespalt, mußte seine manchmal aufkommende Verschlossenheit, wenn es um schlimme Dinge ging, über die er nicht gerne sprach, gegen ihr Interesse an seiner Arbeit abwägen. Die Schwester sei tot, antwortete er kurz. Suizid mit einer Überdosis eines Barbiturats. Der Bruder sei dabeigewesen, wahrscheinlich eine Art von Sterbehilfe. Heute würde sie beerdigt. Freya hielt sich beide Hände vor den Mund und schaute ihn entsetzt an, atmete sekundenlang nicht.

Zwei Düsseldorfer Kollegen waren bei der Beisetzung zugegen, hatten sich unter die Trauergäste gemischt, weitere Beamte suchten das Friedhofsgelände und die angrenzenden Straßen nach Esther Ruhlanders Bruder ab. Doch die Aktion verlief ergebnislos, niemand wurde ausfindig gemacht, auf den die Beschreibung zutraf. Holthaus hatte nichts anderes erwartet. Auch Neusel war gekommen, berichtete von überraschend zahlreichen Teilnehmern, obwohl es wohl keine Todesanzeige gegeben hatte. Fünf oder sechs Kränze lagen als Grabschmuck bereit, dazu noch viele Blumensträuße. Es gab keinen Pastor, dafür sprach ein Trauerredner vom Bestattungsunternehmen.

*

Daniel Ruhlander blieb unauffindbar. Zwei Monate verstrichen, in denen unvermindert intensiv nach ihm gesucht wurde. Weiterhin rief Holthaus ab und zu in Düsseldorf an, doch man trat auf der Stelle. Es gab nicht den geringsten Hinweis, wo er sich aufhalten könnte. Vielleicht habe er selbst auch Suizid begangen, wurde spekuliert und sei nur noch nicht gefunden worden. Dahmen hüllte sich inzwischen so gut wie ganz in Schweigen. Die vergebliche Fahndung, die ergebnislose Suche ließen das Interesse an diesem Fall merklich schwinden. Doch kaum hatte man ihn routinemäßig in die Liste der zahlreichen erfolglosen Personenfahndungen aufgenommen, rief Düsseldorf an. Nicht Dahmen, sondern Neusel war am Apparat und verlangte nach Holthaus. Der Kreis würde sich nun schließen, begann er vielsagend. Daniel Ruhlander sei verunglückt, sei nun auch tot. Er sei von einem Auto überfahren worden, als er den Friedhof verließ und die Straße überquerte. Er sei schnurstracks in das Auto hineingelaufen, hätten Augenzeugen berichtet. Die Fahrerin hätte keine Möglichkeit gehabt, den Unfall zu verhindern. Sie stünde unter Schock.

Für den Rest des Tages nahm Holthaus sich frei, nachdem er Jochimsen angerufen hatte, der zuhause eine fiebrige Erkältung auskurierte. Er fuhr hinaus zu den Anlagen des Polizeisportvereins, in dem er immer noch Mitglied war, drehte einige Runden auf der Laufbahn und rannte dann zum Trainingsraum der Boxabteilung, gleich neben dem Schießstand, und hieb auf einen der Sandsäcke ein, bis ihm der Schweiß in die Augen rann und ihn die Fäuste schmerzten.

Zu Daniel Ruhlanders Beerdigung wollte Holthaus nach Düsseldorf fahren. Dabei lag der Friedhof in der Nachbargemeinde Meerbusch. Doch alle redeten fast immer nur von Düsseldorf. Jochimsen schüttelte den Kopf, als Holthaus mit dem Urlaubsantrag erschien. Kein Urlaubstag dafür, er habe genug Arbeit mit dem Fall Breuer-Ruhlander gehabt. Das sei ein freier Tag für ihn. Morgens hin, abends zurück, das schaffe er wohl. Aber nur Beisetzung, keine weitere Beschäftigung mit diesem Fall. Gegen Tote werde nicht mehr ermittelt, das wisse er bestimmt noch von der Polizeischule her. Holthaus hatte das nicht vergessen, dachte an den ergrauten Professor, der das in seiner unnachahmlichen Art vorgetragen hatte. Er rief Pastor Wittensen an, um ihn über das Ende und die Auflösung des Biikefeuer-Falles zu informieren.

Wittensen blieb sekundenlang stumm, seine Stimme zitterte, als er sich schließlich ein paar Worte abringen konnte. Das sei ja alles ganz furchtbar, zwei junge Menschen legten Hand an sich, wie schrecklich. Und ja, er werde Bürgermeister Kruse von seinem Anruf berichten, worum ihn Holthaus bat. Und wenn er wieder mal nach Uthoog käme, wisse er doch, daß im Pastorat immer ein Zimmer für ihn frei sei.

Alles Ablehnen, alles Ausreden, alle Hinweise auf das Strapaziöse des Tages halfen Holthaus nicht. Freya bestand darauf, ihn bei der Fahrt nach Meerbusch zu begleiten. Es war kühl, als sie starteten, der graue Himmel erhellte sich rasch von Osten her, und als er den Wagen aus der Garage holte, hatte es die Sonne schon bis kurz unter das scherenschnittartige schwarze Profil des Horizonts geschafft. Ein Dienstag, normaler Werktagsverkehr, sie kamen ohne nennenswerte Störungen gut voran. Erst als sie das Ruhrgebiet erreichten, sich Düsseldorf näherten, nahm der Verkehr sichtbar zu, nur vereinzelt bildeten sich kleine Staus, die sich jedoch bald wieder auflösten.

Als sie bei dem kleinen Friedhof in Meerbusch anlangten, waren sie fast zu spät dran. Wie sich herausstellte, hatte sich Neusel um eine halbe Stunde mit der Uhrzeit vertan. Wie bei Esther Ruhlander fand auch bei ihrem Bruder keine kirchliche Beisetzung statt. Als sie sich rasch der dunkelgekleideten Menschengruppe näherten, die ein offenes Grab umstand, vernahmen sie die Stimme des Trauerredners. Was er sprach, verstanden sie nicht, er war wohl auch fast schon ans Ende seiner Rede angelangt. Dafür löste sich ein Mann aus der Gruppe und kam ihnen ein paar Schritte entgegen. Es war Neusel. Es seien mehr Leute gekommen, als er erwartet hätte, nachdem es hieß, die Geschwister wären sehr für sich gewesen, hätten kaum Kontakt zu den Nachbarn gehabt. Auch diesmal keine Zeitungsanzeige und wohl auch keine Trauerbriefe, wer sollte sie auch in Auftrag geben? Vierzig bis fünfzig Personen, schätzte Holthaus. Die Sonne brannte von einem wolkenlosen Himmel herab und tauchte das Gräberfeld in eine blendende Helle. Der Sarg wurde hinabgelassen und während Neusel sich gleich in die Reihe derjenigen stellte, die am Grab vorbeidefilierten, blieben Holthaus und Freya Nissen, wie er sie Neusel vorgestellt hatte, stehen. Einige Leute wandten sich zu ihnen um, schauten zu Holthaus, steckten die Köpfe zusammen und flüsterten miteinander. Wahrscheinlich waren Leute darunter, die ihn noch vom Zugriffstag her wiedererkannten, vermutete Holthaus und fühlte sich unangenehm berührt.

Ziemlich rasch verkleinerte sich die Besucherzahl und gab den Blick frei auf drei Gräber, an die Holthaus – Freyas Hand hatte sich in die seine geschoben – nun herantrat. Er warf nur einen kurzen Blick hinab auf Daniel Ruhlanders Sarg, zog Freya mit sich zu den danebenliegenden Gräbern. Zum Grab von Esther Ruhlander und dem Grab der Mutter der beiden Geschwister.

Bei der Rückkehr zum wartenden Neusel trat einer

der wenigen noch verbliebenen Trauergäste an Holthaus heran, ein Mann in den Fünfzigern. „Respektabel, sehr respektabel, Herr Kommissar, daß Sie gekommen sind", sagte er und kehrte zurück zu einer kleinen Gruppe, mit der er gemeinsam dem Ausgang zustrebte.

Neusel wußte von Neuigkeiten zu berichten und Holthaus wunderte sich, was der pensionierte Beamte noch alles herausgefunden hatte. Haus und Grundstück, Auto, alles bewegliche und unbewegliche Vermögen hatten die Geschwister Ruhlander bereits vor etlichen Jahren einem Waisenhaus für den Fall des Todes des überlebenden Geschwisterteils vermacht. Es gebe Hinweise, daß die Geschwister Unterstützer und Sympathisanten in der Nähe hatten, aus deren Kreis wohl Hilfe bei der Flucht gewährt wurde. Am Ende schlug Neusel noch einen Cafébesuch vor, den Holthaus jedoch ablehnte. Die Rückfahrt sei lang, gerate in den Feierabendverkehr, vielleicht ergäbe sich ein andermal die Gelegenheit dazu.

Während der Rückfahrt sprachen sie sehr wenig. Auf einem Parkplatz an der Autobahn hielt Holthaus unvermittelt an, stieg aus und ging ein paarmal auf und ab. Freya folgte ihm nach kurzer Zeit, tat es ihm gleich, bis sie gemeinsam zum Auto zurückkehrten. Doch er wollte noch nicht weiterfahren, ihm war danach zumute, ihr mehr zu diesem Fall zu erzählen. Freya spürte das. Dieser Mann, dieser Breuer, begann er, habe einen Mord begangen, den Mord an der Mutter von Esther und Daniel Ruhlander. Dafür sei er bestraft worden. Fünfzehn Jahre Gefängnis, wie es das Gesetzt vorsehe. Das Gericht habe bei seinem Urteil keine besondere Schwere der Schuld festgestellt, so daß Breuer nach den fünfzehn Jahren nicht weiter in

398

Haft blieb, sondern freigelassen werden mußte. Alles richtig und rechtsstaatlich. Doch Breuer habe drei Morde begangen, nämlich dazu auch noch den Mord an den beiden Kindern, denen er die Mutter nahm, die er zu Waisen machte, deren Leben er zerstörte und die nun zusammen mit der Mutter dicht an dicht auf einem Friedhof begraben lägen. Sie töteten den Mörder ihrer Mutter in einer Art von Selbstjustiz und diese sei im Land zurecht verboten. Er sei Polizist und habe sie als Täter ermitteln müssen, was ihm auch gelungen sei.

Als sie sich zur Weiterfahrt fertigmachten, bemerkte er, daß Freya geweint hatte. Nach gut einer Stunde wollte sie selbst ein Stück fahren. Sie blieb dann länger am Steuer als vorgesehen, und nachdem sie abermals gewechselt hatten, schlief sie ein und schreckte erst auf, als sie bereits nahe der Stadtgrenze Husums unterwegs waren. Wenn ihr Kopf gegen seine Schulter sank, betrachtete er kurz ihr Gesicht mit dem leicht geöffneten Mund. Sie wirkte nun entspannt und gelöst.

Er hatte ihr nicht gesagt, was sich wirklich ereignete, als er seine Waffe auf die Fliehenden richtete und Daniel Ruhlander nach den Warnschüssen mit den gezielten Schüssen verfehlte. Niemandem erzählte er, wie sich das Geschehen hinter dem Ruhlander-Haus tatsächlich zugetragen hatte. Bei Freya war er sich nicht sicher, ob sie vielleicht nicht doch die Wahrheit erahnte.

*

Jochimsen wirkte sichtlich erleichtert, als er am nächsten Morgen Holthaus an seinem Schreibtisch antraf.

„Hier gehören Sie hin, Herr Holthaus, hierhin“, rief er schon von der Tür her, „und nirgendwo anders hin, nicht nach Düsseldorf, nicht nach Meerbusch, wohin auch immer. Hier, nach Husum. Und nun erzählen Sie mal, wie war’s bei der Beerdigung? Jemand von den Düsseldorfern getroffen?“ Mit einladender Handbewegung komplimentierte er Holthaus in sein Zimmer, schon auf dem Flur lautstark Kaffee bei Frau Meyer ordernd.

Und Holthaus erzählte. Selbst Jochimsen fiel auf, daß sein bester Mann dieses Mal ungewohnt ausführlich berichtete und nicht wie fast immer schon nach wenigen Sätzen fertig war.

„Vielleicht war das ja gar nicht mal so schlecht, daß Sie Ruhlander verfehlten, ihn nicht trafen“, sagte er, als Holthaus geendet hatte, „hätten Sie ihn mit einem Schuß an der Flucht gehindert, säße er jetzt vermutlich für viele Jahre im Gefängnis und seine Schwester in einer geschlossenen psychischen Einrichtung. Ich kann mir nicht vorstellen, daß sich die Geschwister dieses Schicksal gewünscht hätten.“

Holthaus sah Jochimsen ein paar Sekunden schweigend an.

„Vermutlich haben Sie recht“, sagte er dann, stand auf und schob seinen Stuhl an den Tisch zurück.

Jochimsen schien noch etwas zu bewegen. Er streifte seinen Mitarbeiter mit einem kurzen Blick.

„Sie haben ihn nicht getroffen. Zwei Schüsse. Für einen dritten Schuß war es zu spät.“ Einen Atemzug lang hielt er inne. „Sind Sie nicht immer noch einer der besten Schützen auf dem Schießstand?“

Jochimsen wußte, daß Holthaus sich oft viel Zeit ließ, bevor er antwortete. Nun sagte er kein einziges

Wort, wandte sich um und ging. Als er die Tür ins
Schloß zog, sah er, daß Jochimsen ihm nachblickte,
den Kopf in beide Hände gestützt.

*

Alle in diesem Roman geschilderten Handlungen und Personen sind frei erfunden. Ähnlichkeiten mit lebenden oder verstorbenen Personen wären zufällig und nicht beabsichtigt.

Wind, der übers Wasser streicht
Wolfgang Brammen / Roman / 342 Seiten
€ 19,90, ebook € 15,99 / ISBN 978-3-8391-7277-3
Verlag: BoD, Norderstedt

Ein glutheißer Sommer versengt den stillen, verloren wirkenden Landstrich, auf den der dunstige Himmel oft übergangslos herabzusinken scheint. Wochenlang will kein Regen fallen, Trockenheit breitet sich aus, wie es sie seit Jahr und Tag nicht mehr gab. Dumpf brütet die Hitze über dem entlegenen Gehöft der Amfeldes, zu dem es Frederik bei der Suche nach einem Zimmer verschlägt. Auf seinen Streifzügen durch die verwilderte Umgebung des Hofes findet er bald den mächtigen Schilfwald eines düsteren Moores und unweit hiervon einen See, auf den der Wind manchmal seltsame Muster zeichnet.

Rätselhafte Äußerungen eines alten, wunderlichen Landstreichers, der sich dort bisweilen herumtreibt, machen ihn stutzig, schüren am Ende seinen Argwohn, daß er einem Geheimnis auf der Spur sein könnte, das dunkel und unselig auf dem Anwesen der Bauernfamilie lastet. Neugierig forscht Frederik weiter und gerät schließlich in Lebensgefahr, als er auf die Überreste monströser Geschehnisse stößt, die sich vor Jahrzehnten in der Gegend zutrugen und seither dem Verschweigen und Verdrängen überantwortet waren.

Schicksalhafte Ereignisse, an die niemand mehr rührte, bis zu eben jenem Tag, an dem Frederik, der junge Mann aus dem Norden, seinen Wagen auf den staubigen Platz vor dem Bauernhaus lenkte …

Draußenkind
Wolfgang Brammen / Erzählung / 146 Seiten
€ 9,90, ebook € 7,99 / ISBN 978-3-8448-3235-8
Verlag: BoD, Norderstedt

Eine Kindheit am Ende des Zweiten Weltkrieges und in den Jahren danach. Ohne Fernsehen, ohne Internet, ohne Spielekonsole, die Welt fand draußen statt, bei fast jedem Wetter – ein „Draußenkind". Noch Auge in Auge mit Soldaten, den deutschen wie den vorrückenden fremden Soldaten. Erzählt wird Simons Geschichte aus der Sicht des Kindes, ganz nahe bei den Gedanken des Kindes, die immer auch die Sprache des Kindes sind. Simon erinnert sich an Dinge, die sich ihm einprägten schon in frühesten Jahren, in einem Alter, in dem die damals Erwachsenen und auch die schon älteren Kinder dies vermutlich kaum für möglich hielten. Sind es am Anfang nur Fragmente, nur Bruchstücke, so gewinnen seine Erinnerungen mit den fortschreitenden Monaten und Jahren seines Lebens mehr und mehr an Fülle und Detail.

Die kindliche Welt kennt kaum Schrecken und Not wie Erwachsene, sie ist barmherzig eingesponnen in ihre engumgrenzte Wahrnehmungsfähigkeit und ihr größtenteils fehlendes Verständnis und Verstehen von Zusammenhängen. Bei Simon ist dies nicht anders. In einer Zeit des Umbruchs und der Nachkriegswirren erlebt er eine abenteuerliche, nicht selten auch gefährliche und doch so wundervolle, einzigartige Kindheit, der nichts und niemand – schon gar nicht das wenige Leid oder Unrecht, das ihm vermeintlich oder tatsächlich widerfuhr – etwas von ihrem unvergleichlichen Zauber für ihn nehmen kann. Zeitlebens wird er mit wehem Herzen an sie zurückdenken.

Es waren stille Tage

Wolfgang Brammen / Erzählungen / 236 Seiten
€ 9,90, ebook € 7,49 / ISBN 978-3-7386-0442-9
Verlag: BoD, Norderstedt

Sechs Erzählungen, wie das Leben sie wohl schreiben könnte, vielleicht auch schon geschrieben hat, genauso oder so ähnlich, irgendwann, irgendwo. Oder sind es vielleicht eigene Erlebnisse, zumindest ein Teil davon, von denen der Autor erzählt? Erträumte er sie sich, sehnte er sie herbei, schlummerten sie womöglich schon seit langem als verborgene Gedanken und Wünsche in seinem Innersten?

Wer sich ans literarische Schreiben heranwagt, gibt viel von sich preis, macht sich verwundbar, selbst wenn er das nicht möchte. Die Grenzen zwischen Erfundenem, zwischen Ausgedachtem und dem eigenen Leben des Schreibenden verschwimmen meist bis zur Unkenntlichkeit. Eine klare Trennung ist nicht möglich, und jeder Autor tut deshalb gut daran, es gar nicht erst zu versuchen. Er begibt sich, ob er es nun will oder nicht, in eine Art stummer Zwiesprache mit seinen Lesern, wie sie intimer kaum sein kann. Bedingungslos vertraut er sich ihnen an, so wie es umgekehrt in nahezu gleicher Weise bei und mit jenen geschieht, die seine Bücher in die Hand nehmen und seine Gedanken und Sätze lesen, die er niederschrieb und für alle Augen sichtbar macht.

Schneewinter
*Wolfgang Brammen / Novelle / 140 Seiten
2. (überarbeitete) Auflage
€ 8,90, ebook € 4,99 / ISBN 978-3-8334-5700-5
Verlag: BoD, Norderstedt*

In eher behutsamen und leisen Worten und doch mit faszinierender Sprachgewalt führt die Novelle in die Einsamkeit einer geheimnisumwitterten Landschaft und erzählt die Geschichte von einem Mädchen und einem Jungen, deren Schicksal sich in winterlicher Abgeschiedenheit erfüllt und den Leser am Ende voller Emotionen zurückläßt.

Ein bewegendes, ein anrührendes Buch, dessen oft stiller Eindringlichkeit man sich kaum zu entziehen vermag.

(Bei Literaturveranstaltungen vorgelesen, im Gymnasialunterricht besprochen, von Internet-Literaturportalen zum Lesen empfohlen.)

Das Grab auf der Hallig

Wolfgang Brammen / Kriminal-Novelle / 128 Seiten
€ 8,90, ebook € 4,99 / ISBN 978-3-7460-2225-3
Verlag: BoD, Norderstedt

Ein Kriminalroman der besonderen Art, mehr Novelle als Roman. Natürlich mit den gebräuchlichen Zutaten und Umständen wie Tod, Nacht, Friedhof und weitere schaurige Sachen. Doch damit nicht genug. Die Nordsee war's, die mit dem Unheil begann, indem sie eine verheerende Sturmflut, eine „Springflut", über die Hallig herfallen ließ, die sich ganz besonders auf der Kirchwarft austobte, den kleinen Friedhof verwüstete und sogar einen Sarg ans Tageslicht holte. Und der war leer, wie Pastor Ole Wittensen, der dem schaurigen Ereignis hilflos zusehen mußte, wieder und wieder beteuerte. Der Tote, den der Pastor erst kürzlich höchstpersönlich dort unter die Erde gebracht hatte, war spurlos verschwunden.

Das war ein Fall für Hauptwachtmeister Jasper Holthaus, der von seiner eher beschaulichen Dienststelle auf dem Festland losgeschickt wurde, um der mysteriösen Sache auf den Grund zu gehen. Und der löste den rätselhaften Fall, doch er lernte dabei fürs Leben und kehrte anders zurück, als er hingefahren war.

Was war geschehen? Hatte die See den Toten, immerhin ein früherer Seemann, zu sich geholt? Oder hatte tatsächlich niemand im Sarg gelegen? Ein wahrer Albtraum für den Hallig-Pastor, dem Dinge widerfuhren, die ihn fast um den Verstand brachten.

Vom großen Geheimnis, das die Vorgänge auf dem Hallig-Friedhof umgab, blieb am Ende ein kleines Geheimnis zurück, über das der junge Polizist beharrlich schwieg, denn es ging hierbei nicht um Schuld und Sühne, nicht um Recht und Gerechtigkeit. Auch nicht um Moral oder andere Seiten menschlichen Verhaltens. Sondern um Dinge, die sich zwischen Himmel und Erde durchaus ereignen können, wenn das Schicksal es so will und nicht danach fragt, ob es allen genehm ist.